—————— 阅读之前 没有真相

午夜文库

生尸之死

[日]山口雅也 著
警部殿 译

新 星 出 版 社　NEW STAR PRESS

登场人物

史迈利·巴里科恩　　　微笑墓园经营者
莫妮卡　　　　　　　　史迈利的妻子（现任）
约翰　　　　　　　　　史迈利的儿子（萝拉之子）
威廉　　　　　　　　　史迈利的儿子（萝拉之子）
海伦　　　　　　　　　威廉的妻子
詹姆斯　　　　　　　　史迈利的儿子（莫妮卡之子，与杰森为双胞胎）
杰森　　　　　　　　　史迈利的儿子（莫妮卡之子，与詹姆斯为双胞胎）
弗朗西斯（格林）　　　史迈利的孙子
杰西卡·奥布莱恩　　　史迈利的女儿
弗雷迪里克　　　　　　杰西卡的丈夫
弗兰克·奥布莱恩　　　墓碑村的不动产商人
文森特·哈斯　　　　　微笑墓园顾问，死亡学博士
伊莎贝拉·西姆卡斯　　约翰的情妇
莎嘉（柴郡）　　　　　伊莎贝拉的女儿

马里亚诺神父	微笑墓园天主教会祭司
南贺平次	地产开发业工作人员，殡葬评论家
沃特斯	微笑墓园工作人员
艾汀	微笑墓园工作人员
庞西亚	微笑墓园工作人员
克鲁斯	微笑墓园工作人员
诺曼	挖墓人
玛莎	巴里科恩家族厨师
比尔	"十字路口咖啡店"老板
加斯	墓碑村中的小混混
吉姆·菲尔德	PR从业人员
希尔巴德·法林顿	得克萨斯州的富豪
皮特·露易丝	希尔巴德的秘书
帕切科·汉特	戏剧杂志专栏作家
斯图尔特·柯林斯	临床心理医生
理查德·德雷西	大理石镇警署的警官
查理·福克斯	刑警
卡拉汉	刑警
罗贝斯	刑警

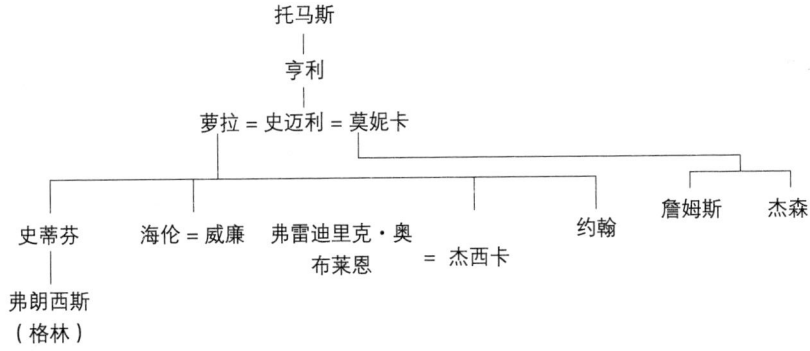

目录

1	序章 死者前往何方
9	第一部 死去的生者
11	第一章 粉红色的灵车
24	第二章 行过死荫幽谷之人归来
35	第三章 墓碑村的殡仪馆家族
47	第四章 微笑墓园的微笑
59	第五章 家族会议
71	第六章 墓园改建计划
84	第七章 失控狂奔的棺材列车
98	第八章 红茶和倔强
117	第九章 主人公都死了,故事该怎么继续?
128	第十章 "十字路口"咖啡馆与愚者之毒
144	第十一章 多事之秋、烦恼之秋
160	第十二章 被驯服的死亡
175	第十三章 "约翰·巴里科恩非死不可"
187	第十四章 有趣的入殓
198	第十五章 在"黄金寝宫"
209	第十六章 最后的晚餐
221	第十七章 运动、消遣与侦查
235	第十八章 "约翰·巴里科恩一定会复活"

目 录

249	第二部　复活的死者
251	第十九章　深夜的灵车赛
266	第二十章　录像带的陷阱
278	第二十一章　生或者死
292	第二十二章　消失的法林顿先生
305	第二十三章　警官挖坟掘墓
318	第二十四章　死亡的威胁
335	第二十五章　柴郡的冒险故事
351	第二十六章　阁楼房间里的往事
368	第二十七章　取错灵柩的事故
385	第二十八章　坟墓不可亵渎
400	第二十九章　特雷西警官的圆满结局
416	第三十章　死者有话说
430	第三十一章　格林有话说
451	第三十二章　活尸之死
469	尾声　灵车前往何方？

序章　死者前往何方

"人是你杀的吧,安吉拉太太?"

内维尔警官环顾血迹四溅的房间,神情却没有一丝动摇地说道。

呆呆地站在房间角落的那位身材肥胖的女士,正用手撩起额头上被汗水浸湿的头发,并用夹杂着西班牙语的蹩脚英文大声抗议。

脸上稍稍露出烦躁表情的警官在听她发完脾气之后,指向躺在布满油污的地板上的尸体,再度开口道:"我早就看出来了,是你把你丈夫的脑袋像砍南瓜一样劈成了两半吧!"

警官的语气显得既不慎重,也不怎么客气。

跟这种女人,根本不需要什么假惺惺的询问,只要不分青红皂白地逼问一通,她肯定会立刻承认的!警官偷偷在心里咂了下嘴。眼前站着的这位疯女人,是最近流窜到他的辖区的中美洲移民,而且还是性格最恶劣的一个——我敢跟你打个赌,如果这女人不是凶手的话,尸体就能从地上爬起来,光着脚跑出去!

"你给我听好了,不要以为靠点小聪明就能骗过警察的眼睛!靠窗的水槽里的那个沙漏,还有个被涂抹了番茄酱的小丑人偶,这两项证据为你提供了不在场证明。不过呢,被扔在火炉角落里的枯萎仙人掌也没能逃过我的眼睛。正是这个仙人掌,让我得以识破你的诡计,那是你犯下杀人罪行的重要证据……"

警官一边喋喋不休,一边自我陶醉起来。这起案件三下五除二就解决了,丈夫被杀,一般都是妻子干的;老婆被杀,一般都是丈夫干的——这个规律一般都不会错。只不过,这起案件还是有些棘手。这个移民过来的女人想了一大堆上不得台面的小花招，多亏了警官敏锐的推理能力，这案子要是交给其他人，保准解决不了。

警官脸上露出自信满满的得意笑容。就在他要把整起事件的真相述说完毕时，鲁宾逊小队长出现在了大门外。

"警官，果然找到了！就塞在卧室的柜子里面。"

小队长一边说一边递过来一把斧头。斧头虽小，却非常锋利。至于斧刃部分，果不其然，沾着已经变成黑褐色的血迹。

警官满意地点了点头，瞥了一眼背后躺倒在地的尸体。

就是这把斧头，把可怜的男主人那颗白发苍苍的头一劈两半的吗？虽然不清楚这对夫妻有过怎样的争吵，但到了这个地步，以后也没法抱怨烤鸡的火候问题了吧！

尸体的嘴唇轻颤了一下，仿佛有什么话想说一般。

警官吃惊地眨了眨眼睛，再次将视线投向尸体，定睛凝视。

刚刚，尸体的嘴唇好像动了一下……是我眼花了吗？法医明明已经断定被害人于一两个小时之前死亡了。况且被害人的头部被斧头劈开，当场死亡。这些都是毫无疑问的事实啊！

警官盯着尸体看了一会儿，然而，尸体却没有再次动起来。尸体的面部，嘴唇因痛苦而歪到一边，在斜射入窗的午后阳光的照射下，宛如一只在做日光浴的蜥蜴，一动也不动。警官不禁心中苦笑。

我就说嘛，尸体怎么会动起来呢？刚才如果不是我看错了的话，那就是尸体开始出现死后僵直现象了吧。好像死后僵直的确是从脸颊和下巴这部分开始的……

想到这里，警官安心下来。他转过身来，看向胖女人。

"太太，连凶器都找到了，也该跟我去一趟警察局了。现在我将宣读你所拥有的权利，请仔细听清楚……"

原本想要照本宣科将"米兰达警告"①宣读一遍的警官突然间没了声音，他注意到面前的女人根本没在听他讲话。女人的视线停留在警官的身后，眼睛睁得大大的，露出惊恐的神色，嘴巴张成大大的"O"形，就像往嘴里塞了一块饼干一样。

警官的心脏突然收紧了，从背后升出一股不祥的预感。孩提时代，还穿着开裆裤的时候，经过墓地时他总会有同样的感受……

警官的内心深处，被唤醒的童年记忆正向他发出红色警报。

千万别回头看！只要不回头，就不会受到伤害……

然而，头部却违背了他的意志。他犹如上紧了发条的木偶，脑袋缓缓向后转去。横着躺倒在地板上的那个"物体"进入了他的视野。

"尸体"直立起上半身，坐了起来。

死者正看着他，那样子就好像睡过头的人突然被闹铃惊醒，急匆匆地起了床。死者脸上也刚好是一副刚刚睡醒的茫然表情——不清楚自己此时此刻是身处梦中，还是现实世界。只不过，死者额头上的可怕伤痕，让他的表情显得有些突兀。那伤口是斧头一下子砍出来的。在窗外阳光的照射下，看起来就像岩浆正喷发时停下来的火山口，甚至从头顶的阴影之中透出一种难以形容的美感。

那道伤口清楚地说明了一切——死者刚刚去过的并不是甜蜜

---

① "米兰达警告"（Miranda Warning）由一九六六年的"米兰达诉亚利桑那州一案"而来，米兰达因劫持罪和强奸罪被判入狱，但他在监狱中多次上诉，称当时警察进行逼供，逼供下的供述不应作为审判时的证据。之后美国联邦法院规定，在未申明"米兰达警告"前，被询问人的供词一律不得作为司法证据。犯罪类影视剧中常常出现的"你有权保持沉默，但你所说的一切都将成为呈堂证供"就是"米兰达警告"中的一条。

的梦中世界，而是深不见底的浴火地府……

警官就像被惊愕和恐惧所支配的死刑犯人一样紧紧地抱着双臂，整个人瑟缩着发抖，根本无法移动分毫。死者的太太和站在门口的小队长都站在原地，大气也不敢出。与这些一动也不敢动的生者相反，死者却开始缓慢而笨拙地站起身来。这是多么奇妙的景象啊，在这个房间里，生者和死者好像互换了身份一样。

死者转向生者这边，张开了扭曲歪斜的嘴唇。稍微过了一会儿，从他的喉咙里总算发出了像是硬挤出来的沙哑声音。

"我、我已经死了吗……"

房间里的人都没有办法回答这个问题。尽管警官仍然处于惊恐之中，却也注意到死者的视线正看向身后——妻子那里。这对夫妻都没把我放在眼里，警官呆呆地想着。死者盯着妻子，露出了惊讶的表情。

"是你……是你杀了我吗？"

女人的神经终于紧绷到了极限。她发出的不是惨叫，而是宛如野兽般的喘息声，接着缓缓地向后退去。

然而，接下来所发生的事情更是出乎了所有人的意料——死者也和他妻子一样，开始缓缓后退。即使死者的眼珠浑浊，警官也从中读出了不亚于在场生者的惊恐神色——他好像很害怕杀死自己的凶手。当死者退到窗户边缘，眼看着已无路可退的时候，他发出了绝望的呻吟。

"别、别过来。我不想……再被杀一次了！"

警官尚未明白这句话的意思，死者已经转过身，一头朝窗户撞了过去。玻璃破碎的声音传遍整个房间，而在场的生者们被巨大的响声吓得浑身发抖，只能眼睁睁地看着发生的一切。

一切都过于突然，以至于房间里的所有人都不敢出声，只能呆呆地站着。最后一片玻璃脱离破碎的窗框掉落在地面的声音响起时,警官才终于回过神来。他赶紧冲到窗边,从坏掉的窗口探出头,正好瞥见死者在对面的人行道上狂奔的背影。虽然他的身体似乎不太听使唤,显得有些步履蹒跚,不过,就一个死去的人而言,也算是运动能力相当惊人了。

目送着死者逐渐缩小的背影,警官不由自主地喃喃念道:"死人真的会光着脚逃出去,竟然会有这种事……"

突然,一颗死人的头颅从窗户外面冒了出来。

警官发出巨大的惨叫声,像弹簧一般高高地跳离窗边。出现在坏掉的窗户外面的,是一张苍白而满脸皱纹的脸。那张脸一面环视屋内,一面露出开心的笑容。

"哎哟哎哟,这次的战况好像很惨烈哦,安吉尔家的太太。"

出现在窗户外面的这个人并非死者,而是住在附近,喜欢探听居民隐私的老婆婆。老婆婆一副了然的神情,向女人使了个眼色,说道:"夫妻吵架也该有个分寸,你先生还好吗?刚才看到他脸色苍白,像个死人一样地跑了出去……"

第一部 死去的生者 ————

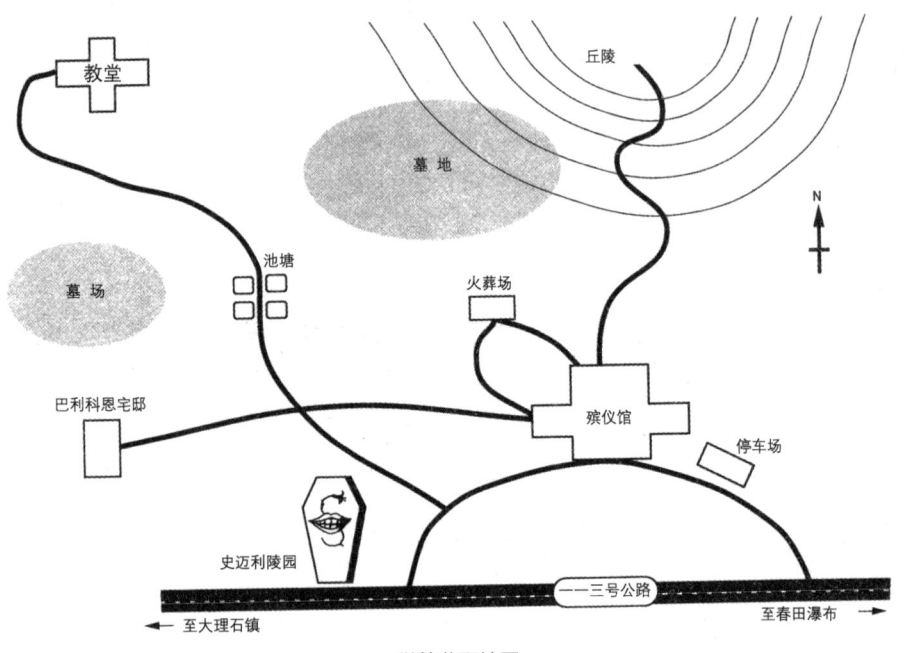

微笑墓园地图

第一章　粉红色的灵车

……接着……（无法接收）……的时候，他在约翰·列侬的耳边不断地呢喃着："我知道死亡究竟是怎么一回事儿"……

——温斯顿·欧普奇博士[①]

（接受 WMQC 电台访问时的回答）

1

粉红色的旧款庞蒂克灵车正以惊人的速度向着北方疾驰而去。这里是新英格兰[②]的一处乡村，此时正是枫叶转红的季节。布满金黄色糖枫树的丘陵上，到处是准备采集树液、制造糖浆的农民；农场里的人们则专心照料着预定要在"东北王国秋收节"上展出的漂亮的黑白相间的奶牛，以及体型虽然矮小却精悍强壮的摩根马。

粉红色的灵车一个劲儿地往前开着，仿佛对这充满秋意的风景毫不关心——这番奇妙的情景，若是被隐居于村落中的那些老嬉皮士瞧见了，非得一边挠着花白的头发，一边惊叹道："难道

[①] 一位约翰·列侬的知名研究学者，这是他众多笔名中的一个。
[②] 位于美国东北部地区。

我还没从二十世纪六十年代嗑药后做的噩梦中清醒过来吗？"正因为这里是乡下，这辆灵车才会特别惹人注意——其实也并非如此。就连常坐地铁，已经看惯了墙上那些迷幻而怪异的涂鸦的纽约客，两三天前亲眼看见粉红色灵车从第五大道穿行而过的时候也都吓破了胆。

从刚才起，已经有好几辆附近农场的载货卡车和灵车擦身而过，或是被其超过。驾驶车辆的农夫们的反应大体一致，他们都先是惊讶，继而表现出愤慨的情绪——这种事情会发生，都是民主党的错（当然也有人抱怨共和党）；最后，他们开始怀疑这会不会是某种新上市的饮品的广告车，或是某家快餐连锁店的宣传手段——反正是只有美国佬才会耍的花招。

之所以认为这是一种宣传手段，最直接的理由是车身上似乎印有一排灰色的文字。然而，当灵车稍稍减速，农夫们得以看清楚文字内容的时候，刚刚的推测就好似从货车货架上掉落的汽水瓶一样，摔了个粉碎。取而代之的是满腹的疑惑，像干草垛一样塞满了他们的脑袋。车身上印着的，既不是Dr. Pepper汽水品牌的字样，也并非麦当劳专属的黄色LOGO。随着车身的颠簸像在跳霹雳舞一般的文字，其内容是：

"性爱与死亡亲如兄弟"。

与大人们相反，亲眼看见这辆车子的孩童们则多了一些浪漫的幻想。他们纷纷停下手上正在雕刻南瓜灯的工作，想象着此刻坐在车里的该不会是为了今天——万圣节——特地从地狱苏醒过来的亡灵们吧。

事实上，灵车里的确坐着一对全身黑衣的男女，但并非什么亡灵。除此之外，还有一口古旧斑驳的棺材。

棺材里面并没有遗体。实际上，这口棺材是用来装前座两人的衣物、漫画书以及磁带的，相当于旅行箱。不过，由于棺材的内衬用的是上等的好材料，触感也不错，因此两人也打算彻夜狂欢之后在里面小睡片刻。

不仅棺材用途奇怪，前座上男女两人身上所穿的黑色衣服也算不上与灵车氛围相配的丧服。虽说都是黑色的衣服，但这个国家的人们还没开放到能把宽肩膀、下摆镶着铆钉的黑色皮衣当作丧服。即使两人看起来不像是恶魔，但他们的穿着和这部外观花哨显眼的灵车，还是在民风淳朴的新英格兰乡下引起了不小的轰动。

其中，像是偏执狂一样的男人正紧握方向盘。他的皮夹克里面还穿着一件破破烂烂、需要用别针别起来的T恤，下半身则是一条黑色皮裤。稍长的金色头发特地用伦敦的自来水清洗过，再抹上发胶，每根头发都笔直地朝天竖立。这种仿佛在向全世界挑衅的发型，难免让人想起东方神话里的雷神，只不过他的面孔与之十分不相称——有些东方人特色的细长眼睛，眼角处略微下垂，嘴角却上扬。正因为如此，象牙色皮肤的他不管再怎么生气，都好像在咧着嘴巴笑一样。

脸上挂着笑容的男人此时猛踩着脚下的油门，伴随着车子的晃动，耳垂上剃刀形状的耳坠好像有了生命一般，左右不停地摆动着。

坐在他旁边的女人，扮相也很有看头。厚厚的褐色刘海仿佛垂柳一般兀自摇晃着（她的父母看到她这副样子，想必也要叹息摇头吧），直直地垂到她的嘴角。两边的头发有几撮挑染成金黄色和土耳其蓝色。若是不化妆的话，她的脸蛋或许还称得上清秀，然而拜一大片仿佛蜘蛛巢穴的厚重眼影和眼线所赐，她看起来就像二十世纪二十年代故意走颓废路线的二流女演员一般。要说恶趣味的话，她的着装和身上的挂饰同样让人叹为观止——皮夹克里面穿的是从跳蚤市场买来的迷你裙，有些粗壮的双腿裹着娼妇最爱穿的黑色网袜，并且略具挑逗意味地交叉在一起。手腕上哐啷作响的是美国同性恋间最为流行的、套在那话儿上的铁制圆环；脖子上戴的也不是项链，而是镶有铆钉的红色漆皮项圈。

女人特别中意这个项圈，男人说看她这样戴着，就好像"被有钱贵妇囚禁起来的、欲求不满的小狗"。不过，事实上，女人的容貌更像猫——圆脸、小鼻子，以及和男人一样有些上挑的嘴角。因此，她的表情看上去总像带有一丝戏谑。

女人从袋子里拿出刚从商店买来的棒棒糖，伸出舌头舔了舔，然后转头问男人道："呃，格林，你在想些什么呢？"

男人隔了几秒才不太情愿、一脸不耐烦地回答道："我在想，如果我死掉的话，会怎样？"

女人那小巧的鼻子仿佛拥有生命的独立个体一般皱了起来。

"哼，少来！你一天到晚都在考虑这些阴暗的事情，可是配上你那张像是在笑的脸蛋，就没法故作深沉了吧！本姑娘柴郡可不是吓大的！"

当然，"格林"只是男子的绰号，他的本名是"弗朗西斯·巴里科恩"这个气派的名字，但伦敦的狐朋狗友都称呼他为格林。人在刚刚死亡的时候，面部会因死后僵直而抽搐，不过待上一两日之后，肌肉就会开始放松，死人的表情会变得好像在笑——某位作家就把这种现象称作"象牙色的笑容"[1]。正因为这个拥有东方血统、肤色是象牙白的怪小伙儿总是一脸嘲笑地把"如果我死掉会怎样"这句话挂在嘴边，那群狐朋狗友才会称呼

---

[1]出自美国侦探小说作家罗斯·麦克唐纳的作品《象牙色的笑容》（The Ivory Grin）。

他"格林"①。

被柴郡嘲笑了长相,格林发起火来。

"你不也一样?就因为你长得像一脸冷笑的柴郡猫,才会有这个绰号吧!"

柴郡学着猫,姿态高傲地将头扭过去,看向窗外。看着她的侧脸,格林想起了两人初次见面时的情景。虽然不清楚她的绰号是谁给取的,取这个绰号的理由又是什么,不过他们邂逅的过程,就像是《爱丽丝梦游仙境》里所描写的柴郡猫登场时的场面。

那时格林正借住在某个墓园,并帮忙做一些杂务。当天,他正坐在坚固的大理石墓碑上,聚精会神地读着米尔·巴哈杜尔·阿里所著的《接近穆塔希姆》②。不知为何,突然有褐色的水滴滴落在书页上。眼见着一滴、两滴,被水浸湿的地方越来越大。格林被吓了一跳,立刻抬头往上看去,褐色的液体竟如雨滴般倾泻而下。

"是谁在恶作剧?!"

墓碑上方是一棵茂盛的糖枫树,液体正是从树叶的缝隙间滴落的。刚开始,格林抗议的声音只换来树上传来的一阵轻笑。紧接着,树枝剧烈地摇晃起来,两条裹着黑色丝袜的腿突然出现在他眼前。最后,像柴郡猫一般带着嘲笑表情的女孩探出头来。

"你是谁?在那里做什么?"

坐在树枝上的女孩不停地晃动着双腿,依旧嘻嘻地笑着。她将手中的健怡可乐空罐扔向格林,对他说道:"本姑娘名叫柴郡!"

---

① 绰号来自"Grin",这里将其音译为"格林"。
② 米尔·巴哈杜尔·阿里所著的《接近穆塔希姆》是一本虚构的侦探小说,出现于阿根廷诗人、作家博尔赫斯的一篇为不存在的书撰写的短评文章《接近穆塔希姆》中。

"你不觉得这么做很没礼貌吗？"

"一点也不！对了，你有外婆吗？"

话题突然转移，格林有些疑惑。

"有……不，是曾经有。她如今已经去世了……"

"老人家是多少岁的时候去世的？"

"好像是六十八岁的时候。"

"那你……爱你的外婆吗？"

"咦？"

"我是在问你，你爱不爱你的外婆！"

"嗯，哦哦，当然爱了！"

柴郡听了他的回答以后，先是用力地深吸了一口气，接着怒吼道："那就马上给我从墓碑上下来！那座墓碑，在你外婆出生很久以前就已经在那里了！"

虽然那座墓碑事实上并没有她说的那么古老，不过格林还是立刻站起身来，而且生性固执的他竟然二话没说地道歉了。也就是自那时起，两人成了意气相投的朋友。之后更是像不愿分离的双胞胎一样，成为搭档。

总而言之，他们两人称得上朋克族的亚当和夏娃。那些将退休金小心翼翼地收到柜子里的顽固老头儿，以及身体和精神都十分脆弱的高中教师，绝不会想跟他们搭乘同一部电梯。只可惜，就算如此标新立异，他们也没有彻底失去良知，做坏事也只是半吊子。

2

正如两人第一次相见时所描述的那样，格林和柴郡都在经营着大片墓园的巴里科恩家族中过着寄人篱下的生活。微笑墓园是格林的爷爷，史迈利·巴里科恩建造的。墓园位于新英格兰一处名为"墓碑村"的村落中，由史迈利带领家族成员共同经营。只可惜，如今史迈利卧病在床，长男约翰承担起经营重任。

约翰已经快五十岁了，却依旧单身，直到最近他才把曾经是女演员的情妇接到家中，而柴郡是女演员和前夫所生的孩子。柴郡本名叫莎嘉·西姆卡斯。明明生于法国，却以挪威的森林来命名，多半是因为她那个行踪不明的父亲是北欧人的缘故。①

单调的一一三号公路对格林来说早已毫无吸引力，他一边开着车，一边回想自己来到这片墓园的前前后后。

大约三个月前，正在波士顿忙着提交大学申请的格林收到了一封信，寄信人是巴里科恩家族的律师。信中提到，一家之主史迈利的身体每况愈下，因此他立下遗嘱，分配了一部分财产给格林。为此，律师希望他能够亲自来一趟。

格林读完这封信后惊讶万分。为什么这么说呢，是因为他自打出生以来，别说史迈利爷爷了，巴里科恩家族的亲戚他连一个都没见过。格林的生父史蒂芬是巴里科恩家族的小儿子，不过自从年轻时与父亲史迈利大吵一架后，他便离家出走了。

离开巴里科恩家族以后，史蒂芬加入了海军，以军需官的身份去了日本。在东京，他与曾从事过翻译工作的女子结了婚，生下了格林。因此格林拥有一半日本血统，甚至有个叫"京人"的中间名。母亲给他取这个名字，就是要他不要忘记自己是在东京出生的。

自打离开巴里科恩家族后，史蒂芬就与家族里的所有亲人彻

---

①莎嘉，saga，多指古代挪威或冰岛流传的英雄探险故事。

底断了联络。格林在小时候也曾纳闷，为何父亲很少提及自己的父母兄弟，却没有勇气问父亲。而且母亲说过："总有一天，你的父亲会主动告诉我们的。"

然而，母亲的这番话终究没能成真。格林十三岁那年冬天的某个寒冷的夜晚，参加完家庭派对驾车回家的父母，被无证驾驶的青少年开的快车正面撞上，当场成了车下亡魂。

在格林的记忆里，当天发生的事情就好像电影中的一幕，由于过度悲伤，他的心麻木了。周围的大人们都在忙着处理殡葬事宜，他却没有一丝真实感。这一切就好像一场未经他许可就擅自推进剧情的荒唐电影，父母双亡的记忆像是电影里的定格画面，在格林年幼的心中永远地按下了暂停键。没有机会跟当场死亡的双亲作最后的告别，只留下一张没有声音也没有文字的照片——身穿晚礼服的父亲，粗壮有力的脖子上系着灰色的领结，母亲纤细优雅的手臂上戴着白色丝质手套，染上鲜红色血迹的这些物品在雪夜里显得格外美丽——只有这不合时宜的想象，宛如一张老照片，一直残存在他的记忆中。

从那以后，格林被外婆收养，祖孙两人相依为命地度过了很长一段时光。然而格林高中毕业前，外婆病倒了，没过多久就与世长辞。对那时的格林来说，这又像是另一场电影——赶到医院的他被忙着抢救病人的医生和护士粗暴地推开，连跟外婆说句话的机会都没有。等到外婆终于看向格林，勉强张开嘴巴想要说些什么时，他还来不及凑上去听，医生就用氧气罩将她的嘴巴堵住了。一切就都结束了。再一次，格林没能从挚爱的亲人口中听到他们的遗言。

从此之后格林就变得有些奇怪。在变声期到来之前父母双亡，成年之前又失去了唯一的监护人。在这个孤苦伶仃的少年的心中,"死亡"这个词取代了亲人们的爱,留下了深深的烙印。

不管是否接受,已然失去亲人的格林不得不开始思考"人类为何会死亡"这件事。父母、外婆,他们都在死前连一个字都没说就离他而去。格林发疯似的翻阅古今中外的书籍,想要探求死亡的秘密。他认为,用这种方法或许可以了解其中毫无常理的人生秘密,从而让他接受亲人的死亡。

结果,他还是一无所知。"死亡"对于尚且年幼的他来说是老练的恶魔,一面嘲笑着他的无知,一面从他的指间溜走。

于是,格林从高中退学,将外婆留下的一点点遗产变卖后,远渡重洋来到了英国,从此他的生活变得荒唐而放纵。为了消除独自面对死亡的不安,他加入了朋克族,和伦敦的不良少年一起玩吉他、朝马路上吐口水、摄入危险药物。然而过了一阵子之后,他发现自己依旧无法对死亡视而不见。所谓的朋克族,就是一群让自己的内心世界和外在现实世界发生激烈碰撞,再趁机从产生的裂口来窥探"死亡奥秘"的一群人。说到底,他们也不过是一群行走在通往死亡道路上的"活死人"(living dead)罢了。与他们在一起,也并不能让人忘记死亡这件事。格林的心思进而从成天只会叫喊着"没有未来"的颓废朋克上转移开,他不再逃避死亡,而是重新思考起死亡的意义,并重新拿起书本寻找答案。然而,朋克喜爱读书——这个滑稽的行为使他受到同伴的排挤并被敬而远之也是早晚的事。最后,连最差劲的同伴都开始嫌弃他,格林再次成为孤身一人,独自面对心中的"死亡",只留下怪异的朋克装扮和嗑药的恶习。

在伦敦醉生梦死的日子里,格林突然萌生出去美国念书的念头。他看中了位于波士顿的殡葬科学大学,那里有为将来志愿从事殡葬事业的人所开设的课程。美国的殡葬业拥有其他国家无法比拟的特殊发展历史，在火葬场工作比普通医生的社会地位还高，因此开了几所相关的大学。格林打算在大学里学习遗体防腐。所谓遗体防腐，指的是尸体的防腐处理和为死人化妆的技术，在美国，想要拿到相关执照并非易事。

这是一种饮鸩止渴的方法。为了解开盘旋在心中的对死亡的疑惑，格林抛下书本，决心面对真正的死亡。就在某个夏天的傍晚，即将燃尽的夕阳消失在泰晤士河岸线时，格林从伦敦出发了。

经过好一番心理斗争才来到波士顿的格林，却恰好在此时接到了巴里科恩家族的来信。之后他才得知，年迈的史迈利爷爷一直在寻找他这个遗落在外的孙子，着实花了不少心思、时间和金钱。

阅毕信件，格林一方面因为收到来自陌生亲人的召唤而感到困惑，另一方面又觉得这一切都是冥冥之中的天意。他回忆起小时候曾听父亲说过，巴里科恩家族在新英格兰乡下经营着墓园。虽然当他决定去读殡葬大学的时候，还不知道自己其实是巴里科恩家族的人。或许因为身体里流淌着巴里科恩家族的血，才让他做出这样的选择吧。想到这里，格林的内心总会陷入微妙的纠结中。

经过了一个晚上的深思熟虑后，格林终于决定前往巴里科恩家族所在的新英格兰乡下——墓碑村。念大学的计划或许会因此泡汤，不过，若能在巴里科恩家族经营的墓园里工作，对于想要探究死亡之学问的他来说，也是一次千载难逢的机会。

只不过，巴里科恩家族的成员未必会对格林的到来表示欢迎。虽然年迈的史迈利爷爷愿意接纳认可他，但其他亲戚都把他这个朋克小子当成可疑的外来者，始终提防着他。

柴郡与格林处于同样尴尬的境地。正如先前所说的那样，柴郡的母亲现在是格林的大伯父约翰的情妇,并怀了他的孩子,所以根本没心思去管柴郡这个"拖油瓶"。不过,就算不是出于相似的命运,这两个在新英格兰乡下同属"异类"的年轻人,最终也会因为气味相投而走到一起吧。

史迈利爷爷后来总算是撑过了病痛的折磨,而格林也就住进了巴里科恩家宅邸,并在墓园里帮忙。

就这样过去了几个月,对单调的墓园工作感到厌烦的柴郡突然宣布要去巴黎游玩。她随心所欲地玩了大概一个月,之后回到纽约,并联络了格林,要他来纽约和她会合。格林也难得想要换换心情,便去了许久未造访的纽约,与柴郡尽情狂欢了数日。两人现在所乘坐的粉红色灵车就是在纽约购入的"特产",此刻,他们正在返回巴里科恩家宅邸的路上。

3

粉红色灵车在一片典型的新英格兰风景中呼啸而过,沿途可见布满新教风格建筑的村落,以及坐落在远方山谷中的大理石开采场。格林看着已经看惯的风景,脑海中却思考着跟生活毫不相关的事情。

死亡……然后复活。

这便是此刻盘踞在格林脑海中的念头。

从英国远渡重洋来到新英格兰这片土地,并建立起最初的殖民社会的清教徒们,自称是《圣经》故事中朝圣者亚伯拉罕的后裔,是一群坚信末日审判说的人。他们梦想着在这里建立一个千年王国，坚信人类历史结束的那天末日审判终将降临。但那之后，打造千年王国的美梦逐渐演变为美国的建国神话，支持并推动着这个庞大的国家，成为其内在的精神力量。历任美国总统在发表就职演讲的时候也都受到了那位朝圣者的远大梦想的启发吧。

严格来说，美国也算是个宗教国家，格林心里这么想着。不仅是政治家，就连摇滚明星也都歌颂着"美国梦"，与其说它是凡人欲望的集中体现，倒不如说是这片被开垦的土地，自古以来灌输给前来此处的开拓者们的一种"灵魂"上的感召。

此刻，我就要投入美国"灵魂"的发源地，新英格兰的怀抱中。

想到这里，格林突然感到一阵莫名的不安。的确，在物质层面，繁荣的美国已经实现了千年王国的梦想；但相对的，这个强大的国家也在不断衰败。萎靡的经济状况、未知病毒引发的传染病、大麻泛滥、环境污染……正如万物总有灭亡时，这个国家也蒙上了死亡的阴影。

突然间，格林又想起美国人的先祖所深信的一件事。

世界末日降临的时候，所有死者都会复活，与生者一同接受上帝的审判……

自己不是虔诚的天主教徒，怎么会有如此迷信的想法？八成是被新英格兰这片古老的土地所孕育出来的不可思议的灵气给害的，格林心想。然而再过几个小时，他将意识到"死亡"是更加现实的事物——在他身边发生的"死亡事件"让他不得不开始这么想。

格林的史迈利爷爷，显然快要离世了。

另外，美国各地频频出现死者复活的诡异事件。

格林刚才还在想自己的死，现在又开始认真考虑起史迈利爷爷的死来了。

他是否已经去世了呢？他死后会不会也在此地苏醒过来呢？

恰在此时，收音机里传出约翰·列侬低沉的歌声。歌词的内容是关于一个知道死亡真相的女人。

第二章　行过死荫幽谷之人归来

……因果报应的法则？那是为唤醒死者而存在的。

——约翰·迪克森·卡尔（John Dickson Carr）

《唤醒死者》（To Wake the Dead）

1

"咦？死人复活？恶心死了！这种事情怎么可能发生！"

柴郡突如其来的尖叫声让格林猛然回过神来。她一只手拿着咬了几口的巧克力棒，另一只手捧着封面印有"探案实录"四个字和惊悚图片的杂志，正忙得很。看来她这话并不是对格林说的，也并非看穿了格林内心的想法，只是杂志上的报道让她坐立不安而已。

"别这么大声，柴郡，吓了我一大跳。难不成你希望我把方向盘打偏，然后我们俩一起躺进后面那口棺材里吗？"

为了掩饰内心的胆怯，格林故意吼得很大声。可柴郡也不是吃素的，立马反唇相讥。

"哎哟哟，我才不想和你一起躺进棺材里呢！"

"是吗？你那副身材，要和你一起躺进去也的确有点困难。"

对于柴郡而言，这个世界上唯一能让她烦恼的就是自己的体重了。听到格林的嘲讽,她便立刻将没吃完且黏黏糊糊的巧克力棒塞进副驾驶座前方的置物箱里,皱着眉头说道:"你是因为被我逼着买下这辆滑稽的棺材车而不爽吗?"

柴郡的这番话让格林回想起买下这辆车的经过。昨晚,他们在哈莱姆贫民区的地下酒吧喝完酒,柴郡突然说:"我们买辆美国车回去吧!"这便是起因。

"做殡仪馆生意的那户阴沉沉的人家,出门不是都坐什么粉红色的凯迪拉克吗?"

柴郡愤愤不平地抱怨着,从胸衣和靴子里掏出好几张大面额的纸币。这些钱似乎是她在巴黎从事一些"不太合法"的生意所赚来的。

俗话说,财不露富,树大招风。果然,隔壁桌的黑人和哥伦比亚人双双围上来套话。

"嘿,兄弟,我这儿有份不错的买卖……"

自称艾斯的黑人说他有一辆"非常特别的高级车",拼命地推销。一般情况下,碰到这样的家伙都得留个心。可当时柴郡的戒备心已经和酒水一起被她泼到了桌子底下,而经验老到、生性多疑的格林也因为艾斯悄悄在他耳边说了句"附赠上等的粉"之后,彻底沦陷。

于是,他们按照艾斯的指示,深夜来到一条小巷。眼前的景象让他们不禁怀疑自己的眼睛,怀疑自己醉得不轻——静静停在那儿的,不是烂醉如泥的人眼中常有的粉红色大象,而是一辆被涂成粉红色的灵车。

当五名长相凶恶的流氓从车里走出来的时候,格林才明白他们被摆了一道。柴郡的酒也全醒了。钱被骗走倒没什么,只要不被侮辱就好——她这么想着,拼命在胸前画十字。柴郡的祈祷大概被上帝听到了，就在这千钧一发之际，上帝派来了救世主。

上帝派来的使者是黑色的天使——两位身强体壮的黑人。两人都打扮得十分花哨，像是刚跳完迪斯科舞回来。他们钻过坏掉的栅栏，走了过来。其中一个人肩上扛着爱好说唱的年轻人们所喜爱的磁带式录音机，另一个人则拿着一把巨大的手枪，枪托看起来甚至能敲晕一头水牛。光是看到这两个人的脸，艾斯那群小流氓就已经吓得瑟瑟发抖了。"把车子留下！"——趁着拿手枪的男人发话的机会，他们如同敏捷的蜘蛛一般四散逃开了。

虽说艾斯那群人逃走了，但格林和柴郡依然提着一颗心。眼前的这两个黑色天使会不会转眼就变成新的"死亡使者"，这点无人能保证。大概是察觉到了格林二人的不安，肩上扛着录音机的男人开口道："别担心，我们可不会乘人之危。不过，你们两个可别以为一身朋克装扮就绝对安全，在这种地方，不多加小心的话，连屁股上的毛都会被全部拔光。我们的辖区里，就数这一片的治安最差了……"

"辖区？"格林鹦鹉学舌般地反问。

"是啊！"对方满不在乎地耸耸肩，"这是我们第三十三分局的辖区。"

"你们是……警察？！"格林和柴郡的惊叫声回荡在小巷中。

这对朋克男女会这么惊讶也不是没有道理。事实上，这还真像会在纽约的后街发生的小插曲。

松了一口气的格林和柴郡道了谢，打算离开。这时拿枪的那位警察说话了。

"嘿，年轻人，你们就这样走回去也太招摇了！我看就把这辆粉红色的高级车开回去如何？虽然款式有些老，还是辆赃车，不过它可不是小气的日本产的汽车，而是如假包换的庞蒂克轿车。也算是便宜你们了！"

这位警察一刻都没松开过手中的枪，格林和柴郡想起了曾经听到过的宝贵提醒——在纽约，流氓和警察是一丘之貉。于是他们乖乖奉上了身上所有的钞票，换来那辆破旧的灵车，犹如丧家之犬般踏上了归途。

2

"喂，格林，这上面说死人复活了——你有没有在听我说话？"

柴郡的声音再度把格林拉回现实。她正叫嚷着刚刚在杂志上读到的一篇报道，是来自得州的内维尔警官的经历，但她打死也不相信。

"这也太扯了。上面说内维尔警官来到一处命案现场，正打算逮捕凶手的时候，已确定死亡的被害人却突然爬起来逃了出去。你相信这种鬼话吗？"

格林没好气地回答："得克萨斯那种地方，连剥下人皮当面具、拿着电锯追杀女人的变态都有，还有什么事是不可能的？美国就是这样的地方。"

柴郡瞪着格林，一脸无法接受的表情。格林叹了口气。

一般来说，柴郡的消息来源不是地下发行的摇滚杂志，就是MTV之类的电视节目。而这个月她一直在巴黎游玩，因此完全不知道美国最近发生的大骚乱。

"死人啊，的确复活了。"

格林看向柴郡，用讲道理的语气说道。接着他从车子的置物箱里拿出昨天看过的《新闻周刊》，扔到了柴郡的膝头。封面上印着一张棺材的特写照片,以醒目的字体写着引自《圣经》的标题《行过死荫幽谷之人归来》。这篇专题报道的内容主要是结合采访,从各个角度去分析近一个月来轰动全美,不,应该说震惊全世界的"死者复活事件"。格林一边回忆着报道的内容,一边解释给柴郡听。

"你看到的那样的事件,全美各地都发生了,只是内维尔警官遇到的情况比较戏剧性,才会被媒体争相报道。连那起案子算在内,已经报道出来的死者复活事件有十三起了。"

"十三起!"柴郡瞪大双眼。

"嗯,第一起事件发生在一个月前。犹他州沙漠旁一个名叫索色兰的镇里,一位叫约翰·哈维的老人过世了,是衰老导致的自然死亡。听说他快九十岁了。医生的死亡判定非常周全——首先是呼吸停止,呼吸中枢系统停止运作,心脏停止跳动。当然,脉搏也没了。接下来确定了死者的瞳孔已出现扩散现象,这同样是间脑的反射中枢停止运作的证据之一。最后医生还依照这个国家的惯例,对死者的脑电波进行了检测,得到的结果是'完全丧失'。于是判定约翰·哈维确实已经死亡了。遗体当天便送去了殡仪馆,经过防腐处理后装进棺材,暂且运回家中。然而……"

"然而?"柴郡用力吞了一口口水,紧紧揪着格林的皮夹克的袖口。

"棺材运回家的那天晚上,哈维的家人正在吃夜宵时,突然听到放棺材的那个房间传出开门的声响,然后,他便出现在众人面前……"

"他……是指谁?"柴郡的声音已近乎悲鸣。

"当然是那位死去的老人啦!哈维老人出现在家人的面前,对他们说:'也帮我做一份火鸡三明治吧,我总觉得晚餐还没吃过呢！'听说他的家人们的反应分为三个阶段：最初，他们产生了老人还活着的错觉。哈维晚年时老年痴呆很严重，总是吃过晚餐后又坚持说还没吃。接下来他们认为是医生的判断出错了，老人只是假死，现在又活过来了。这时候想必全家人都很高兴吧。然而接着又想到某件事时，他们便完全高兴不起来了。"

"为什么？"

"老人是在殡仪馆那边入殓之后才被运回家里的。换句话说，老人全身的血液应该已经被抽干了，而且身体里注入了防腐剂。在这种情况下，他是怎么都不可能活过来的。据说，意识到这一点后，哈维一家的尖叫声连一条街外的人都听到了。"

"后来……怎么样了？"柴郡把格林的袖口抓得更紧了。

"他的家人又去把医生找来做诊断，但'已死亡'的判定依旧未被推翻。于是哈维被立刻送往医疗中心，做了一大堆检查之后，医生终于确认，自人类出现，不，应该说自有生物出现在地球的三十亿年以来，最具冲击性的事情发生了。也就是从医学临床角度看已确认死亡、身体各部分组织也都已死亡的生物，不但能行动，而且有思维活动。这种无法想象的奇迹真的在所有人的眼前发生了。"

柴郡此时的表情，就像一下子受到了四十亿年生物史的冲击。沉默了片刻后，从她嘴里提出的疑问，却只有幼儿园幼童询问四十分钟后吃什么点心的程度。

"那、那位哈维爷爷到了医学中心后，还要吃三明治吗？"

真是的，女人提问的重点总是不对。格林一边叹气一边答道："嗯，应该会吧。只不过就算他想吃，也不能让他吃吧。"

"为什么？"

"喂，你仔细想想啊，老人的肉体已经死掉了哦！消化器官当然也停止运作了。这种情况下把食物塞进去，只会加速身体内部的腐败而已。"

"腐败！"

"是啊。事情已经发生一个月了，要不是经过防腐处理，死者的肉体早就彻底腐烂，快的话说不定都进入白骨化阶段了。"

格林很不愿开口提起这一事实，没有经过防腐处理的死尸会经历怎样的变化，连想想都会觉得恶心。

"从腐烂到白骨化……"听不下去的柴郡赶紧转移话题，"那……复活过来的都是老人吗？"

"不，到现在还没有发现复活者之间的共同点。这十三名复活者，不管是年龄、性别、人种、生前的健康状况，还是死因、死前的情况、死亡的场所、死亡日期等，没有一项是相同的。有在旧金山被情人用刀刺死的意大利裔男同性恋，有患胃癌死在芝加哥的爱尔兰裔银行职员，在爱荷华州急救中心的地下停尸间里有一位十二岁少女复活，还有在圣弗朗斯西科教会的教区墓地，因车祸而当场死亡的家庭主妇在下葬前突然在棺材里发出声音——像这样，每个人的情况都不一样，很难找到使他们复活的共同原因。更何况除了这十三个人以外，说不定还有其他没被发现的，已经复活了的死者在四处闲晃呢！"

柴郡皱起眉头，一边思考一边说道："也就是说，我们并不知道什么时候、在什么地方、有谁复活了。相对的，我们也不知道谁没能复活，是吧？"

"没错。目前这十三名复活者都是在死后十分钟到四十八小时之间复活的，不过这一结论是从仅有的十三个案例中得出的，以后会怎样就不得而知了……"

"那死人为什么会复活，结果还是没弄清楚嘛！"

柴郡的表情就像发现新买来的漫画杂志竟然少了最后一页一样。

"如果只是假设的话，那本杂志倒是做了个表格，列出了各种热门的推测。不过呢，众说纷纭，每一种听起来又都缺乏决定性证据……"

"那上面到底提到了哪些胡话？"

"首先是病毒假设。虽然目前并没有发现什么能让死者复活的病毒，不过，在凯迪拉克推出尾翼设计的那个年代①，大家还都不晓得艾滋病毒是什么东西呢。所以有人主张，这个未知的病毒会再度在人类社会引发骚乱。"

"还有呢？"

"接下来是环境污染的说法，几乎一半人同意这一观点。什么核电厂事故引发的核能外泄啦，因为使用氟利昂导致臭氧层遭到破坏啦，还有人说是酸雨或IC制造厂排放的有毒废水造成的。那里面含有不知是金氯酸，还是乙烯、三氯聚合物什么的，好像这个乙烯会对人的中枢神经产生——"

"哇，听到这些名词就头痛。地球被污染得这么严重了，死人就算埋在土里也不能安息，是吧？我明白他们的心情。"柴郡竟开始大言不惭地感叹了起来。

"还有人主张是月球引力对生物潮汐造成了影响。"

"生物潮汐？"

"嗯，地球上的潮汐变化不是由月球引力引起的吗？同样的，人体内的水分也会受到月球引力的影响，产生生物潮汐现象，表现为多种生理变化。比方说女人的月经和生产，难以解释的意外

---

①指一九四八年。

事故，以及精神疾病引发的凶杀，等等。"

"还会导致凶杀？"

"据统计，满月的时候，发生命案的概率更高哦。"

"这种想法还挺有趣的。都说满月的夜晚，狼人精力旺盛。如此说来，死人会从坟墓里爬出来也不奇怪了。"

这个相对浪漫的假设似乎让柴郡非常中意。不过接下来，她又脸色一沉，质疑道："可是啊，格林，已经在殡仪馆放光血、注入防腐剂的老人不是也复活了吗？那这种说法就不能成立了。就算月亮的运动真能引发生物体内的潮汐现象，可是要引发充满防腐剂的尸体体内的潮汐，恐怕还有点困难吧？"

这姑娘要比她外表看上去精明多了，格林时常会忘记这一点。

"嗯，这种说法一周之内就会掉到热门排行榜之外吧。"

"排在前十名的还有哪些假设？"

"还有……共和党鹰派的上议院议员所主张的阴谋论，说是苏联的生化武器造成的，真是弄错时代的愚蠢假设……"

"我对这个没兴趣。"

"跟阴谋论相对应的，还有专门替《青葱》杂志撰稿的左翼作家提出的'特殊药物实验'的假设。他说美国国防部的那群人在越战时期曾经计划用强力兴奋剂让已经死亡的士兵复活……"

"这个我也没兴趣。这种人，干脆去参加CNN电视台的《交叉火力》（Crossfire）或日本的《东西相声大对抗》不好吗？还有没有你比较在意的说法？"

"这个嘛，再有就是超能力的假设了。提供血液流动动力的循环器官都已停止运作了，死人却还能活动，所凭借的是精神力对物质产生的动力，也就是所谓的念力。死者之所以推开墓碑爬出来，有的甚至还展现出比生前更强大的力量，都不是凭借他们的运动能力，而是来自念力。"

"这些该不会是你在《惊奇故事集》①这种杂志上读到的吧？他们的念力又是从哪里产生的呢，不是从大脑吗？"

"是啊，假设念力是由中枢神经系统产生的，那么，那个部分已经'死亡'的人是不可能再凭借念力活动的，所以这个说法也说不通啊。最后——"

"最后，谁也弄不清楚是怎么回事，对吧？"

柴郡已经失去了讨论的兴趣，她呆呆地望着窗外，突然又嘟囔了一句："不过呢，好不容易复活了，却发现自己的肉身已死，他们一定很难受吧？"

听到这番话，格林稍微对柴郡刮目相看了。忌讳、害怕死者的人很多，可会设身处地替死者着想的人却少之又少。

"说到这个，情况挺复杂的。既然有表现得跟生前一样、还能保持镇定的复活者，也就有在得知自己已经死了之后便精神错乱的复活者。听说还有些没意识到自己已经死亡的糊涂蛋，还有不肯承认自己已经死亡的顽固家伙。有保持着生前某种根深蒂固的观念而继续行动的人，也有因为被正常人疏远而陷入极度忧郁的人……"

"患上忧郁症的死者啊……"柴郡看起来有些听烦了。

"这下好了，在美国，连死人都要去看心理医生了。"格林讽刺地说道，"将来我们是不是还要开始关注死者的心理健康。忧郁症还算好的，有的复活者还精神错乱到行为狂暴，见到活人就扑上去咬。"

"竟然还咬人！"柴郡夸张地发着抖，再次抓紧格林的袖口。

---

① 《惊奇故事集》（Amazing Stories）是一本创办于一九二六年的美国杂志，为全世界范围内第一本专门以科幻为主题的杂志。

"嗯,就是最近发生在新英格兰的事。马萨诸塞州的某个村庄里,复活的死人袭击了农夫,农夫虽然用霰弹枪把对方击倒了,但自己的喉咙已被咬伤,最后因失血过多而死。然而数小时之后,这两个人又在村民的眼前双双复活了,这次他们开始一起攻击村民——"

"够、够了!打死我都不相信活过来的死人会咬人这种事。"

柴郡此时的力气可能比发疯了的死者更大,硬是把格林袖口上的纽扣给扯了下来。

吓坏了的柴郡若在此时看到车窗外掠过的道路指示牌的话,或许就会提议别回巴里科恩家了。路牌上写着会让她更加恐惧、令人毛骨悚然的地名。

前方三英里 墓碑村

第三章　墓碑村的殡仪馆家族

在很久很久以前，有一个男人住在坟墓旁边。
——威廉·莎士比亚（William Shakespeare）
《冬天的故事》(*The Winter's Tale*) 第二幕第一场

1

Tombsville——墓碑村。

连在特兰西瓦尼亚①的深山里都很难见到这样奇怪的地名了。若想知道地名的由来的话，直接到当地走一趟是最好的办法。毕竟，这个坐落于新英格兰西北部的偏远乡下、人口只有几千人的小镇，是不可能登上美国历史的舞台的；而除了引发好事者无限遐思的地名，可供考察的资料是少之又少。

大理石镇是距离墓碑村最近的市镇，一天有六趟巴士往返两地。从巴士车总站一走出来，就能看到广场对面仿照英国庄园府邸建造的哥特复兴式垂直屋顶。这幢外观为绿色、古色古香的建筑原是自称"镇诗人"的格拉罕·卡朋特的私人宅邸，如今已成为镇上唯一的图书馆兼乡土资料馆。

---
①传说中吸血鬼的故乡，现实中位于罗马尼亚。

在这里的书架角落，有几本连本镇居民都很少去翻阅的冷门书籍。其中有一本，是墓碑村的不动产商人兼笃学之士弗兰克·奥布莱恩自费出版的《墓碑村、大理石镇及周边的历史与民间传说》。事实上，要了解这奇怪地名的由来，这本书是最方便查阅的资料。

奥布莱恩的书中这样记载道：

……关于墓碑村地名的由来，众说纷纭。不过依我之见，还是记录于十八世纪中期、法印战争前后的"罗杰·威廉姆斯的闹剧"这种说法比较可信。

墓碑村、大理石镇周边的第一批殖民者，是一六三四年渡海前来的移民，他们建立了所谓的"马萨诸塞湾殖民地"。前面也提到过，这批新移民并不像他们的前辈移民那样，是十分严格的清教徒。身为"非分离派"的中产阶级，他们一方面怀有建设"山丘村落"的宗教信念，同时也对世俗的"买卖业务"展现出强烈的热情。

说到这里，就不得不介绍当时新移民的领袖——罗杰·威廉姆斯了。威廉姆斯一边养殖牲畜、种植玉米，一边又制造朗姆酒，还和远在伦敦的商人做贸易，是一个非常有生意手腕的人。这位罗杰·威廉姆斯看中了现在大理石镇周边的土地。除了看中这一带地势平缓，很适合放牧之外，对矿物学略有涉猎的威廉姆斯还知道，山里藏有质量优良的花岗岩。后来，大理石和奶酪畜牧业共同成为此地的经济命脉，美国东岸大部分住宅的建材几乎都来自于这片丰富的矿脉——精明的威廉姆斯可不会看走眼。

然而，当时这一带的支配权在阿尔冈昆语族的纳拉干西印第安人手中。就算他再怎么擅长做生意，遇到这些以骁勇善战著称的对手，也是做不成买卖的。历经再三交涉，酋长还是坚持不肯把土地让给他。于是，威廉姆斯心生一计，他利用纳拉干西族迷信传说的心理，布置了一场骗局。

现在由巴里科恩家族经营的知名墓园"微笑墓园"所在的丘陵，在当时有一块巨大的花岗岩。花岗岩的形状很像印第安圣者的侧脸，因此被纳拉干西族视为全族英灵集合的"墓碑"，对其十分敬畏。得知这件事之后，威廉姆斯便利用这块石头作为道具，搭建了一个华丽的舞台。他指定跟酋长的第七次谈判要在"圣者之墓"进行，并安排已经被他收买的翻译躲在岩石后面，说出这番话：

"纳拉干西的伟大勇士啊，都听清楚了，这块土地已经被诅咒了，你最好把它让给从南方来的白人，带领族人赶快往北迁移。否则灾难将席卷全族，黑色的死者会从坟墓里爬出来，寻找生者并啃咬他们的肉。全族将会灭亡……"

听到这番话，酋长脸色变得比死人还要苍白，当场就答应了威廉姆斯的要求。

就这样，威廉姆斯没花一丝气力，仅以两桶朗姆酒和一皮袋香料的代价，就把大理石镇和墓碑村周边的广阔土地买了下来。

那时墓碑村及周围的土地一直是无法使用的荒地，他真正想要的是现在大理石镇周边那块。不过因为他自导自演的"被诅咒的土地"的闹剧，就算不乐意，他也得好坏一并接收了。

从上述的故事我们可以得知，墓碑村之所以取"墓碑"为名，应该是跟印第安圣者的"墓碑"有关。

这样一来，以部分人士所谓的"黑心诡计"（笔者倒认为比起那些不付任何代价、强取豪夺印第安人土地的马萨诸塞州开发者来说，威廉姆斯的罪算是轻的了）取得土地一事，应该多少也触犯了本地的神明。自那之后，墓碑村成了一块被人遗忘的土地。相比之下，大理石镇却在一七八四年建立了我国第一座大理石采石场，奠定了日后发展的基础……

以上就是奥布莱恩所记载的，关于"墓碑村"命名的由来。

大理石镇因出产优良的大理石和奶酪畜牧业的发展，成为地方经济的基础，从而繁荣了起来。二十世纪七十年代之后，除了这些传统产业外，还入驻了生产电子零件的工厂，给这座历史古城带来了新的风貌。

秋意正浓的时节，来到大理石镇和墓碑村游览的人们还能够看到美丽的丘陵和湖泊，以及被红叶点缀得缤纷多彩的古老街道。游客们会忍不住感叹：这就是出现在《冷暖人间》[①]里的典型的新英格兰风光啊！的确，就"外观"而言，完全可以如此形容。不过，要是让喜欢咬文嚼字的社会学学者来介绍的话，他们一定会说——这一带其实是最不像新英格兰的区域了。

"不像"的主要原因，是当地居民的人种和宗教构成上的特异性。也就是说，这一带不像新英格兰的其他区域，盎格鲁撒克逊白人占绝对优势。

这里最早的居民来自十九世纪中叶，在纽约生活不下去的爱

[①]《冷暖人间》(Peyton Place) 是一部美国电视剧，在一九六四到一九六九年间播出，经历过黑白影像时代和彩色影像时代。一九五七年，改编自同名小说的电影上映，主要讲述在一个新英格兰小镇上发生的故事。

尔兰裔移民开始往北迁移，因而初见端倪。不过归根究底，还是因为一九一〇年至一九二〇年间，西维吉尼亚的意大利裔矿工的大量涌入。当时罢工运动失败，因此丢了饭碗的煤矿工人，陆续被精明的职业介绍人送往大理石镇的采石场。这可以说是他们人生中的重大转折，因为大理石镇的大理石开采场已经成为东部一带住宅建材的主要供应源，再加上纽约的"摩天楼时代"正好从这时开始，为了开采出更多石料，势必需要更多劳动力。

意大利裔移民忙着为摩天大楼和法院开采大理石的同时，也渐渐习惯了在这片新天地上的生活。然而，其中并不包括改变宗教信仰。他们希望拥有自己的教会。于是，也为了照顾爱尔兰裔移民，许多罗马天主教教堂应运而生。最古老的一所还能在墓碑村的微笑墓园里看到。

面对天主教徒的这般行动，更早入驻的清教徒们反倒十分冷静。原本这片土地就是由罗杰·威廉姆斯那样的人开发出来的，因此即便身为清教徒，他们的尺度却放宽了许多，也没有过多的抗拒。

正因为有这么一段经历，使得清教徒占压倒性多数的新英格兰地区中，大理石镇和墓碑村一带却例外地成了罗马天主教信徒比较多的区域。

2

既然提到了宗教，就让我们把话题再次转回墓碑村。

相比于大理石镇的蓬勃发展，墓碑村似乎完全被人们所遗忘。但在第二次世界大战后，这里又重新登上了地方历史的舞台——还是以和这个阴森的地名相符的方式。

一九四五年，一名英国人混在从第二次世界大战归来的士兵中来到了墓碑村。这个人名叫史迈利·巴里科恩，是一家殡仪馆的小老板。

史迈利在伦敦继承了祖父托马斯·巴里科恩一手创建的殡仪馆。不过这位殡仪馆老板不光对死人感兴趣，他对活人，尤其是那些漂亮的女人，也非常感兴趣。他那"爱美人"的名声在外。年纪轻轻的他会来到这个鸟不生蛋的地方，也是这个坏习惯害的——他跟某位退役上校的老婆传出绯闻，在伦敦混不下去，只好关掉殡仪馆，偷渡来到了美国。

只是，这位风流成性的殡仪馆老板一登上横渡大西洋的船，就立刻后悔了。为什么呢？因为他亲手关掉的殡仪馆，在伦敦可是排得上号的老店。为了让诸位理解那时的史迈利有多后悔，我们必须先从他的祖父托马斯·巴里科恩的伟大功绩说起。

托马斯在世的时候正值维多利亚王朝期间，机缘巧合之下，原本是穷记者的托马斯加入了刚成立的伦敦墓地公司。这家公司算得上当时墓地开发行业的先驱，托马斯的这次转行也正合时宜。因恶劣的环境、传染病以及贫困等原因，导致当时伦敦的死亡率达到顶峰，又赶上伦敦的墓地扩大政策，他经手的墓地都卖了好价钱。

就这样，他赚到了一笔巨款，开始萌生自己创业的想法。下定决心的托马斯以售卖墓地赚来的钱为本金，于一八四〇年在伦敦开了一家殡仪馆兼殡葬用品公司。

这无疑又是一个正确的决定。殡仪馆比普通人以为的要赚钱一倍；至于殡葬用品店，又比殡仪馆赚钱多三倍。在当时，这是极为赚钱的买卖。

颇有生意头脑的托马斯从法国请来设计师，为华丽的丧服制作了商品目录。与此举相呼应的，是当时由于缝纫机的普及而在积极拓展市场的伦敦时尚界。至今仍使用在黑纱上的"绉纱"材质，正是从那时开始，应丧服的需求而大量生产的。用到的场合相对较少，价格却很昂贵的丧服或殡葬用品，对于上流社会而言是不可或缺的门面装饰，也正因如此，制造和贩卖这些服装用品成为一项颇有赚头的好生意。就这样，不管是死人还是活人的钱，都流进了托马斯的口袋。

托马斯之所以能顺利积累财富，不单只因为他运气好。可以说他看准了英国殡葬业日后的发展趋势，具备一边掌控社会形势，一边赚钱的才能。

英国火葬协会的成立就是最好的例子。一八七四年，由维多利亚女王的御用医生亨利·汤普生主导，在包括因帮《爱丽丝梦游仙境》绘制插图而名噪一时的泰尼尔大师等各界知名人士的联名支持下，该协会诞生了。期间托马斯也主动帮了许多忙。就当时伦敦市民的情感和信仰而言，要让他们接受火葬，根本是不可能的事。协会也是一直拖到一八七九年，才小心翼翼地烧了一匹马来试探群众的反应。不过自那之后，火葬便打着卫生殡葬的旗号，开始在英国普及起来——由此看来，托马斯确实有先见之明。

这家由托马斯打下坚实基础的殡仪馆，从此成为巴里科恩家族代代相传的产业。直到发生前面提到的那件事，才在史迈利这一代断绝。

浪荡子史迈利没能守住祖先建立的基业，流落到了新英格兰乡下。然而，在这片新天地，他选择从事的行业还是开殡仪馆。买下一座远离墓碑村的老房子并住下来的他，利用遗传自祖父的智慧，想到可以把这片被遗忘的土地开发成墓地。

史迈利的这个主意后来成为美国殡葬业者的惯用伎俩。作为墓园的土地是不用交税的，因此只要圈定墓碑村周边不适合盖房子，也不适合耕种的廉价土地免税购入，打造成墓地后再高价出售，就能稳赚不赔——这真是钻了法律空子的好生意。

之前几乎无偿取得了这片土地的精明英国人却并没能好好利用它，任其荒废；两百年后，从英国渡海而来的男人以同样便宜的价钱买下了它，但这次，他宛若古代的迈达斯国王①，让荒地变成了黄金。

史迈利首先成立了一家非营利法人殡仪馆，成为发起人。接着，他又与当地的土地开发商合作，把将来要作为墓地的土地划到土地开发商的公司名下。土地开发公司和殡葬法人签订契约、提供土地，法人则把那些土地作为墓地贩卖。买卖价格的五成作为法人的经营及维护费用，剩下的则全归发起人所有。如此一来，法人那边收支平衡，非营利事业的招牌不倒。但实际上，发起人可从几乎不用钱的土地上获得几十万美金的利润，这仿如变魔法一般的主意，完全是由史迈利想出来的。

虽说他在伦敦因为拈花惹草而搞砸了祖先的招牌，但现在看来，史迈利似乎也的确遗传到了祖父开殡仪馆的天赋。这个精明的英国人很快就参透了美国殡葬业的经营技巧。除了引入英国特有的尸体防腐处理技术之外，名为"墓地管理维修费"的基本金制度和"生前埋葬合同制度"等想法，他也全都实行了。

另外，也不可否认，在史迈利成功的背后，确实有"时运"在帮忙。决定性的证据就是，一九五〇年，大理石镇的议会上通过了与墓地冻结有关的禁令。条例规定，一九五〇年以后，不准在大理石镇开发新的墓地。

---

①古希腊国王，传说中贪财的他拥有了点石成金的能力。

这种事情并非特例。人类自出现以来，进行过多次试图将死人的地盘和活人的地盘分开或融合的尝试。因时代的不同，死者可能会受到依然在世的亲人的厚葬，也可能被视为不祥之物，弃置在郊外或教会。

举例来说，在距今不远的路易十六执政末期的法国，就曾发生把有超过五百年历史的"圣婴公墓"整个儿挖开，改作其他用途的事。十九世纪初期，拿破仑三世以阻碍都市发展为由，下令废止墓地开发，并将之迁至巴黎郊外。还有比这几个例子更靠近现在、和大理石镇的情况更类似的，也就是一九三七年在旧金山实施的墓地禁令。这条禁令颁布实施的背景，自然是因为旧金山市内供活人使用的土地严重不足，而受池鱼之殃的是旧金山近郊一个名叫科马的小镇。镇上仅有五十余名活人，死人的人数却高达惊人的好几万，小镇彻底成了"墓地小镇"了。

大理石镇的情况和加利福尼亚州旧金山市的例子颇为相似。虽说位于幅员辽阔的美国，但大理石镇四周都是丘陵，可用土地极其有限。再加上当时小镇正在打造疗养胜地的名头，积极出售土地，因此，为了活人的利益，只好把死者们排除在外了——持这种观点的人还挺多的。

若让喜欢讲大道理的人来发表意见，比方说那些贫嘴薄舌的社会学学者，肯定会说——这种现象正充分说明了现代人对死亡抱持的态度：明显地排斥并抗拒死亡。也就是说，在道德良知的废墟之上，只看重生者对利益和幸福的追求，以及由经济的快速增长所支配的都市化。在这种主流文化下，死人会被赶出活人的地盘也是理所当然的。

总而言之，因为有这么一段故事，导致史迈利一手创办的微笑墓园不断从大理石镇吸收墓地，一九五〇年起，更是一肩挑起该镇专属墓园的责任。史迈利自己原本是英国国教信徒，由于第二任妻子是天主教信徒的关系而改了信仰。不过墓园这边倒是不分教派，怎样的葬礼都承办。算起来，史迈利其实是一位无神论者，反而是美国的理性主义和实用主义更适合他。"要是分得那么清楚，还怎么开殡仪馆啊？"这是他作为商人的真心话。

之后，史迈利不仅为墓园扩充了设备，还进一步美化整理了欧洲庭园风格的墓地，完成了进一步的发展。微笑墓园的名声不仅传遍大理石镇，甚至整个州内都知晓，来了很多远道而来的客人。渐渐地，许多墓碑村的居民都依靠着这座大墓园生活，史迈利更是被推上了村长的位置。在美国，殡葬业者的社会地位本来就高出其他国家很多，殡仪馆老板当市长、州长的例子也并非罕见。

就在墓碑村的成功抵消了曾在伦敦的失败时，史迈利却突然对殡仪馆的生意完全失去了兴趣。如果说他对事业的野心只是出于面对伟大祖父产生的自卑感的话，就不难理解这样的结果了。二十世纪六十年代以后，史迈利就把热情全放在股票和投资上，墓园的经营则草草应付。于是，史迈利的个人财富在不断增加，但墓园的规模却没能继续扩大到国家级别。不过至少也没辜负"州内首屈一指"的盛名就是了。

3

就这样，自维多利亚时代开始，开殡仪馆就是巴里科恩家族的事业，并代代延承了下去。但是，一旦提到继承史迈利衣钵的人选，就又是个伤脑筋的问题了。

史迈利结了两次婚，共有六个孩子。第一次结婚是在刚抵达美国的一九四五年，对方是他在船上认识的英国画家的女儿萝拉。在短短五年的婚姻生活里，萝拉为他生下了三男一女，然后就死了。死因是自杀。至于萝拉自杀的原因，似乎是因为天生具有艺术家气质、神经脆弱纤细的她无法忍受史迈利一再偷腥的恶习——民众普遍都相信这个传闻。

萝拉留下的四个孩子里，长女杰西卡嫁给了承包墓园生意的不动产商人之子弗雷迪里克·奥布莱恩；三子史蒂芬离家出走后，客死在日本。因此，现在仍留在墓园的，就剩长子约翰和次子威廉两人。

而史迈利就在萝拉自杀的一九五〇年，跟传闻中的外遇对象之一莫妮卡结了婚。虽说莫妮卡不论是智慧还是教养都比不上萝拉，但她的容貌可比萝拉美上好几倍。听说她是在墓园里的天主教堂打杂时被史迈利看上的。婚后，莫妮卡马上生下一对双胞胎，取名为詹姆斯和杰森。其中杰森深受信仰虔诚的母亲的影响，日后成了天主教神父，但从越南战争归来后不久就去世了。因此莫妮卡的儿子只剩詹姆斯一人。双胞胎兄弟去世后，形单影只的詹姆斯选择了在墓园工作。

现在留在微笑墓园的三个孩子，认真说起来，就属约翰的行事作风最像其父史迈利。

约翰一开始拒绝继承殡仪馆的家业，而是成为一名医生，并在波士顿经营着一家医院。但最终因为经营不善，于一年前返回墓园。即便如此，史迈利仍旧相信约翰遗传了自己做生意的本事，把墓园的经营权交给了他。然而，"王位"的更迭是不可能如此顺利的。对约翰来说，一直看着在这个小乡村里作威作福的父亲，应该恨得牙痒痒吧？两人之间经常发生冲突。之后史迈利病倒了，约翰总算能发挥自己在殡葬业上的天分，慢慢地展现出了个人的经营风格，质疑约翰经营能力的声音也渐渐变小了。他常给人精于算计的感觉，但有时也会像着了魔似的，做出孤注一掷、血本无归的举动。

与约翰相比，威廉更像是延续了母亲萝拉的血统。他对做生意没兴趣，而是钟情于艺术。从学生时代开始，他就花了大把的时间和金钱在演戏上。比起墓园的管理者，他更想继续追逐成为演员这个不切实际的梦想。

至于莫妮卡的儿子詹姆斯，是跟萝拉的孩子完全不同的类型。他天生就具有手艺人的气质，论及尸体的化妆及防腐技巧，可以说他是东部第一。只是他的性格有点古怪偏执，能否成为一名合格的墓园经营者还有待商榷。

如果史迈利就此咽气的话，墓园应该会由约翰继承，但这几个兄弟又不是那么团结，因此，巴里科恩家族和微笑墓园的前途称得上多灾多难了。

总之，在大展商业才能的清教徒以印第安人的墓碑石为舞台安排了一场骗局的两百年后，墓碑村成了一个名副其实的村落。这里跟二十世纪大部分的城市不同，或者说正好相反，是生者依附着死者，以这样一个倒错的状态生活的。正如字面意思，"墓碑村"现在是一个到处都是墓碑的村落。

在这座墓碑之村称王的，就是微笑墓园和殡仪馆的所有者：巴里科恩家族。

第四章 微笑墓园的微笑

除此之外，低语墓园的一切都让人感到好奇。
　　　　　　　　——伊夫林·沃（Evelyn Waugh）
　　　　　　　　《至爱》（*The Loved One*）

1

柴郡长长地打了个哈欠。并非墓碑村和巴里科恩家族的漫长历史让她感到无聊，而是坐了很长时间车，开始出现长途旅行的疲惫感。在这种状态下，也难怪花了三天时间才回到墓碑村的柴郡反应有一点冷淡。她只觉得这村庄又小又旧，让人昏昏欲睡，提不起劲儿。

进入城区后，灵车稍微减缓了速度，能够看清楚街道的样貌了。跟不上时代的步伐，乃至于被时代抛弃也未尝不是一件好事，这里随处可见令人印象深刻的第二帝政样式的屋顶，以及镇上木工用刻刀造出来的哥特式木造住宅，街道散发的气氛足以让狂热的建筑史学家愿意埋骨于此。然而在柴郡的眼里，这里只是个连迪斯科都没有的荒凉小镇。不过她也注意到，跟前面经过的其他新英格兰的无聊城镇相比，这里卖供花和石碑的店要多出许多。

一想事情肚子就会饿,这是柴郡的坏习惯。车子即将驶出小镇的时候,她满脑子想的都是刚刚看到的圆锥形屋顶好像一支可口的薄荷味冰激凌。

"喂,格林,去吃点东西吧。"柴郡拽了拽格林的袖子。

离开城区后,一一三号公路旁边出现了一个霓虹招牌,上面写着"十字路口咖啡馆"。然而格林并没有放慢车速。因为再过四个路口,接着再开个两英里,就能看到微笑墓园了。

"忍耐一下,坐灵车去殡仪馆的人可是不会肚子饿的。"

"哼,我又不是死人!"柴郡嘟起了嘴。

没过多久,两人乘坐的灵车就抵达了微笑墓园。

迄今为止,已有无数灵车和载着悲伤家属的豪华厢型车来过微笑墓园正面的拱门,然而,朋克打扮的男女驾驶着粉红色的灵车到来,这还是头一遭。在通过正门之前,格林特意看了一眼挂在上头的招牌。上面画着菱形截掉两边而成六角形的传统棺木,棺木中央有百合花和微笑的嘴唇组成的微笑墓园的标志,旁边是用矫揉造作的字体写着的愚蠢标语:"用微笑迎接天堂之门"。不管标志还是标语,格林都不是很喜欢,不过不可否认,对于那些伤心的家属来说,这种招牌或标语也是一种救赎或慰藉。

车子快速辗过碎石子铺就的道路,朝殡仪馆前进。这座殡仪馆也颇有来头。对建筑异常讲究的史迈利(开殡仪馆的基础是坟墓,也就是说,殡仪馆事业也包含为死者建造"家"的建筑师的志向),他所建造的殡仪馆完美展现出对美国宫殿建筑时代的缅怀。换句话说,从这里的建筑可以看出他对自维多利亚时代末期开始,历经狂乱的二十世纪二十年代——爵士时代,到华尔街的经济恐慌才宣告结束的美国富豪奢华生活的向往。

实际上,殡仪馆是参照爵士时代有名的大富豪范德比尔特在纽波特市的夏日度假山庄盖的。这座大宅继承了范德比尔特景仰的、同样也是建筑狂热爱好者的路易十四所推崇的法国文艺复兴时期的特征。姑且不谈一般人是否有像范德比尔特那样的财力，单说史迈利在一桩公共建筑，而非私人宅邸上投入如此多，便可见他的远见。

初次造访的人，都会先被矗立在坚固立方体建筑物前的六根圆柱所吸引吧。圆柱是古希腊哥林多式的，优美地排成一列，就像在守护着精雕细琢的大门。这让人忍不住想一探神之国度的建筑结构，也与史迈利的理念不谋而合——"必须有个缓冲地带，让人不会一走进殡仪馆就联想到死亡"。不过在格林这种性格乖张的人看来，光是建筑物正面刻着的粗大埃及文浮雕，就已经让他觉得好像走进了妄自尊大、令人厌恶的老式银行。他会将这里批判得一无是处也就不足为奇了。

换个角度来观察殡仪馆，简而言之，就是"大理石和金光"这几个字。的确，大理石使用之阔绰大方，规模之豪华，叫人叹为观止。整个建筑群外观，包含方正的主体建筑和圆柱，全部使用白色大理石砌成。此外，门厅和外展平台用的是黄色的锡耶纳大理石，餐厅是粉红色的纳米迪安大理石，壁炉架和底座则是桃花红大理石。这座殡仪馆，就算被称为"大理石之家"也是实至名归。外观庄严稳重的殡仪馆，充分利用了墓碑村盛产大理石这一得天独厚的优势。

而这栋建筑在黄金的使用上，同样极尽奢华之能事。受限于殡仪馆本身的特殊性，它当然不可能像范德比尔特家的豪宅那么金碧辉煌。尽管如此，内部墙壁的重要区域还是贴满了金箔，精工细作的镶板等处也用上红、黄、绿色的金子，呈现出微妙的颜色。另外，黄金闪耀出的光芒让摆满各个房间的神像、妖精、天使、人马、森林之神萨堤尔等，都更为醒目，并散发出远离尘世的脱俗气息。

如果美国存在封建领主的话，应该就是指范德比尔特家族这类的人吧？不过，史迈利·巴里科恩在盖这座殡仪馆的时候，肯定也有成为封建领主的想法——只不过，他领地内的子民里死者占大多数。

粉红色的灵车开进殡仪馆旁边的停车场，停在几辆灵车中间。格林和柴郡一下车就直接往殡仪馆走去。

进入门厅，抬头望见天花板上装饰着手持小号的智天使的枝形吊灯，格林突然想起以前看过的一部电影。在那部老电影里，盛装打扮的轻佻女子和风流倜傥的俊俏男子双双从这种吊灯下面走过，兴高采烈地前往宴会大厅。然而，在同样辉煌的灯光下，聚集在此处的却只有死人。而他们即将前往的，也并非热闹的舞池，而是一间间分配好的太平间。死亡是孤独的，格林如此想着。

和格林相比，柴郡对殡仪馆的看法就单纯正面多了。无论是通过哥林多式白色大理石圆柱，还是看到门厅里的巨型吊灯时，她都只是从牙缝里挤出一声"哇"而已。只要是跟自己的奇怪品味不相符的东西，都是她"哇"的对象。而会有这种反应，并不是因为柴郡对金银珠宝一点都不动心，而是因为这些宝贝又不归她所有，所以她只有"哇"的份儿。

正当柴郡像往常一样，"哇、哇、哇"个不停的时候，接待处后方有人探出头来。是位与大厅的庄严气氛格格不入的男子，其奇怪程度不亚于两名朋克族。柴郡看向男子，高兴地和他打招呼。

"嘿！这不是沃特斯吗？今天轮到你守柜台啊？"

"啊,是姐姐啊,格林也在。欢迎回来,大城市怎么样?"

叫沃特斯的男人说完马上从柜台后面走了出来,迎向格林他们。他钟爱的金色耳环在耳垂下不断晃动着。沃特斯是负责遗体防腐处理的詹姆斯在西岸的佛蒙斯特墓园进修时认识并带回来的同性恋化妆师。原本他是在一支不走红的重金属乐团里帮团员们化妆、做造型,因为跟经纪人抢夺吉他手的儿子失败,这才下定决心随詹姆斯一起回来。现在的他担任詹姆斯的助手,帮死人化妆,不过也经常说自己看惯了人生无常,想去修禅什么的。

"巴黎马马虎虎,纽约就有趣多了。"柴郡说。

"糟透了。"格林说。

沃特斯眨了眨眼睛。

"能开着这么漂亮的灵车回来,我想应该很好玩吧。拜托下次也让我坐坐。"

"好啊!没问题。"柴郡吃吃地笑道,"但只要一讲到那辆漂亮的灵车,格林就一肚子火。不说我们的事了,你们这边怎么样?"

"这边也是,糟透了。"沃特斯摸着胡子没刮干净的青色下巴,愁眉苦脸地说道,"约翰当家后,什么都要插手。说什么要削减经费,现在可好,连火葬、用车的事他都要管,还指责我们浪费,搞得人心涣散。就说我好了,前几天在太平间放背景音乐的时候,不小心把威尔第(Giuseppe Verdi)的《安魂弥撒曲》(*Messa di Requiem*)错放成感恩而死①的《死神从不怜悯》(*Death Don't Have No Mercy*),不但被骂得狗血淋头,还减了我三成周薪。"

---

①感恩而死(Greatful of Death)是一支美国迷幻摇滚乐队。

"嗯哼？我也很讨厌那个家伙……要是他真成了我老爸，那可真的伤脑筋了。"柴郡的表情也跟着忧郁起来。

沃特斯突然情绪一转。

"不说这个了。喂，一起来做点恶作剧吧！"

"恶作剧？"

"嗯，最近来了个自大的女人，明明不近视却戴着一副黑框平光眼镜，开口闭口都是些大道理，一副女强人的派头。现在这种人很多吧？"沃特斯转头往后看，立刻放低了音量，"真是说谁谁到啊……快过来，你们两个假装是客人……"

一名女性来到大厅，沃特斯不动声色地把格林和柴郡作为客人介绍给她。

2

这名女性职员身上穿的是有肩带、长及脚踝的希腊式长裙，肩膀到手臂裹着太空服般的银色针织紧身衣。这身衣服是殡仪馆女性接待员的制服，身为设计者的约翰自卖自夸地说它"将神话与功能相结合，恰好符合殡葬业者维系阴阳两界关系的形象"。然而，让殡仪馆的员工来说的话，他们则会批判："又不是在演《星球大战》。"没有一个人的评价是正面的。

刚刚进来的这位"莉亚公主"[①]，毕恭毕敬地跟柴郡和格林打招呼。

"欢迎光临微笑墓园。不好意思，请问您预约的姓名是……"

工作人员脸上都要带着以大厅墙上挂着的墓园主人史迈利的

[①] 电影《星球大战》中的人物，经典造型就是上述女性职员的打扮。

肖像画为范本的"微笑墓园谨慎制造的微笑"。恰好，这种按照规矩工作的菜鸟是柴郡最喜欢捉弄的对象，朋克女郎还真扮演起了客人的角色。

"不，我们没有预约……"

"了解了。那么，您是想办理生前丧葬，还是家中有人遭遇不幸？"

"生前丧葬？"

"哎呀，您不知道吗？所谓生前丧葬，就是趁自己还在世的时候，事先把坟墓和葬礼之类的后事安排好，万一真有个不幸，家人不会惊慌失措。而且这个可以分期付款，每位客人都可以放心地签订合同。现在我们正好在做促销，签约的话，还附赠大理石镇健身中心的会员——"

"健身中心？"格林皱起眉头。

"是的。'让我们在阳光下流汗，以健康的身体一起前往梦的天国。'这是当下年轻人最流行的活动。"

"一起前往天国？"

觉得有点无聊的格林也加入游戏，和柴郡相互配合着捉弄这位接待小姐。

"不，我们不是要签生前丧葬合同，是家里出了点事……"

"唉……"这位接待人员马上按照培训手册上说的，闭上嘴巴，向顾客表达哀悼之意，"这实在是……"

不过，过度同情反而会阻碍生意。

"总之，先得帮往生者准备一张安眠的床。"

"安眠的床？"

"是的，就是我们的太平间。现在我带您去看看，请跟我来。"

格林和柴郡被带到大厅左边的"升天室"。格林知道"升天室"对面还有一间"黄金寝宫"，欧式风格的装潢，十分豪华，收费也高。这位接待小姐想都没想就把他们带到收费比较低廉的这个房间，可见在她心里早就帮他们定了性。站在像是乡下富农家客厅的"升天室"里，接待小姐开始滔滔不绝地说起卖房子的人擅长的专业术语。

"您看看，这涂了厚厚一层油性着色剂的木质地板，配上白色灰泥墙壁，还有梁柱外露的古典装修风格，以及用白蜡木打造的怀旧风寝具……标准的殖民地风情。又结合了当地特色，简单实用，即便是您家中德高望重的祖父，肯定也会中意的……"

我都还没说是谁死了，她就自作主张地把我祖父杀了，格林偷偷在心里咋舌。

这番刻板、僵硬的说明，格林听着实在没什么意思，便让她一个人唱独角戏，自己望向太平间里面。每间太平间都隔成两部分，一边是供来客休息的休息室，另一边是放置棺材的殡葬室。格林偷偷看过去的，正是其中的殡葬室。

那里摆着一口桃花心木制的华丽棺材。棺材两边有立式地灯，后面是堆满康乃馨、剑兰等鲜花的花台。

棺材的盖子打开着，里面躺着一位衣着华丽的老绅士。他的脸朝向这边，面带微笑。

这可以说是美国殡葬习俗中的重头戏。在美国，人去世后多数会像这样被送进殡仪馆，经过防腐处理、化妆等程序，展示于太平间。死者会面带微笑地迎接从全国各地赶来的亲朋好友与他告别。

格林一方面被尸体脸上的微笑所吸引，另一方面又忍不住打了个寒战。日本的葬礼上，只在出棺时的短短几分钟内打开棺材盖,然而这里的习惯却是一直开着,让死者暴露在吊唁者的目光之下。因此,要给死者的面部化妆、涂腮红,并弄出与生者无异的表情。虽然这种做法非常奇怪又有点令人毛骨悚然,但已成为普通美国人的习惯。是那些喝可乐、听摇滚乐、穿牛仔裤、崇拜美国人的亚洲青年所不知晓的美式生活。

口若悬河地说了半天,此时接待小姐才终于将注意力转向东张西望的格林身上。

"那边那具棺材是今天要下葬的。您瞧,多么生动、安详的面容啊!我想您家中的祖父一定也——"

"喂,谁告诉你我祖父死掉了?"

而此时柴郡也做出绝妙的配合。她挽住格林的手臂,一边故意用力地吸着鼻子一边说道:"你误会了。死掉的是我们亲手养大的……心爱的小珍妮芙……"

"唉……"

接待小姐再次依照培训手册,露出二号惊讶表情,嘴巴大张成英文字母 O 形。

"实在是太可怜了。你们还这么年轻,就遇到这种事……"

依照书上的教程,这里要停顿一下,接着恢复正常的语调。

"不过,这一切都是神明的旨意。小珍妮芙得到了永恒的生命,正爬上通往天堂的阶梯呢。一步一步地……"

她进一步加大马力。

"而您二位,年轻的父母,唯一能为小珍妮芙做的,就是帮助她早日抵达天堂。也就是为她举办一次隆重又完美的葬礼。依我看,就从帮她选一口好棺材开始吧?"

"可是,我们不知道有哪些可以选择……"

"我们这里有各种各样的款式哦。卖得最好的是桃花心木,也有实惠的胡桃木和超豪华的大理石棺。里面铺了一层厚厚的缎子，躺着可是非常舒服的，顾客们的反应也都很不错。"

柴郡装出认真思考的样子，说道："看起来都很不错，可是……"

"您还有什么要求吗？我们也接受特别定制。"

"那……请你在棺材上开个尾巴洞吧。"

柴郡那张仿如猫咪的脸上露出得意的笑容。

"什么？"接待小姐的嘴巴顿时张大了。这种惊讶的表情，手册里可没有。

"尾巴洞啊，你听不懂吗？你是不是脑子不太好？我家的小珍妮芙是只可爱的犰狳，当然需要个尾巴洞了，要不怎么睡在棺材里面！"

"犰、犰、犰、犰狳！"哑口无言。这也是手册里没有的反应。

就在这个时候，出现了救场的人。

"艾汀小姐，这两个捣蛋鬼不是客人，是自己人。"

三人同时往声音的方向望去。只见一个小个子老头出现在门口。

"哦，朋克族的亚当和夏娃回来啦？我刚才在窗边看到一辆怪怪的灵车开了进来，就猜想会不会是你们呢……"

这位老人——文森特·哈斯博士——略微将矮小的身躯探向前，用饱含好奇的眼神看着两人。他早过了古稀之年，鸟窝一样乱糟糟的头发全白了。然而，因为那双永远充满好奇的眼睛和脸上生动的表情，让他有时看起来就像个爱捣蛋的小孩儿。格林经常觉得，这位年龄不详的博士跟早期喜剧电影里的传奇演员哈勃·马克斯很像。

哈斯博士没有像哈勃·马克斯在电影里演的那样，从怀里拿出扩音器来使用，而是直接扯开嗓子急切地问道："那辆夸张的灵车是怎么回事？车身上写的'性爱和死亡亲如兄弟'该不会是出自弗洛伊德吧？"

"是啊，毕竟这里是美国嘛。弗洛伊德博士想必也喜欢哈莱姆区一边唱着嘻哈，一边挥舞铁链和刀片的生活方式。"格林没好气地回答。

哈斯博士喜欢炫耀学问不是一两天的事了。史迈利老先生还在英国时两人就认识了，哈斯博士原本在芝加哥殡葬科学大学教书，如今寄宿在巴里科恩家，担任微笑墓园的顾问。"死亡学"是他在大学开设的课程名称，内容是从医学、文学、哲学、生物学、历史学等层面探讨人类的死亡，是一门很有趣的学科。

哈斯博士的高深学问让史迈利的墓园事业有了坚实的知识基础，这点是毋庸置疑的。不过他在墓园外也很吃得开。在他的建议下，大理石镇警方侦破了一桩悬案，哈斯博士因此得到警长的赞赏，还被请去担任警方的特别顾问。身为一名伟大的学者，哈斯博士本人却谦虚得很，他总是自嘲地说："我只是单纯对死亡着迷罢了。"

"哈斯博士，就算你的名字跟灵车再怎么相近①，也还是别问格林灵车的事会比较好。他都快被气死了。"柴郡说。

哈斯博士皱起了眉头："我名字中的'哈斯'，相比灵车的意思来说，最早的语源应该是拉丁语的耙子（harrow）。后来它有了烛台的意思，之后又变成柩台，到了十七世纪——"

柴郡叹了口气，说道："啊！死亡学博士又要开始讲授死亡学课程了吗？再这么听下去，就算我这个平凡的落榜生去参加天

---

①哈斯是 Haas，灵车是 Hearse。

堂的期末考，也可以拿到优等生的金牌吧！"

尽管话说得酸溜溜的，但其实柴郡和格林都很喜欢这位与众不同的死亡学家。也许是因为彼此同为怪人，才有了惺惺相惜之情吧。这时，被柴郡打断话头的哈斯博士好像突然想起了什么。

"啊，对了，差点儿忘了说重要的事。针对史迈利的遗嘱，哈定律师好像有什么事情要宣布。现在所有人都在二楼的档案室里呢，你们也赶快去吧！"

第五章　家族会议

……遗书只要不是遗失在路上，或者被藏进坟墓里，搜搜局外人的身，应该就能搜到……

——埃勒里·奎因（Ellery Queen）
《希腊棺材之谜》（The Greek Coffin Mystery）

1

"……综上所述，死者复活事件已经在各界引起了轩然大波。"

第七频道的主持人唐·兰瑟在播报新闻，与说出口的内容正相反，他脸上的表情没有一丝波动。

"总统再度召开政府部门的对策委员会，并要求各州的医疗中心能尽早——"

主持人话没说完，约翰·巴里科恩已经换了台，身穿华丽绸缎法袍的男子出现在荧幕上，这个人是最近因在电视节目中传道而走红的明星布道师亚历克西斯·佐恩。只见电视中出现聚集了大量听众的会场，佐恩独自站在讲坛上。想必是佐恩大师布道的现场直播，他的发言正渐入佳境。

"……是的，终于，终结历史的日子要到来了。下达最终审判的时间就是现在。诸位想必都有所耳闻了吧？"

佐恩大师故意稍作停顿。

"死者开始苏醒。"

会场内的听众们骚动了起来。

"这就是末日来临的证据。就像《圣经》上所说，不只活着的人，连死去的人也要接受神的审判。接下来，有人将因此得到永恒的生命，有人则再度沉于死亡深渊……"

这时突然有一位披头散发的老太太跳上会场的过道，又哭又叫道："我亲眼看到我家老头子复活了，他究竟怎么回事？"

佐恩大师马上从讲坛上走下来，握着老太太的手，与她一起向神明祷告。摄影机恰到好处地拍下了这仿佛彩排好的感人画面。

盯着电视机的哈斯博士评论道："哼，这人就是原教旨主义派的菜鸟嘛！一群《圣经》写什么就信什么的人。"

"就是宁愿相信上帝创世论也不相信进化论，宁愿相信处女受胎也不相信生物科学的那群人。"约翰讽刺地应道。

坐在轮椅上的莫妮卡·巴里科恩探出身子，冲着电视频频点头。她本想开口反驳些什么，却被约翰抢了先。

"他哪里是什么原教旨主义派啊，我看应该是拜金主义！"

画面转到"慈善募款环节"，会场里的听众一个个都把绿色的钞票掏出来高举在头顶，在过道上穿梭的工作人员就像采棉花般，将钞票全部"摘"进了篮子里。约翰仿佛忘记了自己的本行，抱怨着"怎么能赚死者的钱呢"，把电视关了。

格林他们此时也在这间位于殡仪馆二楼的哈斯博士的资料室里，一同等候哈定律师的到来。然而律师迟迟没有露面，万般无聊之下，格林只好观察起聚集在房间里的人们来。

首先是大伯父约翰·巴里科恩。他正轻轻拎着像玩具似的硕大鼻子下的一整片胡须。有这样的鼻子，难怪连胡子看上去都像是假的，格林时常这么想。再加上他在别人面前展示出的那种目中无人的态度，更让他的鼻子和胡须看起来像是粘在脸上的，显得十分滑稽。相较于浓密的胡须，约翰的头上倒是一根头发都没有。秃头加上深度近视的金框眼镜，让他看起来比实际年龄老。据他本人说，眼睛是几年前吃药吃坏的。此刻他坐在沙发上，大腿上趴着一只鼻子陷在两只眼睛之间的波斯猫。

约翰身边是电视，再旁边是坐在轮椅上的莫妮卡。虽然没有血缘关系，但名义上她是格林的祖母。莫妮卡受痛风所苦，从去年开始就不得不依赖轮椅过日子。去哪儿都要靠轮椅，上下楼则必须坐电梯。跟丈夫史迈利一样，她也是一个顽固的老人，生活琐事全要自己打理，真到了非求助于其他人不可的时候，她也只肯让家里的用人诺曼帮忙。

这个诺曼，此时像印第安人的图腾柱一般，直直地站在莫妮卡的轮椅后。格林对这个男人不是很了解，只知道他好像在越战时受了伤，且丧失了记忆，回国后不知该往哪里去的时候被墓园收留。关于诺曼，他就知道这么多了。毕竟，本人都想不起来的过去，别人更是无从得知。不过从他脸上那一大片烧伤的伤痕来看，他以前的生活应该十分悲惨。

"真是的，到底要我们等到什么时候？"坐在约翰对面的杰西卡不耐烦地说道。

她是史迈利的独生女，按照辈分，格林还要喊她一声姑姑。她看起来就像是严厉的高中语文老师，依照柴郡的说法是："她肩膀下面支撑身体的骨头肯定是金属衣架吧。"——杰西卡就是这样的人。

每天被这副衣架"挂来挂去"的可怜丈夫就坐在她身边。弗雷迪里克·奥布莱恩是史迈利相识多年的一位不动产商人的儿子，天生受气包弗雷迪，看着他那像被刨刀刨平的薄薄下巴，格林也能理解为何他会有这样的称号了。简直一脸倒霉相，跟被猛禽攫住的小鸟没两样。

杰西卡照例先拿静静坐在一旁的丈夫出气。

"弗雷迪，你这人做什么事都不慌不忙，觉得无所谓，但我可最讨厌等人了。"

不得已，弗雷迪只好看向约翰。

"那个，什么时候开始？那件事情……"

"我也不清楚啊。哈定说他已经从事务所出发了。话说回来，威廉也还没到场。海伦，威廉是怎么回事？"

被约翰这么一问，威廉的妻子海伦从沙发上弹了起来。看她那样子，似乎根本没想到自己会被点名。因为她很清楚自己无法成为众人目光的焦点，一是她缺乏魅力，二是她完全不与人打交道，总是缩在"壳"里。结果就是众人越发忽视她，形成恶性循环——海伦就是这样的女人。

海伦神经质地摸着未施粉黛的脸颊，说道："威廉好像去大理石镇了，跟伊莎贝拉一起……"

"跟伊莎贝拉一起？"这次换约翰吓了一跳，"他们俩怎么又一起出去了？"

海伦垂下头，一言不发。这时，一直站在窗边没说过一句话的詹姆斯代她回答了。

"中午的时候，我看见伊莎贝拉坐着威廉的车出去了。应该是有什么事要办吧。"

"是为了老爸吧？老爸让她去买他爱吃的巧克力，所以要去一趟大理石镇上的百货公司。"

"不过,至于为什么要开红色的跑车去,我就不清楚了。"詹姆斯语带讽刺地说。

詹姆斯一向沉着冷静,总是一副超然世外的样子。不过在面对约翰的时候,这种态度就荡然无存了。不管对方是谁,詹姆斯总是以研究实验材料的眼光看人家。然而,此刻藏在他无框眼镜后、紧盯着约翰的眼睛里,似乎还含有其他特殊的感情。

他此时的目光,的确像紧盯实验材料的生物学家。但这名学者手上拿着的,恐怕是锋利的小刀吧,格林胡思乱想着。

大门打开的声音让格林回到了现实。正说着呢,微笑墓园的两大巨星——伊莎贝拉和威廉——回来了。伊莎贝拉身穿酒红色和灰色条纹的华丽长款外套,夹着百货公司的包装袋,英姿飒爽地走了进来。

"啊——今天人好多。太累了。波洛斯的超市真的不能去。"

对自己的容貌很有自信的女人通常都这样——伊莎贝拉根本不管屋里的气氛如何,只顾自说自话,连看到女儿柴郡都不会问候一声"你回来啦"。

"怎么,威廉跟你一起去了?"约翰压抑着内心的情感问道。

伊莎贝拉也没回答这个问题,而是在她之后走进来的威廉说道:"嗯,她的小车坏了嘛!没办法,我只好送她一程喽!"

威廉身上穿着那种在法国的迪斯科舞厅跳舞的非洲人应该会喜欢的花哨毛衣,脖子上系着佩斯利图案的围巾。他似乎是在有意效仿昔日的好莱坞天才艺术家巴斯比·伯克利。不过,身处殡仪馆,他这身打扮就跟格林他们一样显得非常扎眼。

柴郡凑近格林悄悄说:"穿成这副样子,说他们要去参加格莱美颁奖典礼,反而更可信吧?"

约翰继续质问二人。

"可你们也未免出去太久了吧?"

柴郡又小声嘀咕:"有好戏看了。这两个人的演技比演员还精湛。"

威廉走到海伦身边,大大咧咧地坐了下来。

"哎呀,回来的时候,不巧我的汽车也坏了。"说完他紧紧握住妻子的手。

伊莎贝拉也坐到了海伦的身边,和威廉一左一右,把海伦夹在中间。坐下后,她立刻用手搂住海伦的肩膀。

"咦,约翰,你该不会是在怀疑我跟威廉发生了什么吧?真是笑死人了。有这么棒的老婆,他才不会搞外遇呢!你挑错对象了。"

伊莎贝拉说完后哈哈大笑起来,从她张开的嘴唇间露出美丽的粉红色牙龈。牙齿漂亮的女人很多,但牙龈漂亮的女人就没那么多了。虽然年近四十,可只要她这么一笑,就立刻年轻了至少十岁。伊莎贝拉肆无忌惮的笑声和威廉光明磊落的笑容一唱一和,引得夹在中间的海伦也不由得跟着扬起嘴角,露出僵硬的微笑。这时,和事佬弗雷迪也来凑热闹,不负责任的笑声回荡在屋子里——就算是一出闹剧,配角们也不得不跟着主角演下去……

在这笑声的旋涡中,一脸冷漠的柴郡冲格林使了个眼色:你瞧,没错吧!

2

不久后律师出现了。等得焦躁的约翰劈头质问道:"到底是怎么回事?安德烈,遗嘱的事不是上个月就讲好了吗?"

看着约翰那气势汹汹的样子,听着他的质问,律师安德烈·哈定显得很害怕。他连忙从口袋里掏出手帕，擦了擦额头上的汗水。这位律师就像《爱丽斯梦游仙境》里的兔子，整日忙个不停，而掏出手表来看和擦汗是他的习惯动作。哈定缩着肩，摆出一副自己也是受害者的姿态，开始辩解。

"史迈利他临时改变主意，我又能有什么办法？"

"可是，之前那份遗嘱，众人都很满意啊！"杰西卡郑重其事地说道。

诚如她所说，一个月前公布遗嘱内容的时候，没人提出异议。那次哈定是当着史迈利的面，在同样的一群人面前宣读了遗嘱，财产进行了完美的分配，连律师自己都说"当这样的律师真是轻松"。遗嘱的细节部分格林不太了解，不过粗略来说，就是史迈利把财产平均分成了六份：约翰、威廉、詹姆斯和杰西卡四兄妹各占一份，他的妻子莫妮卡占一份，过世的史蒂芬占一份，并由格林继承。另外，不动产这类，也像拼图一样分配得很平均，彰显公平。继承人当中好像只有约翰不太满意，不过，在史迈利承诺让他就任墓园总经理之后，他便接受了。现如今，约翰好像又有什么话要说。

"那你说，遗嘱做了怎样的修改？"

"我还不知道。"哈定耸了耸肩。

"不知道？今天不是为了宣布修改后的遗嘱才把我们叫来的吗？"

"本来是这样的。可我来这里之前去见了史迈利，结果他跟我说新的遗嘱还没写好。他还说他打算享受一下最后的这段时光，所以遗嘱会在他死后才——"

"可恶，这不是耍我们嘛！"约翰快言快语地骂道。

杰西卡也在一旁叹气。

"他可能认为这样做，我们就会在他死前对他好一点。都到这个节骨眼儿了，还给我们添堵。"

"关于遗嘱，我想到了一件有趣的事。"哈斯博士以一副事不关己的轻松态度插嘴道。

约翰出于礼貌地问："是什么有趣的事？"

"是这样的。大约一百年前，苏格兰有位非常有钱的夫人，留下了一份与众不同的遗嘱。遗嘱上说，只要她的肉体还存在于世间，她的丈夫就可以管理她的财产。夫人死后，她的丈夫马上找来一名叫约翰·亨特的男子。这个亨特是一位知名解剖学家的弟弟，他掌握着当时最先进的技术，便把最新发明的防腐剂注入了夫人的动脉。然后，他们再把穿着上好服装的夫人装进有玻璃盖的容器里，供前来吊唁的宾客们瞻仰遗容……"

"这就是遗体保存术嘛。我们的殡葬习俗就起源于此。"詹姆斯接话道，"哎哟，在专业人士面前你就别班门弄斧了。不过的确也有这种说法啦。至少和古埃及人用碳酸苏打水泡遗体的做法比起来，刚才说的做法跟我们的更接近。"

"这跟我老爸修改遗嘱又有什么关系呢？"约翰不耐烦地插嘴。

"现在世界乱套了，连人死了都能复活，他该不会是想交代我们，他死了以后不要为遗体做防腐处理吧？"

杰西卡的这番话让周围的人重新紧张了起来。一脸困惑的约翰问哈定律师："安德烈，如果不考虑老爸遗嘱的内容，但是留下遗嘱的死者——我是说如果——复活了，财产该怎么分配啊？"

哈定律师皱着眉思考了一会儿。

"唔……你是说死者复活吗？确实是个棘手的问题。首先，所谓继承，应该是从被继承人死亡的那一刻算起。不过在继承问题上，对于死亡的界定尚有很多争议。比方说被继承人宣告失踪一定时间，那么就算本人还活着，也算作死亡；再有，只要确定被继承人在灾害中丧生，即使找不到尸体，也可以做出死亡判定。但是，除了这些特殊情况外，继承开始生效的时刻都是以临床死亡时刻为准，也就是心跳和脑电波停止的时刻，死亡诊断书上记录的时刻。这也是法律上所说的'死亡'。结果现在，临床已被判定死亡的人一个个又都复活了，而且他们似乎还拥有与生者无异的意识和行为能力。"

"那不就是……活死人？"

"对！问题就出在这里。既没死也没活着，而是介于两者之间。若这种情况持续下去，今后活死人越来越多的话，我看全美国的法律人士有一半要去看心理医生了，另一半要一边疯狂学习古时的法律文献，一边努力改变自身的固有观念。"

"怎么改变？"

"这个嘛，比如规定完全死亡才是法律上认定的死亡。也就是必须肉体腐坏或化为灰烬了才能叫死亡，临床死亡不算，必须是各种意义上的彻底死透了。如此一来才能避免争议吧。"

"法律会承认活死人具有意识和行为能力吗？"

"哎哟，我又不是智慧女神密涅瓦，只是一介凡人律师，这种难题也不是三言两语就能回答得出来的啊。由于某些死者的精神活动与活着的时候没两样，所以也不能把他们当作禁治产人，不能立即判定他们丧失了法律上的行为能力……不过，换个角度想想看，他们的肉体经历过死亡，几天或几个月后也是会腐烂的。对于这种人，法律该承认他有意识和行为能力吗？唉……社会的动乱看来是无法避免的了。"

"那生者和死者到底谁有份儿,不就分不清了嘛!"

"最大的问题,不用我说你们也该知道,就出在遗产继承上。已失踪或已认定在灾害中遇害的人又突然跑回来,引发纠纷,这种偶然事件也不是没出现过。今后要是连死者复活后要求删改遗嘱的情况都要考虑进去的话,也太伤脑筋了。而且就算死者不更改生前所立的遗嘱,也还是存在问题啊。"

对这无尽的法律讲义感到无聊的伊莎贝拉插话道:"啊!这些大道理我听不懂——所以说,约翰,你到底能不能拿到遗产?"

虽然她的语气中不带一丝恶意,却表现出习惯被众星捧月的女人所特有的口无遮拦。约翰被问得不知该怎么回答,伊莎贝拉继续纠缠不休。

"大理石镇的房子你能买得起吧?我想快点儿搬去那里住啦。你瞧瞧,巴里科恩家的老房子又破旧又阴森,窗子小小的,对肚子里的孩子也不好。搬去那里后可以住意大利式别墅,窗户和露台都足够宽敞,光线也很足……"

"咦,你们要买房子了?"杰西卡问。

"是啊,结婚以后要过去住,是我们的新居哟。有空来玩呀。"伊莎贝拉天真地回答。

詹姆斯看着约翰。

"你还真有钱啊。"

威廉也不失时机地加入对长兄的挖苦中。

"是啊,从死人那里赚来的钱,不用来盖坟墓,而是变成墓园主人的私人豪华意大利别墅啊!"

"喂!你可别乱说。"约翰怒视威廉。

"咦,我说的不对吗?你私自挪用修建墓园款项的事,连老爸都知道了,不是吗?"

杰西卡一脸惊讶。

"呀，这么说来，老爸会想修改遗嘱，就是因为这个吗……"

约翰没理会杰西卡，对威廉说道："你这家伙，是不是跑去跟老爸告状了？"

威廉笑着耸了耸肩。

"谁知道呢？就算我不说，你拿墓园的钱还债、买房子的事，也早都广为人知了。"

"我是墓园的总经理，这一点老爸之前也承认了。我做什么，还轮不到你多嘴。"

"我们可还没承认。"这次轮到詹姆斯展开反击，"你这个人，一向讨厌殡仪馆，在外面做其他工作混不下去了，又恬不知耻地跑回来，跟我们争经营权。这算盘也未免打得太精明了吧？"

约翰猛地从沙发上站起身来，腿上的猫吓得赶紧跳了下去。愤怒的殡仪馆经理把在场的每一个人都瞪了一遍，宣布道："我没空听你们废话。总之，墓园将由我来继承，这是已经决定了的事。如果你们识相的话，就别再碍我的事了。"

跳到地上的猫叫了一声，钻到詹姆斯那边的沙发底下，躲在角落。詹姆斯避开猫，厌恶地看着猫的尾巴。虽说饲主的恶劣本性可能会"传染"给宠物，可他这反应也未免太过激了。约翰此时打开装猫的篮子，趴在地板上叫着猫的名字："索瑞①、索瑞，抱歉哪！"

就在这时，对这些愚蠢儿女的争论漠不关心的莫妮卡，拢了拢散开的头发，冲着约翰的屁股说道："大家都辛苦了。说的尽是些我听不懂的话。对了，杰森也有分到钱吧？"

---

① 猫的名字是 sourire，法语，微笑的意思。

"莫妮卡，杰森他已经……"

哈定律师正想解释，却被约翰以目光制止。那眼神的意思是：讲了也没用。

莫妮卡似乎一点也不介意这样的小动作，继续追问："还有，我的丈夫……史迈利，是什么时候死的？"

第六章　墓园改建计划

古代的伟人曾经说过：要想了解一个社会，就去观察他们的葬礼，只要知道什么样的人能够得到最风光的葬礼，大概就能窥知一二了。

——马克·吐温（Mark Twain）
《苦行记》（*Roughing It*）之"巴克·范肖之死"

1

众人在资料室集合之后，傍晚时分，又将在殡仪馆的餐厅里举行一场晚餐会。听说好像是约翰要把新的生意伙伴——一位日本人——介绍给众人。

格林看着挂在餐厅后方的巨幅马赛克壁画《最后的晚餐》，不由自主地数起参加晚餐会的人数——壁画里参加晚餐的共十三人，他们这边则是十一人：之前资料室的那群人中除去已经回去的哈定律师、杰西卡夫妇以及柴郡，然后再加上墓园里的天主教教堂祭司马里亚诺神父，以及刚才提到的那个日本人，总共是十一人。不，还少算了一个"大人物"，格林心想。这时，从外表不太看得出来，但实际上是一名"爱猫人士"的约翰如往常一样，提着猫咪"索瑞"的篮子走了进来。

猫——说起猫,柴郡跑去哪里了?格林心中暗自纳闷。算了,她脾气反复无常也不是一天两天,再说要是自己什么事都去管的话,就算有三头六臂也不够用吧。但她没叫上自己,一个人不见了,这就太不够意思了。对格林而言,不擅长这种场合的程度可不亚于柴郡。

接下来,看到在约翰身旁坐下的日本人,格林更加郁闷了。那是个脖子几乎缩进肩膀里的矮胖子,从薄薄的嘴唇里露出来的金牙闪闪发光。若再在肩膀上扛一台相机,就是经常会在美国报纸的滑稽漫画上看到的"典型日本人"了。体内也有一半日本人血液的格林并不希望看到他成为众人的笑柄,因此在一旁提心吊胆。不知是不是看穿了格林的这种心情,约翰看起来很高兴地向众人介绍起这名日本人。

"这位是南贺平次先生,我的新生意伙伴。"

"咦?Lan……huo……bingci?好奇怪的名字。"

莫妮卡一副不得其解的样子,嘴里念念有词。旁边的马里亚诺神父连忙请她安静下来。

约翰把出席晚餐会的成员一一介绍给南贺,除了威廉以外,众人都客气地打了招呼。原本威廉这样的人应该是最看不起南贺的,但今天的他却表现得礼貌周到,让格林颇感意外。看来这两人之间存在着超越感情的利害关系。格林是最后一个被介绍的,约翰用仿佛介绍局外人的口气轻描淡写地说了一句"他是在墓园工作的人"后,说道:"各位,借此机会,我想请你们边吃边听我说一件事。我要说的事至关重要,是有关微笑墓园的重大改革——也该是我大展身手的时候了。"

由于众人都没有回应,年纪最大的哈斯博士只好勉为其难地开口问道:"哦,那你打算怎么做?"

"啊哈！哈斯博士，您不用担心，我只是想稍微改改墓园的陈年陋规，开创新的事业。"

哈斯博士瞥了一眼正吸溜吸溜喝着汤，毫无礼数可言的南贺，问道："你指的是开发新的墓地吗？"

"是的。老爸上了年纪，有点过于保守了。我想让这座墓园不仅在州内扬名，更要做到全美国——不，全世界第一。"

詹姆斯插了句话。

"独立纪念日不是过了吗，怎么这会儿又放起烟火了？"

晚餐开始前就喝了很多红酒的他现在已经醉到说胡话了，这种情况在他身上倒是很罕见。约翰也不理会詹姆斯，继续说道："我将和这位南贺先生合作，重新开发墓园东边和墓碑村的土地。"

哈斯博士的兴趣被勾了起来，再次询问道："听起来规模肯定不小吧？"

"是的。加起来少说也有九百英亩吧。"

詹姆斯用讽刺的语气道："哎哟我说，你盖那么多坟墓干什么？难道还想把约翰逊总统从坟墓里挖起来，请他再发动一次越战吗？"

"不，詹姆斯，不是战争，而是和平的经济上的交流。而且不是美国一直以来做的赔钱买卖，而是有利可图的进口贸易。"

"所以你才跟南贺先生……"哈斯博士挑起一边眉毛问道。

"您可真是明察秋毫，博士。南贺先生的富士山土地开发公司，从去年开始在大理石镇帮日本的计算机公司盖了许多IC工厂，为本地的经济发展做出了极大贡献。"

一直等着说话机会的南贺，此时用带有奇怪口音的英语加入了谈话。

"也就是说，这次我所服务的对象不是活人，而是死人。"

约翰一脸严肃地点了点头。

"南贺先生请我将墓园东边的土地开发成日本人专用的墓园。另外，收购墓碑村一带土地的计划也在进行中。"

这句话让出席晚餐会的众人骚动起来。詹姆斯目瞪口呆地看了看邻座的威廉和马里亚诺神父，之后大声抗议起来。

"喂！你们日本人，把货物倾销给我们还嫌不够，现在连尸体都要倾销给我们吗？"

听到詹姆斯的强烈抗议，南贺却不为所动。他露出神秘的"东方"笑容，回答道："哎呀，先别那么激动嘛！比起那些在夏威夷的美丽小岛上大片开发地皮的日本人，还有眉头都不皱一下就买下蒂芙尼大楼的日本人，我的罪过还不算大吧。毕竟此事与死人有关——日本地窄人多，连活人都快没地方住了，更别说给死人安家用的墓地了。你们不是说'四海之内皆兄弟'吗？那死人也就不分国籍了吧？要是连死去的幽灵都要分出人种的差别，那可就不太好了。反正美国的土地这么大，就分一点给可怜的死人用吧……"

詹姆斯的怒火顿时爆发了。

"什么叫'就分一点'？全世界最有钱的国家竟然不能在自己的国家建造墓地，这种鬼话谁会信？依我看，你们是想以死人为借口，暗地里策划着用日元再次发动太平洋战争吧？"

约翰立刻严肃地制止了詹姆斯的发言。

"詹姆斯，别再说这种没大脑的美国式言论了。你那一套，最多只能去全美伤残军人集会上讲给那些士兵听。对吧，威廉？"

被问及意见的威廉令人意外地老老实实地点了点头。

"是啊,你说得有点过分啊,詹姆斯。"

詹姆斯吃惊地反复打量威廉。

"威廉,你怎么回事!今天你打算站在约翰那边吗?"

为了让詹姆斯停止无礼,约翰苦口婆心道:"詹姆斯,你误会南贺先生了。他跟日本那些心狠手辣的地产商不一样。他见多识广,对殡葬业也有很深入的了解,还出过书呢!南贺先生的笔名是南克·费尔奇,这个名字你应该听说过吧?"

"南克……费尔奇?写那本《生意兴隆的殡仪馆》的费尔奇吗?"

这下子,不只是詹姆斯,连格林和哈斯博士都感到吃惊。《生意兴隆的殡仪馆》是近年来全美最畅销的书,且颇具话题性。这本书的副标题是"殡仪馆大全",书中对各州的殡仪馆按服务满意程度打分并附上评论,换句话说,这本书可谓殡仪馆版的《米其林餐厅指南》。

"啊,我不知情……刚才有些神经过敏……十分抱歉。"

虽然詹姆斯的脸上还有些许不快,不过嘴上先道歉了。即便是他,也无法做到随便反驳《生意兴隆的殡仪馆》的作者吧?这本书对殡仪馆的要求算得上鸡蛋里挑骨头,评论极其辛辣。

这本书对一些墓园产生了意想不到的影响,比如书中对洛杉矶的佛蒙斯特墓园的神父是这么评论的:"大圣堂的气氛庄严肃穆,但费尔南德斯神父带有鼻音的声音实在是让人很难听清楚。哪怕是坐在最前排的听众,最多也只能忍受那沉闷的布道五分钟,就要起身离开了吧。很遗憾,我的评价是两星半。"轻易就给这座墓园判了死刑。顺带一提,书里的最高评价是五星。

詹姆斯的态度转变让约翰满意地点了点头:"明白就好。你也该多和南贺先生聊聊,这样对你的工作也有帮助!"

格林想象着此时詹姆斯心中的不安。

如果在近期出版的《生意兴隆的殡仪馆／东部篇》里有这样一段话的话……

"微笑墓园，看起来似乎满足了对葬礼相关事宜要求较高的人群的所有需求。对于这家墓园，我只有一点忠告，那就是注重一下尸体防腐和美容技术。或许有读者会感到意外，的确，该墓园的主任入殓师詹姆斯·巴里科恩先生的技术实属一流，但我对他最近的工作状态感到担忧。先不说他的防腐技术如何，光看遗体妆容，会让人觉得他没有拿出真心。为求遗容鲜活生动，他为死者涂上了厚厚的腮红，但这样一来，死者就搞得像乡村剧的演员，还让他们垂着头迎接瞻仰的客人，未免过于卑微。在他身上，我看不到意志坚强、富有创造力的专业人士该有的精神。期待他在未来会有更佳的表现，我的评价是三颗星……"

如果获得这样的评价，对自诩"专业人士中的专业人士"的詹姆斯而言，无异于被人背后捅了刀子。在他的意识里，对他的评价一律都得是五颗星才行。

2

察觉到气氛有些凝重，哈斯博士连忙使出他的独门绝招——炫耀学问——来化解僵局。

"唉！也不能光责备来自日本的客人，美国人也好不到哪里去。就说查尔斯顿舞流行的那个年代，大富豪们还不是眉头都不皱一下就买下欧洲的古堡，还拆开分解、大费周章地把它们漂洋过海地运过来。看来不管是哪国人，只要钱多到一定程度，想法都会与旁人不同。"

詹姆斯泄气地耸了耸肩，摆出一副不关心的姿态。

能把对殡葬业者恨之入骨的人说服到自己这一边，约翰的手段确实很有一套，格林心想。看到南贺被众人认可，约翰立刻又添了一把火。

"这又不是美日战争，这叫互惠互利。日本人需要土地，美国人想赚钱，就这么简单。此外，新开发的土地也并非全都拿来盖日本人的墓地，其中的五百英亩，我打算改造成配有住宿设施的游乐园。"

"游乐园？"哈斯博士听得目瞪口呆，其他人也发出议论声。

"是的，博士。您不是曾经告诉过我，以前的人常在墓地举办庆典？比如跳舞、市场之类的。"

哈斯博士不由自主地点了点头。

"嗯。中世纪的欧洲的确有这样的传统，会办集市，举行舞会。也正因如此，鲁昂会议上才有'政府决定，禁止在墓地进行舞蹈、表演、买卖香料等活动'的记录。此外，维多利亚王朝时期的英国，教会为了募集资金，在纳骨堂上面隔了一层地板的地方开起了舞会。我记得前几天才把记载着这段历史的文献借给你吧？"

"是的。正是如此啊！结果，死者成了生者的陪衬。这个世界毕竟还是为生者而存在的，生者会以优先自身为前提，支配死者的权益。不管多么伟大的人，死后照样要屈服于生者的支配，受生者评价。对死人而言，活人的观点往往胜过死人对自己的评价。所以说，我打算改革这间墓园，让它更符合生者的需求。"

"你说的这个游乐园，会对生意有帮助吗？"

"当然，生者对死亡可以说是避之唯恐不及，真正的天堂和欢乐都在人世间。博士，您注意到生者对死者所怀有的矛盾心理了吗？对于死者，他们又爱又恨。不，讲得更准确一点，他们爱的是死者在世时的样子，希望将其永远保存在记忆里。但对于冰冷、逐渐腐烂的尸体，他们只会感到忌讳和厌恶，希望忘了它。所以，防腐处理也好，为遗体化妆也罢，不都是为了把死亡给人带来的不快遮掩起来，让生者能忽略它吗？不仅如此，在墓园的这段日子里，我还发现生者的类似心理还反映在其他行为上。"

"哦？此话怎讲？"

"活着的人们会在日常生活中把死者忘得一干二净，只在每年特殊的节日，比方说忌日、母亲节、万圣节这些，或者有什么一厢情愿的诉求的时候，才来扫墓。而且，这种携家带眷的扫墓活动往往跟休闲娱乐活动差不多。我们这处乡下墓园为什么能吸引那么多人来扫墓呢？其实他们都是想趁着扫墓，顺便参观老爸亲手打造的欧式花园，或是顺便到附近的春田瀑布去玩。这样他们就能忘掉令人不快的死亡，开开心心地回家去。所以呢，我打算让生者掏更多的钱出来。死人的那份钱，在签订生前埋葬合同的时候就收了，况且也不可能跟已经消失在这世上的死者要钱。今后，我要把重心放到获胜的那一方，要从还在人间享乐的生者身上捞更多的钱。"

一直专心切着煎小牛脑的南贺这会儿又跟约翰一唱一和起来。

"巴里科恩先生说得对极了。日本的情况也跟美国差不多，土地不足，墓园都迁到了郊外，要是再不搞些休闲娱乐，活人更不会过去了。说到这个，我想到一个不错的点子，建造日本人专属的墓园时或许可以派上用场。我们针对那些苦于土地不足、担心无处安葬的日本死者后备军打出这样的广告词怎么样？'美利坚的神圣土地。首批移民的祖辈梦想中的千年王国，迎接最后审判的新英格兰。想不想让这里成为您灵魂安息的地方呢？就与这片墓园定下永久的约定吧。这里的红叶与京都的同样美丽。'至于对活人们，我们可以这样宣传：'结合扫墓的美国寻根之旅，在新英格兰的土地上圆您的美国梦！有东北部迪士尼乐园之称的微笑乐园，刺激欢乐的云霄飞车保准让您大呼过瘾！'只要为他们安排好行程，保证财源滚滚。"

在座的众人好像都被南贺的这番言论吓到了，彼此面面相觑。只有一向理性客观的哈斯博士冷静地提出了疑问。

"姑且不论这个计划的好坏，法律上允许这么做吗？居民会作何反应？我觉得这是问题的根本吧。"

约翰马上回答。

"关于这点，请大家放心。议会那边，南贺先生早就疏通完毕了，他可是操控政客心理的高手。"

一直默不作声的莫妮卡突然从意外的角度提出了反对意见。

"我不喜欢异教徒侵占我们的墓园……"

南贺惊讶地看着这位老妇人，脸上露出狼狈之色。比起指责他赚黑心钱，明显质疑他的宗教信仰让他更难受。

"啊，您这么说，我也是……哎呀，就算要盖日本人的墓地，也不会占多大面积的。日本现在流行火葬，火葬后再埋葬，一个人只要美国人的三分之一到一半就够了。这样的墓地是不是很可爱啊？日本人活着的时候就住惯了小地方，所以不会给你们美国人带来困扰的。"

"真是无情啊……"威廉不假思索地嘀咕道。

约翰听到了这句自言自语，从而转向威廉，晓以大义。

"你不要想太多，威廉，南贺先生说得很有道理，我觉得我们这里也可以引入火葬。其实美国人的丧葬方式也在逐渐改变，就说乔治亚州好了，甚至不用下车的'快餐店式'葬礼不是也被接受了吗？加利福尼亚那边，在设有礼拜堂的大型游艇上举行水葬，或是用塞斯纳小型飞机在空中抛撒骨灰的空葬，现在都很流行。这些可是我们美国人自己的流派。而拼命想出好点子打败竞争对手，不正是身为葬礼总导演的你的职责吗，威廉？"

"抱歉，约翰，恐怕不行，我已经受不了墓园的工作了。我想从事的是真正的舞台演出，对着一群从进来开始就不停流眼泪的观众，还有与一句台词都不会讲的冰冷尸体演对手戏，这些我都受够了。我想借这次机会离开墓园。"

"这次机会？"

威廉猛然回过神来，发觉自己说得太多了，但已经来不及了。

"唉……是的，百老汇要上演一出小型音乐剧，做宣传的吉姆·菲尔德先生找上了我，已经谈得有些眉目了。"

"什么？你还在追求大学时代的梦想吗？歌舞剧？光靠演戏是吃不饱的。"

"我不在乎能不能吃饱，就算饿死在路边，只要能留下优秀的作品，我就无所谓。"

"不、不，我刚刚说过啊，一件事的好或坏，完全是由生者来做评价的。你抱着这种想法，能成功吗？别幼稚了。无论你的目标多么远大，死了就都结束了。别再说这种不切实际的话了，就按照老爸的期望，作为巴里科恩家族的成员为墓园尽一份力吧！"

面对苦口婆心的约翰，威廉使出了一张王牌。

"这次的事，我想南贺先生会支持我的。"

这下换约翰大感意外了。

"这又是怎么回事？"

"我想请他出资赞助歌舞剧。别忘了，是我把你引荐给南贺先生的。早在介绍你们认识之前,我已经在和他交涉了。"

"他说的是真的吗?"约翰看着南贺问道。

南贺故意讲得暧昧不明。

"是的,这对我们公司也是个不错的宣传……"

"那么,你打算出钱资助威廉吗?"

"这个嘛……我还不能回答你。不过,我对威廉先生的才华很感兴趣——这个话题就到这里吧,请见谅……"

约翰叹了口气。这下子,格林终于明白为什么威廉对南贺的态度如此谨慎又尊敬了,原来背地里有这么一层利害关系。约翰将红酒一饮而尽,停顿片刻后,再次拉回话题。

"那让我们回到葬礼的问题上。我打算增设两座火葬炉,大规模引入火葬仪式。"

"你是指,除了日本人以外,其他人也要用吗?"哈斯博士大为震惊。

"是的。火葬是个好方法。没错,美国人也该采用火葬才对。"

由于这个决定会影响自己的工作,因此,一直装聋作哑、专心吃饭的詹姆斯插嘴道:"那么防腐和美化遗体的工作是不是都不用做了?"

"詹姆斯,别误会,我可不是杰西卡·米特福德女士,学人家倡导什么葬礼简化运动。我现在满脑子想的可只有微笑墓园的利益。所以我是不可能取消防腐处理和遗体展示环节,直接把死人送进火葬炉的!那些过程会完全保留,毕竟,美国葬礼的费用大部分在这上面,这也是微笑墓园的特色。我所考虑的是,在美式葬礼中加入火葬。"

"那火葬的费用要另外收取吗?"

"当然。遗体的防腐和化妆、制作高级桃花心木棺材，以及太平间的使用等项目和以前一样收费，此外再加上火葬的费用……对了，火葬时棺材也会被烧掉，骨灰要用昂贵的东洋陶瓷罐来装。你觉得如何，南贺先生？"

"嘿！这还真是个好主意。而且还可以反过来向日本人推广尸体的防腐处理和遗体展示啊！"

"日本人能接受这个习俗吗？"

"没问题的。日本人举行葬礼的时候，光是灵堂的租金一天就要一万美金上下，他们还不是眉头都没皱一下就付了？更何况，日本人新年是去参拜神社，葬礼却是佛教仪式，结婚、过万圣节时又变成基督徒了，可见日本国民对宗教没有那么虔诚，只要宣传得当，保准你财源广进。反正你们美国人最能说会道了。"

听到这番话，詹姆斯非但不吃惊，反而显得很愉悦。

"喂！弗朗西斯，日本人真像他说的那样吗？"

身上有一半日本人血统的格林可一点都不想附和南贺的说法，不过他还是尽可能客观地回答："确实，跟其他国家的人比起来，日本人的宗教观算宽松的。但这总比因为宗教冲突而让孩子们都流血牺牲的国家要好得多吧？"

这句话可是格林费了很大的力气才说出口的。詹姆斯也万万没想到朋克小子能做出这种回答，当场愣住了。确实，自己根根直立的头发跟"宗教观"这类的词很不搭调，格林在心里苦笑道。

另外，在场有一个人，只要谈到信仰就一定要发话，那就是莫妮卡。她像如梦初醒般，以坚决、严肃的口吻说道："日本人对信仰不虔诚，跟我们没关系。倒是为什么我们非得接受来自东洋的野蛮葬礼呢？有谁能告诉我吗？"

大概是因为年纪渐渐大了吧，莫妮卡最近经常因为胡言乱语给众人带来困扰,只有在讲到她唯一关心的事——信仰——的时候,她的脑袋才是清醒的。平常一向懒得理她的约翰竟然表情愉快地追问:"哦,你说的野蛮葬礼,是指这个吗?"

莫妮卡毅然决然地说道:"没错,岂止野蛮,火葬……是会被诅咒的……"

第七章　失控狂奔的棺材列车

罪孽深重的殡仪馆老板叹息，孤独的管风琴独自哭泣，银色的萨克斯说道："我本该拒绝你。"

——鲍勃·迪伦（Bob Dylan）

《我想要你》（*I Want You*）

1

柴郡踩着旱冰鞋滑过殡仪馆走廊，觉得整个人都心情舒畅了起来。

没想到在殡仪馆里面溜冰会这么爽快——对她而言，这可是新发现。之前，她曾因为在墓园里的庭院和墓地里溜冰而被约翰臭骂了一顿，不过在殡仪馆里还是头一遭。这里几乎都铺的是大理石，轮子在上面滑动的触感格外不同，顺畅又舒适。此外，在大厅里歪歪曲曲的奇怪梁柱之间穿梭，一口气滑过不分教派的礼拜堂的狭长走廊，把牧师吓得直翻白眼——这些也很有趣。柴郡心想，没去参加那闷死人的餐会真是对极了。肚子饿了的话，待会儿叫格林开车载她去大理石镇，买点比萨吃就行了。

柴郡一边用口哨吹着走调的《宛如祈祷者》（*Like a Prayer*），一边思索接下来要去哪儿。柴郡搬进微笑墓园虽说已经一个多月了，但因为中途去了一趟巴黎，所以殡仪馆内还有很多地方没去过。要她跟可憎的遗体对视她可办不到，不过大厅走廊边一整排紧闭的门扉看起来充满神秘感。在她眼里，那就像是通往不可思议国度的入口，充满诱惑。

柴郡滑过殡仪馆西侧走廊，在名贵的砖红色地毯上留下了类似火车车轮碾过的痕迹，然后以华丽的姿态向东侧的走廊滑去。这里还有很多尚未探索的地方。滑了一会儿后，她看到有一扇门上写着"选择之间"。她很好奇是要选择什么，便急停下脚步，打开门想要一探究竟。

房内陈列着各种各样，形状、颜色都不相同的棺材——原来是让遗属挑选棺材的房间。柴郡战战兢兢地在房间中央移步，内心被眼前无数棺材排在一起的景象所震撼。房间正中央摆的是众人熟知的人气商品，由附轮子的棺架承载的双开式桃花心木棺木，旁边则是样式有些老气、价格便宜的六角棺。墙壁上还立着大大小小的棺木，仿如身处古埃及博物馆。最里面那面墙上展示的是镶有宝石的特等品，静静地躺在玻璃罩中。

柴郡随意地敲着每个棺材的盖子，偶尔还掀开来看看，等到好奇心终于满足了，她才开始注意别的事。仔细一想，这还是生来第一次被这么多棺材包围，而且是独自一人。柴郡突然害怕起来，她缩起脖子，向周围张望。房间中央的六角形棺材和以前在电视里深夜剧场看到的吸血鬼电影里的一样——要是棺材盖突然打开，从里面跳出龇牙咧嘴的德古拉伯爵的话……不，光是看到一只小老鼠爬出来就能把她吓得浑身发抖了。

不行，不能再在这里待下去了。

柴郡走向通往走廊的门。

就在她伸手要握住门把手的时候，突然听到门那头传来有人讲话并向这边走来的声音。要是被人发现自己在这里就糟了，她突然想到。如果再让约翰得知的话，不仅要挨骂，连旱冰鞋可能都会被没收。柴郡赶紧躲到门旁用棺架支撑着的气派大理石石棺的后面。

"……突然发生这种事，真是太不幸了！"

柴郡从棺材后方偷偷看过去，来人原来是见过几次的殡仪馆员工庞西亚和一位像是顾客的胖男人。庞西亚像只苍蝇似的搓着双手，毕恭毕敬地向客人介绍着。

"首先是选定棺木，接下来就可以决定摆在哪个太平间了。依我看，像您父亲这么德高望重的人，自然要选用最豪华的棺材，才配得上他的身份……"

庞西亚露出雪白的牙齿，朝房间里面的展示橱窗走去。他指着那具最华丽的棺材，说道："这个'皇族之眠'，是本墓园的顶级商品。外层贴的是金箔，连握把都是黄金打造的。此外，棺盖上镶有正宗的红宝石和绿宝石。除防水、防潮这些基本功能外，铅制的内棺连射线都能阻挡……"

"射线？"胖客人问。

"嗯，最近很多人注重这一点呢。而让往生者安息，是本墓园的经营方针，也是首要目标。在这方面，'皇族之眠'选用真丝内衬，令尊绝对能在其中静静安眠……"

"那价格呢？"

"嗯……优惠价是两万九千八百美元……"

"两万……不用了。我爹地不喜欢这样的棺材。"

顾客的冷淡反应并没有让庞西亚泄气，他又带着胖客人穿过整个房间，物色棺材。他们走到了柴郡的藏身处附近。

"那这款怎么样？意大利知名跑车的设计师特别设计的'天

国法拉利'。您看这流线型外观，很时髦吧！这一款也同时兼顾居住性设计理念，既宽敞又舒适，保证令尊会觉得满意的。"

但客人对庞西亚的说明充耳未闻，而是指着柴郡藏身的那口棺材问道："那一副呢？"

"您可真有眼光。这副是刚刚送到的最新款，'海神尼普顿出航'。是由整块大理石打造的，支座上雕刻的海神装饰十分精致……可惜，这副棺材是为海运大亨特别订制的，已经有主人了，恐怕……啊对了！您不妨看看同款的'奥德赛的旅途'？那个也很不错哦！"

胖客人一副心有不甘的模样，盯着大理石石棺看了很久。最后，在庞西亚的劝说下，好不容易把头转开。柴郡突然有股想笑的冲动，赶紧捂住了嘴巴。记得小时候玩捉迷藏，她也总是因为不小心笑出来而被抓到。不过，为了不让自己笑出声而捂住嘴巴的双手，很快就派上了其他用场。

柴郡突然发现，因为自己闷声发笑导致肩膀不停地抖动，带的为她提供庇护的棺材好像晃了一下。她维持着半蹲的姿势，将视线从庞西亚和胖子身上移开，锁定在眼前的棺木上。白色的大理石棺盖和棺体之间出现了一条仅半英寸宽的黑线。这条黑线当然就是所谓的缝隙。凭借一个人的力量，确实可以把石棺的盖子举起半英寸高。柴郡瞪大眼睛，盯着这条划过白色石棺的黑线——是有人从里面把棺材的盖子抬起来了吧？黑线越来越粗，盖子随之慢慢被抬起，已经能看到棺材内部的丝缎了。

"怎么办呢？我个人比较中意桃花心木制的'特别安息'，不过还得问问妈咪的意见才行……"

胖客人和庞西亚并未察觉到身后这口棺材的异状，只顾专心商讨买卖的事。柴郡面临进退两难的局面。出声的话，自己肯定会被他们发现。不过,卡在喉咙的那一声尖叫眼看着就要抑制不住了,而她也已经摆好了逃跑的架势。

柴郡陷入窘境的时候,棺材盖已经打开近九十度了。柴郡也终于知道是怎么一回事了。一只枯瘦且青筋凸起的手正从里面慢慢地把盖子往上推。即使用手捂着,急促的喘息声依然从她的喉咙深处冒了出来。而胖客人和庞西亚依旧没能发现这一异状,还在聊天。终于,棺材盖整个儿被推开了,另一只手露出来,扶着棺材的边缘。接着,棺材里面的人慢慢出现,露出了上半身。

柴郡胆战心惊地偷偷瞥过去。是一名头发稀疏、瘦削的中年男子,脸上明显带着死人妆的痕迹,白得吓人;他双眼紧闭,耳朵上的银色耳环闪闪发光。男人的脸转向柴郡这边,突然间睁开了眼睛。

心中的恐惧终于达到了极限。

柴郡整个人跳了起来,死人也好似苏醒过来一般,发出尖锐的叫声。吓了一跳的庞西亚和胖客人转过头来。这下子,原本不知道对方也在这个棺材展示厅的四个人终于碰面了,恐慌的一幕正式上演。

先是庞西亚和胖客人。在看清楚有死人从棺材里面爬起来后,两人同时发出厚重的喘息声。令人意外的是,和柴郡面对面的死人竟然发出高过柴郡好几倍的尖叫。柴郡被死人的咆哮声吓到,全身发抖地从棺材后面跑了出来,冲向庞西亚和胖客人。然而在他们眼中,柴郡的可怕之处并不亚于棺材里的男人,不过就算他们误把突然现身的朋克打扮的姑娘当成从棺材里苏醒的死者的同伴,也是情有可原的。在这种恐慌状态下,谁也不能苛责他们吧?

庞西亚一步跳开,另一边,胖客人因为过于害怕,像个小孩似的紧紧闭上了眼睛。同时冲着逼近的怪女人伸出两条粗胖的手臂，用力一推，仿佛使出了相扑中的"双手齐推"。这招正中柴郡的胸部，在强大的反作用力下，柴郡又顺着过来的路线弹了回去。失去平衡的她一边如电风扇般挥舞双手，试图保持平衡，一边眼睁睁地看着旱冰鞋带着自己往后退。结果，她那壮硕的臀部正好撞上大理石石棺的尾部。

然而更倒霉的还在后头。承载石棺的棺架底部是有轮子的，柴郡和石棺这么一相撞，就变成两节车厢的火车，在地板上畅快地滑了起来。

这时，没良心的庞西亚抛下客户，打算先一步逃走。他朝着门口跑去，慌慌张张地握住门把手，急着想把门打开。不过他的举动反而让事态更加严重。下一秒钟，冲过准备夺门而出去的庞西亚，早一步到达走廊的，是由柴郡和石棺组成的失控列车……

2

餐厅里，众人仍围绕着丧葬流程聊着天。被约翰煽动的莫妮卡简直就像站在讲坛上传道似的，正襟危坐地发表着观点。

"……没错，火葬，就是被诅咒的不祥仪式。《圣经》里的人物全都是土葬，火葬只用在被诅咒的人身上。《利未记》里就有记载，'一个男人如果同时把妻子和丈母娘娶回家，就是做了伤风败俗的事，他和他的女人都必须被火烧死'。还有，亚伦的儿子拿答和亚比户就是因为违反上帝的旨意，擅自献上凡火才被烧成了灰烬……"

怎么这会儿话题又从现实的欲望讲到了古代的信仰？在座的人全都听得一头雾水，只有约翰在尽力认真回应。

"呵呵，虽然我是个没有宗教信仰的人，平常读的书就只有商业方面的，但《圣经》我也是看过的。不过呢，莫妮卡，你刚刚举的例子好像都是火刑而不是火葬吧？既然提到《圣经》，我就顺便说一下，《利未记》里不是也有'身犯淫行的祭司女儿必须被火烧死'这样的描述吗？"

很明显，约翰是在指桑骂槐，讽刺莫妮卡和史迈利曾经的不伦关系。格林回想起，约翰的生母萝拉就是因为受不了这件事才自杀的，这在约翰的心里或许是一道迈不过去的坎儿。面对约翰的激烈反击，莫妮卡似乎动摇了。良久，她才终于开了口。

"唔，头被割下来，钉在伯珊城城墙上的扫罗王，他被施以火葬也是为了侮辱——"

"又转到《塞缪尔记》了吗？那时基列雅比村民为扫罗王施行火葬，可不是要侮辱他。相反，他们之所以那么做，是为了防止王的坟墓受到腓力斯丁人的破坏。是这样没错吧，马里亚诺神父？"

格林心想，约翰估计早就知道，想要推广火葬计划，势必会引来一场宗教论战，因此他应该早就模拟了各种情境，就是为了在这时派上用场。他可怜的继母和天主教祭司应该被他视为了假想敌。突然被点到名的马里亚诺神父吓了一跳，他看了看莫妮卡，又看了看约翰，最后终于决定向莫妮卡伸出援助之手。

"《圣经》里的细枝末节，如果要一一解释的话，恐怕会有各种说法吧。比起表面的观点，我更关心其根本。总之，人的身体是上帝的神圣造物，若将其烧成灰烬的话，恐怕与信徒的情感背道而驰吧？虽说算不上罪，但最好还是不要弄脏上帝赐予的肉体。身体和灵魂同为受救赎之物，是安置圣灵的宫殿，是为了'得以圣别'而准备的。"

受到神父的言语激励，莫妮卡的态度又强硬了起来。

"没错，最后的审判来临时，肉体将在荣光的照耀下复活。《但以理书》中就有这么一段：'睡在尘埃中的，必将有多人复醒。其中有得永生的，有受羞辱永远被憎恶的。'要是连身体都化成了灰，人要怎么复活？就说耶稣好了，在他被钉死的第三天，妇女们带着香料来到他的墓地，却发现此处已为空虚，那是因为耶稣和他的身体一起复活了。"

"依我看，这个说法只是为了证明耶稣复活所耍弄的'不在场证明'吧？"

哈斯博士像个唯恐天下不乱的顽劣小孩一样搅着浑水。只可惜，莫妮卡已顾不上他人，她好似被附身了一般，把全部精力都放在跟约翰的舌战上。

"你真是可悲啊，约翰，你这个提倡火葬主义的异教徒。你就好比门徒多马，说什么'除非让我把手探入耶稣身上被钉子凿穿的洞里，否则我就不相信他复活了'！"

莫妮卡的汹涌气势让约翰有些束手无策。于是他改变战术，不跟她谈论纯粹的宗教内容。

"哼，在审判中复活吗？复活这种事根本就无法用科学来证明。那些所谓证明复活的言论，都并非确切的历史事实，说到底，就只是一种迷信罢了。'信者有福'，对吧？我是听够了，你要信尽管去信，但也请让别人自己决定想相信什么吧！我既非异教徒也非火葬主义者，我只不过想做一个相信科学和经济学的杰出经营者罢了。我再强调一次：之所以引入火葬，是为了墓园的繁荣。今后我们不能再开发新的土地作为墓地了，火葬有利于节省土地。此外，基于环境卫生的考虑，将遗体火化也对社会有益，不是吗？"

莫妮卡不住地摇头，她身旁的诺曼担心地注意着她的脸色。南贺则一脸开心地把叉子插进小牛肉里，想确定火候如何。

这时，得意忘形的约翰在餐桌上投下了最后一颗炸弹。

"所以，我打算在老爸过世之后，也为他进行火葬。"

众人一片哗然，莫妮卡马上强烈反对。

"你在说什么，约翰？！我坚决不答应！这对天主教徒而言是莫大的羞辱——"

"哎呀，老爸不是个无神论者嘛。虽然死期将至，他看起来比以前虔诚了一些，不过那只是伪装，是老爸最擅长的表演罢了。更何况，老爸刚病倒的时候就曾说过，他是不介意火葬的。他一定也暗自为墓园的未来做过打算吧？如果微笑墓园的所有者都采用了火葬，整个州的丧葬协会都会报道此事，对火葬也是一种促进，再没有比这更好的宣传了。这样一来，还可以体现出微笑墓园的进取精神。对了，哈斯博士，你最懂历史了，我曾祖父是如何走到时代前沿的，请你说给众人听听。"

哈斯博士面露难色地回答道："嗯，的确……托马斯·巴里科恩对英国火葬协会的创立确实有不小的贡献。"

"就是说嘛！火葬能够在英国普及，我巴里科恩家族算是功臣之一。所以，这次美国殡葬仪式的改革，就由我来带头！"

"我死都不会答应史迈利死后用火葬的！"莫妮卡依旧态度强硬。

约翰傲慢地耸了耸肩，叹了口气。

"你一定要这么迷信吗？那好，我问你：包括天主教徒在内，全美国百分之九十五的人，死后都要经历防腐处理、化妆、遗体展示这一过程，这些你又做何解释？难不成《圣经》上还写着'要为死者化妆，并让他们的身体暴露在生者面前'吗？这个聚集了各色人种、各种宗教信徒的国家，为何能有条不紊地按照统一的程序举办葬礼，还不是因为有殡葬行业的人进行指导？若没有强者站出来领导这个国家是不行的。而主持百姓葬礼的可不是总统或教会，是殡仪馆，因此我们必须率先起带头作用。"

看样子约翰是铁了心了，在他的脸上看不到丝毫退缩的神情。无法反驳他的莫妮卡急得咬牙切齿，又看向马里亚诺神父，但这次他没有施以援手。在一副胸有成竹、将所有反对言论都熟练地反驳回去的约翰面前，原本就不怎么能言善辩的天主教徒两人组这次似乎是输了。不懂得见好就收的约翰还在继续嘲讽着。

"对了，说到复活，我差点忘了火葬还有一个好处。最近不是发生了很多死人复活的事件吗？如果那是真的的话，那么微笑墓园引入火葬还真是选对了时机。"他呼了口气，继续说道，"毕竟，死人复活之后，最受困扰的莫过于活人。也就是家属和我们这些开殡仪馆的。总之，机不可失。我打算从现在开始就待在办公室里，夜以继日拟定我伟大的墓园改造计划——"

话没说完，约翰身后就传来了可怕的尖叫声。

3

约翰吓得回头望去，他身后是通往走廊的门，尖叫声好像是从门的另一侧传来的。尖叫声之后，紧跟着又传来类似动物嘶吼声和东西激烈撞击的声音。应该是门后的走廊或是隔着走廊的对面房间里发生了什么变故。桌边的众人还面面相觑的时候，一名男服务生正好要去走廊，他迅速跑到门前，用力将门拉开。

有时候，一连串微小的偶然会引发重大的事故。此时类似情况就发生在几乎同一时间做出同一动作的服务生和庞西亚身上，他们彼此之间并没有商量过，只能说这是上帝安排的偶然——时间上实在过于巧合。不过，"上帝的安排"这样的解释，对本身是无神论者，又是此次事故最大受害人的约翰而言，恐怕是完全无法接受的吧？

总之，在"上帝的安排"下，两节车厢相连的火车从门的另一侧强行闯了进来。起初，众人只看到先一步闯进来的白色大理石石棺，尚未搞清楚是怎么一回事，只是惊讶得说不出话来。最先弄清楚"失控列车"是怎么一回事的人是格林，因为他看到了背部靠着石棺、披头散发倒着滑进来的柴郡。拼命想站直的她，叉开双腿用力蹬地板，但脚下的旱冰鞋让她因此越溜越快——用力踩踏的结果让她成了推动棺架的"动力车组"。

棺架的轮子和柴郡的旱冰鞋一同摩擦地面，发出宛如雷鸣的噪声，整个餐厅都听得见。眼看着失控列车就要冲上桌子了，餐桌边的众人中有几位尖叫着站起身来。而约翰的位置恰好在车子的行进路线上，他此时仍保持着往后看的姿势，脸上露出难以置信的表情，大张着嘴巴出神。

约翰是在石棺的尖角直接撞上他高傲的下巴之后，才终于意识到事态的严重性。他的眼镜飞了出去，整个人一边发出宛如蛙鸣的呻吟，一边往旁边南贺的座位倒了下去。正打算享用巧克力蛋糕的南贺脸冲下栽进了厚厚的蛋糕里。

棺材这边，直接撞上约翰的座位的冲击力使得棺材从棺架上滑了出来，白色大理石棺材就像一节失控的火车车厢，势不可挡地在桌面上滑行，将挡在它前面的餐具和酒杯都撞飞了出去。

随着最后一个落地的玻璃杯发出的清脆声响，棺材也终于在桌子中间的位置停了下来。

"柴郡，到底发生了什么……"

格林马上朝摔倒在地的柴郡跑去，其他人则惊魂未定，全盯着突然跳上餐桌的棺材。接着，好像在响应众人的期盼，棺材的盖子慢慢从里面被抬了起来。一开始只看到枯瘦的手臂，然后上半身渐渐出现在众人眼前。餐厅瞬间骚动，不过这阵骚动因为詹姆斯冷冷的一句话就迅猛平息了。

"喂！沃特斯，你今晚是打算躲在棺材里扮演开电车的司机吗？"

4

因惊吓过度而感到身体不适的莫妮卡在马里亚诺神父和诺曼的陪伴下先行离开了。他们刚走，针对此次事故的"审判"便拉开了帷幕。

人还坐在棺材里的沃特斯，已经哭得一把眼泪一把鼻涕。泪水滑过他的脸颊，留下一条黑线——好不容易化好的妆全花了。这位在墓园工作的同性恋抽抽噎噎地解释起来。

"呜呜……那个，今天我被减薪了，闷闷不乐的，为了转换心情，就跟我的恋人吉米约在大理石镇碰面。于是我化好了妆，可在经过地下遗体化妆间的时候……"

"怎么了？"约翰摸着下巴追问道。

"哎呀，这阵子不是很忙嘛，我突然觉得疲倦，很想睡觉……然后，我不经意地瞄到预定要搬回'棺材展示厅'的那具豪华石棺，看到铺着羽毛的丝质内衬就忍不住了。我心想只睡一个小时……"

"所以，你就钻进去睡觉了？"

沃特斯吸着鼻子，点了点头。

"你经常把棺材当作床来睡觉吗?"

"没、没有,只有不忙的时候,我才会趁午休的时候去睡一下。真的,真的只有偶尔……"

"你可真够厉害的。然后呢?发生了什么事?"

"后来我就不小心睡过去了,好像是来换班的同事就这样把棺材搬到了棺材展示厅。等我再次醒来的时候,人已经在展示厅里了……当时我还没完全睡醒,又突然看到柴郡,瞧见她脸上奇怪的浓妆……我、我以为她是妖怪。她好像也误会了,扯开嗓门大叫……然后,棺材的架子好像自己动起来了,我也不知道到底是怎么回事……"

约翰下达了判决。

"两周减薪三成。并且,"他捡起镜片已经摔裂的眼镜,"你要赔偿损失。"

沃特斯极不情愿地点了点头,吸了吸鼻子,发出巨大的声响。

晚餐会上的风光形象被这突如其来的事故弄得一团糟,约翰看起来很不高兴,周围的众人都纷纷散开,不敢去招惹他。而为了安抚他,伊莎贝拉可是煞费苦心,又是亲吻他的下巴,又是拿冰块帮他敷。约翰享受着他人的伺候,又刁难起手下来,让别人去帮他找副新眼镜。视力极差的他,只要没了眼镜,就什么事都做不了。不巧的是,他那副备用的眼镜送去修理了。于是,伊莎贝拉提议道:"我记得二楼资料室的抽屉里有老爸的备用眼镜,你要不要试试看?你们俩的度数应该差不多吧?"

约翰点头接受了这项提议。伊莎贝拉马上离开餐厅,匆匆取来眼镜让约翰戴上。看着约翰戴着他父亲眼镜的样子,格林的心中有了很奇怪的想法。

跟某个人很像。约翰那大得像装饰品的鼻子以及像是贴上去的胡子，再配上史迈利从前戴过的圆框玳瑁眼镜，简直就像戴着道具商店里专门卖给小孩子恶作剧用的变装眼镜。再说得精确一点，在约翰的脑袋上再加点头发，他就跟过去的喜剧电影里扮演冒牌绅士的格劳乔·马克斯没两样了……不，不对，总觉得是像一个更经常看到的人，好像就在自己身边……

格林想了半天终于想起来了。现在的约翰，只要再戴上一顶假发，就跟殡仪馆门厅里挂着的肖像画，也就是二十年前的史迈利一模一样了。唯一不同的是，与史迈利线条优雅的下巴相比，约翰的下巴显得过于棱角分明，刚好反映出他傲慢的性格。不过，此刻他的下巴藏在包着冰块的毛巾里。

戴上了父亲的眼镜，约翰似乎也获得了父亲的威严，他断然宣布："从现在开始，我要在办公室里彻夜工作，谁都不许来打扰。晚餐会到此结束。"

先是被见过几次面的沃特斯吓个半死，又被当成妖怪，到最后连旱冰鞋都被约翰没收，柴郡噘起嘴，一脸的不开心。

"什么嘛，真是嚣张。那家伙最好比史迈利爷爷早一步进棺材，我会开心死的。"

说完，她冲着刚走出餐厅的约翰那光秃秃的后脑勺用力地吐了吐舌头。

第八章　红茶和倔强

从来没有一个时代像十五世纪那样，死亡在人们的心中留下了挥之不去的阴影，人们强烈地感受着死亡的存在。"不要忘记你会死"，这句话就似警笛，通过各种方式在生者的耳畔不停回响。

——赫伊津哈（John Huizinga）
《中世纪的秋天》（*The Autumn of the Middle Ages*）

1

"真是的，叫死人去都比他强。"玛莎像是要故意让人听见似的，骂得很大声，"指望那种男人帮忙，我还不如去拜托躺在坟墓里的死人，真是笨手笨脚的。"

在厨房里滔滔不绝地叫骂着的这位，是巴里科恩家的女厨师玛莎。此时她的声音大到连在客厅都能听得一清二楚。柴郡一大早就跑去厨房偷吃解馋，这会儿她嚼着食物从厨房走进客厅，对格林说："玛莎又在数落诺曼了。做蛋糕的材料不够，她就大发雷霆，这不，正叫诺曼去拿呢！"

诺曼的行为能力与小学生无异。一开始，人们还认为那是因为他在战争中失去了记忆的缘故，不过最近越来越多的人相信，他是生来就智力低下。因此，派给诺曼的工作永远只有像是掘墓之类的简单事情，要不就是跟在莫妮卡身边照顾她。不巧的是，昨天，巴里科恩家的用人罗库因为亲人不幸去世，请了两个星期的假回意大利去了，这才把诺曼叫过来供玛莎使唤。

这时，厨房那边突然传来巨大的声响，好像是什么东西掉落在地了。随着声音响起，柴郡也夸张地跳了起来，高兴地叫道："嘿！这下精彩了！"

接下来就听见玛莎尖锐刺耳的叫骂。

"哎哟，你瞧瞧你做了什么好事！我说了是嫩豌豆罐头吧？真是越帮越忙。再去一趟！"

"魔鬼教官玛莎为了准备茶会正手忙脚乱呢！"柴郡说，"啊，对了对了，玛莎得到指示，叫约翰也出席茶会来着。"

所谓"茶会"，是史迈利仿效英国人"十点早茶"的习惯，订下每周六早上的例行家庭聚会，没有外出的巴里科恩家的所有成员都要参加。此刻已经到客厅的，有寄住在这座宅邸的格林、哈斯博士、伊莎贝拉、柴郡，以及住在大理石镇、但偶尔会顺道留下来过夜的詹姆斯。约翰当然也住在巴里科恩家的宅邸，不过昨晚他一直窝在殡仪馆那边的总经理办公室工作，所以客厅里的人都还没跟他打过照面。伊莎贝拉给他打了通电话，告诉他茶会就要开始了。虽然现如今实际掌管墓园的人是约翰，但史迈利的命令依然是要绝对服从的。

伊莎贝拉挂上电话后说道："他说他马上过来，让我们先开始。"

于是众人一同去往二楼史迈利的房间。走在最后的格林刚要踩上第一级楼梯，就听到玛莎在背后说："顺便叫一下莫妮卡夫人，我要泡茶，走不开。"

格林心中感叹，我好歹也算巴里科恩家的"小少爷"，竟然把我当用人使唤。不过，看看自己这身打扮，也实在不像什么"小少爷"。而且他也不敢违抗魔鬼教官玛莎，于是只好半路拐到莫妮卡的房门口，敲了敲门。

令人意外的是，从房间里传来的竟然是马里亚诺神父的声音。格林走进房间一看，神父正躺在长椅上边眨眼边揉脖子。

"神父，您昨晚睡在这里吗？"

神父勉强忍住呵欠，点了点头。

"嗯。我担心莫妮卡的状况。没人来看望她，我也不放心留她一个人。"

虽然神父的语气中并没有讽刺的意思，却让格林产生了些许罪恶感。昨晚闹得鸡飞狗跳，巴里科恩家却没有半个人来探望身体不适的老人。格林心虚地问道："那……莫妮卡她还好吗？"

"嗯，昨晚她告诉我说心脏难受。约翰以前也说过，痛风不只会引发关节疼痛，还有可能导致心肌梗死等并发症。不小心可不行哪。偏偏她这个人又不喜欢看医生，也不肯让别人碰她。不过今天一觉醒来，她的精神好多了，还有点吵呢！"

好像要证明神父的话似的，里面的房间里传出莫妮卡的歌声，是经典流行老歌《无法抹灭的回忆》（*They Can't Take That Away From Me*）。

> 你戴帽子的姿态
> 你品茶时的神情
> 所有的记忆
> 任谁都无法抹去

接着里屋的房门打开,坐着轮椅的莫妮卡出现了,身后还有像跟班一样在旁服侍的诺曼。莫妮卡脸上的妆化得比平时更精致,正抖动着有些发福的下巴唱着歌,看起来心情极好。如果不是腿脚不便,说不定她会像舞蹈家金格尔·罗杰斯(Ginger Rogers)一样边唱边跳。每个星期跟丈夫喝一次茶有那么开心吗,格林心想。

马里亚诺神父扫兴地上前打断了莫妮卡的歌声,道:"莫妮卡,保持心情愉快很好,但是,待会儿你可一定要让约翰瞧瞧哦!"

莫妮卡的脸马上拉了下来。

"一提到他我就来气。"

马里亚诺神父连忙劝慰。

"嗯,他昨晚的确过分了点。先不论他对天主教信徒不敬,光是用那种语气谈论还没过世的父亲就不对。可是——"

"他那个人越来越狂妄自大了。"莫妮卡的愤怒仿佛被唤醒了,"明明没有能力,只会一味模仿史迈利。坐他父亲的椅子、戴他父亲的眼镜、把他父亲讲过的话再讲一遍,狐假虎威。他永远不可能成为他父亲那样的人。把墓园交给他打理真的对吗?交给杰森来做都……"

"您说杰森——"格林正打算追问,却被马里亚诺神父打断了。

"别这样,莫妮卡,你不能被愤怒控制。我会找个机会劝劝约翰的,你就原谅他吧!这才是为信仰而生的人该有的表现,不是吗?"

莫妮卡不情愿地点了点头。

"别忘了来祷告。"马里亚诺神父留下这句话后先告辞了,格林陪同莫妮卡一起前往史迈利的房间。

2

每次走进史迈利的卧室,格林都会想起在英国乡间或大学城里随处可见的典型维多利亚式书房。这类房间里通常都会有一个哥特式书柜,里面塞满一整排一整排封面是茶色的、与羽毛球相关的书籍,壁炉台上则摆着烟斗和已经褪色的昔日橄榄球校队合影。置身其中,仿佛能够感受到"做完礼拜后来我书房"那种严肃的气氛。

事实上,这里原本就是间书房。"我讨厌死在陌生的医院里,我要待在自己喜欢的房间迎接死亡的到来。"家人迁就任性的史迈利,遵从他的指示,将床搬进了书房。这个房间和莫妮卡的房间都位于宅邸东侧,每天最先迎接朝阳。从窗户望出去,墓地、殡仪馆西侧和火葬场等设施一览无遗。若是普通人家,说什么从窗户能眺望墓地那简直不可理喻,但微笑墓园就像一座欧式庭园,不太容易让人联想到死亡。姑且不论晚上,就说像现在这样沐浴在晨光下,放眼望去,可以看到已变红的枫树、翠绿的灌木、五颜六色的花朵,以及在阳光下反射出耀眼光辉的墓碑,真是相当美丽的景致。

史迈利待在自己选定的"死亡房间"里,眯着眼睛欣赏着窗外的风景。靠墙的小桌上放着的手提式电视开着,正在播放第九频道的"晨间新闻"。主播站在俯拍的湖泊背景前播报新闻。

"……酸碱度异常的酸雨带来的影响正不断扩大,莱斯利湖的鱼类面临死亡危机。接下来是本周的酸雨预报……"

史迈利缓缓转向门口的一行人。电视里又开始播报下一条新闻。

"……因臭氧层遭破坏,加拿大突发皮肤癌。加拿大安大略大学的莱利教授将皮肤癌与艾滋病的发病率做了比较……"

来人站在墓园主人面前,毕恭毕敬地等候着。电视继续播报下一条新闻。

"……州南部又发生了死者复活事件。对于之前医疗中心的应对措施,各方褒贬不一、各执一词……"

史迈利关上电视,轻轻叹了口气。在从窗外照射进来的阳光下,白色的床铺就像一片发光的白色云朵,躺在上面的史迈利不像是个垂死的病人,反倒像腾云驾雾、身处天堂一般。老人瘦削的脸上露出高兴的神情。

"你们都来啦!多么舒服的早上,我肺里的癌细胞们想必心情也很不错吧……咦,话说约翰怎么没来?"

"他昨晚一直待在办公室。我刚刚打过电话了,他说马上过来——"

伊莎贝拉的话还没讲完,就响起了敲门声。进来的人正是约翰。众人不约而同地盯着他,原因是他的头顶上多了顶假发,显得很奇怪。约翰一屁股坐在床铺边的L形沙发上,说道:"非常抱歉,我昨晚熬夜工作来着,刚刚换好衣服,所以来迟了——对了,这个是父亲您最喜欢的,昨天伊莎贝拉特地去买的。"

约翰从怀里抱着的纸袋中拿出一个方罐子,放在桌上。打开盖子,里面是撒了白色糖粉的巧克力,整齐地摆放在罐子里。

看到约翰出现,莫妮卡的表情和缓了许多,她说道:"哎呀,约翰,见到你我真是太开心了。我还在想今天我们还能不能笑着打招呼呢,看来是我多心了——"

大概是不想在史迈利面前重提昨晚的旧话吧,约翰连忙打断。

"嗯,我也是,看到您气色和心情都这么好,我也很高兴。"

"我也是,我知道这才是真正的你。虽然你昨天说了那样的话,不过我知道,你始终是个天真善良的孩子。"

"发生了什么事吗?"史迈利问道。

"不,没什么。"约翰立刻否认,"老爸,您要吃巧克力吗?"

在父亲面前,约翰果然又变回"乖宝宝"了。他昨晚的举动只是虚张声势,只是面对伟大父亲的自卑感日积月累后的一次爆发罢了,格林在心中分析。

"哇,是朗姆酒心巧克力呀!真是费心了。啊,你怎么了,不是很久没戴假发了吗?还有,你这身衣服和眼镜,好像都是我的。"

约翰有点慌张地回答道:"我在办公室里发现的,就借用了一下。我的衣服洒上了些酒水。"

"怎么回事,你又喝酒啦?难怪你一副宿醉未醒的样子。"

"嗯,这个……"

约翰神经质地摸了摸脸颊。他的下巴上还贴着昨晚那场大骚动留下的"纪念"——一块大号创可贴。

詹姆斯以轻蔑的口吻说道:"真是名副其实的约翰·巴里科恩[①]啊!"

约翰听了显得很不高兴。

"这种无聊的笑话我从小就听够了。你能不能说点有营养的话题?"

的确,不仅是约翰,只要是巴里科恩家的人,都曾因为这个笑话或多或少地被人嘲笑过。"巴里科恩"这个词的原意是大麦粒,是一种酿酒的原料,约翰·巴里科恩是将其拟人化之后的戏

[①]约翰·巴里科恩(John Barleycorn)是英国民谣《约翰·巴里科恩》里的一个虚构人物,歌谣中将制成啤酒和威士忌的各种谷物拟人化。美国著名作家杰克·伦敦还曾创作一本同名自传体小说,讲述他个人酗酒时的状态和挣扎。"约翰·巴里科恩"成为"酒鬼"的代名词。

称。格林本名是弗朗西斯，所以只被取笑过一两次，但连名带姓完全一样的约翰可就惨了。话说回来，外号叫"酒鬼"的约翰真的染上了酗酒的恶习，还真是讽刺，格林心想。

史迈利继续质疑约翰的打扮。

"怎么突然戴上假发了，这又是吹的什么风？"

心情平复下来的约翰耸了耸肩，说道："嗯，我在想，现在我要掌管整个墓园了，也该注意注意仪表了。"

"他这样一打扮，很像父亲您年轻的时候呢！"伊莎贝拉说道。

的确，格林昨天的想象成真了。眼前这对父子，发型和胡子都几乎一模一样。只是年迈的史迈利头发已如撒了盐一般花白，但若两人站在暗处，或许就分不清谁是谁了。连眼镜都是同款，唯一的差别就是约翰的镜片颜色较深而已。

格林看向柴郡，她正大大咧咧地盘腿坐在窗边。在格林的意料之中，柴郡的脸上带着不安，她肯定很怕约翰把为何换眼镜的原委讲出来。幸好，在史迈利开口询问之前，玛莎端着红茶出现了，算是有惊无险。

"魔鬼教官"玛莎把茶壶和杯子放在沙发和床之间的小桌上，对众人说道："今天太忙了，就请自己来吧。茶泡好了，请各位倒进杯子里。"

冷淡地说完这番话后，玛莎迅速地转头离开了。众人只好自己动手倒茶。格林从放在手边的砂糖罐里舀了点砂糖放进杯子里，接着把砂糖罐递给约翰，约翰又递给莫妮卡，然后传到了从窗台上跳下来的柴郡的手里。正当她要把砂糖放进专为她准备的牛奶里的时候，伊莎贝拉打趣道："咦，你不是在减肥吗？要是不像妈妈那么注意的话……"

被戳到痛处的柴郡可不是那种一声不吭、任人消遣的女孩。

"啊呀,我无所谓,不过每次看到成天热衷减肥和装牙套的女人,我就恨不得痛扁她们一顿。所以,我跟年轻时候的妈妈肯定没办法做朋友吧。"

柴郡说完,故意往牛奶里加了满满三大匙糖,这才回到窗台坐下。只不过,即便如此,巧克力对她来说也是要敬而远之的高热量零食。众人各自喝着饮料,过了一阵子,史迈利再度开口。

"那么,今天茶会讨论的主题,我想把它定为'死亡'……"

众人满脸疑惑地你看看我、我看看你。当着垂死之人的面,最忌讳的就是有关死亡的问题,偏偏这个主意由垂死之人自己提出来了。史迈利似乎完全不在意众人的困扰,笑容满面地继续说了起来。

"呵呵,身为殡仪家族的一员,可不能对'死'避而不谈。我是无所谓的。对于自己的死,我早就有所准备了。我一直关注着逐渐逼近的死亡,如果可以的话,我还想跟它玩个游戏呢。我这辈子也算活得开心,我还打算支配一下自己的死亡。所以我突然想到,跟正在享受生命欢愉的诸位谈谈人类的生死,未尝不是件有趣的事——好了,谁要做第一个?约翰,你先说吧,如何?"

约翰此刻脸上的表情,就像忘了写作业却被点到名的学生一样。

"不、不,我一时想不出来……这种问题,应该先请教身为专家的哈斯博士才对……"

他逃避了。

史迈利看向哈斯博士,用眼神催促着。哈斯博士并未推辞,点了点头。长年的友谊让他们拥有极佳的默契。

"嗯,史迈利会这么说,说明他是个十分倔强且刚强的人。

平常谈论这个话题其实也没什么，只要是人，总有一天要面对这个问题。只是对史迈利而言，那个'总有一天'可能就在眼前。所以其实我有些犹豫，现在讨论这个问题是否恰当？"

史迈利坚定地说道："我是开殡仪馆的，如果害怕面对死亡的话，就做不成生意了。我希望现在就来谈论这个话题。"

"既然如此，那我先说几句。'死'这个字看似简单，牵扯的问题却很复杂、多变，不是在这样的茶会上三言两语就能说清楚的。因此，我想就针对最近引发热议的事件发表一下个人看法。"

"你是说死人复活吧？"史迈利的直觉十分敏锐。

"嗯。这个话题……得从很久以前说起。中世纪末流行一句话，叫'memento mori'。"

"memento mori？"格林问道。

"没错。memento mori 是拉丁语中的宗教用语，意思是'不要忘记你会死亡'。以前人们会把这句话刻在象牙制的骷髅头上，再摆上餐桌，借此提醒人们，要随时记得死亡。"

"这句话也是我们墓园的宗旨之一。"史迈利说边把墙边小桌上的某个东西递给格林，"这是微笑墓园二十周年时特别定做的纪念品，家族里每个人都有。"

格林手上是一块大理石纸镇，呈六角形复古棺材造型，盖子上有墓园标志浮雕：微笑的嘴唇。翻过来，背面的确刻有"memento mori"的字样。格林端详着纸镇，问道："就像日本人经常说的'诸行无常'吧？"

哈斯博士高兴地挑起了眉毛。

"嗯，你说对了。朋克族里很少有你这样博学多闻的青年啊。这句话为什么会流行起来呢，因为当时死亡在欧洲四处蔓延。那时正值赫伊津哈所谓的'中世纪的秋天'，十三世纪末期，黑死病大爆发，夺走了欧洲五分之一至三分之一人的性命。不仅如此，农业不景气，贵族文化在经历过繁荣后开始走向没落。十五、十六世纪更是战争频繁。总之，那时的欧洲被死亡的阴影所笼罩。象征当时人们对死亡的态度的艺术品有很多流传了下来，其中最令人印象深刻的就是'怀念死亡尸体卧像'。格林，你有没有看到装饰在殡仪馆的'黄金寝宫'太平间里的那座'怀念死亡尸体卧像'的仿制品啊？"

格林还没去过那里，所以摇了摇头。

"那是仿照当时法国国王弗朗索瓦一世的坟墓尸体卧像制成的。那座卧像刻画了躺在地上、身上爬满蚯蚓和蟾蜍的尸体，看起来非常恐怖残忍。这类尸体卧像就是要表达尸体逐渐腐烂的过程，因此才会被称为'怀念死亡'吧！"

"蚯蚓……蟾蜍……腐朽的尸体……"柴郡浑身发抖，"哇，干吗弄得那么恶心……"

"我刚才不是解释了吗？当时人们制造出刻画死人腐烂形象的雕像，是为了宣扬'勿忘死亡'的思想。在这种行为背后，当然含有对死亡泛滥现状的不安。但除此之外，对肉体之罪，也就是因贪享肉欲、纵情糜烂生活而生的罪恶感，也是动因之一……是的，这里面含有虔诚的信仰和大彻大悟，也有执着与不舍。可以说，当时人们对于死亡的所有想法都呈现在那些可怕的尸体雕像上了。"

说到这里哈斯博士休息了一下，啜饮起红茶来。看着他喝红茶的样子，格林突然产生了一种极其荒唐的想法。包含自己在内，这一屋子人正沐浴着温暖的阳光，边享受茶会边聊腐烂的死人。

这不正是《爱丽丝梦游仙境》里"疯狂茶会"的情景吗……

哈斯博士再次开口道:"到了现代,死亡的泛滥程度其实并不亚于中世纪,我是这么认为的。电视上每天都在播放大量死亡的信息:哪里又发生战争啦、飞机或火车又出事故啦,还有谋杀、环境破坏、无法治愈的绝症和饥饿问题……甚至有人预言说二十世纪是文明的尽头,人类时代已濒临死亡。也许我们现在面临的不是'中世纪的秋天',而是'二十世纪的秋天'吧。那我们是否和中世纪的人们一样,已经做好心理准备,随时把'勿忘死亡'这句话放在心中呢?这点上我有些担心。"

"怎么说?"史迈利被勾起了好奇心。

"我再强调一遍好了。通过电视机这个通了电的小匣子,我们比以往任何一个时代的人都更大量且频繁地接触着死亡。日复一日,年复一年,在这个过程中,'死亡'这一概念在我们的头脑中越来越抽象化了。人们让'死亡'隐藏在电视机这个潘多拉的盒子后面,惨不忍睹的尸体变成和由唇红齿白的美女代言的洗衣剂一样的商品,可以摆在同一个画面里。"

"这是观众的感受性的问题吧。"格林反驳道。

"果然是'电视世代'会说的话。的确,或许真的如你所说,不过你所说的感受性本身就是个大问题。从电视流出的死亡信息——你听好了,是每一天!——每一天、每一天,看着与一大堆消费信息掺杂在一起的被抽象化了的死亡,感受性较高的观众反而会失去抵抗力。也就是说,他们会逐渐麻痹。于是,现代人可以每天面对死亡,却不会想起死亡这回事。"

"那么,死者复活事件是……"

"没错,我想这大概就是现代版的'怀念死亡尸体卧像'。复活的死者在生者面前展现逐渐腐烂的姿态,是在告诉我们这些过度相信文明、纵情享乐的生者:实际上,我们不过是暂时处在缓刑期的死者罢了。"

史迈利突然大笑起来。

"复活的死者成了传达'勿忘死亡'这句警示名言的使者吗？有趣。比起科学解释，果然文森特的观点更具文学性的美感啊！真叫人佩服。说到这个，'勿忘死亡'这一观念盛行的时代留下了很多有趣的文献，我刚读完一本叫作《死亡艺术》[①]的书，这可是十五世纪的畅销书来着。按照你的说法，我也快到死亡执行期了，为了做好面对死亡的准备，我决定读一些这方面的书。"

"《死亡艺术》？"约翰很感兴趣。

"嗯，是一本教人如何死得有尊严的书。里面有几处内容很有趣，比方说，恶魔会设下五个陷阱来诱惑将死之人。"

"五个陷阱……具体是怎样的？"

"对信仰的不信任、对自身罪行的绝望、对今世财物的迷恋、对灵魂救赎的怀疑，以及自以为高人一等的傲慢，这五项。你好像挺感兴趣的，约翰，我能听听看你对死亡的看法吗？"

"我的看法？啊，我对死亡的看法，其实昨晚在餐桌上就讲过了，我不太想重复了……"

约翰说完后便不再开口，他好像在提防着什么，表情十分紧张。然而史迈利并没有将话题抛给其他人的意思，没有办法，约翰只好继续道："不过，我可说不出像哈斯博士那种高深的理论，我只是觉得，死亡是一种失败。如何评判一个人的一生，取决于生者的观点。因此，《死亡艺术》里所说的对今世财物的迷恋，我觉得那并非恶魔的诱惑。就拿我来说的话，就算死了，也依旧

[①]《死亡艺术》(Ars Moriendi)，十五纪西欧社会流传的普及小册子，旨在让读者感受死亡瞬间。

很看重钱财……"

你这不就是自以为高人一等的傲慢吗,格林在心里偷偷想着。

"其实我曾读过一本跟自己同名同姓的书。啊,跟刚才那个无聊的冷笑话无关。"

"你是说杰克·伦敦的《约翰·巴里科恩》吗?"哈斯博士再次展现他的博学。

"嗯,《约翰·巴里科恩》可以说是杰克·伦敦将喝酒时的感想拼凑出来的冥想记录。那本书里也写到与死亡相关的话题:有一次,主角骑着马到葡萄园散心,这片葡萄园中种植的枫树在秋天像烈火一样美丽。突然间,他想到这片肥沃而繁盛的土地在自己迈向死亡后就不再能拥有了,因此感到非常难过。那种心情我很能理解……"

"换句话说,你很舍不得这座美丽的微笑墓园,是吧?"一直默不作声的詹姆斯突然出言讽刺。

史迈利抓住这个机会,转而问詹姆斯:"哦,詹姆斯,你是不是有什么不同的意见?"

年轻的入殓师连忙耸了耸肩。

"我就算了吧。每天处理尸体,在这样的机械工作中,哪儿会有什么想法?"

在格林听来,詹姆斯所说的话当然并非出自本心,然而史迈利却未追问下去,又把矛头转向了莫妮卡。

"莫妮卡是基督徒,对死亡应该有独到的见解吧?"

莫妮卡似乎还没太理解众人正在讨论的话题,显得心不在焉。犹豫半天后,她开口了。

"我也是,太复杂的道理我不懂。不过我觉得刚刚文森特所说的死者复活的事,是理所当然的。"

"怎么说？"

"哎呀，《圣经》里不是写得一清二楚吗？世界末日降临的时候，死者也将复活，接受上帝的审判。所以我们得珍爱自己的身体。我昨天晚上也讲过——"

"莫妮卡，昨晚的事就别再提了。"

约翰赶忙打断了莫妮卡。他是害怕晚餐会上针对父亲讲的那些过分的话会被抖出来吧？格林恶意地猜测。莫妮卡倒是一副冰释前嫌的样子，说道："啊，对哦，我们两个好不容易才和好。这种场合，我这样的老太婆不该乱说话的，应该让年轻人来讲。"

就这样，她把烫手山芋丢给了伊莎贝拉。只可惜，外表姣好的伊莎贝拉，脑袋里却是空空如也，她丢下一句"我不知道"，就把问题踢开了。

接下来轮到格林了。照理说，在他成长的过程中，比同龄人有更多机会思索死亡这件事，可临到他讲的时候，他却反而不知该从何说起了。

"我……我不知道。虽然我时常思索死亡这件事，但对我来说，这个问题太大、太复杂了，不是我所能够掌握的。只是……"

"只是？"史迈利给了他一个鼓励的微笑。

"只是，我一直觉得不满足，一直觉得有所不满。若要追究原因出在哪里，我想是因为在我的体内还有另一个我。您能够明白吗？那家伙让我常常处在痛苦中。不管我如何努力、如何追赶，另一个我都会抢先一步跑在我前面。只有在另一个我不再超越我的时候，我才能成为完整的自己——也许得等到我死的那天才有可能吧……"

"人只有死了才能完整吗？"哈斯博士深有感触地说道，"在我看来，你也算是个存在主义朋克吧？"

史迈利将目光投向远方，喃喃说道："原来如此，果然是年轻人的想法。"

被如此评价的格林这下反而想听听祖父的想法。

"史迈利爷爷，您呢？您怎么想？"

"哦，问我吗？我也想了很多哦！躺在病床上百无聊赖，脑子里想的都是死啦、永恒的生命之类的。我就说说快死的人都在想些什么，供你们参考吧！"

史迈利悠闲地喝了几口红茶后，开口说了起来。

"像我这样整天躺在床上的人，会对窗外世界生命的演化、四季的变换特别了解。比方说，虽然现在这个季节看不到，不过夏天这附近经常有叫声悦耳的冠蓝鸦。我一边聆听那婉转美妙的声音，一边不禁想：三百年前踏上这片土地的英国殖民者也听到过这种声音；半个世纪以前搬来这里的意大利矿工也听到过这种声音……"

说到这里，哈斯博士已经听出，史迈利这番话其实是引用诗人济慈所写的书中的内容，不过他没有拆穿。反正史迈利现学现卖的习惯也不是今天才有的。

"也就是说，不管是三百年前的英国人，还是半世纪前的意大利人，他们的个体都死亡了，但是人类和鸟类这样的物种却能连绵不绝地延续下去。我终于领悟到，我只是一个高傲的个体，我的死将转化为人类的永续。这么一来我也就心安理得，不再畏惧死亡了。"

"转化为人类的永续？"格林反问。

"没错。人类在思考'生命的永恒'这件事的时候，都只想到狭隘的个体的死亡，这样是思考不出结果的。首先，我们必须认识到，个体的永恒是不存在的。想想看，如果个体获得了永恒的生命，世界会变成什么样？地球上会挤满傲慢的个体，最后这个物种一定会灭亡吧？因此，正因为有个体的死亡，物种——人类——才能获得永续的资格。

"像我这样，从病床眺望窗外的景色，会非常清楚季节的变换。此刻，我甚至能听得见，染上金黄色的糖枫树叶对灰色墓碑的低语。它在讲述四季循环再生的过程，也诉说了轮回转世的故事。四季的反复转换，必须要以死亡为媒介才能够维持。换句话说，死亡，是对丰饶来世的一种承诺。"

说到这里，史迈利停顿了一下，环顾家里的每一个人。

"所以说，我的死虽然是属于个人的死，但同时也是巴里科恩家族能够永远繁荣兴盛的保证。我的父亲亨利、祖父托马斯，将死之际躺在床上听见鸟鸣声时肯定也这么想。伊莎贝拉，你的肚子里不是已经有约翰的孩子了吗？"

突然被叫到的伊莎贝拉吓了一跳，她万万没想到，为家族的繁荣做出贡献的生育能力还能跟哲学扯上边。史迈利满意地继续说道："你要好好地把孩子抚养长大。这孩子在我死后出生，就是一种象征。象征我的死和新生紧密维系着家族的丰饶……"

史迈利说完后，房内一片寂静，众人似乎都被将死之人的觉悟和心境所感动——除了一个人。这个蠢材听完史迈利高尚的哲学理论后打了一个大大的哈欠，把难得的气氛破坏殆尽。史迈利看向这位"肇事者"。

"哎呀，抱歉哪，柴郡，难不成你有什么意见要发表？"

柴郡从窗台上一跃而下，将早就空了的茶杯放在桌上，大放厥词道："那我就恭敬不如从命了。也该把我早就准备好的理论拿出来分享一下了。"

说不定柴郡能比她母亲好一点,格林心想。

"我也来讲讲人类寿命的故事。是我小时候,从住在勃艮第的外婆那里听来的。"

柴郡一动不动,像上古时代讲述故事的人一般,说了起来。

"很久很久以前,上帝要决定各种生物的寿命,于是把大家全都叫来。最先来的是驴子,上帝说要赐它三十年的寿命,结果驴子说:我讨厌驮着重物三十年。于是上帝只给了它十八年的寿命。

"然后是狗出现了,上帝说了同样的话,狗也说:三十年太长了。我才不想等到老得牙齿都掉光,躲在墙角哀号。于是上帝只给了它十二年的寿命。

"接下来的猴子也说不需要三十年那么久。到时候变得滑稽怪异会让人笑话,我可受不了,猴子这么说。于是上帝只给了它十年的寿命。

"最后,人类来了,上帝说了同样的话,结果人类一听,马上抱怨道:太短了!奋斗了三十年,好不容易成家立业,却在这个时候生命终结,那人生岂不是太无聊了?!

"于是上帝说,那我把驴子的十八年给你好了。人类还嫌不够。上帝又说,那狗的十二年也给你。人类依旧觉得不够。于是上帝连猴子的十年也给了人类。就这样,人类可以活到七十岁。不过人类原本的寿命只有三十年,超过原本那三十年期限后,会有十八年像驴子一样整天驮着重物;有十二年像没有牙齿的狗一样,呜呜地哀号个没完;最后十年则退化成猴子,变得笨手笨脚,尽做些蠢事,连小孩子都会取笑他们……"

史迈利马上问道:"那么,你从这个故事中得到了什么教训呢?"

柴郡得意扬扬地说:"那还用说?当然是我要轻松愉快地过

完刚开始的三十年喽！"

一阵爆笑声响起。在笑声的潮水退去后，因为史迈利的倔强而进行的"疯狂茶会"终于结束了。

众人三三两两地走出房间，只有约翰说还有事要跟史迈利商量，留了下来。格林走在最后，正要走出房间的时候突然被史迈利叫住了。

"这罐巧克力你拿去吧。虽说是我叫人买的，但我这身体，怕是无福消受了。柴郡应该是怕胖，马上拒绝了。所以，你就带回自己的房间吃吧！"

于是，格林接过了一整罐甚至连包装都没拆开的巧克力。

然后他回到了自己的房间，取出两颗丢进嘴里。

再之后，格林死了。

第九章　主人公都死了，故事该怎么继续？

> 一般死者所表现出的特征，在他身上都表现了出来。脸的轮廓不出意外地出现瘦削和凹陷，嘴唇也像死人一般，如大理石苍白，双眼失去了光彩。完全测不到体温，脉搏也停止了。
>
> ——埃德加·爱伦·坡（Edgar Allan Poe）
> 《过早埋葬》（*The Premature Burial*）

1

每次回想起死亡的那一刹那，格林就会想到约翰·列侬的《革命9》（*Revolution 9*）。那张白色封面的专辑，将前卫音乐、人的声音、卡带倒转的声音，以及各种音效毫无逻辑地拼接在一起，构成一幅奇异的音乐绘画。格林临死前脑中就是类似这样的东西。

我死了吗？这一刻，脑海里最先闪过的念头竟是再无聊不过的事：前天表带断了，得买个新的换上。接着，就像《革命9》一样，他人生中经历过的几个画面毫无关联地依次出现又消失。那些画面明明是模糊的记忆，却在此刻异常鲜明、清晰，宛如就在眼前。

跟父母一起去过的动物园，骆驼的笼子外挂着"请勿喂食"的牌子；小学的开学典礼上，站在麦克风前的校长硕大的鼻子上挂着汗珠；祖母日渐消瘦苍白的脸和打吊瓶的管子；篮球比赛时，最喜欢的那双球鞋沾上了兔子形状的污渍；被鲜血染红的母亲的手套；第一次跟女孩子同床时，对方文胸上的滑稽花纹；考机车驾照时那个怎么都回答不出来的问题……

听说人类在死亡的瞬间会回忆起自己这一生做过的事。格林对死亡的印象也是由活着时经历过的片段拼凑出来的，最后浮现出临死前的景象。

他看见了冰冷的光线。狭小的房间里，荧光灯发出冰冷的光线，瓷砖地板反射着光线。

那道光越来越亮，瓷砖间的接缝逐渐看不见了，到最后整个视野都被光芒所占据。不断扩大的光圈甚至开始吞噬格林的身体，他被放逐到了一片没有任何影像的白色世界里。此时此刻，格林第一次感到害怕。被光包裹的身体开始往某个地方移动。格林觉得自己好像正在通过一条极为狭窄的隧道，并不断地下坠（或上升？）。他感到自己被带向的不是一个熟悉的世界，而是某个未知世界，不安让格林拼命挣扎。虽然什么都听不到，但或许，他现在正在大声呼喊。

之后就轻松多了。虽然身体还是被光所包围，但这光芒已不像刚才那么强烈，反而温暖、柔和了许多。仿佛光线经由一层特殊的纸过滤，类似日本的外婆的房间里那纸糊的窗户。这时光给人的感觉是纤弱自然的，让人心情平静。

完全放松下来的格林，在那茫无边际的世界里进入了暂时的假寐。

然而，这份平静并未持续多久。强行把格林从睡梦中拉醒的，依旧是光。不过这次的光跟之前温柔包围着他的光完全不同，是人工的光；是好像能灼伤肌肤般刺眼的光；是在审讯室里对着罪犯照射、逼迫其坦白罪行的光。

不知不觉间，格林又从宛如地窖的昏暗世界滑到了狭窄的坑道。格林感觉到身体正一步步朝着折磨他的光源靠近，不禁又颤抖了起来。他知道那里有什么——强光的彼端，充满痛苦和紧张的世界正等待着他。

为什么我一定要去那种地方呢？

格林拼命反抗着。一旦到达光的另一边，就意味着"死亡"。

"死亡"？我不是已经死了吗？

他这么想的瞬间，全身已经被令人痛苦的光包围，格林终于达到极限，发出既惊恐又愤怒的叫声。

是浴室天花板上洒下的灯光。是人工的冷光。他慢慢翻身，盖子打开的马桶映入眼帘。马桶下面是铺着白瓷砖的地板，无力的左手附近有一摊令人恶心的呕吐物。格林试着弯了弯左手，又遵循每天醒来时下意识的习惯看了看手表。下午六点……自己在这里躺了多久呢？

记忆慢慢复苏了。似乎是在自己房间的浴室里失去了意识、昏倒，然后就一直保持这样的姿势。格林依旧瘫在地上，尝试回想回到房间之后发生的事情。

茶会结束后是十一点左右，他马上回到了自己的房间。接下来，他放了一张一直很喜欢的黑胶唱片，抽起在纽约买的大麻。今天不用去墓园帮忙，可以好好地放松一下。这时，他突然想尝尝史迈利送的巧克力，于是撕开罐子口的玻璃纸，塞了两颗到嘴里。

之后没过多久他就开始觉得不舒服。起初他以为是便宜劣质的大麻惹的祸,但随着不适感变成胃痛,他便赶紧冲向浴室。接着,胃绞痛、呕吐、拉肚子等症状轮番袭来。即使已经吐到没东西可吐,胃却还像塞着什么东西似的,撑得不舒服。喉咙干渴,食道痛得像要烧起来了,甚至连声音都发不出来。格林开始感到害怕。再这样下去,说不定自己会死——不祥的预感闪过脑海。胡思乱想的时候,手脚渐渐变得冰冷,身体开始痉挛。格林挣扎着想要离开马桶出门求助,便往门口走去。但他踩到了自己的呕吐物,滑了一跤,后脑勺撞到了地板,就这样失去了意识……

苏醒过来的格林最先想到的是,不管怎样,要先把牛仔裤穿上、拉链拉好。这是极为正常的:身体上的不适感消失后,人的第一反应便是羞耻心。扶着马桶边站起来的时候,他领悟到了这样的道理。刚才的剧痛如同假象,此时完全消失了。但身体变得好像不是自己的了。通常这种时候人们会环顾四周,看看自己是不是在做梦。可是脚边那一摊自己吐的秽物已经告诉他,这正是现实世界。

格林离开浴室后直接躺到床上。因为事先按下了回放键,唱机一直在循环播放,此时是地下丝绒乐队(The Velvet Underground)的《*Sister Ray*》,格林不省人事的时候,这刺耳的摇滚乐节奏不知循环播放了多少次。靠墙的小桌上还摆着巧克力罐和有烧剩的大麻的烟灰缸。格林伸手把唱机关掉,试图翻个身躺着。

这一瞬间,他发现自己的心脏已经不跳了。

像这样侧身斜躺的时候,贴着枕头的那只耳朵总能听到心脏跳动的声音。他还曾为心脏可以自行运作而觉得不可思议——这世上有那么多需要借助外力才能动起来的东西,但人类的心脏却能那么自然地自主运作……然而此时此刻,耳朵里听不到任何脉动的声音。他吓得从床上坐起，试着为自己把脉，又把手贴在胸前。可无论尝试多少次，就是完全感受不到心跳的迹象。

接着，他发现连呼吸也不见了，虽然平日里根本不会注意这种事。肺部也完全没有动静。他试着呼吸，让肺部扩张又收缩，然而只有操作风箱的感觉，却没有呼吸的感觉。他还用手捂住口鼻，但等了半天也不觉得呼吸困难……

格林急忙爬下床，对着墙上的镜子仔细端详。镜中的人面无血色，正一脸愚蠢地望着自己。他试图挑了挑眉毛，又张开嘴巴——没问题，可以随心所欲地活动。然而就是哪里不对劲。他看得见、摸得到、听得清，但这些感觉好像都不属于自己，就好像另有一个掌管着他的行为和思想的事物，并且与他的身体是分开的。没错，那感觉就像在观看自己出演的电影，又像是在荒谬绝伦且鲜明清晰的梦境里……

之后的一段时间里格林都在试图说服自己，这是一场梦。然而，时间一分一秒过去，却没有任何类似梦里的事情发生。没有绿色的巨龙从窗口探头进来，自己所躺着的床也没有飘起来在空中飞翔。待时钟的长针走完一圈，格林终于得出一个结论：没有这么无聊的梦。

现在自己身处的，毫无疑问就是现实世界。

2

"对了，格林，你喜欢吃河豚吗？"

哈斯博士投来好奇的目光，把格林从上到下打量了一遍，问道。

两人现在所在的地方，是大理石镇的圣纳撒尼尔医院的某个房间。时间是天亮前。

格林在这家医院里接受了哈斯博士的检查。不，准确来说应该是"验尸"。格林离开自己的房间后，马上找到哈斯博士，接受了简单的诊察，确认已临床死亡。哈斯博士劝他去州医疗中心接受更精密的检查，但格林拒绝了。因为他害怕被完全确定为死者。这种心态虽然奇怪，却也属正常——不肯承认自己得了重病，试图隐瞒病情的大有人在。"死亡"在生者的认知里是一件丢脸且恐怖的事，至少格林是这么觉得的。

于是哈斯博士又提出一项折中方案。为避免格林已死之事曝光，他可以在自己学生开的医院里亲自帮他做个秘密检查。格林硬着头皮答应了这项提议。此时大部分检查已做完，博士突然丢出这么一个唐突的问题。

"河豚？"哈斯博士的奇怪问题让格林一头雾水，"在日本的时候吃过几次，但最近没吃过。"

格林看着哈斯博士，等他做进一步的解释。哈斯博士兴奋地睁大眼睛，说道："嗯，你是不是想问我：'我是不是变成僵尸了？'其实这个词蛮准确的。所谓僵尸，就是活死人，是海地和南美洲的巫毒教巫师制造出来的东西。施行巫术的时候他们会使用河豚毒素，一种萃取自河豚体内的烈性神经毒素……"

格林瞪大了眼睛。

"巫毒教？河豚？在新英格兰乡下？开玩笑的吧……"

"不，你先听我说。在一定剂量的河豚毒素的作用下，人体会出现瞳孔对光没有反应、呼吸困难、体温下降等症状，即便是资深医生都可能误判为临床死亡。但其实只是进入假死状态罢了，并非真的死了。不管是从坟墓里苏醒的海地僵尸，还是在火葬场里恢复呼吸的日本河豚中毒者，他们在复活后都确实恢复了生命迹象。然而……"

"然而，我的情况却是真正的死了？"

"嗯，好像是这样。"哈斯博士满不在乎地回答道。

比起同情，感觉博士的态度更像是幸灾乐祸。

"你的呼吸停止了，用听诊器都听不到心脏跳动的声音。瞳孔对光没有反应，这代表脑干的神经细胞已经死亡。为求保险我给你测了脑电波，结果是一条平坦的直线，说明大脑也停止运作了。而且这样的状态持续了六个小时以上，从病理学来说已不可逆。这是彻底的临床死亡，不管是医学之父希波克拉底，还是史怀哲，都必须颁给你一份绑着金色缎带的死亡证明了。"

哈斯博士说得眉飞色舞，还不忘穿插冷笑话，眼神像偏执狂似的闪烁不定。格林心想，要是他再从大衣底下拿出藏着的扩音器，就跟电影里习惯装疯卖傻的哈勃·马克斯没两样了。明明是自己认识的人死了，老博士还能讲得这么高兴，就差没有吹口哨了。

"果然……我真的死了吗……"格林茫然地喃喃自语。

"嗯。最近美国境内出现多起死者复活事件，我也跟纽约综合医疗中心的伯纳德博士互通过信息。只是，没想到自己相识的人也遇到了这种事。"算博士有点良心，没有吹起口哨，"不过你也别沮丧。死就死了，没什么大不了的。而且人类的生与死本来就很难界定……"

哈斯博士开始试图安慰格林——从死亡学家的另类角度。

"就算不拿巫毒教的僵尸当例子，人类生与死的判定也远比我们想象的要困难。我举几个例子给你听听？比方说，在德国慕尼黑有一栋壮观的哥特式建筑，是用来暂时放置尸体的。尸体安置房里装有紧急呼叫铃，中央管理室里的警卫经常被铃声吵醒，那呼叫铃可以说派上了大用场。还有，在教堂里举办的葬礼进行到一半时，棺材里突然传出一个声音，跟着众人一起唱赞美歌。甚至还有验尸解剖的时候死者突然坐起来，掐住医生的喉咙。诸如此类的事，古今中外实在是数不胜数……"

"可是那些人大都是假死的，跟我的情形又不一样——"

"哎呀，你先别急，我心里有数。反正你已经死了，就心平气和地听我把话说完好吗？话说回来，格林，你知道生命的定义吗？"

格林摇了摇头，他并不清楚这个问题的答案。

"是吗，不知道也不怪你。因为不管多么伟大的学者，都没有办法把'活着'这件事解释得清楚明白呀！"

哈斯博士说着，翻开了桌上一本很厚的书。

"《道氏医学大辞典》里把生命定义为'生命迹象的集合体'。所谓生命迹象，指的是刚才我们所说的呼吸、神经反射这些现象。当今对人类生死的判定，都是以生命迹象的有无为依据的。"

"你的意思是，生命本身的存在与否，没办法通过医学来判断吗？"

"肯定是不行的吧！若你问'死亡'的定义，大多数生物学家都会回答：死就是不存在生命迹象。若你接着再问'活着'的定义，有多少生物学家就会有多少种答案，而且他们都没摸清问题的本质，就是这样的。不仅如此，在他们对'活着'的定义里，大多缺少最接近本质的那个词……"

"是什么词？"格林渐渐对哈斯博士的观点产生了兴趣。

"就是'死亡'啊！他们都无视了'没有生命的物质是一切生命的起点'这一事实，也从来不会用'死亡'这个词去解释生命。在自然界，死亡是一种平衡的状态，当维持生命活动所需的外界补给全部消失，所有的生命就都会达到这个自然的状态。所以,从逻辑上来讲,活着的定义应该是'不存在死亡迹象'吧?"

"你这种说法与其说是从逻辑上讲,不如说是一种反论吧?"哈斯博士玩弄词句的行为已经让格林有点不耐烦了。

"哈哈,你先别生气。就算我的话是反论,也是有几分道理的。埃利亚的芝诺[①]和布朗大师[②]都是靠反论的花招才触碰到真理之门的。总之,我想说的是,由于现代科学无法解开生命的奥秘,所以生死的判定也变得暧昧不明。生与死之间有好几个阶段,彼此之间的界线很难划分清楚。医生们顺应社会的要求,将几个生命迹象消失作为判定临床死亡的条件,不过那最多是临床上的定义。就算心跳和脑电波都停止了,依然有可能出现残生现象——也就是构成身体的各个细胞有可能依然存活。死亡的界定,就是如此模糊且有动态性。生者大可依照自己的喜好去诠释。或许就像某位知名科学家所说,死亡就是内心的问题。不管生物学上如何定义,只有罗密欧心中的那个朱丽叶死了,朱丽叶才算真正死了。"

"可是,身体完全腐坏的话,就该算得上真正的死亡了吧?"格林说出了不愿说的话。

"那是自然。与'临床死亡'相对的,是'绝对死亡',即生物学上的彻底完蛋——都彻底腐烂、化成灰了还能算活着吗?虽然这种话我说不出口,但这才正是自然界美丽的平衡状态。"哈斯博士眯起眼睛,"不过话说回来,还真是不可思议。我们的生命从哪里来,又将往哪里去?想到诞生前跟死亡后的无生命状态是那么漫长,几乎可以说是永恒的,这短短数十年的生命反倒显

---

①埃利亚的芝诺(Zeno of Elea,前490年-前430年),古希腊哲学家,他以提出了四个关于运动不可能的悖论(芝诺悖论)而知名。量子发现后这些悖论已得到解决。
②托马斯·布朗爵士(Sir Thomas Browne,1605-1682),英国人,研究领域涉及科学、医学、宗教和秘教。著作颇多,代表作有《医生的宗教》《瓮葬》等。

得奇妙又不自然……"

"说到诞生……"格林一边回忆一边说道,"我觉得死亡那一瞬间的感受,跟诞生的瞬间非常相似……"

"嗯,的确有人说过,第一次死亡时的经历和出生的时候很像。在你的描述里,连接生与死两个世界的通路,也就是像隧道的那个东西,就是产道,死亡的地窖则类似于子宫。复活后你所发出的尖叫就好比婴儿的初啼。刚出生的婴儿之所以啼哭,是为了学习用肺呼吸。不过也有心理学家认为,那是面对即将到来的充满痛苦和压力的一生,婴儿所发出的怒吼和哀号。我倒觉得,不妨把初啼视为一首惜别曲,为告别无生命的安乐世界而吟诵。"

"死亡的瞬间,活着时的许多回忆都涌现了出来,从重要的事到鸡毛蒜皮的小事,都有。"

"你说的是被称为'遮蔽记忆'的现象吧?研究发现,当人类生命受到紧急威胁的时候,比方说登山途中意外坠崖,就会发生这种现象。"

"这种现象是指什么现象啊?"

"如果让精神科医生来解释,他会说:那是因为恐惧死亡即将到来而产生的情绪性防御。被夺走未来的濒死者,为了转移注意力,会去回忆一些无关紧要的小事。在面临死亡威胁的紧迫情况下,肾上腺素作用导致血压升高、肝糖加速水解,使脑细胞过度活跃,这时无论产生怎样精神上的超脱状态都不足为奇。"

格林发现话题好像越扯越远了,赶紧拉回主题。

"那么,我最后到底会变成怎样的状态?"

哈斯博士眨了眨眼睛,露出夸张的表情。

"哦、哦哦,是啊,我们是在讨论你的生死。照目前的情况来看,好像只能叫作活死人了……自有生物起的四十亿年来,这简直称得上最大的矛盾了。连生命的秘密都未解开的现代科学，想来是没有能力破解这个问题的。不过……"

"不过？"格林打算死马当作活马医了。

"不过我刚才也说了，伯纳德博士跟我交换了很多信息，我个人倒是有个大胆的假设。"

"是怎样的假设？"格林豁出去了。

哈斯博士像要岔开话题似的看了看手表。

"哎哟，已经这么晚了……就先这样吧！我今晚好像把人类四十亿年的工作都做完了，真是有些累啊，剩下的明天再说吧。与其去推测你现在的状态，倒不如先把你的死因找出来！呕吐物的分析结果明天应该也出来了。"

"博士，拜托你别告诉任何人。"

"放心吧，我会好好帮你隐瞒的。"

哈斯博士爽快地答应了。接着，他抱起胳膊、歪着头问道："对了，格林，你觉得你中的是什么毒？"

回到巴里科恩宅邸后，格林躺在卧室的床上，辗转难眠。不，应该说他已经不需要睡眠了。格林思考着。

每个人都认为自己是人生这出戏的主人公，即使在社会上的人际交往中习惯担当配角的人，在自己的内心世界里也通常是主角。作为故事的主角，都会认为经历千辛万苦后总会有个好结局，更不可能戏演到一半就死掉了。人类都是抱持着这样的想法活着的吧。格林也是。至今为止，他从未怀疑过这一点。

但这其实是极大的误解。主人公很有可能在故事中途死掉，从舞台上摔下来。

主人公都死了，故事该怎么继续呢？格林在心中暗想。

第十章 "十字路口"咖啡馆与愚者之毒

你可以把我的尸体埋葬在路边，
亲爱的，当我死去的时候，
我不会介意你把我埋在哪里。

——罗伯特·约翰逊[①]
《我与魔鬼蓝调》(Me and the Devil Blues)

1

"再这样下去会饿死的。"

对格林而言，刚走进房间的柴郡说出的第一句话就是对他极大的讽刺。他决定出去走走。

十一月二日，星期天早上——这是格林死后的第二天早上。也难怪他仍觉得自己是全世界最不幸的人。

格林忧郁的原因不全是心理上的问题。另一个原因是，经过一个晚上，他发现自己的身体有明显的异状。天亮之后，腿部开始出现粉红色的斑点。渐渐地，那斑点变成了紫红色，范围进一步扩大。虽说用手指一按颜色就会变淡，但毫无疑问，那就是令

[①] 罗伯特·约翰逊（Robert Johnson, 1911-1938），美国蓝调歌手、作词作曲家。

人生厌的、人们所说的"尸斑"。血液循环停止后,体内的血液都集中到了身体较低的部位。格林顿感不寒而栗。明明精神状态与活着的时候几乎没有差别,肉体却已确实进入死亡状态。

格林跳下床,走进浴室,对着镜子端详。一张毫无血色的苍白面孔回望着他。不知是不是已经度过了死后肌肉僵硬状态,手脚可以自由活动了,但感觉还是有点奇怪,像是变成了被人操控的人偶。听说尸僵状态结束后,尸体的脸颊肌肉会放松,看起来好像在笑。不过原本格林就总爱挂着一抹冷笑,所以这一点倒不算特别明显。总之,这下格林真成了"象牙色的笑容"了。

格林开始化妆,想遮掩难看的脸色。看到化了妆的朋克族男孩,周围的人只会觉得又是为了标新立异,不会起什么疑心吧。此时的格林特别庆幸自己平时的愚蠢笑脸和朋克打扮。

化完妆后,他又发现眼睛由于干燥而有点混浊。于是他滴了些眼药水,并学早期的娄·里德那样,戴上了贴合面部的细框广角墨镜。如此一来,就算有人盯着他的脸看,也不怕被看出是死人了。外人会把他当成疯狂的朋克男,主动把视线移开吧。

折腾了半天,格林总算觉得镜中的样子达到满意的效果了。这时,柴郡突然闯了进来,提议去外面吃饭。在巴里科恩家,柴郡和格林一向被视为反复无常的怪人,因此吃饭时间到了也没有人会来叫他们。

"行啊,走吧!"

格林接受了柴郡的提议。哈斯博士一早就去大理石镇的医院查看昨天的分析报告了,而自己就算一直窝在房间里静静地等待,也不是办法。不过不能被柴郡碰到身体——格林的体温已低至十度左右,手一定像大理石一样冰冷吧。

坐进粉红色的灵车,握住方向盘,格林不禁露出苦笑。

这辆灵车还真是厄运连连，先是被哈莱姆贫民区的小混混偷走，漆成粉红。如今原本应该躺在后面的死人竟大摇大摆地霸占了驾驶席。

从这种角度去想事情，可以更客观地看待自己。格林的心情总算是轻松多了。

灵车就要开出停车场时，后视镜里映出抱着装了猫的篮子的约翰，他正要坐进奔驰车里。柴郡一看见约翰就气不打一处来。

"那家伙真讨人厌，他对那只上个星期刚买来的肥猫比对我还好。如果妈妈再生一个宝宝的话，我铁定会变成灰姑娘，只能穿破烂衣服，成天被罚刷地板。"

格林刚好也想借聊天来转移注意力。

"很可能哦。对了，约翰要去哪里啊？"

"听说他要去大理石镇住酒店，好专心思索他的改造计划。还交代说，史迈利爷爷要是有什么三长两短，就去通知他。对他来说，父亲没有赚钱重要。"

"昨天他不是都挑明了吗？这就是他的人生观。"

"我真搞不懂那家伙到底在做什么打算。从昨天开始一直避着妈妈，一个人鬼鬼祟祟的，害得妈妈也跟着心神不宁。"

"你妈妈是不是也做了什么亏心事？"

"嗯……八九不离十吧。虽然妈妈没对我说，不过我毕竟是她女儿，多少有点心灵感应……啊！不讲这个了，吃饭、吃饭，我快饿扁了！"

一一三号公路往大理石镇方向会经过一个十字路口，十字路口边有一家叫"十字路口咖啡馆"的加油站兼咖啡店，这种店铺在美国很常见。两人还未曾光顾过这里，决定今天去看看。

车子一过十字路口，就能看到一排立着的红色加油机，仿佛被血染红的墓碑。格林不经意地想起"十字路口是冤死之人和英年早逝之人的灵魂聚集徘徊之地"这一迷信说法，心想，这家店还真适合现在的自己。

两人下了车，走进店里。无论外观还是内部，这家店都和普通咖啡馆毫无二致。进门右手边是吧台，吧台里面，红鼻子大叔老板正把汉堡肉扣到铁板上。墙上贴着三年前推出的一款清凉饮料的海报，角落里摆放着点唱机，里面收录的肯定都是些五年前的流行歌曲吧。

吧台边坐着两个男人，一个是把T恤的袖子卷到肩膀处、满脸粉刺的青年。他一边跟店老板聊着低级笑话，一边喝着啤酒。另一个人坐得远远的，似乎想与陌生人保持距离。他穿着运动外套，捧着一杯咖啡。店门口停着两辆车，一辆是灰色的保时捷，另一辆是喷成恶趣味的紫色的老式庞蒂克。就算是分不清楚保险杆和引擎盖的老婆婆，也猜得出来两辆车分别是谁的吧。

当门铃在格林和柴郡的身后响起时，店老板和粉刺青年同时转过头来。他们好像不太欢迎走进来的这对朋克男女，本来还有说有笑的两人，一下子就都面无表情了。卧在店里的那只长得特丑的猫也一脸狐疑地看着他们。格林和柴郡都觉得不太舒服，但也没别扭到想掉头走人，便硬着头皮坐在吧台前。老板默默地转过身子，后背冲着他们，又煎起了汉堡肉。两人就对着他的后背点了餐。

"我要芝士汉堡和香蕉奶昔。"柴郡说。

"我要啤酒。"格林说。他一点食欲也没有，连水都不想喝。

老板依旧背对着他们，点了点头。坐在格林旁边的粉刺青年好像想说点什么，发出一声轻笑。在乡下经常会碰到这种人，格林不想惹是生非，但依照经验，还是姑且做好了心理准备。

等餐送上来的空当,粉刺青年开口了。

"那辆愚蠢的车是你们两位的吗?"

果然来找碴了,格林心想。

"愚蠢的车。你是指外面那堆紫色的废铁吗?"格林回应道。

粉刺青年面对这番揶揄一时愣住了。这时红鼻子老板插话进来。

"加斯说的是那辆颜色惹人厌的灵车啦。开着那种车子到处跑,简直是扰民!"

粉刺青年加斯一脸深得我心的模样,和店老板一唱一和起来。

"对啊!比尔说得对。这里可不是纽约的后街小巷,不是在鼻子上涂脂抹粉的家伙该来的地方。还是说……"

老板比尔接着讲了下去。

"还是说,你们是来绑架女人的?"

至今为止,格林和柴郡因为外表打扮已经遭受过各种不白之冤。像格林,就曾被怀疑偷了伊丽莎白女王的马桶座。只是,平白无故被说成绑架犯,这实在是太过分了。愤慨的柴郡开始抗议。

"开什么玩笑,我们才不是——"

"等等。"格林打断了柴郡。近三个月,有三名年轻女子在大理石镇失踪,这件事他也知道。格林问老板:"又有女人失踪了吗?"

"对啊,前天的事,就万圣节那天晚上。因为天都黑了还有很多小孩在外面闲晃,镇上的人都很警惕,结果还是出了事。失踪的是一个住在葡萄藤街的高中女生。真是可怜,年纪轻轻就……"

"已经发现尸体了吗?"

"只找到了左手。"

柴郡刚咬了一口薯条，就这么卡在嘴里。老板没在意，继续说下去。

"今天一大早，在墓碑村盖图书馆的木匠发现的。说是在诺克斯山的山毛榉树林里，距离春田瀑布没多远的地方。虽然只发现了一只手，但从戴在手指上的戒指推测就是那名女高中生。看来又要有一场大骚动了。大家都在说，那家伙回墓碑村了……"

"那家伙是指……"

"就是杰森啊。"

这次换格林吃惊了。不过老板并没有注意到他的表情变化。

"就是杰森·巴里科恩啊！谈论他在本地可是个禁忌哪……已经是很久以前的事了，至少二十年了。也是现在这个季节，就是约翰逊和尼克松送给越南一大堆炸弹当礼物，正耀武扬威的时候。在这附近，有四个女人失踪了。"

"我听老爸说过这件事。"加斯的语气就像在谈论喜欢的电视节目，"当年也是在诺克斯山的深山里发现了女人尸体的碎块，对吧？"

比尔沉重地点了点头。

"是啊，那情景很吓人。女人的尸体好像是用电锯之类的东西锯开的。"

"凶手抓到了吗？"柴郡战战兢兢地问。

"没有。不过警方有怀疑的对象。有人目击到命案发生前，万圣节那天，有一名男子跟最后一名被害者在一起。那名男子就是——"

"就是杰森·巴里科恩吗？"格林抢先道。

"没错。就是住在墓碑村的史迈利·巴里科恩的儿子，开微笑墓园那家。他曾以随军牧师的身份前往越南，好像在那里发了疯，之后就回家在家休养。"

比尔不知道，格林他们也是巴里科恩家族的人。

"真的是杰森做的吗？"

比尔面露困惑，回答道："哎呀，这个嘛……八成是他做的吧。因为出现目击证词后，他马上就逃了。警方展开了大规模的搜寻行动，还跑到山里去找，但哪里都没有杰森的身影。一个月之后才找到了他。"

"抓到他了？"

"嗯，不过抓到的是他的尸体。在诺克斯山的一处山洞里发现了他已经腐烂的尸体。然后此案就在缺乏证据的情况下不了了之、草草结束了。但镇上的人坚信，杰森就是凶手。最近竟然又发生了类似的事，所以大家都在说那家伙复活了。'万圣节的杰森'复活了。"

柴郡拉了拉格林的袖子，小声嘀咕道："喂，他说的杰森，是莫妮卡奶奶经常挂在嘴边的那个杰森吗？"

比尔也听到了这句话。

"喂，你们跟巴里科恩家很熟吗？"

柴郡尚未弄清楚状况，格林没来得及阻止，她已经得意扬扬地说了起来。

"没错。跟你们这些穷光蛋不一样，坐在这里的格林先生可是大财主巴里科恩家族的小少爷。"

比尔听了，脸上露出不怀好意的表情，说道："呵，那真是失敬了。没想到史迈利·巴里科恩会有这种流氓孙子——不过也没什么好惊讶的，反正他不只赚死人的钱，还让活人遭遇不幸。不只杰森……"

"怎么说？"格林追问。

"弗兰克也是被你们逼死的。"

"弗兰克?"

"是的,弗兰克·奥布莱恩,墓碑村的资深地产商,跟我是多年的好友了。可是就在昨天晚上,他出车祸去世了。"

"而你认为,他的死是巴里科恩家害的?"

"没错,他的车从春田瀑布附近的断崖掉了下去。虽然大家都说那是一场意外,不过我认为他就是被约翰·巴里科恩害死的。弗兰克从史迈利那一代就跟墓园签了约,负责代理坟墓用地,可自从史迈利的儿子约翰继承家业后,两人的关系一直不好。前阵子,约翰说不想跟弗兰克续约了,反而找上一个可疑的日本人,签了土地开发合同。我想弗兰克一定因为这事而情绪低沉沮丧,因为墓园的生意对他来说是所有的收入来源。他会开着车直接从悬崖冲下去也是情有可原的。"

"哎呀,你这么说就是无中生有了。"柴郡代格林反驳,"是那个叫弗兰克的人办事不靠谱,才让合约溜走了吧?"

"不是的。我很久以前就很讨厌巴里科恩家族的人。史迈利也和约翰一样。昧着良心、想尽办法从死人身上捞钱不说,还到处勾搭女人。史迈利的前妻萝拉就是因为受不了丈夫成天在外面拈花惹草才自杀的,这个你们知道吧?"

这件事,格林曾经听约翰说过。不管是约翰还是詹姆斯,到现在心底都还留有阴影。格林突然想到,父亲离家出走,不会也是因为祖母的自杀吧?不过过去的事,怎样都无所谓了,他心想。自己已经没有未来了。既然没有了未来,过去再怎么样都不会有任何影响了。

格林此刻的想法,比尔是不可能知道的,他继续刻薄地说道:"他的儿子们也都一个样。约翰学他老爸,把品行不良的过气女演员当宝贝,还开心地把她接回家。詹姆斯生存的唯一意义就是替死人化妆,是个特别奇怪的人。至于威廉呢,是个砸巨款赞助一文不值的戏剧的浪荡子。不光儿子,史迈利的第二任老婆莫妮卡还是个为了教会不惜牺牲生命的狂热天主教教徒呢!我听说他们家现在正为了遗产闹得不可开交。史迈利那家伙要是哪天被人毒死了,我都不觉得奇怪——"

"你有完没完!"柴郡先发飙了,"这家店除了卖比猫肉还难吃的汉堡以外,还卖三姑六婆的烂舌头吗?还有啊,你刚才说的那位品行不良的过气女演员,是我妈妈!"

受到柴郡的气势威压,比尔立刻闭上了嘴,但加斯却要为老板出口气,站起了身,狠狠地瞪着他们。不过很快,那张面目狰狞的脸就变了——柴郡把涂满芥末酱和番茄酱的芝士汉堡整个儿扣在了加斯脸上,并用上浑身的力气推了一把。加斯踉跄着往后退,头撞上墙边的点唱机,一屁股坐到地上。

"请你们离开。"比尔下了逐客令。

比尔此时心里想的是:得趁加斯爬起来之前把这对气人的朋克男女赶出去,不然这三个不良青年一定会在店里打起来,那时候,恐怕自己的店会像被恐怖分子用炸弹袭击过一样了。

不过就算他不提醒,朋克族二人组也打算离开了。他们迅速出了店门,坐上灵车之前,柴郡还不忘用硬币在紫色的庞蒂克身上刻下了优美的刮痕。

另一边,咖啡店里,坐在吧台角落穿运动夹克的男人在心里暗自咋舌。

真是来到莫名其妙的地方了。没想到在这鸟不生蛋的乡下咖啡馆里,还会撞见小混混和朋克族吵架,真是太不走运了!

在男人居住的城市的后街小巷里,几乎每天都能看到类似的冲突。他已经看到厌烦了。

不过他并非对眼前发生的这场争执完全不感兴趣。为什么这么说呢？因为他大老远地跑来这里，就是为了去他们所说的微笑墓园，参加三天后举行的葬礼。

葬礼？与其说葬礼，还不如说是一出闹剧。其实也是他自己种下的苦果。男人心想，我还真是异想天开啊……算了，无所谓。整起事件总有一天会登在报纸杂志上，搞不好还会变成书出版呢。若真那样的话，也不枉我长途跋涉跑到这个乡下地方了。就让咖啡馆老板口中状况频发的墓园成为故事发生的舞台吧，说不定还能引起读者的兴趣呢……

男人沉浸在自己的想象里，偷偷地笑了。如果刚才怒气冲冲地跑出去的格林他们在这个时候跟这个男人接触，并得知他的身份和目的的话，或许接下来发生在微笑墓园的一连串诡异事件就能早点解决了。然而格林他们不可能有这样的先见之明，偏偏这个男人也时运不济，最后没能踏入微笑墓园。

是时候走人了，男人心想。结账的时候他顺便问比尔："那个微笑墓园什么的，离这里近吗？"

比尔的气好像还没消，他瞪大眼睛说道："怎么，你也要去墓园吗？从这里过去大概还有两英里吧！"接着他压低音量道，"不过，我劝你还是小心一点。大理石镇的居民都在说，失踪的女人之所以迟迟找不到，是因为有死人从那遭天谴的墓园里爬了出来，把她们拖进了坟墓……"

2

"查出来了，是愚者之毒。"哈斯博士耸了耸肩说道。

陌生的字眼让格林听得一头雾水。

"愚者之毒?"

回来后格林马上去找了哈斯博士。为详细了解状况,他跟哈斯博士一起前往殡仪馆的资料室。

"是啊,从你的呕吐物里检测出了砒霜。一种砷化物,以前常被当作灭鼠剂或农药使用。更早之前,在中世纪的欧洲,它是最方便、最好用的毒药。十七世纪左右还被制成化妆水贩售,取名为托法娜仙液。女性偏好此毒,像是家喻户晓的布兰维利耶侯爵夫人[①],还有福楼拜的书中所写的包法利夫人都——"

格林连忙打断他。

"你是说,我中的是那个愚者之毒?"现在不是听你说毒杀史的时候。

"是的。砒霜被称为愚者之毒,是因为它很容易被检查出来。它会残留在毛发里,很容易被发现。所以呢,现在几乎没有用它来杀人的蠢货了。但如果不是你自己吞下的,就是有人下毒……"

格林吓了一跳。他才不可能服毒自尽呢!

那也就是说,有人想害死我?

"正如我之前所说,昨天我没吃早餐,回到房间后只吃了两颗巧克力。"

"嗯,昨天你确实是这么说的。但我检查了剩下的巧克力,什么都没有啊。那一盒巧克力共有十二颗,剩下的十颗我都检查了,全都没有砒霜残留。"

[①]玛莉玛德莲·玛格莉特·德奥贝(Marie-Madeleine-Marguerite d'Aubray, 1630 – 1676),亦称布兰维利耶侯爵夫人(Marquise de Brinvilliers),十七世纪法国著名连环杀手,用毒药毒死四位家人,还有传闻说她去医院探望时曾毒死无辜的病人。

"也有可能刚好就是我吃掉的那两个掺了砒霜？"

说这句话的同时，格林的脑海中突然出现刚刚在咖啡馆时那个老板说的话——就算史迈利被毒死也不奇怪……

"那你说，会是谁把毒药掺进那两颗巧克力里面的呢？"哈斯博士探出身子询问，"装巧克力的罐子，还有外面的玻璃纸，有什么异样吗？"

"不知道，看起来不像有人动过手脚。况且，我当时不可能怀疑巧克力里有毒，就没必要特意去检查包装纸。"

"唔，你说得也对。我记得巧克力是约翰带去的？"

"嗯，他还一直劝史迈利爷爷吃……"格林心一横，把实话说了出来，"刚才我在十字路口对面的咖啡馆里听人说了……会不会是约翰为了遗产……"

"这个嘛，你说呢？"哈斯博士没想到格林会谈到这个，皱起了眉头，"约翰似乎很缺钱。哎呀，这么说很对不起史迈利，可是只要再等一阵子，约翰就能拿到遗产了。何况他对遗产的分配好像挺满意的。"

"可是律师不是说遗嘱可能有修改吗？"

"哦，的确有这种说法。所以他着急了？也不太可能啊。那家伙好歹也是个医生，不会笨到用砒霜这种东西吧？况且，就算巧克力是他动的手脚，但他无法保证史迈利会吃下特定的那两颗巧克力啊。在茶会上也没看到他有那种意图。除非他有更高明的计划，那就另当别论了。"

"砒霜是种怎样的东西？"

"无臭、无味的白色粉末，在冷水里不易溶解，遇到温水就很容易溶解了。"

格林突然想到了什么。

"白色粉末……跟砂糖很像吗?"

"混在一起的话,确实很难区分。"

"巧克力上撒了糖粉。还有,红茶里面也放了糖……对了,我还喝了红茶。"

哈斯博士也陷入沉思。

"红茶吗……有可能。我们一步一步讨论。首先,大家喝的都是茶壶里的茶,各自倒进自己的杯子里。顺序是……"

"我不太记得了,好像没什么特别的顺序。至少没人说要按照什么顺序。杯子也是,谁拿到哪个就是谁的,没有人主导分配。"

"好像是这样的。会不会是牛奶呢?"

"我没加牛奶。"

"那就排除混在牛奶里的可能了。剩下的就只有装砂糖的小罐了吧?"

"我记得当时它就在我手边,所以我是最先加的,然后递给了约翰。"

哈斯博士努力搜索记忆。

"约翰也加了糖,然后是莫妮卡,接着是……"

"柴郡赌气地加了好几勺。另外那对母女聊起了减肥,伊莎贝拉就没加糖。剩下的人都说不需要,最后我就把砂糖罐又拿回到了自己手边。"

"没错,是这样的。我说我不要加糖,接下来詹姆斯、诺曼和史迈利也都说不加。我在想,有没有可能,有人帮你往杯子里加了糖?"

"不可能,是我自己加的。这样看来……"

"那就不对了。约翰也好,莫妮卡也罢,昨天下午都完全没有中毒的迹象。吃午饭的时候我见到过莫妮卡，下午早些时候还见过回办公室的约翰，就连加了一大堆糖的柴郡也还生龙活虎的。"

"别说中毒了，那家伙反而比平常吃得还多。"

"这么说的话，砒霜掺在了砂糖里的可能性就很小了。红茶呢？大家应该都喝了吧？"

"嗯。我看到玛莎把空杯子放在了一起，大家应该都喝了茶。"

"这么说来，问题果然还是出在只有你一个人吃了的巧克力上。不过这也太奇怪了，不管凶手是怎么下的毒，只要你不中计、不把东西吃下去，就一点用都没有了。这样的犯罪计划未免太没确定性了。"

格林想了一下，说道："不过这么想的前提是他一开始锁定的目标就是我。但那些巧克力本来是给史迈利吃的，另外还在约翰身边放了一整天。"

"原来如此。这样的话，我们也算理出了'约翰—巧克力—史迈利'这条线。不过……我还是想不通。再连同其他的可能性一并仔细调查看看吧，要不去找警察帮忙——"

格林赶紧打断他。

"绝对不行！这样我已经死亡的事就会曝光了。我宁可自己去查，毕竟这也是我自己的事。"

自打双亲死了之后，格林就学会了不去依赖别人，自己的事情都自己来做。此刻肉体虽然死了，但精神还活着，所以这样的想法也并未改变。另外，他又觉得一切都太晚了。无论如何，茶会到现在已经过去了一天一夜，就算想去调查线索，无奈茶杯之类的证据都全被洗干净了吧？

想了半天还是想不出什么好方法,格林只好先去厨房找玛莎。

3

厨房里,玛莎正在灶台前跟沸腾的大锅奋战。格林走到玛莎身边,犹豫着该怎么开口。他看向餐具架子,果然,昨天的茶具都洗好了,整齐地摆在架子上。格林鼓起勇气,开门见山地问:"昨天早上,你准备茶点的时候,约翰来过这里吗?"

玛莎回过头来,瞪着格林。

"你没看见我正在忙吗,还东问西问的!不管是约翰·巴里科恩,还是施洗者约翰,还是已经死掉的约翰·肯尼迪,都没有来过这里!"

格林被玛莎的恶劣态度吓了一跳。侦探工作一点都不轻松,对手不合作也就算了,重要的是他自己不知道该怎么继续问下去。小说中的名侦探都是怎么办案的?如果玛莎是下毒者的话——格林试着朝这方面去想。记得在史迈利的遗嘱里,玛莎分到了储藏室里的银制餐具。然而,格林很快就否定了这种想法。这个在厨房忙得面红耳赤的厨娘,说话虽然不好听,却是个心地善良的好人,她绝不可能做出那样的事。

格林总算领悟到,自己并不是当名侦探的料。正打算放弃,离开厨房之际,柴郡竟然出现了。她一进来就打开冰箱门,拿出棒冰舔了起来。于是,格林试着也向她求证昨天的事。

"柴郡,昨天的茶会上,你把牛奶都喝光了吗?"

柴郡突然停下舔棒冰的动作,用和玛莎一样的凶狠眼神瞪着格林。

"怎么连你都多管闲事起来了？是啊！我喝完了、喝完了、喝完了！因为我不管喝什么、吃什么，都不会变胖！"

又被骂了，格林在心中暗自叹气——我都死了，你们对我还这么凶。总是遇到这种悲惨的事情，看来我真的不是故事里的男主角啊……

第十一章　多事之秋、烦恼之秋

只能说，我们活着的最终目的就是死亡。

——西格蒙德·弗洛伊德（Sigmund Freud）

《超越快乐原则》（*Beyond the Pleasure Principle*）

1

还想再杀一个。

归途中，他满脑子想的都是这件事。心情还是如此糟糕，说明刚才帮他治疗的心理医生完全没用对药。

那家伙只问了些无聊的问题，根本就没打算理解我。一会儿让我描述昨晚的梦境，一会儿又问我的身体状况，都是些无关紧要的问题。

不过……算了。反正我打从一开始就不打算把烦恼的原因——那些令人作呕的行径——讲给外人听。就算讲了，也没人会理解吧？更别说那个愚蠢的医生了。只是快控制不住自己的时候才会去找那个医生，每次他都会像今天这样，讲一些表面话。然后自己能稍微开心一点，打起精神去工作。

工作？他思索着这个词的含意。应该说成使命比较恰当吧？不，是复仇才对。还是该说是运动？不管怎样，完成这件事以后，自己才能彻底解脱。

不过话说回来，万圣节那晚还真是惊险。原以为万无一失，却差点儿卷入骚动，无法脱身。今后要更加小心，大理石镇的任务就暂且搁置吧，找个比较近的地方好了，反正已经锁定新的目标了。

那股冲动又在体内乱窜。

啊，好想杀人啊！这感觉没完没了……而这次，跟几个月来的冲动相比，显得似乎不太寻常……

他想着下一位牺牲者，悄悄握紧口袋里的凶器。

2

就要死了，但是对于这件事，史迈利·巴里科恩已经不再感到害怕。

史迈利躺在床上，身体微微前倾，脸朝向飘窗。窗外是长满了糖枫树的丘陵，糖枫树已经变了色，山坡上静静地躺着一片墓碑。这个季节的墓园看上去最为美丽祥和。

这也是与死亡最相衬的季节，史迈利心想。再过些日子，新英格兰就要下雪了。到时候，鼻头冻得通红的掘墓工人会一边诅咒这寒冷的天气，一边把铁铲扎进冰冻的泥土里。那时去世的家伙可太不走运了。现在死去的话，不但有红叶在即将下葬的棺木上飞舞，没什么文化的掘墓工人还可能会自然而然地为你吟唱一首十四行诗呢！

没错，那是大自然的表演，是最棒的，史迈利心想。作为一个开殡仪馆的人，至今为止他已经做过各种与死亡相关的表演。然而，靠人类浅薄的智慧和财力所承办的葬礼，不管再怎么盛大，都比不上大自然让一片叶子变色的恩赐——直到快死了，史迈利才悟出这个道理。

史迈利也是最近才拥有如此平和的心境的。跟大部分将死之人一样，他对死这件事的反应经历了好几个阶段。

当医生宣布他来日无多的时候，起初他压根拒绝接受。这怎么可能！这是他心里唯一的想法。这个想法不断在内心膨胀，逐渐变成了"为什么是我？"的愤怒和挫折感。这让史迈利极度不安，开始对着家里的人乱发脾气。在煎熬中，他甚至跟不怎么相信的上帝订下契约：只要别让他死，让他干什么他都愿意。然而过了一阵子，在尝遍恐惧和消沉之后，史迈利被逼到绝境，开始不得不正视自己的死亡。最终——

他接受并包容了死亡。一旦接受，史迈利就又突然恢复了信心。

对已恢复自信的史迈利而言，所关心的事情就只有一件，那就是如何凭借自己的意志把握人生落幕的最佳时机。从年轻时代起，他就对把握时机拥有绝对的自信，这也是他事业如此成功的秘诀。

死亡的好时机，史迈利再度思索这个问题。就各方面而言，现在就是最佳时机。是实现对上帝及子孙承诺的时候了。这样一来，他也可以安心地闭上眼睛，进入永恒的时光之中。史迈利把对斯多葛学派①的共鸣转化成文字，轻声说了出来："圣人并非为了活下去而活着，而是因为必须活而活着……"

---

① 斯多葛学派（The Stoics）是前文出现过的芝诺（Zeno）创立的，是一种禁欲的唯心主义学派。

3

约翰·巴里科恩在位于大理石镇的旅馆房间里沉思,书桌上摆着从哈斯博士的资料室借来的、封面是皮革制成的旧书。他从刚才就一直盯着那书中的插图。

那真是一幅怪异的画。长方形的画面分成上下两半,以剖面图的构图方式呈现出来。上半部画的是教会的礼拜堂,隔着一层地板的下半部则是地下纳骨堂。明亮的礼拜堂里,盛装打扮的男男女女相拥在一起,兴高采烈地跳着舞。然而,幽暗、阴森的地下,棺材中的骸骨只能瞪着空洞的眼睛,望着楼上的骚动。上下形成强烈的对比。多么讽刺啊!生者和死者的天壤之别在这幅画里展露无遗。插图下方的文字说明道:"'依农礼拜堂墓穴兼舞蹈场'。来自一八八〇年的文献。维多利亚王朝时期,陷入财务危机的教会时常提供场地供市民狂欢,然而就在跳舞的地下,纳骨堂散发出阵阵刺鼻的恶臭。"

约翰抬起视线,轻轻点了下头。

没错,这世界就是这么回事,人类的生死就是这么回事,生者的利益永远优先于死者。对于自身的处境,死者没有资格,更无从向生者提出异议。人死了,也就意味着"自己"往后的人生将永远受他人支配。

因此才会产生殡仪馆这种买卖,约翰再次意识到这一点。既然死人什么都不能决定,就必须有人来帮他决定死后的待遇。决定的标准非常简单,这跟死者生前怎么想一点关系都没有,留下多少财产才是重点。从事殡葬业这一年以来,约翰已经看过无数活生生的例子。不管你在心中规划得多么妥当,死了之后别人是不可能知道的。高瞻远瞩既买不起墓碑,也建不成坟墓。而少了这两样东西,死者只能等着被世人遗忘。

约翰突然想到,自己不知能留多少财产给伊莎贝拉?

伊莎贝拉……一想起她,就连一向拜金的约翰都忍不住浪漫了起来。自从通过威廉认识她之后,约翰就不得不对人生观做出一些修正。伊莎贝拉长得就像他心目中理想女性的模样,她的外表完美无瑕。在这之前,女人对他来说不过是赚钱过程中的调剂品,可自从遇到她之后,约翰的想法就变了。紧接着伊莎贝拉怀孕了,他的人生观又做了更为大幅的修正。

我的孩子——想到这里,约翰不禁又激动了起来。这真是一种从未经历过的奇妙感受。比起伊莎贝拉,约翰也许更爱自己的第一个孩子。必须赚够钱,让这孩子过上衣食无忧的生活。此刻,即将成为父亲的约翰把这件事当成了人生最大的使命。

念及此处,约翰竟一反常态地向神明祈求道:拜托!让我这次的计划能顺利成功。原本是无神论者的他照理说是不相信神的,但一想到自己的孩子,他就变得迷信了起来。

就在这个时候,从桌子底下的笼子里传来猫咪索瑞的喵喵叫声。从昨晚起它就一直被关在笼子里,大概是有些急躁了。

"啊,索瑞,实在是抱歉啦,现在伊莎贝拉肚子里的宝宝对我来说更重要。不过我还是会好好照顾你的……"

约翰说着,又想起另外一件事,面色渐渐阴沉了下来。他从胸前的口袋里拿出三张折好的纸,叹了口气。那是几天前从殡仪馆的档案夹里抽出来的火葬申请书。约翰敲着这三张申请书,再次低头对笼子里的猫说:"索瑞,我跟你说哦,微笑墓园里好像出现了非常可怕的杀人魔,你也要小心点才行。我虽然很害怕,但还是要想办法对付他……"

然后,约翰拿起了电话听筒。

4

伊莎贝拉终于松开了双臂，仿佛没有任何事情发生一般，冷静地补着糊掉的口红。相较于她的沉着冷静，威廉·巴里科恩则是慌乱地离开她身边，还粗声粗气地骂道："喂！要是被人看见了怎么办？"

伊莎贝拉微微挑起眉毛，语气嘲弄地回他："哎哟，不是你主动来勾引我的吗，怎么今天倒像个抽烟被抓的中学生？"

"你不是就要和约翰结婚了吗？我们当然不能再像以前一样了。更何况，你的肚子里都有约翰的孩子了。"

伊莎贝拉露出嘲讽的笑容，似乎连口红都一起发出嘲笑。

"身为一名舞台剧演员，你这台词还真是老掉牙，这该不会是你想跟我分手的借口吧？甚至把孩子搬出来当挡箭牌，还说要留下来帮殡仪馆的忙。真是太不知趣了。从前的你可不是这样的……"

被她这么一说，威廉突然想起一件事。伊莎贝拉的一句"舞台剧演员"让他想起此时此刻身不由己的窘境。

就在这时，好像在回应他的想法一般，电话铃响了。威廉没理会伊莎贝拉，径自过去拿起听筒。

"嗯，是我。啊！交涉还顺利吗？麻烦你了。我这边没问题，葬礼的事都安排好了。嗯，那就拜托你了。再联系……"

威廉放下听筒，忍不住露出苦笑。

我这算哪门子演员啊？竟然连这种无聊的烂剧都接……

不过他随即改变了看法。反正现在做的事也没好到哪里去，身为葬礼总监，每天演的也都是呼天抢地的闹剧……总之，把该做的事做了，趁早拿到遗产，就可以摆脱这烦死人的工作了。

威廉再度面露苦笑，只是这次不再是讥讽的笑，而是做出某种决定的笑。

被晾在一旁的伊莎贝拉没有表现出一丝恼怒，她看着威廉的背影——他似乎又在计划些什么了。伊莎贝拉最喜欢威廉这种时候的样子。他热衷于某件事的时候最帅了，不管是舞台表演，还是动坏心眼的时候。

察觉到内心的犹豫让伊莎贝拉吓了一跳。威廉是她以前的恋人，也是经他介绍，她才搭上约翰的。然后因为看上了约翰的财力和经商本领，她决定嫁给他。不过，若史迈利死掉的话，威廉同样可以继承一笔不小的遗产。如果他再与海伦离婚，情况就完全不一样了。伊莎贝拉轻轻地摸着肚子，心中的天平正剧烈地摇摆着。

也许，一切都还来得及……

"死亡"这个词在她的脑海中反复闪现。

5

有两团死亡的阴影在杰西卡·巴里科恩的脑海中挥之不去。

一个是鲜活的生命的消失，即肉体的死亡。昨天深夜，她的公公弗兰克·奥布莱恩连人带车从春田瀑布附近的断崖上掉了下去，当场死亡。虽然没找到遗书之类的东西，但整件事看起来不像意外，更像是自杀——知悉内幕的人都这么认为。

昨晚，在杰西卡夫妇缺席的巴里科恩家族晚宴上，约翰宣布要跟一名叫南贺的讨厌的日本人合作，共同开发土地。这些是事后威廉告知的。杰西卡记得很清楚，当时公公脸色苍白得像死人一样。虽然他早知道约翰无意和他续约，但残酷的现实还是给了他巨大的打击。挂上电话后,他猛喝了几口威士忌,仿佛想壮壮已所剩无几的"胆量",然后他丢下一句"我再去找史迈利谈谈",就出门了。

照理说,应该由同为巴里科恩家的人的杰西卡出面替公公说情的,但她不想这么做。因为就算史迈利答应,约翰也未必听从。更何况杰西卡本来就没有替公公争取的想法。杰西卡已经对丈夫奥布莱恩家死心了。这个家没有未来,她的婚姻也没有未来,她是这么认为的。

而这正是另一个徘徊在她脑海中的死亡阴影。

"喂,我说……父亲的葬礼……还是要在微笑墓园举行吧?"

杰西卡转头看向说话的人——胆小鬼兼受气包弗雷迪。

杰西卡看到丈夫就来气,劈头骂道:"哎哟,你的心胸还真是宽大,还要把葬礼托付给害死自己父亲的凶手?"

弗雷迪涨红了脸,瘦削的下巴颤抖着,说道:"可是……又有什么办法呢?不在微笑墓园办的话,外面的人不知会说什么难听话……那个,出席的宾客名单——"

杰西卡不耐烦地打断了丈夫的话。

"好!随你高兴。你大可把你们那群热情奔放的爱尔兰亲戚都叫来。"

"你、你可不可以不要这样……"

杰西卡把脸转向其他方向。

这样的相处模式,正是困扰杰西卡已久的另一个死亡阴影。

错误的婚姻,是人生的终结。

自从与尼克·泰勒的恋情告吹之后,杰西卡的人生就是一连串失败。尼克虽贫穷却优秀,要是继续跟他交往的话,此刻她肯定过着平和又满足的日子吧?可惜尼克不喜欢她独善其身的性格，弃她而去，跑去波士顿念大学了。之后就在那里跟乖巧却平庸的同班女生结了婚。听说他现在在波士顿当律师，夫妻俩如胶似漆。每当想起这件事，杰西卡就恨得咬牙切齿。被尼克甩掉后，为了报复，她开始跟房地产商的儿子、有钱的草包弗雷迪交往，并顺理成章地结了婚。这一时的冲动是杰西卡人生的最大失败。胆小鬼弗雷迪缺乏作为男人的魅力，而且她嫁进去的时候，奥布莱恩家的财产已所剩无几。这下可好，与微笑墓园的关系破裂，一家之主弗兰克又死了。弗雷迪是个父亲不在连铅笔都不会削的废物，今后奥布莱恩家的命运一定会像坐滑梯一样，落入不可翻身的境地吧。这再明显不过了。

杰西卡此刻就像坐上了沉船的老鼠，只想快点儿逃出去。她左思右想，拼命开动脑筋。

无论如何都要从"错误的婚姻"这个死亡阴影里逃出去。没错，我要跟弗雷迪离婚。随便编个理由，找个适当的时机，逃离这个男人。趁他还有些资产的时候敲他一笔赔偿金，跟这个乡下地方彻底告别，搬到波士顿或是纽约那种大城市。就像从死亡中复活，在那里开始全新的生活，说不定还能找到个配得上自己的男人……

不过，这一切都需要钱。光靠赔偿金不知道够不够……不对，等等，应该还可以从其他地方弄到钱。就算赔偿金没指望，也没什么大不了……巴里科恩家的主人，即将咽气的父亲，会给我留下多少财产呢？

"我说，你在听我说话吗？"

丈夫的声音打断了她的美梦，杰西卡再度转头看向这个看着就来气的人。

我离开之后，这个人会很困扰吧？他可是老爸不在就什么事也做不成的白痴。到时候他一定会拼命留住我吧，不过我心意已决，是不会有丝毫动摇的。无论如何，我都要离开这个家。

就算公公看不下去儿子的可怜样，从坟墓里爬出来，他们两个人也别想拦住我……

6

詹姆斯·巴里科恩拉开作业台上的防水袋拉链，小心翼翼地把尸体从里面抬出来。

经过数分钟苦战，好不容易见到尸体的詹姆斯不禁露出吃惊的表情。不但嘴巴张成"O"形，还扶了一下无框眼镜。在一旁帮忙的沃特斯看到他这样的举动，感到纳闷。

面对尸体一向非常冷静的詹姆斯这次却有如此反常的反应，那死者的死状该多么凄惨呀。

沃特斯会这么想也不是没有道理的。的确，那具尸体的惨状还真是空前绝后：身上有多处挫伤痕迹，右前臂和左大腿骨折，呈九十度角扭曲。头部虽然没什么伤痕，但脖子和身体就仅剩一层皮连着。经常有这种意外横死的尸体送到微笑墓园来，不过，这具尸体真的可以送去参加奥斯卡特殊化妆奖评选了。

然而，沃特斯完全猜错了。詹姆斯可是处理尸体的专家，就像外科医生如果在手术室里感到恶心想吐的话就没法工作一样，入殓师必须练就面对怎样的尸体都毫无感觉的本领。更何况，在越南战地处理尸体时，詹姆斯见过死状更惨的尸体，眼前这具还吓不倒他。

詹姆斯的反应之所以异于平常，是因为他跟死者很熟。死者生前与微笑墓园有生意往来，同时是他同父异母的姐姐的公公。

他名叫弗兰克·奥布莱恩，曾是一名不动产商人。奥布莱恩昨天深夜在距离墓园不远的春田瀑布连人带车翻落断崖，就此一命呜呼。

但那其实不是一场意外，很有可能是自杀，这样的传言詹姆斯也有耳闻。人们说，取代父亲掌管墓园的约翰拒绝和奥布莱恩续约，逼得他心灰意懒走上绝路。

可就算奥布莱恩是自杀而亡，詹姆斯的内心依旧如同死水般平静。在他的观念里，人会自行结束生命是很自然的事。

詹姆斯看着尸体，陷入了思考。

在这个宇宙中，拥有生命反而是违反平衡的不自然状态。是的，人类对此都有所认知。因此，为了达到自然的平衡状态，人类都拥有求死的本能。剩下的就只需要一个契机而已……

想到这里，詹姆斯越发认真地思考起来，导致奥布莱恩死亡的契机到底是什么？

是掌握了墓园实权的约翰。

说到这个，詹姆斯也有些无奈。跟没什么事业心、把墓园里的大小事宜交给各部门负责人的史迈利不同，约翰是那种事必躬亲，甚至过分吹毛求疵的老板。虽然詹姆斯没有很强烈的权利欲望，约翰当上墓园总经理也是他无法决定的事，但毕竟自己的地盘受到了他人的侵犯，还是让他有些不愉快。

"怎么办，主任？是先缝合，还是先清洗？"

沃特斯的声音让詹姆斯猛然回过神来，现在可不是发呆的时候。这两三天里还有堆积如山的工作要做，得尽快把这件事搞定。

"啊，看这个状态，还是先缝合吧……"

詹姆斯话说到一半，发现沃特斯根本没在听自己讲话。助手一直死死地盯着尸体□□□□□的脸，嗓音压得极低。

"□□□□□，尸体好像睁了一下眼……"

7

□□□□□操纵轮椅离开主屋，穿过欧式庭园风情墓□□□□□路。

□□□□□，拨开垂在耳边的一缕头发，回头往后看□□□□□楚地看到刚离开的巴里科恩家的宅邸。她□□□□□所特有的折线形屋顶，衬着清澈的秋日蓝□□□□□天的时候，屋顶四周的铸铁雕饰会在阳光□□□□□射出耀眼的光芒；随着太阳逐渐西斜，□□□□□为古代鱼类的巨大鳞片，显得无比妖艳□□□□□

□□□□□出的"遗孀露台"，也是她的最爱。她曾□□□□□顶层房间来到那露台上，和孩子们——尤□□□□□美丽的花园墓地，聊一些有的没的。

□□□□□个名字，莫妮卡就感到一阵心痛……多□□□□□再也没办法见到他了。

□□□□□脑海里又浮现出另外一个名字。只要一□□□□□如影随形一起出现，那就是詹姆斯。这对外表相同，内在却完全不同的双胞胎，仿如宿命中的光与影。虽身为母亲，莫妮卡却一点也不了解詹姆斯。杰森坦率温柔，詹姆斯却从小就紧锁心扉……如果这位脑子开始迟钝的年迈母亲能够用语言把深藏在心底的不安表达出来的话，或许会是这样一句话：我早就把两个儿子都弄丢了……

莫妮卡急忙打住这些忧郁的念头，再度抬起头，冲着这一百年来一直在和平中沉睡的老房子露出坚强的笑容。然而，她的微笑终究没能持续多久。

她又想起盘踞在那看似坚固的房子里的黑影，黑影的真实身份正是"死亡"。宅邸二楼、凸出的弧形飘窗后面，她的丈夫正在病床上与死神战斗着。

疾病是上帝对人类的惩罚吗？莫妮卡自问。《圣经》中记载，回到迦百农的耶稣对中风患者说："孩子啊，你的罪已被赦免。"那人马上站起来，拿着褥子走了出去。人类的病痛和不幸，果然都是自身的罪孽造成的。每每想到这些，莫妮卡就觉得背后一阵发凉。她的双脚因为长年的痛风而萎缩，必须让诺曼推着轮椅才能行动——这也是自己的罪孽所造成的吗？

而此刻心无旁骛地帮她推轮椅的诺曼，在不祥的越南战争期间被子弹打中头部，连自己是谁都不知道——难道这也是上帝对他的罪孽的惩罚吗？

还有，躺在飘窗后面、不时看看这一大片墓园的丈夫，他得了不治之症，这是否意味着他犯下了主所不可饶恕的重罪呢？

人类真是罪孽深重，莫妮卡总算悟出这个道理。诺曼的情况她不太清楚，但自己和丈夫史迈利的因果，她马上就有头绪了。

萝拉的死，这件事很明显，他们俩都有责任。要是史迈利不对自己展开猛烈的追求，要是自己自始至终没有回应他的话，或许萝拉就不会死了……

莫妮卡不禁浑身发抖，紧握住摆在膝上的《圣经》。不过，随着轮椅穿过花园，在可以看到教堂塔尖的那一刻，她又恢复了镇定。这时，莫妮卡想起最近发生的震惊全美的事件。

是的，或许人类再也不用害怕自己的罪孽了。反正上帝的审判就要降下，到那时候……

笑容在莫妮卡的脸上绽放——到那时候，我的儿子杰森一定会回到我的身边。

莫妮卡越想越高兴。

没错，没什么好担心的。我是无罪的。难得今天头脑这么清醒，可以想很多事。还有，身体状况也是前所未有的健康，跟约翰也和好了。好事可以说一桩接着一桩。果然，上帝是真实存在的……

8

约翰·巴里科恩在酒店的某个房间里翻着皮革封面的古书胡思乱想之际，文森特·哈斯博士则窝在殡仪馆的资料室里，打开面前的古老文献，思考着死亡。

长年累月研究人类之死的哈斯博士，最近只要一想到"死亡"这个词，却会心神不宁、思绪混乱。不过他很清楚原因是什么。跟以前从书本上接触到死亡不一样，眼下现实中的死亡就潜伏在他身边，因此他才会如此心浮气躁。

已经死亡的格林和即将死亡的史迈利，这两位好友的死亡对哈斯博士而言有着截然不同的意义。

想象自己的死是最困难的。人类只要还活一天，就无法认真思考和想象自己的死亡吧？接下来是和自己无关的第三者之死。因为只是研究对象，所以可以冷静地思考它，不过还是无法发自真心地投入。最后是既不是"我"也不是"他"，而是能被称为"你"这种程度的关系亲密之人的死。"你"的死亡，也就是哈斯博士目前所面临的，第二人称对象的死是最具真实性，也是最能让人发自内心地去思考的。但同时，对这些人的感情也会扰乱我们的思绪……

为了平复激动的情绪，哈斯博士决定听听音乐。他从座位上站起来，走到书架旁的唱片柜挑了张黑胶唱片放到留声机的转台上，然后回到座位坐好。喇叭里倾泻出空灵的音乐，是小提琴、单簧管、大提琴和钢琴的四重奏。四种乐器演奏出的旋律就好像天国里小鸟的叫声，显得奔放不羁，又好似不断向地底延伸的螺旋阶梯，画出一道下降的线条。时间在音乐世界里仿佛停止不前了，静止的时间中出现了一片不可思议的音乐空间。

这首曲子叫《世界末日四重奏》（*Quatuor Pour la Fin du Temps*）。哈斯博士回忆起当年聆听这首曲子首演时的经历。

那是一九四〇年的冬天，隶属英国空军的史迈利和哈斯所驾驶的运输机在波兰边境附近被德军击落。好不容易从坠机中逃生的两人，刚一落地就被德军逮捕，带往位于西里西亚地区的葛里茨集中营。集中营里有一名年轻的法国兵，是半年前被俘虏进来的。他原本是巴黎圣三一大教堂的管风琴手兼新锐作曲家，幸运的是，负责看守他的德国军官是个狂热的音乐爱好者，不但允许他继续作曲，还让他和其他关在这里的音乐家在澡堂里练习。

一九四一年初，这名战俘所谱写的乐曲在集中营内临时搭设的剧场里首演。哈斯到现在都还能清楚地记得那一幕，四名音乐家站在老旧得快要散架的立式钢琴前，衣衫褴褛，一副寒酸模样。他们身上裹着破烂不堪的军装，脚上套着方便在雪地作业的笨重木靴。然而，作曲家并没有因为这身打扮而自惭形秽，他态度坚毅，演出之前还发表了一通关于《启示录》的演说，他说即将演奏的曲子是他为世界末日所写的。哈斯后来才知道，这名作曲家正是梅西安。

就这样,哈斯和五千多名囚犯一起,聆听了梅西安创作的《世界末日四重奏》。当时史迈利也和哈斯一样面临着"死亡"的威胁,终日惶惶不安。为缓解紧张,他们需要的不是对未来的幻想,也不是对过去的迷恋,而是让流动的时间停止。

对于新创作的曲目,梅西安曾明确说道:"我要终结的不是身为囚犯的期限,而是对过去和未来的观念。也就是说,这首作品是为了开启永恒而创作的。"

沉浸在回忆里的哈斯博士突然回过神来。留声机已停止运转,音乐不再倾泻而出,资料室被一片静寂笼罩,时间仿佛真的停止了。

哈斯博士的视线落在眼前展开的书本上,那页的照片正是全世界最恶心的"怀念死亡尸体卧像"。被青蛙和蚯蚓啃食、逐渐腐烂的尸骸。和《世界末日四重奏》一样,对哈斯博士而言,这尊雕像也是思索死亡时不可或缺的资料。

年迈的死亡学家不厌其烦地看着那张恐怖的雕像照片,大脑又恢复了思考的能力。

人类的思想可以让时间停止,不断追求永恒。但逐渐腐朽的肉体却在嘲笑我们,告诉我们:时间是绝对不可能停止的。两者之间的矛盾要怎么解决呢?

哈斯博士突然想到,比起即将死亡的史迈利,他应该优先考虑已经死亡的格林。那个孩子绝对无法忍受自己现在的样子。

于是,哈斯博士做了一个决定。

就在此时,敲门的声音响起,玛莎的声音在门外响起。

"博士,老爷说他要宣布遗言了。"

第十二章　被驯服的死亡

首先，我想从被驯服的死亡说起。中世纪史诗以及最古老的故事里的骑士们，就从他们的死亡方式思考吧。

——菲利浦·阿利埃斯
《死亡与历史》[①]

1

"为了主宰自己的死亡，接下来，我想在这里举办临终仪式。"

格林和柴郡最后进入房间，史迈利马上开了口。负责去叫格林和柴郡的玛莎在说"宣布"这两个字的时候还刻意提高了音调。的确，在此之前史迈利就"宣布"过两次了，偏偏他的命很硬，怎么都死不了。所以，算上这次，宣布遗言一事已经闹了三次了。还有昨天的茶会，更早之前的修改遗嘱，都能明显看出史迈利是在和死亡玩游戏。他说的"主宰死亡"，意思应该是把死亡玩弄于股掌之间。可是看起来他更像是在捉弄身边的亲人。

[①] 菲利普·阿利埃斯（Philippe Ariès, 1914-1984），法国中世纪史学家、社会史学家。文中引述的这本书法语名为《Essais sur l'histoire de la mort en Occident》，日语版译作《死と歴史》，英语版译作《Western Attitudes Toward Death from the Middle Ages to the Present》。

因此，在场有几个人露出了不耐烦的表情。虽说面对亲人之死不该这样，但他们实在控制不了自己。被从酒店紧急召回来的约翰就是其中之一。他独自站在窗边，离其他人有一定距离。格林则不动声色地观察着他，心里猜想：他站那么远，是不想让史迈利看到脸上的表情吗？

还有没站在约翰旁边，却和威廉黏在一起的伊莎贝拉；站在威廉另外一边的海伦；在海伦旁边咬牙强忍哈欠的詹姆斯；以及一直抱歉来迟了的杰西卡和弗雷迪夫妇——这些人的表情就像是被邀请前来参加家庭电影试映会的宾客，完全没有即将面对亲人去世的紧张感。

只有坐在轮椅上的莫妮卡待在丈夫床边，表情安详地闭着眼睛。她的膝盖上摆着一本《圣经》。当然，诺曼依旧站在轮椅后方，像一面墙般守护着她。

众人中还有一个例外，那就是马里亚诺神父。他穿着正式的白色法医外罩披肩，尽忠职守地在一旁静静等候。他身边是一张放有十字架、蜡烛、圣油等物品的小桌子。

这些人的样子史迈利好像完全没看见，他神情自若地继续发表演说。

"之所以这么做，是因为我想像中世纪史诗和骑士故事里的主人公一样，驯服自己的死亡。医生宣布我罹患癌症的时候，诚如众人所知，我完全乱了方寸，陷入深深的恐惧。从很久以前就什么事都照自己的意思办，一路披荆斩棘、克服困难的我，竟然要面对这世上唯一不能随心所欲的事——死亡，会感到害怕也是理所当然的吧。不过呢，到了这个份儿上，我也总算释怀了。反正早晚都要死，就学学我心中的偶像，中世纪的诗人骑士那样，死得堂堂正正吧。"

史迈利突然轻轻地咳了起来,莫妮卡担心地摸着他的额头。史迈利虚弱地笑了笑,算是在安慰她。

"嗯,我有些发烧,你的手让我感到平静。不过,比起我的身体,我更关心你的情况。家里人好像都很忙啊,没人特别关心你吧?"史迈利语带讽刺地说完这些后,又回到了刚才的话题。

"话说回来,想要驯服自己的死亡、成为它的主宰,首先必须要死在自己家中最喜欢的房间里。医院可不行,在那种地方,就等于把死交到别人手上。对于医生护士来说,用科学手段延续人的生命,要比有尊严的死亡更重要。被塞进氧气面罩、什么时候会死都不知道的情况下,还怎么发表优美的辞世宣言?"

史迈利的话让格林忍不住点头。日本的外婆临死的时候脸上就罩着人工呼吸器,导致他根本听不清楚她说的话。

"医院里面因为有精良的科学仪器和高超的医疗手段,可以让死亡的瞬间拖得很长,甚至被细分成好几个阶段。在那些被细分的阶段里,到底哪个阶段人才是真正的死亡,又有谁知道?难道'死亡'这种一生中只有一次的大事,就只是'停止看护'这四个字这么简单吗?"

史迈利环视身边众人,他看到了认真倾听的格林——

"哦,弗朗西斯,你也来了?太好了。我就是想让你这样的年轻人亲眼看到人类是怎么死的。如果不是死在自己家中的话,孩子们可能就看不到了。"说到这里,史迈利虚弱地眨了眨眼睛,"现在的年轻人对于死亡的认知太贫乏了。就算他们很清楚人不是从卷心菜里头蹦出来的,但还是一点儿也不了解死亡的意义。就像文森特所说的,亲人死去的时候他们不在旁边,只能每天从电视机这个潘多拉的盒子里吸取安全无害的死亡知识,还一副什么都懂的样子。这可不行。要想真正地活着,就必须见识到真正的死亡。"

可是，格林在心中呐喊，已经太迟了！因为我已经死了。我不仅知道人不是从卷心菜里头蹦出来的，还很清楚死亡不是演戏——不是在这部剧里死了之后，换一套衣服，三十分钟后又在另一个节目出现……

只是，史迈利哪儿能知道格林的心事呢？他继续发表着演讲。

"说到卷心菜我就想到，人无法选择自己的降生。换句话说，人生的入口是无法选择的。我生在经营殡仪馆的家庭，这不是我的选择。人类都是这样，进入与自身意愿无关的入口。可是，为了证明我有坚强的意志，足以掌握自己的人生，我决定至少出口要由自主选择。因此，与其让不懂风雅的科学来捣乱，我宁愿学古代的骑士，在亲人的环绕下，安详地迎接死亡……"

这次这番演说比以往几次都真挚了许多，如此一来，就算是这群冷血的家人，也会有几个被感动了吧？虽然从他们的样子完全看不出有半分难过不舍，格林心想。

就在这时，史迈利突然话锋一转，从浪漫主义回到了现实主义。

"对了，关于财产分配的事……"

此话一出，众人不约而同地紧张了起来，仿佛被旋紧了发条的人偶，都打起十二万分的精神。

"这件事……我看还是等我死了之后，请哈定律师代为说明吧！我已经把遗嘱交给他了，不过我不会让大家失望的，你们就拭目以待吧！"

好不容易转紧的发条又全松了。很明显，史迈利不只想跟死亡玩游戏，他确实也在捉弄身边的人。"十字路口咖啡馆"老板说的话又在格林耳边回响——"他们家现在正在为了遗产闹得不可开交，史迈利那家伙哪天被人毒死了……"

在这些人之中如果有人这么想的话……

史迈利似乎看穿了格林的疑虑,他望着众人,说道:"我并不担心你们起内讧。自从知道自己将不久于人世,我挂念的就都是我的分身——整个家族的前途。如果你们愚蠢到与自己人起争执的话,我就算死了也不会瞑目的。"

史迈利审视了一番众人的表情,之后转入下一个阶段。有了遗产这个东西当诱饵,至少表面上看,认真听史迈利讲话的人变多了,格林心想。

史迈利轻咳了几声后,再度开口。

"我在这里请求神,保佑留在世上的人……巴里科恩一族,微笑墓园,还有这个接纳了我的美丽国度美利坚,愿神永远眷顾你们……"

史迈利的声音洪亮,不像是个病入膏肓的人,可真是铆足了劲儿。众人都被躺在病床上、即将迈向死亡的伟大墓园主人感动了。

然而,就在这番话之后,史迈利投下了一枚巨型"炸弹"。

"我很清楚,你们听了三次临终宣言,已经觉得厌烦了。不过就请再忍耐一下吧,这回是时候了,我的生命是时候终结了……"

史迈利看向马里亚诺神父,继续道:"来吧,神父!是借您之力的时候了,请您聆听我的告解。"

之前两次均未出现这样的桥段,史迈利的提议让众人骚动起来。有人倒抽口气,有人低声呻吟。然而史迈利似乎完全不在意周遭人的反应,专注于自己的临终仪式。

"神啊!求您慈爱地宽恕我的罪孽,我真心地忏悔……"

房间内众人屏息以待。就在这个时候,他投下了炸弹。

"萝拉结束自己的生命,都是我的错。我明明有妻子了,还去招惹莫妮卡……萝拉是因为受不了,才……哦!请赦免我的罪。"

坐在史迈利枕头边的莫妮卡惊恐地喘着粗气。其他人则面面相觑,窃窃私语。大家都觉得很尴尬,不知该作何反应。此时活着的人已完全被垂死之人的言语所支配。不过总算还有一个人保持着冷静——约翰走到莫妮卡身边向诺曼指示,要他把精神开始紧张混乱的老妇人带出去。

"我没有罪,你现在这样做……"

坐在轮椅上被诺曼推出房间的莫妮卡,一路上还口齿不清地叨念着。萝拉生的三个小孩冷冷地目送着后妈离去的背影。这时格林终于知道,除自己父亲以外,原来巴里科恩家的孩子们都对这个后妈心怀不满,只是碍于史迈利的威严才没有表现出来。

气氛一下子很紧张,只有仪式的继续进行才能让混乱的局面恢复秩序。马里亚诺神父连忙在小桌子上切下一块面包,塞入史迈利口中,施行圣体领受之礼。是多心了吗?格林总觉得,神父这样做是为了让史迈利暂时别开口说话。接下来神父取来圣油,涂抹在史迈利的额头,进行临终前的受膏圣礼。然后他开始祷告。

"借此神圣膏油,愿天主赦免你所有的罪……"

史迈利已陷入无我的恍惚状态。他双眼朦胧,望着天花板,喃喃自语着。

"从不食言的我的真父啊!你曾从死人堆里把拉撒路唤醒,从狮子嘴里把但以理救出来,也请你让我的灵魂脱离所有的苦业吧……"

这时史迈利呻吟了一声,闭上了眼睛。垂死之人与神父肃穆的祈祷声让众人的情绪得以平复，屋内又恢复了原有的秩序。不，可能不只如此。垂死者的恍惚甚至波及周遭，众人着魔似的盯着史迈利看。紧接着，神父的祝祷开始了。

"我，现在以宗座所授之权，给你全大赦，并赦免你的一切罪过。以圣父、圣子、圣灵之名。阿门。"

赦免你的一切罪过。

史迈利长长地舒了一口气。神曾吹在泥人身上的那口气——灵魂——正离开老人的躯体。房间里的人简直就像商量好似的，同时惊呼一声，全都围到了床边。

房间内的严肃气氛达到了最高潮。但在这个时候，另一颗谁都没料想到的炸弹竟然炸开了——在这最坏的时机。

房间被寂静包围，就在众人要呜咽落泪、说出告别的话语时，仿佛坏掉的喇叭发出的一般令人不快的噪声陡然响起。

众人一时搞不清楚那是什么声音，面面相觑。不过他们马上意识到，那毫无疑问是放屁的声音。大家一同陷入恐慌。有人连忙摇头，有人用狐疑的目光瞪着旁边的人……当大家知道无法找出替罪羔羊的时候，又把目光移回到了床上。

之前一直面色惨白的史迈利，此时脸上竟然泛起了红潮。

接着，本该断气的老人睁开了眼睛。

史迈利的灵魂不但驯服了死亡，还和死亡做出了和解。但讽刺的是，他的肉体竟然违背了他的意志，拒绝去死。在这样的情形下与死神擦肩而过，即使周遭气氛无比严肃，也会忍不住哑然失笑吧。站在格林身边的柴郡早旁人一步掌握了事态发展，她捂着嘴，肩膀不住地抖动——当然，她的眼里没有泪水。

"哼，抱歉，看来我不只意志，连肉体都很坚强哪！"史迈利仰望着天花板说道。说话的语气就像一路领跑了八十码，眼看球就要触地得分,却在边界线前跌倒的愚蠢橄榄球员一样,充满不甘心。

2

"格林,我昨天也下过判断了,临床上你算已经死亡了。"哈斯博士以讨论扁桃体发炎般的轻松语气说道。史迈利的临终宣言荒唐落幕后,格林来到哈斯博士在巴里科恩家宅邸的房间,听他讲昨天说要告诉他的另一种假设。老博士似乎觉得这没什么了不起的,继续轻描淡写地说了下去。

"与身体有关的重要生命迹象全消失了。中枢神经功能停止,心脏也不再跳动,当然,血液循环也不复存在了。因此,需要氧气的肌肉运动、消化、发热等现象也不会再发生了。然而,此刻在我面前的你却依旧能思考、手脚能活动,也能说话。如此大的矛盾该作何解释呢?我只能说,你的人性,在临床死亡之后依旧存在……"

"人性依旧存在?"

"是的。你之所以是你的那个部分,在肉体死后依旧存在着。虽说人性的产生是建立在生物学基础上的,可我们不妨把这一抽象的存在和肉体存在分开来考虑,看看会怎么样。格林,你现在感觉哪里是和生前不一样的?"

"虽然大体跟活着的时候一样,可以思考、活动,但总觉得……有种在看电影,又像是在做梦的奇怪隔阂感……"

"哦,做梦吗……"哈斯博士的脸因为兴奋而发亮,"这可有趣了。'睡眠和死亡亲如兄弟',自古以来就有这样的说法……此刻的你因为已经临床死亡了,照理说感觉器官是无法把从外界接受到的刺激传递给大脑的。同样的，我们在梦里所意识到的，也不需要通过感觉器官来补足刺激，就可以达到内在的持续一致性。"

"等、等一下，这是什么意思？"格林迷惑地问道。

"也就是说，就算肉体没有实际体验过，我们在梦里还是可以感受到色彩、声音、触感、温度、气味、味道、痛觉……就和我们醒着的时候一样，可以用四肢抓取东西，可以奔跑。在梦中人类做出各种行为的时候也具有一定的真实感，像是爱抚、杀人——"

"杀人……"

"没错。"哈斯博士面不改色地点了点头，"此外，我们还会在梦中创造一个陌生的人物，与他展开高深、知性的对谈，有时还能拥有超越现实的能力。"

"这么说来，我现在是在做梦吗？"格林大脑一片混乱，愚蠢地自言自语起来。

"不、不是这样的。"哈斯博士突然扇了自己一耳光，"虽然我刚才说，在梦里也是有痛觉的。但看在我现在脸颊非常痛的份上，就请接受你已经死掉的事实吧！否则我就讲不下去了。"

然后是一阵诡异的笑声。

"呀，抱歉、抱歉，好像让你更加混乱了……不过呢，从梦中的独立体验我们可以推论，人性实际上是和肉体、生理分开，是独立存在的。如果可以证明这点的话——唉！现在的你不就是最好的证明吗？——就可以进一步相信，即使人类已临床死亡，与肉体分离的人性依旧是可以完整存在的。"

"可是……"

"怎么，你连你自己的状况都没办法掌握吗？不过，站在一个严格公正的生物学者的立场上，我也有些困扰。这存续下来的人性是怎么让已经死亡的肉体动起来的？关于这点，恐怕只能借助尚未得到证实的'超心理学'领域才有办法解释了。"

"超心理学？"

"是的。所谓超能力，是一种超越肉体的精神力量。不靠血液提供氧气，手脚却能活动；明明器官已经坏死，耳朵却听得到，这些都只能归于念力或心灵感应的力量吧？"

"可是，如果真有这种所谓的精神力，那这种力量的源头，也就是我的脑髓，也已经坏死了，这不就和你的说法相矛盾了吗？"

"嗯，确实如此。所以我在想，所谓的超能力，跟肉体和生理应该也是分开的。如果精神力量必须依附肉体才能存在的话，那你想动一下脚，就得先把构成脚的基本粒子视觉化，再去分析让脚和地板紧紧相连的重力和惯性之间的平衡状态，再在此基础上进行操控——这种控制身体的方式不就绕远路了吗？人类中枢神经的机能还达不到那种程度。因此，超能力的源头应该并非大脑本身。诚如某位伟大的日本科学家所说，人类的脑髓所扮演的角色其实就像是电话总机。所以，无论是刚刚说的人性，还是超能力，要让它们继续存在、发挥作用，应该还有一个有别于肉体的'第二系统'，这就是我的假设。"

"你说……第二系统？"

"嗯。先等等，在解释这点之前，我记得你曾经说过在死亡的瞬间看到了光，是吧？"

格林想起当时的情况，点了点头。死亡的世界里确实充满光。

"这也是个很有趣的话题。你知道松果体这个器官吗？"

"松果体……以前在书上读到过,我记得好像是中枢神经的退化器官。"

"不,它不是退化器官。很久以前科学研究就发现,松果体是一种能分泌褪黑素的腺体。由于大脑非常发达,它便半隐藏在前脑的中心深处。如果皮肤是透明的话,你能在这里看到它。"哈斯博士指着自己的额头说,"换句话说,就是所谓的第三只眼。"

"第三只眼……"

"嗯。在印度教教义中,又称作'启迪之眼'。你有一半东方人的血统,应该能够明白吧?自古以来,要得到'启示',得先有能感应光的眼睛。瑜伽行者的冥想就是去感受一瞬即逝的灵光,而顽固的法利赛主义者保罗之所以皈依基督教,也是因为在前往大马士革的途中感受到了启迪之光。所以有人主张,从进化的角度来看,作为眼睛起源的松果体应该可以感应到肉眼看不到的神秘灵光,是掌管'启迪'的部位。进一步来说,从精神可以超越肉体这一事实来看,超能力可能就源于此。"

格林没料到会是这样的展开,整个人都呆住了。

"不好意思,容我问你一个问题。你在伦敦的时候有嗑药的恶习吧?比方说摄入过 LSD① 什么的?"

格林尴尬地点了点头。一想到死后还得说这些陈芝麻烂谷子的事,就觉得自己很可悲。

"呵,果然如我所料。刚才说的松果体所分泌的褪黑素,已被证实是由一种叫血清素的物质制造出来的。这个血清素存在的地方非常有趣。比方说野生无花果树中就有;在非洲,被许多种

---

①一种效果强烈的半人工致幻剂。

族视为圣物的猴面包树中也有；在印度，佛陀坐在底下悟道的菩提树中也有。还有一个地方，那就是在某种由人类合成的恐怖物质里，也可以找到血清素分子……"

"你是说LSD……"

"没错。在强力药效下身处幻觉之中的人，即使感官没有受到任何刺激，却还是可以看到、感觉到强烈的光线等各种东西。我在想，这应该是在制造LSD时改变了血清素的浓度所引发的现象。"

格林受不了了，提出了抗议。

"等一下，你从刚才起就净说些松果体啊、超能力之类莫名其妙的话，难不成我是拜LSD所赐，有了超能力吗？总之我的大脑已经坏死了，对吧？那个叫松果体的也已经没用了，你所说的那种能力，它根本就发挥不了吧？"

但哈斯博士毫不气馁。

"我说你啊，死都死了，没必要这么性急吧？"

"不要再总是提我死了、死了的！"格林发火了。

"总而言之，在我的假设里——"

"可不可以直接讲你的假设？"

"哼……我想说的是，总而言之，除了肉体以外，人体内还有第二个系统存在。刚才提到的人性、超能力，或是所谓的启迪，都属于这个抽象的第二系统。松果体不过是这第二系统暂时的居所。或者说，松果体其实是一个分界点，主要用来区别与肉体不存在于一个次元的第二系统。如此一来，松果体就和死亡没有关联了。只要第二系统还存在，临床已经死亡的人就依旧可以爬起来，思考、行动。"

格林盯着哈斯博士，有那么一瞬间，他觉得这个老学者可能疯了。可是，如果他说的话不可信，那已经死掉的自己还可以思考、行动，这不是更不可思议吗？格林感到头要炸了。

哈斯博士完全不理会格林的反应，继续眉飞色舞地说了下去。

"你所叙述的濒死体验，听起来跟完全相反的诞生过程非常相似。在死亡的世界打盹儿，就像胎儿在母体的子宫里沉睡。而通往那个世界的狭窄幽暗的隧道，就等同于产道。"

"没错。接着，再度醒来的瞬间，也很像通过你所说的产道诞生到这个世界的感觉……那时来自于外界的强烈光线，我到现在都还记得……"

"嗯，这就对了，光线！"老博士的眼睛闪闪发光，"没错，启迪之光、皈依之光，松果体——第三只眼——所感受到的特别的光……这不是很有趣吗？濒死和诞生，这两个过程中都充满光！"说到这里，他偏执地频频点头，"之后，变成活死人的你，有种好像在做梦的隔阂感。而在平常的梦境里，人性是可以脱离肉体而独自存在的……把这些事全部联合在一起思考，你有没有得到什么启示？"

格林的大脑一片混乱，根本回答不上来。

"我认为，诞生和濒死时会看到颇为相似的光景：充满光、宛如梦境，是因为这两者其实都是促成某件事发生的契机。"

"契机？什么契机？"

"就是让第一系统——所谓的肉体——与第二系统融合或分离的契机啊！诞生是让第一系统和第二系统融合的契机，濒死则是让第一系统和第二系统分离的契机……而人类每天晚上睡着后在梦中体验到的人性独立于肉体之外的奇妙体验，可以解释为第一系统和第二系统的暂时分离。"

"不会吧……"格林一时语塞，"照你这么说，那人类在睡眠中做梦，不就是在练习'暂时的死亡'吗？"

"很有可能。就像希腊人所说的，'睡眠和死亡亲如兄弟'……"

"那变成活死人，也就是我现在所处的状况，会有做梦般的隔阂感，全都是因为你所说的第二系统脱离了死掉的肉体，却依旧存在并发挥作用所造成的吗？"

"你大可以这样想。再进一步讲，一般人在做梦的时候，第二系统通常被藏在肉体里，且处于关闭状态。可是活死人的情况却恰好相反。也就是说，此时的第二系统不但超越了已经死掉的肉体，还将肉体整个儿覆盖了起来……不过，这种事是否能用物理概念加以说明还有待商榷。只是……"

博士第一次皱起了眉头。

"你为什么会变成这样，这个问题还是没有解决。我在想，肯定跟光有关系。因为诞生和濒死的过程中，神秘的光一直存在。你有可能是本身有天赋，也有可能是拜LSD所赐，总之，你拥有感受到光的能力，所以才清楚地看到了死亡的景象，才能够变成活死人，并向我描述当时的体验……"

格林认真地听着哈斯博士的解释。该是探究问题核心的时候了。

"那个，你所说的'第二系统'，到底是什么？"

"嗯，自古以来，许多伟人用了各种不同的名称来称呼它。当然有些不太精准，解释起来也有一些差别，不过呢……我想，姑且可以用'灵魂'这个词来替换这些名称。"

"灵魂……"

"没错，就是苏格拉底所说的灵魂，《新约圣经》中的'圣灵'，被那些没有自信的科学家保守地称为'生命原理'。对了，笛卡尔认为松果体是灵魂的所在地。反正它的名称可多了，如果你想的话……"

"如果我想的话？"

"也可称之为……神明。"

当天夜里格林发现，就算用手指去压腿上的尸斑，颜色也不会褪了——血液已开始腐坏。尸僵现象解除后，在这样的冬天，大概到第三天，深色的腐败血液就会充满血管。呈树枝状延展的腐败网会渐渐遍布全身。

在殡仪馆帮忙的格林非常清楚这些。虽然灵魂还存在，虽然可以被称作"神"的第二系统还在操纵自己，然而，亲眼看着自己的肉体渐渐腐烂，还是很难受——不，在查明自己的死亡真相之前，决不能就这么轻易地腐烂掉。

当机立断，格林马上跑去找哈斯博士帮忙——他决定把体内的血全抽出来，转而注入防腐剂。

第十三章 "约翰·巴里科恩非死不可"

约翰·巴里科恩非死不可。

——英国传统民谣

1

右手的食指在打字机的键盘上缓慢摸索着。按下了 J 键。接着，右手的食指找到位于第三排的 O 键。接下来是 H 键，之后是 N 键……打字纸上出现了一个词：

JOHN

这是非常重要的讯息，希望他能牢牢记在心里。这样才不枉我大费周章地打出来。

打字声还在啪啦啪啦地响。真的有必要做这些事吗？可是，还是谨慎一点为妙，希望他能彻底理解我说的话。

对了，还得把数字打上去。

11：24，2：11

这些数字也是必须的。必须让他确切地了解整件事，因此要展示出数字，清楚地将那个时刻告知他。

接下来还是文字。

SECOND DEATH

第二名死者。没错，看到这些字，他应该会觉得害怕，说不定他会以为是来自某人的警告。不过事到如今，逃得了一时，逃不了一世。所以，希望他能直面这一事实——不，应该说这是绝对无法动摇的真实。

想到这里，凶手开心地笑了，接着把纸从打字机上抽了出来。

2

当巴里科恩家族因为临终宣言的闹剧而乱成一锅粥的时候，理查德·特雷西警官正犹豫着要不要把最后一根香烟也抽了。考虑片刻后，他还是把最后一根烟塞进了嘴巴，接着把空香烟盒揉成一团，随手扔到桌上。一名女警立即皱起眉头，站起身来，去打开了换气扇。

特雷西权当没看到，照样点着烟。在大理石镇警署里，一个月以前，厌恶抽烟的人就已经占据绝对上风。特雷西所在的部门里，至今仍顽强抵抗的就只剩下他和一名预定将于下个月退休的老警官。

特雷西心里颇有怨言。他简直无法想象没有烟味、没有咖啡那煳香味的警署。

所谓的警察，本来就是为了清除世间堆积的压力和不健康事物而存在的职业。警察要是跟那些雅皮士、证券公司职工一样，又是戒烟、又是上健身房的话，那还有什么意义？

在心里咒骂的同时，特雷西却也逐渐感觉到心虚。不过一个小时，眼前的烟灰缸就已无"立烟"之地，就要溢出来了。或许自己真的抽得太凶了。

特雷西从抽屉里拿出小镜子，偷偷地照了起来。

镜中，疲倦的中年男子正用一双充血的眼睛不安地望着自己。这一个月他几乎没怎么睡觉。每天晚上要是没有巴比妥、溴戊酮尿素这些安眠药和老祖父威士忌（幸好这东西的危害比药物要小）的帮忙，他就睡不着。不止如此，原本就稀疏的头发，现在每天早上还要再掉一大把，牙龈出血也没停过。因此，不管外面是晴天还是雨天，他的心情永远是阴天。

最近特雷西总在十分短暂的浅眠中梦到乱七八糟的新闻标题：《颇有才干的特雷西警官死于杀人魔"压力"之手》。虽然他对这几年兴起的健康热一直很抗拒，但自己也知道神经即将超负荷，内心也为此充满不安。

特雷西叹了口气，收起镜子，视线转向桌子对面的同事。对面那位也在照镜子，不过人家使用镜子的目的跟特雷西不一样，他可积极多了。对面的男子手里拿着牙线，在清理牙齿。其他时候他还会对着镜子整理头发或是涂护唇膏什么的。特雷西对这个男人——他的部下查理·福克斯刑警——极不欣赏，这个年轻人脑袋里整天想的就只有打扮和打听漂亮姑娘的电话。而且他之前说过，之所以当警察，是因为他"觉得警察很酷"。作为一位务实辛劳的警官，光是这轻佻的言论就让特雷西无法容忍。

就在特雷西打算开口讽刺福克斯的时候，同事威尔逊警官从审讯室里走了出来。威尔逊用力扯开脖子上的领带，眉头深锁。

特雷西很喜欢威尔逊,他觉得这样才是真正的警官。威尔逊一看到特雷西就举起双手,做出"我投降"的动作。

"还是不肯招吗?"特雷西问道。

"是啊。不愧是大理石镇警署票选出来的最佳嫌疑犯。四十二岁、单身汉、五金店老板,跟母亲两人相依为命,两年前曾在梅菲尔德公园的树丛里对慢跑的女孩子伸出过魔爪。有这样的前科,我真想把奥斯卡奖发给他了。"

"不在场证明呢?"

"他的不在场证明完美得可以用牛皮纸印刷、出版、公布于世。没用的,这家伙不是凶手。"

虽然是与自己无关的事,但特雷西很同情威尔逊。万圣节那天晚上,一名女高中生失踪了。今天早上,在诺克斯山的森林里找到了她的一条手臂。除了这名女高中生外,这三个月内已经有三个女孩失踪,她们的年龄都只有十六七岁,其中两人在大理石镇读高中,另一个在比萨店做服务员。这些女孩都是无缘无故突然失踪,到现在都还没找到。无论哪个案子,警方到目前都没有任何线索。

威尔逊一脸厌烦地继续说道:"镇上人心惶惶的。我不是这儿长大的,不清楚以前的事情,有人在传,说是很早以前的杀人魔复活了什么的。这种荒谬的小道消息多着呢!"

"刚才在这里大闹的老太太也是吗?"

"那种人最伤脑筋了。她跟失踪了的女高中生住在同一条街上,刚才一进门就大声嚷嚷:'我家的罗吉也是,那天晚上消失不见了!'害我吓了一跳,以为又有案子发生。"

"结果不是?"

"结果罗吉是她养的猫!气死我了。像她那种人,肯定把猫当宝贝,用塞维尔的精致瓷器盛猫粮给它们吃。看看我阿姨,一个塑料碗一用就是十五年,现在肯定还在用呢!"

威尔逊嘟起嘴巴哼了一声,接着把一张照片扔到了特雷西面前,说道:"这是女高中生珍妮丝·西蒙斯失踪之前的照片。她弟弟拍的。"

照片有点失焦,一看就知道拍摄经验不足。红红的脸蛋、身材微胖,典型的乡下女高中生模样。她是学校里的啦啦队长,课外在甜甜圈店打工,然后让自称出自"显赫名门"的修车厂工人弄大了肚子……特雷西的脑海里浮现出这些老掉牙的戏码。

照片里的珍妮丝很应景地穿着万圣节服饰,手上拿着用厚纸板剪成的粗糙的"杀人道具"——应该是小斧头之类的吧?她还戴了面具,只是照片里面具被推到头上,看不清是什么。拍照地点是大理石镇郊区的某处空地,女孩背后是马路边的白色围篱,不远处有一栋废弃大楼,马路上停着一辆拖车。这是通往墓碑村的一一三号公路。女孩正开心地展示着她的万圣节装扮,谁曾想,拍完照的几分钟后,真正的怪物出现,把她抓走了。

"事实上,就在这张照片拍完的几分钟后,这条马路前后拉起了封锁线。"威尔逊一边回忆一边说着,"因为附近发生了一起银行抢劫案,后来抢匪在强闯封锁线时被捕,然而珍妮丝却不见了。如果凶手是开车把她带走的,照理说应该会被拦下来……"

"照片里的这辆拖车查了吗?"

"当然。是一辆废车,没查出什么有用的线索。"

特雷西点了点头,把照片放进抽屉,转而开始研究自己负责的案件。

然而不久之后,他就察觉到一件与这张照片有关的奇怪事实。

3

史迈利上演临终闹剧的当天晚上，柴郡一边在殡仪馆幽暗的走廊上散步，一边对回到这里感到后悔。母亲此刻正忙着规划接下来的人生，看到她这个拖油瓶归来，自然没有表现出欢天喜地的样子。至于未来的继父约翰，则是打从一开始就摆出不欢迎的态度。

柴郡看了一眼手上的旱冰鞋——约翰的做法实在令人气愤，所以她偷偷跑去经理办公室，把旱冰鞋拿了回来。一想到今后就要天天面对约翰，她就忧郁起来。她只想和妈妈两人一起生活，如今看来这愿望是不可能实现了。等约翰的宝宝出生，自己肯定就更多余了。凡事都有尽头，也就是所谓的死亡。史迈利爷爷此时正等待的"尽头"，每个人都要面对……

柴郡不想继续思考下去了。她可以直面人生，却不想去分析它——想这么多又有什么用？在未来等着自己的，只有不可预知的深渊，她是这么想的。成天想这些莫名其妙的事，只会让日子难过。直觉告诉她，"及时行乐"才是人生的价值。不，应该说，"及时行乐"就是她的人生。

不管怎样，找到格林，去大理石镇的迪斯科舞厅彻夜狂欢吧！柴郡下定决心。史迈利的临终闹剧演完之后，格林就去殡仪馆帮忙了，直到晚餐都没回到巴里科恩宅。从昨天开始，格林的态度就显得有些冷淡，对此她有些纳闷。她一面小心翼翼地不让殡仪馆里的古板员工发现——他们可讨厌这个总在殡仪馆闲逛的朋克姑娘了，一面在走廊上寻觅着格林的身影。

为了营造庄严肃穆的气氛，殡仪馆里的灯光一直很昏暗，且馆内十分寂静。柴郡最受不了这种阴森的感觉。只能听到家属压抑着的哭泣声，以及作为背景音乐的阴沉得要死的弥撒曲和安魂曲。再在这里待下去，自己肯定会继续消沉……

就在这时，从走廊尽头传来完全不同的声音，把柴郡吓了一跳。她朝声音的源头看去，发现有一个房间的门半掩着，刚才没注意到，有灯光和声音从里面流出来。那声音是歌声，而且是老人豪迈的歌声，几乎可以用"放声高歌"来形容了。

在这装腔作势的殡仪馆里，可以这样放声高歌吗？

在好奇心的驱使下，柴郡忍不住向那扇门靠近。门上的牌子写着"升天室"三个大字，是前天曾来过的那间太平间。美国的殡仪馆，太平间除了用于安置遗体外，通常还供遗族和观礼者瞻仰死者，举行葬礼。这么说来，这么大的声音应该是悲痛的宾客发出的——可这又怎么可能……

突然，柴郡眼前的门打开了，有人出现在她眼前。

"哎呀、哎呀！与朋克小姐再次见面了，真令人高兴。"

由于此人穿着深色西装，柴郡一开始没认出他是谁。其实眼前的男人正是早上光顾过的那家咖啡店的老板比尔。比尔似乎醉了，只见他一边搓着红色的鼻子，一边口齿不清地说道："来，快进来吧。今早的事情就让我们忘记吧，一起喝几口怎么样？我正在为奥布莱恩守灵。"

"奥布莱恩？就是大叔你早上说的那个不动产商人？"

"嗯。他儿子弗雷迪说要在这里举行葬礼。"比尔压低声音，"父子俩一个德行，都是胆小怕事的人。不过弗雷迪的老婆是这家的千金，这也是没办法的事。瞧，我们正在举行爱尔兰式守灵仪式，要好好地大闹一番，以告慰弗兰克·奥布莱恩的在天之灵。来，你也来参加吧！"

说完，比尔硬是把犹豫不决的柴郡拉进了太平间。

这间太平间的宾客休息室和后头的停尸间是打通的，此时挤满了前来守灵的人。每人手里都有一杯酒，屋里还弥漫着烟草烧出来的紫烟。有人喝得烂醉、有人吵得面红耳赤，还有人搂着肩膀唱着歌，比尔拽着柴郡，把她带到最里面的房间。

这里堆满鲜花，放着花圈和棺材，被推着前进的柴郡战战兢兢地瞄了一眼棺材，令她惊讶的是，里面竟是空的。她正想转过头去找比尔问个清楚时，比尔却不由分说地拉她坐到了已坐着两个男人的路易十五风格的长椅上。柴郡靠着一个五十岁上下的男人，男人好像已经喝得烂醉，垂着头，一动不动。隔着他的是一名瘦弱的中年男子，柴郡认识那人，是弗雷迪，此时醉眼蒙眬的他正往杯子里倒酒。弗雷迪的视线好不容易聚焦到了柴郡身上，他开口了。

"哦！表演余兴节目的合唱团女歌手来了。不过你可真难看！"

柴郡气炸了。

"喂！看清楚我是谁！我可是你的柴郡大姐！"

弗雷迪眨了眨眼睛。

"哦，哦哦！是柴郡姐。真是对不起，原来是你啊，我还以为薄情的巴里科恩家一个人都不来呢！约翰没来，杰西卡说约了人去大理石镇看戏，早早回去了。只有你，只有柴郡大姐你愿意来。我想，老爸一定也会高兴的……"

弗雷迪把怀里的威士忌往柴郡面前一推。

"来吧，柴郡姐，坐下来跟我喝一杯吧。这可是黑林，纯正的爱尔兰威士忌！我们爱尔兰人，绝对要有个'E'。不是威士忌的W、H、I、S、K、Y哦！是W、H、I、S、K、E、Y！E就是ENERGY的E、活力充沛的E！你懂吗，嗯？"喝醉了的弗雷迪很啰唆。

　　碰到这种醉鬼,还是敷衍一下比较好。于是柴郡露出暧昧的笑容,往自己的杯子里倒酒。就在她喝酒的时候,站在身旁的宾客——一位鬓角发白的老人——开始唱起奇怪的歌。

　　"约翰·巴里科恩非死不可……"

　　这熟悉的名字把柴郡吓了一跳,连忙竖起耳朵仔细听。

　　　　约翰·巴里科恩非死不可——
　　　　小巴里科恩待在土里
　　　　大雨倾盆而下
　　　　接着,太阳光芒照下
　　　　一天一天长大
　　　　从泥土里冒出来的约翰·巴里科恩
　　　　某天,从膝盖砍断它
　　　　拖到村子里的仓库
　　　　将他剥皮去骨
　　　　两块大石压一压
　　　　巴里科恩马上粉身碎骨……

　　老人略显哀伤的歌声朗朗响起,慢慢地开始有人跟着一起唱。歌词的内容让柴郡惊讶不已,她不由得伸长手臂,拉了拉弗雷迪的袖子。

　　"喂,这些人正在唱的约翰·巴里科恩,该不会是……"

　　弗雷迪挤眉弄眼地回答道:"哈哈,别担心,他们不是要对这里的总经理约翰动用私刑……虽然我很想这么做。他们唱的是已有五百年历史的爱尔兰民谣。歌词是在说割下麦子、将麦芽放进石臼里碾碎、加以蒸馏……也就是制成威士忌的过程。啊！叫什么来着？是拟人化的歌咏方式。歌中的约翰·巴里科恩指的是酒。懂了吗，大姐？"

这么说来，昨天的茶会上约翰好像也讲到过这个。知道典故后再仔细听，会发现这首看似恐怖的歌谣其实还挺有意思的。

柴郡的兴致越来越高，一口气把琥珀色的液体全部灌进喉咙——已经是第三杯了。跟现实中面目可憎的约翰·巴里科恩相比，这首《约翰·巴里科恩》歌谣要可爱多了，融化了郁结在她心头的烦闷，随着一股暖流，缓缓流入她的胃。柴郡舒服地吐了口气，再度把杯子倒满。合唱依然继续着。

> 约翰·巴里科恩非死不可
> 他在凶手的肚中
> 生龙活虎地复活
> 约翰·巴里科恩一定会复活
> 约翰·巴里科恩是最强的小伙
> 少了他，谁都没办法干活……

在威士忌的催化下，心情大好的柴郡终于按捺不住，加入了合唱。突然冒出来的年轻女声让众人惊喜，大声叫好。于是柴郡越来越得意忘形，用严重走调的女高音不停地唱着："约翰·巴里科恩非死不可……"

越唱越兴奋的柴郡本想牵着弗雷迪的手跟他一起唱，但弗雷迪一直低着头，喃喃自语着："爱尔兰的大麦（barleycorn）是最棒的大麦，新英格兰的巴里科恩是最差劲的浑蛋……"没办法，她只好一手环住身边烂醉男人的肩膀，一手用力挥舞，嘴里还不忘高声叫嚷着:"约翰·巴里科恩非死不可。好耶!巴里科恩一定要活过来。哇哦哇哦!"

在柴郡激烈动作的带动下,被她搂着肩膀的男人头摇得像拨浪鼓。

男人的醉相真是难看,本小姐虽然还不满二十岁,酒量却比你好……然而,柴郡的自豪马上被浇了冷水,她发现房间里的气氛突然变得有些不一样,还在唱着《约翰·巴里科恩非死不可》的也只剩下她一个人。刚刚还一起合唱的人现在全都闭上嘴巴,并向她投来冰冷的目光。慢慢地,柴郡的声音也越来越小,最后她终于闭上了嘴巴,房间被令人窒息的沉默支配。

率先打破沉默的是比尔,他的酒好像完全醒了。

"喂!小姑娘,你知道你现在抱着的是谁吗?"

柴郡仍抱着旁边的男人,而靠在她肩膀上的男人微微动了动。之前一直低着头的弗雷迪一脸难以置信的表情看着柴郡,声音沙哑地说道:"那是我父亲的尸体。"

柴郡的女高音再次响遍整个房间。当然,这次不是发自内心的愉快歌声了,而是动物受到极度惊吓时发出的凄厉哀号。

晚些时候,柴郡从哈斯博士那里得知,爱尔兰人有在守灵的时候让尸体坐在椅子上,大闹一番的习俗。对于爱尔兰式守灵,哈斯博士做出了以下说明:

"那个国家原本并没有守灵的习俗,守灵的人一整晚都陪着死者,除了有安慰死者的意义之外,最主要的目的其实是监视死去的灵魂,防止它们出来作乱。所以他们才喝酒,尽可能地吵闹,为的就是把鬼魂吓跑。"

柴郡回到房间后,躲在被窝里一边回想哈斯博士说的话,一边在心里发誓:这辈子再也不喝爱尔兰产的威士忌,再也不参加爱尔兰人的葬礼了。

然后她就睡着了。半夜因口渴而醒过来的她突然想起一件事。

白天溜进殡仪馆的经理办公室去偷被没收的旱冰鞋时,她无意间瞄到约翰的办公桌上放着一张纸。看到上面有字,她就随口读了一下,没想到是一句很奇怪的话。

  约翰——第二名死者

第十四章　有趣的入殓

　　帮尸体入殓的时候,殡葬业者要从该不该帮他戴眼镜、化妆、装假牙这些小问题开始认真处理。
　　——弗兰克·刚萨雷斯－克鲁斯(F. Gonzalez—Crussi)
　　《一位解剖学者的笔记》(Notes of an Anatomist)

1

　　在那场临终闹剧上演后的第二天早上,作为全剧主人公的演员被人发现真的成了一具冰冷的尸体。
　　早上九点钟左右,史迈利的主治医生和护士来看他,却发现门从里面锁住了。敲了门,没有人回应。察觉到事有蹊跷的医生连忙把在宅内寄宿的诺曼和格林找来,三人合力把房门撞开,进到屋里。
　　史迈利安静地躺在床上,身体冰凉。旁边的小桌上放了一张纸,上面有几行打好的文字。除此之外桌上还有打字机、装热水的水壶和空了的咖啡杯。有字的纸只有一张,摊在桌上,上面的内容如下:

　　我的死期将至,此乃至高无上的主赐给我的最大恩典。

不管是谁，纵使他有本事夺走他人的生命，也不能夺走他人的死亡吧？然而，在这个鼓励众人要有一番作为的国家里，分配给垂死之人的任务却是那么消极，这是我始终无法理解的。

因此，我决定主宰自己的死亡。我要亲自结束自己的生命。

我不想被人误会我是忍受着痛苦喝下砒霜的，所以，有件事我必须说明。

病带给我的痛苦远超过毒药带给我的痛苦，对我而言，这不过是牙痛发作又消失的程度罢了。

圣人不是为了活着而活着，而是为了必须活着而活着。

永别了。

史迈利·巴里科恩

签名确实出自史迈利之手。其实就算没有签名，字里行间流露出的个性——直到最后都不肯放弃表达对死亡的看法，还诙谐地把死亡比喻成"牙痛发作又消失"——这些话只有史迈利才说得出来，这是众人一致的看法。

于是他们马上找来警察和法医，当天下午，相关人员全部接受了审讯，尸检也完成了。最终结论是：自杀，服用砒霜中毒而死。警方从史迈利卧室的橱柜里搜出一只旧袋子，里面有一些残存的灭鼠药。根据玛莎的证词，那是史迈利很久以前买的，而且一直由他亲自保管。看来史迈利是把灭鼠药混入热水，倒在咖啡杯里喝下去的。房间的门和窗都从里面上了锁，加上有亲笔签名的遗书，以及在咖啡杯上检测出了砒霜和史迈利的指纹，都证明史迈利是自杀身亡。

知道自己身患绝症的史迈利拒绝护士日夜陪侍，落得独自赴死的境地。面对史迈利的死，家属的反应很冷淡。约翰处理完相关事务后马上回了酒店，其他人的表现也差不多，就连莫妮卡也没有特别激动伤心的样子，这在格林看来倒是很意外。不过莫妮卡最近经常胡言乱语，说不定她根本没搞清状况。总之，之前一直反复排练"史迈利之死"这出戏的演员，在没有观众的舞台上迅速谢幕。

格林对史迈利的死还抱着些许怀疑，但他不敢说出来。因为只要说出来，就得提到前天的茶会，到时可能会暴露自己已死的秘密，这是他极力想避免的。无论如何，先去找哈斯博士商量吧，他在心里这么打算。可惜他唯一的救星哈斯博士傍晚去了纽约，要到隔天下午才回来，格林的计划泡汤了。

一个人窝在房间里无所事事的格林感到焦躁不安。就在自己这样无所事事的时候，肉体正在一点点腐烂。

今晚也还是会睡不着吧……

这么想着，格林一屁股坐到床上。他睡的这张床是殡仪馆淘汰下来的，就是那种经常能在医院或收容所里见到的铁架床。虽然约翰不承认，不过这冷冰冰的东西肯定是给死人躺的。

床架上的油漆已剥落了几块，格林盯着露出来的生了锈的铁架——不，眼球应该已经丧失功能，所以只能说他"意识"到那里有铁锈。

铁锈从不休息（Rust Never Sleeps）……

不经意间，他想起曾经很喜爱的一首歌中的一段[①]。是的，

[①] 说起"Rust Never Sleeps"，肯定马上联想到尼尔·扬与美国乐队Crazy Horse的同名现场专辑。尼尔·扬用"Rust Never Sleeps"来表达这场演唱会的精神，其中作为开场与结束的《Hey Hey, My My》一曲中有一句经典歌词：It's better to burn out than it is to rust.（与其生锈，不如燃烧），可谓点题，下文中也出现了这句歌词。

铁锈毫不留情地侵蚀着钢铁，同样地，此刻自己的肉体正受到永不止息的"死亡"的侵蚀。如果用老化比喻锈蚀的过程的话，那么，人类无时无刻不在向侵蚀自己的死亡靠近。然而，至今还没人以如此突然、清楚且残酷的方法察觉自己正在死亡吧？

我一定要待在这个地狱一般的地方，看着自己化为一堆白骨吗？

格林再也无法忍耐，他站了起来，用力踢了一脚床脚。受到冲击的床剧烈地摇晃着，可是已经死掉的他，脚上感觉不到一丝疼痛。

格林哭了出来。那是没有眼泪的，灵魂的呜咽。

2

第二天早上，格林决定出去找点事情做。今天，将在殡仪馆的地下遗体处理室对史迈利的遗体进行卫生保全处理，也就是所谓的遗体防腐处理。而负责此事的，当然是墓园首席——不，应该说是全东部第一把交椅的詹姆斯。格林觉得去帮帮忙是个不错的主意，这样不但可以分散注意力，还可以活动身体，说不定还能发现与自己的死亡有关的线索。格林这样想着，搭上了去往地下室的电梯。

从电梯出来，格林踏入殡仪馆的地下室。地下室里的氛围与地上完全不同，没有楼上大厅和太平间里那种充满文艺复兴风格的豪华装潢，更感觉不出神话般的氛围。有的是实用主义瓷砖、钢架和油毡地毯——这里是死亡加工厂。遗体保管室隔壁是遗体保存作业区，分成三个区域：清洗室、防腐处理室和化妆室。历经这三道程序后，遗体将一扫死前痛苦的表情，换上宛如获得了永恒生命的笑容，在家属和宾客面前展示。

格林首先进入清洗室。在这个贴满瓷砖的房间中央，有一座很大的浴缸，专门用来清洗遗体。浴缸的宽度足有普通的两倍大，深度则只有一半，这样设计是为了方便清洗遗体。遗体将被浸泡在摄氏二十度的温水中，以缓解死后僵直现象。水温不能太高，否则会破坏体内细胞。

此刻刚好有一具年轻男性的遗体被抬出了浴缸，两名工作人员正用浴巾擦拭。太用力的话，遗体的皮肤会破裂，因此工作人员像在照顾婴儿一般轻柔地擦拭着。看着这一幕，格林想，人类出生时不也会经历"初生澡"仪式吗？看来，人生的入口和出口还有许多不可思议的共同点，格林再度感叹。

他继续往里，进入下一个区域。如果把前面那个房间比作罗马浴室的话，那么这里就是医院的外科手术室了。再也闻不到清洗室里洗发精的清新香气，取而代之的是福尔马林的刺鼻气味，伴随着摆放着医疗器具和气泵的手术台。遗体的血液将在这间防腐处理室里被抽干，并被注入防腐剂和红色色素。有时还会植入整形外科专用的塑胶，用于修补遗体的外观。就算被车子撞得面目全非，高明的入殓师还是有办法让其恢复原貌。总而言之，帮助遗体复原的基础作业就是在这里进行的。

此刻，詹姆斯和沃特斯正在处理台上帮史迈利做防腐处理。造成腐败的原因——血液——已被抽干，下一个步骤是把防腐剂和色素注入动脉。詹姆斯正专心调整气泵和其他仪器的状况。这时沃特斯发现了格林，打了个招呼。

"嘿！格林，打起精神来，我们一定会把你的史迈利爷爷打扮得跟以前一样的。所以你啊，就别再拉着一张死人脸了。"

"没错，我心情糟透了，像个活死人。"

格林故意开了个玩笑,好摆脱尴尬的处境。

然而沃特斯的反应令他意外。

"对了、对了,说到那个活死人什么的,还真是伤脑筋。"沃特斯突然压低声音,"昨天处理那位房地产商人奥布莱恩的遗体的时候,吓了我一大跳。明明已经死掉的人,竟然睁开了眼睛。我心想该不会这里也有死人复活了吧,差点儿大叫出声。你听说了吗?大理石镇的传闻……"

格林没听说,摇了摇头。

"是调配车辆的萨姆告诉我的,听说发生在大理石镇的尸体存放处。晚班职员去上厕所回来后发现黑板上竟然写着:'西蒙斯先生来电'。然而那个地方明明只有他一个活人,其他的全是尸体。由此可见,死者复活的现象已经蔓延到这一带了……"

"喂,别在那儿闲聊了,把防腐剂和色素拿过来。"詹姆斯打断两人的对话,"防腐剂要三号浓度的,色素用'蔷薇的微笑'。"

防腐处理最能展现一位入殓师的功力,各家殡仪馆为了让遗体看起来和活的时候一样,都在防腐剂和色素的浓度调配上下足了功夫。防腐剂的浓度如果太高,遗体的"鲜活度"会不够,他们会尽量把浓度调到能维持两三个星期。在对尸体不死之术的钻研方面,美国殡仪馆工作人员的热情可不输给古埃及人,但两者的目的却有决定性不同。美国殡葬业者所追求的不死,并不包含被埃及人视为必要的"永恒"。对他们而言,所谓的不死,说白了就是品质管理问题,只要确保遗体供宾客瞻仰时有一定的"鲜度"就够了。

格林一边看着詹姆斯专心致志地把独家调配的防腐剂和色素注入遗体的动脉,一边想起昨天自己也接受过同样的处理。然后,已变成活死人的自己现在又在帮其他遗体做同样的事,带着像在帮别人打吊瓶一样若无其事的表情。格林突然想到，会不会还有活死人和自己一样，神色自若地混在生者之中？于是，他偷偷地向沃特斯问起在意的问题。

"后来呢，奥布莱恩是真的活过来了吗？"

"没有。"沃特斯手摸着胸口，做出松了口气的动作，"詹姆斯主任说那是死后僵直所引起的。听说这种情形很常见，我是第一次碰到，才被吓了一跳。现在奥布莱恩应该已经下葬了吧？"

格林不禁有些失望。身旁若有跟他一样不幸的同胞，或许他的孤独感就能减轻一点了吧。另一边，詹姆斯已对不专心工作，只顾着聊天的两个人感到十分气愤，无框眼镜后面的双眼神经质地眨了又眨，再度呵斥道："喂！今天有很多事要忙。注入工作完成后，就赶紧把遗体送到化妆室。"

詹姆斯生气也不是没有道理。这具遗体非同寻常，他是这座墓园的主人，也是詹姆斯的父亲。这种机会一生只有一次，若不能把自己的完美技艺展现出来，身为入殓师的面子可就挂不住了。

化妆室里的氛围又跟隔壁房间完全不同了。这里不再有福尔马林的味道，取而代之的是古龙水的香味；不再有防腐处理台，取而代之的是在理发馆常见的可以放平的躺椅。躺椅共有三张，分别用帘子隔开，行成独立的空间。格林他们把史迈利放到其中一张上。隔着帘子传来吹风机的轰隆声，看来隔壁那张床也有人在用。这个房间给人的感觉就像是装潢过时的理发馆。

在这里，遗体将进入最后一个阶段——化妆阶段。工作人员会帮遗体梳理头发，换上高级的服饰，在胸前插上鲜花，修磨指甲和化妆。就这样，一个个被打扮好的死者，就像要去德国拜鲁特欣赏瓦格纳歌剧的绅士淑女一样。之后他们将被送入载着灵柩的马车，与亲朋好友进行短暂的相会。

格林协助着这一连串作业，再度佩服起美国殡葬业者工作的多样化。光是在这间地底遗体处理场，入殓师就得身兼外科医生、美容师、造型师三份工作；而在楼上的灵堂里，殡葬业者不但要负责导演死者一生最后的华丽表演——葬礼，还要帮忙申请生命保险赔付，制作相关文件，俨然法律专家；有时更得担任临床心理医生，抚慰悲痛的死者家属。美国的殡葬业者集上述所有的技能于一身，也难怪他们享有的社会地位是其他国家的殡葬业者所无法企及的。

詹姆斯麻利地下达着指令。他叫沃特斯去准备衣服，并确认棺材的准备情况，至于格林，负责做指甲的保养。

格林准备用指甲锉将遗体的指甲修剪整齐。虽然他手脚不太灵活，不擅长过于精细的作业，不过修剪指甲什么的应该不成问题。他一边慢条斯理地准备工具，一边望向詹姆斯——后者正在进行最重要的脸部按摩工作。他的手指在遗体的脸上轻轻揉压着，手法温柔得仿如在捏制陶器。这样一来，遗体面部的瘀血就被清除了，死后歪向一边的下巴也显得紧绷许多，慢慢显露出生动鲜活的表情来。格林赞叹地看着詹姆斯的指上功夫，心想，看起来入殓师的职能还得加上一项，那就是艺术家的天分。

格林开始修整死皮的时候，詹姆斯终于要帮遗体化妆了。巴里科恩家的人好像视力都不太好，詹姆斯那双高度近视的眼睛几乎就要凑到遗体的脸上了。

首先是底妆。遗体化妆的第一步是要让干燥的肌肤恢复光泽。詹姆斯用手指沾上珍珠大小的粉底液，轻薄而均匀地在涂抹在遗体的脸上。

上完粉底后是涂散粉的工作。这个阶段和安置遗体的房间里的照明灯光也有着微妙的关系,对于散粉的颜色选择必须非常慎重。优秀的遗体化妆师会根据死者的肤色、光线明暗和色彩程度等做出判断。格林心里觉得詹姆斯选的粉颜色有点偏白,不过结合预定摆放这具遗体的那间太平间的照明来看,颜色应该刚好吧?遗体展示其实跟画展差不多,需要考量的因素是一致的。

上好粉底,就轮到腮红登场了。此时遗体的肌肤已经恢复了生气,所以需要在两颊画出健康的"蔷薇色"才行。詹姆斯拿起腮红刷,轻轻地从遗体的颧骨往耳后刷去,最后再刷到额头。不一会儿工夫,遗体因为生病而瘦削凹陷的两颊就饱满了起来,明显丰腴了许多。格林被詹姆斯的表演吸引,不小心把中指的指甲涂花了。

沃特斯也犯了同样的错误,或许他也被詹姆斯神乎其神的化妆技术给迷住了,竟然拿错了衣服。詹姆斯捏着沃特斯递来的衣服袖子,一边抖动,一边冷冷地说道:"喂,你拿这种便宜的裹尸布来,是想给我老爸穿吗?"

詹姆斯手上拎着的"裹尸布",是一种略显奇特的衣服。外套、衬衫、背心、裤子,从上到下全都连在一起,而且还被刻意设计成只有正面,没有背面。遇到遗体死后僵直太严重没法穿衣服的情况,或是家属想省一笔服装费的时候,只要把这种衣服往躺在棺材里的遗体上一盖,看起来就像是穿上衣服了。詹姆斯把衣服塞回给沃特斯,说道:"这是老爸生前指定的,他最喜欢这一套,诺曼已经准备好了,不信你去问他。"

沃特斯慌慌张张地出去了。趁着只有两人,格林忍不住称赞道:"好厉害,像还活着一样。"

詹姆斯讶异地挑起眉毛看着格林。

"怎么,朋克小子也懂得欣赏吗?不过呢,这只是骗小孩子的把戏,我个人倒觉得这份工作没什么了不起的。"

"为什么?"

"嗯,用人工手段使尸体复活,终究只是昙花一现,只是让悲痛的死者家属高兴一下,两三个星期后还不是一样会腐烂?遗体保存这种技术,说穿了只是保住一副皮囊,做得再美都是假的。"

"那……什么才是真正的美?"

詹姆斯眯起眼睛,陷入了沉思。过了半晌,他终于开口道:"所谓的美……就是死亡本身。就是这样了。"

"死亡本身?"

"没错。放眼整个自然界,再思考整个宇宙,究竟是有生命的东西多,还是无生命的东西多?在整个宇宙中,比起不断重复吸收、排泄、繁殖这些行为的有机物,保有平衡状态的纯粹无机物要自然、美丽多了。比起玫瑰色的脸颊,反射出冰冷光泽的石头要更吸引我……"

"人类也是死了才更美吗?"格林有些心不在焉。

"没错。人类从一出生,身体就带着死亡。人类活着的时间内,其实每天都会死去一部分,每天都在朝死亡迈进。然后,当有一天体内的死亡迸发出来,使肉体腐朽的那一刻,人类就终于可以回归到自然、美好的平衡状态,加入永恒的行列。"

格林发现,平常总是面无表情的詹姆斯,在谈及死亡的时候眼睛会瞪得很大,充满热情。之前在茶会上他虽然没表明观点,不过看样子他也是怀着对死亡的独特见解从事殡仪馆的工作的。格林忍不住把心中的疑问说出了口。

"那在你的身体里面,是否也积存着死亡之力呢?"

一瞬间,詹姆斯的肩膀缩了一下。可以说,在他尚未理解格林的问题之前，身体就已做出了反应。

"嗯，或许吧！这种力量每个人都有……或许说成'死亡本能'比较恰当。老爸之所以自杀，也是因为他终于无法忍受体内的死亡本能了吧？老爸想脱离充满痛苦的生的世界，回到自然、安详且平衡的世界。所以我说这种充满欺骗的遗体化妆术，根本就没有存在的必要——"

詹姆斯讲到此处，沃特斯刚好回来了，身后跟着捧着衣服的诺曼。

接着已故的墓园主人就被打扮得整整齐齐。工作完成后，格林获到允许可以离开了。但他刚把手放到门把上，身后的詹姆斯突然出声问道："喂，有人偷了一些防腐剂，你知道是谁干的吗？"

第十五章 在"黄金寝宫"

换句话说,在殡仪馆里面,人生的价值全部浓缩在经过防腐处理和化妆而呈现出的安详遗容上。
——麦考夫＆亨廷顿 (Peter Metcalf & Richard Huntington)
《死亡庆典》(Celebrations of Death)

1

为死者化上美美的妆,再特地打开棺材盖子展示在宾客面前——这让其他国家的人觉得有点奇怪的美式殡葬习俗,有的学者主张是源自欧洲王公贵族死后使用的化妆术和将尸体用石灰封存在瓮里的遗体保存法。也有人举证说,百年战争时期就有帮战死者做防腐处理的例子。更有人深信这些全是苏格兰的某解剖学家的弟弟发明的。然而,站在这个一国特有习俗的角度看,我们还是直接从南北战争前后的史实去追本溯源比较恰当吧!

十九世纪初,美国出现大规模人口迁徙。为了把亲人的遗体运送回家,有的人不得不踏上长途旅程。再加上南北战争期间有很多青年死在离家几百里的异乡,导致这种情况越来越多。在此之前,葬礼只要有制造棺材的木匠、牧师、掘墓工,再租辆车就可以搞定,但那时候,为了让尸体承担长途旅程,防腐处理势在必行，专业遗体化妆师应运而生。

遗体保存技术在此情况下出现，真可谓正是时候。而一起事件的发生让它成为全美百姓关注的焦点：那就是南北战争后不久，林肯被刺杀了。这位伟大总统的送葬队伍要经过东北部和中西部，从华盛顿到伊利诺伊州的春田。遗体的防腐处理十分重要。

这次送葬的宣传效果十分惊人。国葬之后，北方人都在客厅里挂上了总统的遗像，当圣像膜拜。而在南北战争中失去亲人、心灵伤口尚未愈合的人们，只要想起送葬队伍中总统那安详的遗容（当然他们那时候还不知道有遗体防腐这回事），就都迫切渴望日后自己死后，也能以如此美丽的模样出现在众人面前。

就这样，美国人民做好了心理准备，接受了遗体防腐的新技术。

如果要问就此崛起的近代殡葬业的老祖宗是谁，想必大部分现役工作者会露出不耐烦的表情，不过他们能给出的答案也只能是四年内为四千具遗体做了防腐处理的霍姆斯博士。从业者都讨厌这个男人，并不是因为他是引发业界革命的先驱，而是因为他对尸体和解剖有着超乎寻常的迷恋，甚至有人怀疑他是个冒牌大夫。

政府同样忧心这类冒牌大夫充斥市场，便早在十九世纪初就着手制定了遗体化妆师资格认证法令。到了一八八〇年，随着动脉注射的出现及面部修复技巧的日趋完善，遗体化妆师终于取得专业优势。这让美国的殡仪业趋于统一，也促成了其日后的繁荣。换句话说，就是保存遗体需要用到专业仪器，这使得在家自行举办葬礼十分困难。此外，为了让前来吊唁的宾客更好地瞻仰美好的遗容，必须有个体面壮观的灵堂才行。

至此，美国特有的殡葬习俗确立。经遗体化妆师的巧手打造的鲜活遗体，在音乐和鲜花的环绕下陈列于富丽堂皇的殡仪馆内，与宾客进行最后的会面。接着，在殡仪馆所属的礼拜堂内做完弥撒后，遗体就被送往公园墓地埋葬。墓地风光优美，有的宾客甚至分不清自己是来扫墓的还是来观光的。

2

格林现在所在的地方是殡仪馆的太平间，美式葬礼的最大卖点正进入高潮——此时正在展示的，正是前墓园统治者及伟大领主的遗体。

史迈利·巴里科恩的葬礼预计持续两天。死后翌日下午，遗体就被送进了太平间。虽然事发突然，但家属以外的宾客也都陆续抵达了。照理说，这种大人物的葬礼，考虑到要为远道而来的宾客提供充裕的准备时间，都会死后过几天再举行，不过因为史迈利本人生前交代过一定要赶在下雪前下葬，约翰才把行程安排得如此紧张。

史迈利的灵柩摆在殡仪馆内最崇高、最特殊的"黄金寝宫"里。格林穿梭在吊唁的宾客之间，将这间"为死人打造的寝宫"又好好欣赏了一遍。

"黄金寝宫"——这个兼具宾客休息室和殡葬室功能的华丽房间，装修基调是巴洛克风格，每个细节都让人联想到敬爱路易十四的范德比尔特家族那过头的狂热。

富丽堂皇的大理石石柱，墙壁上镶满孔雀石、贝壳和金箔。格林抬头一看，发现横梁上都贴满了金箔。反射出耀眼光芒的天花板被厚重的装饰板条切割成各种形状，分别描绘有朱庇特和奥林匹斯诸神的浪漫神话。

比起这些东西，一件摆设更是将巴洛克特征展现得淋漓尽致。那就是穿过休息室的红色丝绒布帘后，摆在左边的大镜子。这面镜子出自绝代无双的诗人、雕刻家贝尼尼的弟子菲利浦·帕洛蒂之手，镜子边缘同样镶满了镀金装饰。裸体的丘比特、藤蔓、花朵和贝壳交缠在一起，两头刻有狮子的底座稳固地支撑着它。

想对着这面华丽的镜子照的人应该会被吓一跳吧。镜子中会映照出一条往内延伸的小路，小路尽头隐约可见天使、亚当、夏娃等人物聚集的乐园。一时之间你会以为自己眼花了，再仔细看后反而会更吃惊——因为那美丽的图景不是镜子映照出来的实景，而是画出来的，是描绘在镜子上的精致错觉画。通往天堂的小径当然也不是真正的路。打造这个与众不同的装饰品时史迈利说过："这是连范德比尔特家族和路易十四都想不到的壮举。"因此得意不已。

与宾客休息室隔着一道门的殡葬室也是巴洛克风格的。不过不是那种豪华宫廷风的巴洛克，而是较早期的浪漫巴洛克。也就是以服务宗教为目的，以此追求崇高的精神境界。

刚踏入殡葬室，格林就被天花板那巧夺天工的构造吸引了注意。

整体造型是巴洛克式教堂特有的椭圆形顶盖，仰头看的人会轻易想到在椭圆轨道上运行的天体，并因为精神和肉体的双重震撼而产生令人身心愉悦的眩晕感。另有由无数条细玻璃管组成的枝形吊灯，自天花板呈放射状垂下，绽放出祥和的金色光芒。它代表着从天而降的光束，穿过云层间的缝隙，斜射到地面，也就是俗称的"雅各布的梯子"，被喻为上帝恩宠的崇高之光。这些室内摆设大多是参考哈斯博士的建议订制的，而博士会想到如此有戏剧效果的灯饰，是受到了贝尼尼（Bernini）的雕像《圣泰雷莎之幻觉》（*The Ecstasy of Saint Teresa*）的启发。

然而，看到立于房间之中的巨型黄金雕像时，因吊灯获得的幸福幻觉会瞬间冷却下来。雕像散发出来自比巴洛克、文艺复兴时期都还要早的中世纪的阴冷气息。雕像的主角是中世纪君主弗朗索瓦一世的遗体，呈现出的画面让胆小的人不敢正视：令人生厌的蟾蜍爬满雕像的脸，贴着眼耳鼻口，交握于胸前的双手上有无数条蚯蚓钻来钻去。那画面实在太恶心了，格林忍不住把视线移开，投向刻在底座的铭文。

> 注视我吧！不管青年还是老者，都仔细地注视我吧！看看我死后的下场。管你地位多崇高，管你是男是女、是老是少都无法幸免。因此，可怜的人啊！没有什么值得骄傲自满的，你不过是灰尘罢了。注视我吧！散发恶臭的尸体，爬满蚯蚓的脸，终将化为灰烬。

对于这座把无常观念和肉体腐朽的残忍事实表现得淋漓尽致的雕像，墓园内有人欣赏也有人憎恶。不过，坚持把它放在这里的哈斯博士自有他的考量。前几天在茶会上他也曾提出并讨论过，照他的说法，这是罪恶得到救赎的证明。

这座雕像被创作出来时，君王们都沉溺于基督教所禁止的现实欢愉中。临死之时，为了躲避神明的审判，他们想到献出自己的肉体供蛆虫啃食，说不定能免去生前耽于享乐的罪这样的办法。这座雕像所要表达的就是那样的场景。

没想到，这种寄托在恐怖雕像上的古代思维直到现代都还蛮受欢迎的。比方说经营着大公司的老板，还有年轻时就为达到目的不择手段的家伙，眼看着自己就要不行时都会赶紧皈依宗教，巴望着现世犯下的罪孽能得到救赎。也正因如此，"黄金寝宫"成为微笑墓园最大的卖点，有钱客人趋之若鹜。对于仿如墓碑村封建领主，一辈子呼风唤雨、随心所欲的史迈利而言，这间风格明显的太平间亦可谓安置其遗体的最佳寝宫。

此刻，两边有高耸的立灯、四周有花环装饰的史迈利的灵柩，就停放在弗朗索瓦一世那惨不忍睹的必衰生死像下方。格林看着棺材里的史迈利和展现出尸体腐败景象的恐怖雕像，心里想着：史迈利爷爷也好、我也罢，有一天都会变成这副样子吗？格林不觉得自己犯过什么罪，需要接受这样的惩罚。然而如今自己扮演的角色就相当于那雕像的活动广告牌啊！格林忽然想到，不知史迈利爷爷会怎么样？

他也会苏醒过来吗？会变成能走路的尸体雕像吗？史迈利爷爷是否犯了什么罪，导致他必须受到这样的惩罚？

格林突然有股冲动，想立刻走上前去把正在跟遗体话别的宾客推开，冲着棺材大喊："史迈利爷爷，起来！告诉我，我们到底会变成什么样？"

"哦，选用的棺材还真是平凡啊！"

背后突然响起的声音让格林转过头去。是哈斯博士，不知他是什么时候回来的。

"啊！博士，我有话想跟你说。史迈利爷爷的死——"

哈斯博士打断了格林，没让他说下去。

"别那么心急。在这里说话不方便，等晚上来我房间再说。"

被泼了冷水的格林没有办法，只好再度看向祖父的棺材。

装着祖父的桃花心木棺材是盖子两截式的长方形棺木，四个角被磨圆了，共安有八个把手，尾部有精细的雕花。这副棺材的特色是向上凸起的盖子分为上下两截,可分别打开。换句话说,如果只打开上半截盖子,就只会露出遗体的上半身。这样的设计不但符合美式葬礼一定要把死者"生动"的脸展示出来的原则,还兼具时尚风格,因此是人气款式。但也正因为这样的棺材流行又常见,作为伟大墓园主人的棺木来说似乎就稍显"平凡"了——也有人持这样的看法吧。

此刻棺材的上半截盖子开着,能看到里面躺着仿佛已完成救赎、脸上挂着安详笑容的史迈利。令人惊讶的是,棺材中的史迈利看起来要比实际年龄年轻二十岁。看来格林离开遗体处理室后,詹姆斯又做了进一步处理。可以看出他把史迈利的头发、鬓角和胡须全都染成了黑色,还为他戴上了玳瑁边的圆框眼镜,如此一来,遗体仿佛再现了挂在大厅的肖像画中的史迈利年轻时候的样子。

"这样看是不是挺像格劳乔·马克斯[①]的。脸上挂着像在算计什么的微笑,似乎随时都会从棺材里蹦出来,让愚蠢多金的寡妇坠入爱河呢!"

哈斯博士口无遮拦地评论着,格林竟跟着点头——看起来的确有那种感觉。不过格林无暇顾及八卦绯闻,他的心思全被史迈利脸上的妆吸引了。在化妆室里的日光灯下看起来有点白,但在这里,被仿如上帝恩宠的光线笼罩,却散发出自然的生气。连略略倾向吊唁者的角度都无可挑剔。

还有笑容——"微笑墓园的招牌微笑"栩栩如生地展现在眼前。史迈利看起来就像只是睡着了一般,显得无比安详。格林把目光从遗体身上移开,偷偷往后看,搜寻着詹姆斯的身影。詹姆

[①]格劳乔·马克斯与哈勃·马克斯同为美国著名喜剧表演团体"马克斯兄弟"(Marx Brothers)成员。

斯站在最后一排，带着一脸自信的表情，越过众宾客的肩膀也注视着遗体。

"肯尼迪总统的遗容本来还想请詹姆斯做的。"哈斯博士小声嘀咕道。

"肯尼迪总统？"格林以为自己听错了。

"是啊。后来肯尼迪总统的遗体由高卢殡仪馆接手，花了整整三个小时才完成处理。不过呢，从安置在国会大厦圆顶大厅的那一刻，直到下葬为止，总统的棺材盖一次都没打开过。"

"是有什么理由不能打开吗？"

"据《时代》杂志报道，棺材的盖子之所以不能打开，是因为遗体面部受到了严重破坏。不过，据我了解，高卢殡仪馆做事也不至于那么差劲……该不会，还有什么重大的理由，导致不能把总统的棺材打开给人看吧？"

哈斯博士露出意味深长的笑容。

"不过，总而言之一句话，就算是从帝国大厦跳下来，面朝地摔死的男人，只要交给像詹姆斯这样的化妆师来办，到了葬礼当天也能变成好莱坞的英俊小生。肯尼迪总统的遗体若是由詹姆斯来处理，肯定可以毫无顾忌地打开棺盖供人瞻仰，美国殡葬协会也不用向白宫递交抗议书了。"

"要是众人都学总统，不开棺材盖子，殡葬业倒是赚翻了，不过入殓师也就从艺术家沦为单纯的遗体处理工了。"

就在格林和哈斯博士闲聊的时候，仍有宾客来向史迈利话别。州殡葬协会的大人物和多位同行异口同声地说着："太完美了，简直就像还活着一样。"对詹姆斯的技术赞不绝口。但在詹姆斯听来，这些可谓对遗体化妆师的最佳赞美却跟打招呼时的问候语没什么两样，他理所当然地接受了，完全没在意。

这时，格林发现，宾客之中有两个人显得特别格格不入。其中一人是前几天刚刚宣布与约翰结盟的南贺平次。原本就矮小的他，正又是鞠躬又是点头地穿梭于前来观礼的议员和政商名流之间，频频发送名片与"不成敬意的小东西"。南贺送的礼物是日本制的一次性暖手袋，袋子里装有活性炭，只要摇一摇，袋子就会发热。这对死后体温下降，担心与人握手就会露馅的格林而言，简直是宝贝。不过，看到盟友如此厚脸皮地跟大人物们套近乎，约翰忍不住皱起了眉头。

另一个怪人就可爱多了。这个人是来自得克萨斯的肉贩，以前受过史迈利的恩惠。这次他因生意缘故来到大理石镇，碰巧得知史迈利的死讯。这名得州佬被太平间的梦幻气氛吓傻了，整个人非常紧张。他将夸张的牛仔帽抵在胸前，战战兢兢地朝灵柩走去。站定后，他开始对史迈利说告别语。他说得倒是轻松，却把原本自信满满的詹姆斯从天堂打入了地狱。

只见男人涨红了脸，对着史迈利说："史迈利先生，事出突然，吓了我一大跳。你还记得我吗？我是西蒙斯啊！真的，人死了就什么都完了。好可怜，你变成尸体了。人也好，猪也罢，一旦没气了，看起来都跟肉块一样……"

"尸体和肉块"，这样的词一出现，太平间里顿时诡异地安静下来。西蒙斯没心机的老实话对自尊心极强的殡葬业者而言无异于一种亵渎。约翰和詹姆斯顿时脸色煞白。约翰分开人群，走上前去，从后面抓住天真的西蒙斯的肩膀。

"西蒙斯先生，您好像太激动了。来，请往这边走，休息一下。您受到的打击太大了。"

约翰不管三七二十一，硬是把还想说些什么的西蒙斯拖到了走廊。留下来撑场面的詹姆斯则神经质地抖动着眼皮，用从喉咙里硬挤出来的声音向宾客宣布:"故人——当然不是尸体——现在要下去补妆,请各位来宾原地稍等片刻……"

很明显,詹姆斯已方寸大乱。

3

他觉得很郁闷。

最近真是没一件好事,身边的人好像都在跟他作对,都在嘲笑他。这到底是怎么回事?再这样下去他只会更加自闭,久而久之就必须面对自己是个卑劣小人的事实不可了。

这可不行——绝对不行!

他所承受的压力一天大过一天。像被人抓住了小辫子,那家伙四处查访,想把他揪出来。

莫非那家伙知道了什么?可是明明自己什么都还没做……

身体里的那股抑郁负能量又开始蠢蠢欲动了。焦躁不安的他拿起桌上的凶器。

心情稍微平静了下来。他试图回想前几天万圣节时发生的事。

那天也像现在这样,身体里面的能量无处发泄。再也无法忍受的他便离开村子,经过审慎的思考和大胆的行动,终于达成目的。

他获得了前所未有的爽快感。

这次该怎么办呢?他心想。在这个时候离开村子恐怕不太合适,既然如此……

他突然想到,也许可以在墓园里寻找。这是个不错的主意。

没错,就这么办。之前就想到过,怎么又忘了?眼下不就有一个适合的牺牲对象嘛。

没错，这次的计划要是能成功，那可真是一石二鸟了。

不知不觉中，他也像眼前安息的死者一样，露出了心满意足的笑容。

第十六章　最后的晚餐

把座位摆好。把酒端上来。把玫瑰花冠戴在你的头上，把香水洒在你的身上。神正在呼唤你——叫你别忘了，凡人都有一死。

——马提亚尔（Martial）

《讽刺诗集》（Epi-grams Against Martial）

1

史迈利的遗体在"黄金寝宫"展示的那天晚上，一场以家族成员为主的晚宴在殡仪馆内的餐厅举行。除了葬礼后显得神情落寞、一直窝在自己房间的莫妮卡和服侍她的诺曼，以及马里亚诺神父之外，出席过史迈利临终闹剧的人又齐聚一堂。

格林环顾四周，不禁想起之前那次因柴郡和棺材的突然闯入而草草结束的晚餐。不过这次的气氛有点不一样。约翰一声令下，餐厅里的灯全熄了，宛如波斯三叉戟的烛台被摆上长桌的四个角，一群人就着蜡烛的朦胧光线吃饭。餐厅里融合了葬礼的严肃气氛和矫揉造作的滑稽感。仆人们在餐厅里穿梭，每次走过烛台，就会在四周的墙壁上投下长长的影子。格林看着那摇曳的影子，不禁产生自己好像被中世纪最阴森诡异的贵族请来做客的错觉。

不过，置身于昏暗的灯光下对格林而言是好事一桩。死后第二天他就开始化妆了，借此遮掩毫无血色的皮肤。朋克小子就算把脸画得像鬼一样，众人也只会想着"又来了"，而没人会去追究他化妆的原因。不仅如此，还有人因为这不良的怪异举动视他为牛鬼蛇神，看到他就远远地躲开。格林这辈子从未如此以朋克族为傲，这也给了他勇气，站在明亮的灯光下。

比起室内的阴森气氛，更让格林忧郁的是摆在桌上的食物。如今他的身体已是一具尸体，不仅无法进食，而且不管液体还是固体，只要进入身体、积存在脏器里，最后就都会变成腐败因子。原本是让身体维持运作的可贵粮食，如今却成了加速肉身败坏的元凶。因此每天吃饭的时候格林就躲在房间里，可这场家族晚宴意义重大，他必须出席。无奈的格林只好快速把食物塞进口袋，等着离开后再丢掉。吃饭本是件开心的事，如今却搞得这么麻烦，看来死人要跟活人共存还真是不容易。想着这些事，格林抬起头来，发现餐厅的墙壁上也有一群人正在愁眉苦脸地吃饭。

那是装饰餐厅墙面的巨幅马赛克壁画，几乎完全复制了达·芬奇的《最后的晚餐》，描绘出预知自己将因加略人犹大的背叛而赴死的耶稣，在逾越节的餐桌上说："我要告诉你们一件事，你们之中将有一人出卖我。"而十二门徒听到后骚动不安的经典场面。望着那充满戏剧张力、仿佛冻结了时间般的画面，格林突然想到，今晚的宴席上不会也有个犹大吧？

"那幅画跟侦探小说里的破案场景很像啊。名侦探耶稣大人把一干嫌犯集合起来，宣布说：好，真正的凶手就是……"

坐在格林隔壁、同样也在看画的柴郡说出天真的感想。格林没空理她，自顾自地观察起出席这场晚宴的人。众人都一副若无其事的样子，专心地使用着刀叉进餐。

也许"邪恶"比死亡更难对付,格林心想。不管愿不愿意,死亡的阴影迟早会渗出肉体,表现在外;但蕴藏在心中的邪恶却不会显露于外表之上。看似圣贤其实却是无可救药的罪犯,这样的例子比比皆是。虽然曾有哲学家说"身体是灵魂的监牢",但对邪恶来说,身体却是最安全的藏身之所。

偷偷观察着众人的格林发现有个人跟壁画里的耶稣一样苦着一张脸,百无聊赖地翻动着面前的食物。下一个瞬间,格林还以为那人是史迈利,不过那只是错觉,除了戴上了假发和眼镜的约翰外,那还能是谁呢?自那次棺材闯入事件发生以来,约翰就没像现在这样跟众人坐在一起吃过饭了。只是,眼下的约翰跟那时候相比显得非常没精神。不,与其说是没精神,倒不如说他好像在害怕着什么,格林心想。这个男人在史迈利死后就能如愿以偿地获得墓园和家族的最高领导地位,不管是名分上的还是实质上的,他还有什么好怕的?

旁边也有人跟格林持同样看法。威廉率先打破令人窒息的沉默,开口问道:"大哥,你怎么无精打采的?事情不是都照你希望的进行吗?还是说……一天不知道新遗嘱的内容,你就一天无法安心?"

这番冒失的话让约翰缓缓抬起头来,他先啜了一口酒,然后尽可能用冷静的语气说道:"待会儿哈定律师来就会公布了。我相信老爸,老爸也信赖我,我想还不至于有什么奇怪的变动吧!"

"是吗?依我看,还是小心一点为妙。哎呀!要是老爸像外面在传的那样复活了,说什么要把遗产收回去……到时候不只大哥,在座的各位也都要伤脑筋了。"

威廉原想说个笑话让众人轻松一下,没想到没有半个人笑。

不过，比起威廉的冷笑话，接下来詹姆斯问的问题才是真正的破坏气氛。

"老爸的火葬取消了吗？"

约翰好像被人踩到了脚，扭头转向詹姆斯说道："当然，明天老爸的葬礼将完全依天主教仪式举办。上次是我说错话了，老爸本人也希望遗体能不火化，直接埋葬。"

"是曾经希望吧？"詹姆斯马上纠正他，"而且这跟先前讲的不太一样。"

停顿了片刻后，约翰更正道："没错，是曾经希望。"

哈斯博士试着打圆场。

"啊，亲人刚过世的时候时态用错是常有的事，会不太适应用过去式。而且，不仅时态不同，人称也会改变呢！"

就在哈斯博士卖弄满腹经纶时，格林心里突然升起一个疑问：这些人当中到底有谁真正为亲人的死感到伤心难过呢？

这时，和格林一样觉得坐立难安的柴郡，为阻止哈斯博士长篇大论下去，挑起了更有趣的话题。

"说到死人复活……我想起一件事。听说最近墓园里也有人死了又活过来了。"

格林以为柴郡在说自己，连忙看向她，不过她压根没理格林，正因吸引了众人的关注而得意不已。

"你是说墓园里？"最先给出反应的是约翰。

"没错，沃特斯告诉我的。"

"多嘴的同性恋。"詹姆斯接过话头，"他说的是奥布莱恩吧？"

此前一直默默吃东西的杰西卡和弗雷迪，听有人提起自家姓氏，连忙抬起头来。弗雷迪还在想该怎么回应呢？杰西卡就已开口了。

"我公公怎么了?"

詹姆斯不屑地哼了一声。

"啊!没什么,不过是死后身体变硬,眼睛碰巧睁开罢了。毕竟是死于那样的事故,皮肤四分五裂,而且这种事经常发生,对吧,哈斯博士?"

"嗯,没错。比方说手术的时候,因为皮肤的表面积缩小了,一经拉扯就会出现类似的情形。"

杰西卡半信半疑地看着詹姆斯。

"你是不相信我吗?沃特斯少见多怪,自己吓自己。故人现在正躺在坟墓里安息呢!只要把死人屎擦干净,眼皮就会紧紧闭上了。"

"死人屎?"弗雷迪傻乎乎地问。

"嗯,就是残留在遗体眼角的眼屎。"

"哎呀!真是感激不尽。生前自不用提,难得连公公死后你都这么替他着想。"杰西卡讽刺地说道。

詹姆斯只是耸耸肩,一脸满不在乎的表情。然后他好像突然明白了什么,转头看向约翰。

"怎么了,约翰?看你好像不太舒服,该不会是害怕奥布莱恩复活了跑来找你麻烦吧?"

杰西卡见机不可失,连忙催促弗雷迪。

"看呀,别人在说你老爸呀!你好歹也说句话啊!"

然而偏偏越是紧要关头,弗雷迪就越是结巴,此时他就说不出话来。

威廉也看到有机会谴责约翰,赶紧开口。

"大哥身为殡仪馆的一把手,竟然害怕死人?要是都跟你一样，咱们的生意也就不用做了。开殡仪馆，最重要的就是跟死人打交道，不是吗？"

约翰先是瞪视着威廉，然后看向伊莎贝拉。然而伊莎贝拉只是露出暧昧的浅笑，表明自己谁也不想帮的立场。受不了弗雷迪那温吞劲儿的杰西卡决定亲自上场。

"我公公本来就看你和那个日本合伙人不爽，所以他复活后肯定会来找你算账的。这不是什么不可能的事——"

"别说了！"

这声怒吼是弗雷迪发出来的。不过他吼的对象不是约翰，而是杰西卡。只见他握紧了拳头，力道大得指节都发白了。杰西卡好像终于意识到了丈夫的存在一般，瞪大了眼睛。

"可是，亲爱的……"

"别说了。别再这样谈论我的父亲了。还有，你们是怎么回事？是不是殡仪馆开久了，就只会以这种语气谈论别人的死？真是够了。"

詹姆斯和威廉都被弗雷迪这突如其来的激动质问吓到，乖乖地闭上了嘴巴。餐厅里的气氛比之前更沉闷了。柴郡早已习惯因为自己的一句话弄得众人都不愉快了，只是每当引发这种事，她就会想，要是自己能像柴郡猫一样适时消失，该有多好。

不过，令人窒息的气氛没有维持太久，仆人进来通报说哈定律师到了。

2

哈定律师又像《爱丽丝梦游仙境》里的那只兔子一样，慌慌张张地进入餐厅。

"哎呀抱歉，我来晚了。大理石镇的一位客户店里发生了劳动纠纷，工人们说星期五要罢工。在这个时候罢工？依我看，那些人怕是生错了年代。"

喋喋不休的哈定看到约翰旁边有空位就大大咧咧地坐下了。

"啊！晚餐就不用了，我马上还得飞去纽约，真是忙死了。我有这个就够了……"

他说着，拿起约翰的酒杯，直接往自己嘴里灌。约翰根本来不及阻止，只能用利文斯顿在非洲丛林遭遇史坦利时的眼神看着这位忙碌律师滑稽的样子。

哈定环顾众人，说道："怎么了？你们怎么都哭丧着脸，好像在为逝者守夜一样……"

当然，没有人回应他。自觉失言的哈定连忙打圆场。

"啊！对、对不起。我在说些什么废话。"接着，他换上严肃的表情，"不好意思，我刚从太平间过来。故人受了那么多苦，现在总算是安息了。他看起来简直就像还活着一样。遗体保存想必是詹姆斯做的吧？真了不起。看他那样躺在棺材里，我还以为他只是调皮地在装睡，随时都会突然爬起来，把众人吓一跳……啊！咳咳，我今天是怎么了，一直说错话，实在不好意思，都怪最近太忙了。"

"安德烈，虽然你才刚坐定，不过，那个……"约翰故意只把话说一半。

明明是哈定分内的事，有什么不好意思的？格林心想。不过约翰的语气带有一种无形的压力。

"啊！我知道，你是想说史迈利的遗嘱是吧？新的遗嘱……"

这位忙碌的律师拿出身经百战的专业劲儿，缓缓地吸了一口气，又开口道："没有。"

"没有?"不只约翰,其他兄弟也都是一副大失所望的样子。

"嗯,没有。史迈利最终没有立新的遗嘱,因此遗产分配就照以前所说的那样。需要我再在这里说一遍吗?"

"不,不用了。"约翰立即回应。哈定的话好像让约翰恢复了力气,"众人都知道遗嘱的内容,就不用了。那么,晚宴到此结束。"

扔下这句话后,约翰匆忙站了起来。

看来约翰已经恢复身为墓园主人的自信了。面对在餐桌上没和他站在一边的伊莎贝拉,他以不容争辩的命令语气说道:"接下来我会待在办公室,看来又要工作一整晚了,你先回家休息吧!"然后他面向詹姆斯,说道,"詹姆斯,我告诉你,没有任何东西可以威胁到我。害怕的人应该是你。因为从明天开始,你就要失业了。东部首屈一指的遗体化妆师明天就只是一个流浪汉了。"

约翰出人意料的反击惹得詹姆斯咬牙切齿。

"你的意思……是要炒我鱿鱼吗?"

"没错。理由不用我告诉你吧?听好,今晚你收拾一下行李,就可以离开了。"

詹姆斯张开嘴巴好像还想再说些什么,不过他随即打消念头,恢复了一贯的面无表情。约翰很满意詹姆斯的态度,接着他把矛头指向因詹姆斯突然被开除而目瞪口呆的威廉。

"别以为你就可以为所欲为了,威廉。你是个差劲的演员,惺惺作态的小人。我听说有一个伟大的英国剧作家跟你同名,说不定他会欣赏你的拙劣演技,让你去跑个龙套什么的。"

然后他面向杰西卡和弗雷迪,说道:"我的所作所为没什么值得奥布莱恩怨恨的。开医院和殡仪馆一样,如果凡事都讲求人情的话，那就等着倒闭吧！有空说别人的闲话，还不如先管好自己的事。"

面对约翰的冷嘲热讽，众人也只能无可奈何地认了。总而言之，就在最关键的时刻，约翰总算保住了身为墓园新主人的尊严。约翰把想说的说完了，就不再理会他的兄弟们，而是转过身，语气平和地向哈定致歉道："抱歉让你看到这么尴尬的场面。一个人的离开对还留在世间的亲人来说或许是一种心灵的解脱。对了，能不能请你跟我来办公室一趟？我有事情想拜托你。"

3

"所以，我真的可以继承老爸的遗产了吗？"隔着办公桌，约翰问道。他刻意压低了声音，像是怕有人躲在墙后面偷听似的，刚才那强势的样子已消失得无影无踪。

哈定深深陷在沙发里，在这个灯光昏暗的房间中，他头一次仔细地观察约翰。不知是因为眼镜和假发，还是他的态度和举止，律师总觉得眼前这个人跟他之前认识的约翰很不一样。不过哈定没把心中的疑惑说出来，反而故作轻松地反问道："喂！怎么了？声音这么小，你是怕隔壁太平间里的史迈利听到吗？"

因为灯光的缘故，律师无法看清约翰的表情变化。不过他知道约翰没有笑。没办法，哈定只好正经地办起公事。

"当然，从被继承人，也就是史迈利死亡的那一刻起，遗嘱就生效了。刚才我也说了，史迈利并没有立新的遗嘱，所以之前的遗嘱仍旧有效。你确定可以得到史迈利百分之十六的财产。我记得你说过跟兄弟平分也可以？难不成你有什么不满？"

"不，没那回事。"

约翰说完，打开不知从什么地方拿出来的保鲜盒，放在地板上。保鲜盒里装的好像是晚餐剩下的肉片。约翰打开书桌旁的大篮子，把名叫"索瑞"的猫放了出来，拿肉给它吃。猫咪原本充满戒心地叫着，不过一看到肉片，就马上凑了过去。约翰看它吃了一会儿，抬起头来。

"我有那些就够了。新家的贷款，还有波士顿的医院倒闭时留下的债务，这下都可以还清了。"

"那……你从墓园挪用的公款呢？"

哈定难得地说出了超出律师职权的话。不过约翰丝毫没有生气的样子，反而很镇静地说："真是人言可畏。我只是借用一下而已。医院那边有几位债权人是黑手党，逼债逼得很紧，但只要有父亲的遗产，欠款就可以轻松填上了。怎么，你打算告发我吗？"

哈定连忙说："不，没有的事，也没人委托我来跟你打官司啊！威廉也好，詹姆斯也罢，都只会私下抱怨，实际上应该不会有什么举动吧？至于我呢，采取的也是不告不理的原则。"

"嗯，你说得没错，他们两个就只会耍嘴皮子。"

之后约翰便陷入沉默。哈定觉得无聊，便把心中的想法直接说了出来。

"如果不是担心遗嘱的内容，那难道你是在担心史迈利会复活？"

约翰如大梦初醒般抬起头来，打起精神说道："不，我才不会担心那种蠢事呢！我今天叫你来，不是为了父亲的遗嘱，而是为了我的遗嘱。"

"你的……遗嘱？现在说这个未免太早了吧？"

这时，哈定突然想到，约翰今天之所以好像变了个人，会不会是因为他在恐惧、害怕着什么？

律师神色紧张地问："发生了什么事吗？"

约翰犹豫了一下，才以窃窃私语般的微弱声音说道："我收到了警告。"

"警告？"

"没错。上面写着，第二个死掉的人……会是我。"

"什么？第二个……那就是说还有第一个喽？第一个是谁？难道是史迈利……史迈利也是被杀死的吗？太可怕了。你去报警了吗？"

"没、没有，我想那只是恶作剧，或是巧合。也有可能是我误会了。老爸不可能是被杀死的。在这个节骨眼儿上，我不想多生事端，更不打算报警。"

"可是——"

"算了。"约翰的语气十分坚决，"不过不怕一万，就怕万一……再加上我因为老爸的死得到了一大笔财产，所以我就想，顺便立下遗嘱吧。"

"是吗……虽然事出突然，不过站在我的立场，这也是一桩买卖，如果你希望的话，我当然很乐意为你服务。那么，关于遗嘱的内容……"

约翰的遗嘱十分简单，就两个要点。第一，他的全部财产，也就是从史迈利那里继承到的遗产，将全部留给伊莎贝拉·西姆卡斯；第二，他承认她腹中的胎儿是他的骨肉。哈定的办事原则之一是绝不多嘴，因此他二话不说，叫来自己的司机和法律事务所里的职员当证人，当场见证了约翰的遗嘱。接着一行人也没有多做停留就告辞了。

约翰送三人来到殡仪馆大门旁的停车场，哈定坐进车里，看着难得一路送到外面来的约翰，忍不住说："还是通知一下警方比较好吧？"

"嗯，我会考虑的。"约翰敷衍地回答道。

"我不知道发生了如此严重的事，真是抱歉。"

哈定好像突然想起眼前这个男人已经取代史迈利，成为墓园的新主人一般，又婆婆妈妈地解释起来。

"都怪那些波洛斯的员工，毁了万圣节的营业额，真让我火大……咦，怎么了？"

即使身处黑暗之中，哈定也察觉出约翰的表情明显发生了变化。

"啊，没什么。只是说起万圣节，我想起了一件很不愉快的往事。"约翰依旧刻意压低声音说道。

车子开走后，哈定从公事包里拿出刚刚放进去的遗嘱，仔细地从头看了一遍。

"嗯，这确实是约翰的签名，那么……"

只可惜，哈定心头的疑惑没能促使他继续思考，从刚才开始睡魔就一直在骚扰他。哈定像《爱丽丝梦游仙境》里的兔子那样从马甲口袋里拿出怀表。

"明明才九点半啊……"

还没来得及把表放回去，忙碌的律师就靠在座位上睡着了。

第十七章　运动、消遣与侦查

人类永远摆脱不了死亡、悲剧和无知，因此，为了让自己感觉幸福，他们尽可能不去想这些事。

——帕斯卡（Blaise Pascal）

《思想录》（Pensées）

1

今晚一定要采取行动，他心想。

为免夜长梦多，这种事情越早解决越好。只要有心想做，机会多得是。只是没想到时间会这么紧迫……

现在抱怨什么都是多余的。看上去有点冒险的事，有可能做了之后才发现出乎意料的简单。没错，他之前就是这样过来的，还不是一切顺利？

他从口袋里拿出凶器，凑到眼前看。灯光下，锋利的刀刃发出阴森的冷光。

就连这令人胆寒的刀刃不也帮了自己好几次吗？对于它的使用方法，他已经烂熟于心，当然这次也没什么好担心的。

他感觉到体内充斥着一股神奇的力量。办事之前，他总是不可思议的精力充沛，一股源自身体外部的力量不断地推动着他……

没错，也许这就是人家所说的，超越肉体和生理极限的伟大力量……

他面露微笑，把今晚预定要采取的行动再次在脑海里演练了一遍。

2

艾汀小姐并不是特别喜欢尸体。

在大学念管理系的时候，她也曾幻想自己坐在纽约摩天大楼的时髦办公室里，盯着电脑屏幕工作的样子。她做梦都想不到，最终会来到一家乡下殡仪馆，推着放棺材的推车。

一切都怪严格的父母，可能的话，他们甚至不想让独生女离开大理石镇半步，更别提艾汀小姐所憧憬的纽约了。她的父母一直觉得，浮在海上的曼哈顿岛和东岸的恶魔岛监狱一样恐怖。特别是在高中时代跟她争当乐队指挥的露丝去了纽约，不但没找到工作，还带了个私生子回来后，父母亲的态度就更像坚硬的花岗岩一样丝毫不肯软化了。艾汀小姐只好哭哭啼啼地放弃了去纽约的念头。要是你认为在美国，每个渴望独立的女性都能在大都会的高科技办公室里，像电视上的美女演员那样帅气地工作，那可就大错特错了。

所以呢，顺利在家乡的"优质企业"找到工作的艾汀小姐，这会儿才会在舒适的地下遗体处理室里，对着亮到可以映出自己困惑表情的华丽棺材——而且是在深夜十点——独自一个人待着。

不过，艾汀小姐是一位现实的女性。如果没进入自己喜欢的地方就逃避工作的话，可能会连早上爬起来的力气都没有，而且会离独立精神越来越远。仿佛要帮自己打气似的，她仰起脸，看着挂在墙上的黑板。

"将法灵顿氏的棺材搬入升天室"——黑板上潦草地写着这么一行字。虽然不知道这条指示是谁写的，不过要是抢先做了，一定能得到工作积极主动的好评吧？想到这里，艾汀小姐便不再犹豫，行动起来。之前她也搬过棺材，只要把这件事情做完，众人眼中独立自主的女性的美好一天也就可以结束了。然后她将回到家，泡个舒舒服服的澡……

想到浴缸里满满的热水，艾汀小姐忍不住叹了口气，接着她又往下看着推车里的棺材——是一具桃花心木制的棺材，宽敞又气派。

里面放着令她心生怜爱的尸体。

就在这个时候，她的怪癖又发作了。艾汀小姐除了独立自主之外，还有很强的好奇心。此时她心里想着，去纽约的那群朋友如果在同学会上吹嘘自己公司营业部的"西尔维斯特·史泰龙"的肌肉有多壮，那我就来说说半夜一个人在地下室看尸体有多么恐怖吧，这样应该蛮有趣的。

艾汀小姐小心翼翼地掀起棺材盖板，朝里面窥探。是一具老人的遗体。慈祥的面孔，一看就知道他会在公园里弯着腰陪孙子玩。黑框眼镜、花白的小胡子，棺材里躺的就是一位极其平凡的老人。来这里工作后，令她最惊讶的是，尸体并没有想象中那么可怕。既然在殡仪馆，就不必害怕死者。如果有勇气穿着内衣裤穿越麦迪逊广场花园，那在佛罗里达海滩上赤裸上身也没什么好丢脸的。而在殡仪馆里看到躺在棺材里的尸体是理所当然的，又有什么好怕？艾汀小姐突破了最后一道心理障碍，她深吸一口气，试着用手指去触碰遗体的额头。

没错，尸体什么的，根本就不值得害怕……

几分钟之后,在殡仪馆工作的独立女性艾汀小姐又恢复了自信。她搭乘电梯前往一楼,把棺材推到"升天室"放好后,意气风发地回家去了。

3

庞西亚把《穿着黑豹外套的贵妇》往柜台上一丢,打了个哈欠,心想,这本小说怕是读不完了。

在接待处值夜班的时候他就经常像这样读情色小说。在家里看老婆会念叨,无法专心,在这里的话没人来打扰,可以轻松度过早上六点换班之前的无聊时光。侦探小说或恐怖小说里有尸体,太可怕了,不适合在这种地方读。他需要的是能让自己忘记身在何处的书。不过这本《穿着黑豹外套的贵妇》实在太烂了,在大理石镇的杂货店买下它的时候因为害羞而没敢翻看内容,实在是失策。光看书名还以为是像《查泰莱夫人的情人》(*Lady Chatterley's Lover*)那样带有几分文学性,没想到书里的贵妇不但是他讨厌的性虐待狂,还在不到三十页的地方就跟有恋尸癖的大学教授大打出手,他就再也读不下去了。庞西亚一向自诩为有品位的情色文学爱好者。

庞西亚用力地弹了一下书皮上露出妖艳笑容的骗子贵妇的鼻子,接着望向大厅后面的老爷钟——好像正等着他这么做似的,大钟响了。

此时正好是晚上十点三十分。

他已经坐在殡仪馆的前台值了快两个半小时的班了。这期间经过前台的有哈定律师一行人和前来送行的经理,之后经理又折回办公室了。除此之外还有艾汀小姐,推着载有棺材的推车从他面前经过。这两拨人经过时庞西亚都只打了声招呼,没有做更多的交流。庞西亚并非寡言的男子,只是他没有兴致找他们聊天,特别是艾汀小姐。这位新来的女孩对工作怀有过度的期待,为了更像干练的白领,她还特意戴上平光眼镜,这样的行为让他讨厌。刚才也是,她煞有介事地把棺材推了进来,活像神采飞扬的考古学家在运送从史前的皮洛斯推测区找到的古文字泥板。为什么最近这种女人特别多呢……

庞西亚的思绪被从玄关传来的细微停车声及门被用力推开的动静打断了。

走进来的是海伦。冷冽的风从门缝灌进来,庞西亚打了个冷战。外头好像很冷,海伦顶着一头乱发,裹着暗苔绿色大衣,看着更让人觉得气温骤降了好几度。

"夫人,有什么事吗?"庞西亚连忙问。

可是海伦好像根本没听到庞西亚说话,像着了魔,两眼发直,没有理会庞西亚,径自走上门厅右侧的楼梯。

庞西亚先是愣了一下,立刻觉得有点生气。到了他这个年龄,被忽视比被讨厌更令人受不了。于是庞西亚开始在脑袋里对女人评头论足了。

这种女人比艾汀小姐更难缠。她将自身的魅力缺失全怪在世人和命运上,只会躲在家里自怨自艾。再这样下去,她早晚会变成布满青苔的石头。

庞西亚很中意这个比喻——长青苔的女人,正好配那件难看的苔绿色大衣……

不过,庞西亚对女性的态度,就像表盘上的指针,很容易发生偏转。就在"长青苔的女人"消失在楼梯尽头的时候,门厅内的电梯门打开了,与海伦完全相反的女性现身。伊莎贝拉一出电梯，就径直走向庞西亚。

"这么晚，辛苦你了，庞西亚。"伊莎贝拉露出美丽的粉红色牙龈，亲切地笑道，"咦，怎么，你在看书吗？"

庞西亚赶紧用手把书的封面遮住，利落地把《穿着黑豹外套的贵妇》塞进柜台的抽屉里。

"您、您找到什么好书了吗？"

啊，刚刚不知怎么，他竟然忘记这之前还有一个人从前台经过。大概九点钟，伊莎贝拉跑来说想找本书睡前读，跟他借了二楼资料室的钥匙。

"空欢喜一场。"伊莎贝拉皱起眉头，"这里的书，不是讲坟墓的，就是跟死亡有关的。看那种东西反而更睡不着吧！我喜欢浪漫一点的。"

"就、就是说啊！我也喜欢健康、浪漫的文学作品……"

庞西亚开始幻想在冬天的深夜，读喜欢的小说给伊莎贝拉听的情景，不禁陶醉了起来。当然，他要朗诵的文学作品不可能是《穿着黑豹外套的贵妇》。只可惜他的美梦很快就被打断了。他不经意地瞥到了伊莎贝拉的手，注意到她正握着与这寒冬的夜晚很不相称的东西。

"那是？"

伊莎贝拉好像这才意识到自己手里握着的东西似的，看了看手中的短剑。

"啊！这个是约翰叫我拿过来的，他说要放进父亲的棺材里。"

伊莎贝拉手中的短剑庞西亚也有印象。粗粗短短的剑身，贴有贝壳的圆头剑柄，整体形状宛如海狸的尾巴。这是三百年前被殖民领袖罗杰·威廉姆斯所骗，不得不举族迁往北方的印第安人后裔曾经使用的武器,名叫"海狸刀"。是身兼业余历史学家的奥布莱恩从古董商那里买来,送给史迈利的。史迈利非常喜欢这个礼物,觉得它符合墓园主的身份,将它珍藏在资料室里。其实这柄短剑的历史是否真有那么古老已无从考证,不过连庞西亚都知道其剑刃依旧十分锋利。

"因为它是前任经理生前中意的宝贝吗?"

"好像是这样的。不过在棺材里放短剑还真是奇怪,像古代的帝王一样。"

伊莎贝拉边笑边做出古埃及侍女捧着短剑的姿势,慢慢地转过身去。

庞西亚一边目送着伊莎贝拉消失在通往西侧走廊的背影,一边在心里比较这两个完全相反的女人。

包容一切、认同一切的伊莎贝拉,她就是人们嘴里说的黄金女郎吧?相反,只会缩在自己的外壳里怨天尤人的海伦,就好比路边的石头……

这时,庞西亚突然想起一件事。刚才他就觉得海伦那异样的表情好像曾在哪里见过——以前在魔术山公园的射击场里遇到的疯女人就是那个样子。那女人开着货车闯进了射击场,一口气把五箱子弹射完后,就心满意足地回去了。

4

特雷西警官坐在沿一一三号线往东开的车子里,咋着舌瞪着前方逐渐远去的跑车尾灯。

怎么会有人这样超车?速度这么快。驾驶席上坐着的好像是个女人,自己要是交通警察的话,碰到这种家伙,管他是女人还是总统秘书长，一定马上逮捕，赏他一张罚单外加一张圣诞贺卡——虽然嘴里没说出来，可是醉心工作的警官已在脑海中描绘出了这样的画面。

警官身旁正在开车的福克斯刑警脑海中想的却是完全不同的事情，可以说他正沉迷于享乐。今晚他跟大理石镇甜甜圈店的女服务员有约，那个女孩的车跟刚刚超过他们的那辆跑车正好是同一款。福克斯已将那辆跑车的车尾想象成女孩丰满的臀部。

他问特雷西道："做完这件事就能回去了吧？"

特雷西像是睡到一半被吵醒的狗，不高兴地唠叨起来。

"年轻人，不要怕吃苦，窝在沙发里看《迈阿密风云》(*Miami Vice*) 对办案是没有帮助的。"

开什么玩笑！我才不像你一样，整天窝在家里。福克斯颇不服气，却还是像往常一样默默地听他数落，装出一副乖巧的样子。不过他真是烦透了。牺牲晚饭时间，好不容易把麻烦的抢劫案处理完了，谁想到特雷西又灵机一动，说回警署之前再绕去一个地方。上司一时兴起，可别把部下的宝贵青春都赔进去啊。

见福克斯默不作声，特雷西总算是满意了，转而重新思索起刚才的灵光一现——正是与那起女高中生断手案有关。刚才他终于想到，看到威尔逊警官出示的被害人照片时心中的奇妙感觉到底是什么了——是巴里科恩家族经营的微笑墓园。去一趟那里说不定能找到什么线索。事不宜迟，他马上打电话给文森特·哈斯博士，对方说多晚来都没关系，可以直接到巴里科恩的大宅找他。跟警方关系良好的哈斯博士就住在墓园里面，这真是太方便了——老博士对玄学的热衷虽然让人有些受不了，不过至少他愿意协助警方，有时还会发挥敏锐的推理能力。更重要的是，署长很器重他……

特雷西对溜须拍马没兴趣,不过,面对受警署重视的人物时,该有的礼数还是不能少。

这时,特雷西又突然想到,顺着这条公路走,前面只有春田瀑布和微笑墓园。那辆跑车如果不是去瀑布的话,就是去殡仪馆。开得还如此之快,到底是为了什么事呢?

5

"难道真的要承认史迈利爷爷的死是自杀?"格林焦急地问道,"这样的话,我莫名其妙被害的事就也要——"

"没错,要是我们再沉默下去的话。"哈斯博士耸了耸肩,"明天,史迈利下葬的时候,你被害的事实也会跟着一起被埋葬。"

晚餐结束后,格林来到哈斯博士的房间,先讲了讲身体和精神上的变化,草草交代完后,二人马上针对史迈利的死亡开始了讨论。

格林有点心虚地说:"早知道,一开始就通知警察了。"

"怎么,你后悔了?"

"为了自己——为了不让自己的死曝光,眼睁睁地看着史迈利爷爷被害死。如果你是指这件事的话,我是有点后悔。"

"呵呵,同为死人,就不必有这么强的责任感了。反正史迈利剩下的日子也不多了,现在死也没什么好感叹的。倒是你,专心把自己身上的谜团解开比较重要吧?"

格林原本也是这么想的,都到了这个节骨眼儿,他可不想现在才被送往医疗机构。他早就打定主意,无论如何都要亲手破解自己死亡的真相。不过,要是他这样讲的话,哈斯博士肯定会阴阳怪气地说："怎么，死人也有坚持吗？"

转念想想，能一门心思投入某件事的话，至少就能够忘记目前的尴尬处境了。格林突然想到，活着的时候，人类做的好像都是同样的事。

"看来这是唯一的方法了。也许我能因此暂时忘记自己已经死亡的事实呢——活着的人也都是这么做的。人都会死，不管是在宫殿里畅饮美酒的国王，还是在加油站给车子喂汽油的打工仔，大家都会死。所以，为了忘却那任谁都无法逃避的绝望，人类总要找些事情来做。工作啦、运动啦、游戏啦……活着的整个过程，说穿了，就是消磨时光。"

"呵呵，你想说人生不过是一场消遣，是吗？你知道运动（sport）这个词的词源是自我消遣（disport）吗？的确，挥出高尔夫球杆的那一瞬间，类似帕斯卡的悲壮哲学思想就会从心底油然而生。正所谓'仅凭这一次挥动，就能夺去所有伟大的灵魂'哪！"

博士轻松地做出挥杆的动作。就凭你那力道，怕是谁的灵魂也夺不去吧？格林想着，把话题转了回去。

"说了半天，我们还是不知道毒药被掺进了哪里，又是怎么被掺进去的。而史迈利爷爷的死也很难以置信。"

"难以置信？哦，是因为门从里面锁上了吧？那就是所谓的密室吧。假设凶手是在房间里逼迫史迈利喝下毒药的，那么就必须解开密室之谜才行。不过，如果史迈利是自主行动的，也就是说，他是在不知情的情况下喝下了毒药的话，凶手在不在房间也就没有区别了。有可能是史迈利服下毒药之前，自己把门锁上了；也有可能是喝了之后才去把门锁上的。因为砒霜不是立马发作的毒药，他在死之前还有时间锁门。这样思考更加自然吧。毕竟门上的插锁插着，门链也挂着，门钥匙还在房间的抽屉里。这么一来，要耍花样恐怕很困难吧？另外我认为，凶手若已经打算好用砒霜毒死他，又何必大费周章地布置出一个什么密室呢？"

"是吗？会不会是那场临终闹剧演完后，有人留了下来，骗他说那是药，让他晚上喝，把砒霜交给了他……"格林皱起眉头，"可是，如此一来，那份遗书又该作何解释？就算凶手事先可以把装砒霜的袋子塞进柜子里，也很难在不被史迈利爷爷发觉的情况下，把那张纸摆在床边的茶几上吧？而且我们破门而入的时候那张纸就已经在桌子上了，我可是亲眼看到的。不可能是在密室状态解除了以后，凶手才放上去的。"

"哦，是吗？如果认定那封遗书是凶手伪造的，那就必须回到密室的问题啊。真伤脑筋。"

"那封遗书是真的吗？"

"字里行间惺惺作态又迂腐，确实像史迈利写的东西。签名也应该是真的。假设遗书的内容是凶手事先打好的，那他是怎么叫史迈利签名的呢？"

"那封遗书上没有日期。史迈利爷爷死之前不是演过好几次临终大戏吗？所以也有可能那是史迈利爷爷很早之前打好的，以备不时之需。凶手得知了此事，并偷偷拿到了遗书，再模仿遗书的内容毒死了他……"

哈斯博士噘起下唇。"非常有趣的推理，这样签名的事就说得通了。不过那张纸是怎么放到作为密室的茶几上的，这依旧是个谜。要不是你是被人毒死的，我真想把史迈利的死当作自杀处理啊……"

"开什么玩笑！"格林强烈抗议，"我承认我确实对死亡着迷，可我从来没想过亲身去体验。我才不可能去喝毒药呢！是有人给我下了毒,那个人也是杀害史迈利爷爷的凶手。是为了遗产吧,除此之外我实在想不到……"

说到这里,格林突然闭上嘴巴,因为他发现哈斯博士的眼睛正发出奇妙的光辉。

"怎么了,博士?"

"我在想,要是换个角度思考,就会得到奇怪的结论。如果他是为了遗产杀人,可又何必处心积虑地去杀一个快要死的病人?只要再等一会儿,财产就自然会落入他的手中,不是吗?是因为你死得莫名其妙,我们才一直被牵着鼻子走。但如果把史迈利的死看作单纯的自杀,密室之谜就可以轻易解开了,至于你的死……"

"我懂了。你想说的是,我会死,不是出于想杀史迈利爷爷的人误杀了我,而是史迈利爷爷想自杀,却不小心毒死了我,是吗?"

6

"从棺材里活过来的,是死人吗?"坐在床上的莫妮卡问柴郡。

柴郡不耐烦地应道:"对啊。没错。"

吃完晚餐后,柴郡就来到莫妮卡的房间看电视剧,直到现在。这里的电视比柴郡自己房间和伊莎贝拉房间里的要小,还型号老旧,但因为柴郡讨厌一个人看电视,便一直窝在这里。先看完了一集柴郡讨厌的英俊小生出演的肥皂剧,接着是环球电影公司出品的老电影。莫妮卡又向柴郡抛出一个问题。

"那个人怎么会活过来呢?"

"我哪里知道呀。他是吸血鬼嘛,就是会复活的。"柴郡没好气地说。跟老人家一起看电影真的很累,每个小细节都要解释,否则她就看不懂。

"为什么吸血鬼就能复活呢?"莫妮卡还在固执地提问。

电视里,从棺材里爬出来的贝拉·卢戈西正追着阿伯特和科斯特洛到处跑,惹了大麻烦。① 沉醉在电影情节中的柴郡随便地回答了两句。

"因为他是死人啊!"

"死人……"

"没错,死后才能复活。如果他没死,还活着,就没有复活的必要了嘛!"

"哦……这么说的话,他果然是为了复活才死的。"

"也、也是。"

柴郡被追问得无可奈何。她转头看向坐在莫妮卡身边的诺曼,示意他做些什么,但诺曼就像电影里那个叫作弗兰肯斯坦的怪人一样,面无表情,不发一语。柴郡叹了口气,正打算继续看电视,电话响了。

"你好,我是柴郡。"拿起听筒的柴郡知道对方是谁后颇为失望,"谁?啊,约翰啊!"

听筒那头的人说道:"柴郡,伊莎贝拉……你妈妈在吗?"

柴郡吓了一跳,听到"妈妈"两个字,她才突然想起把答应约翰的事忘了。不过她蒙混了过去。

"嗯,在啊……你要她来听电话吗?"

电话那头犹豫了一瞬。

"不,不用了,她在就好。"

---

① 这里指的是三人主演的电影《两傻大战科学怪人》(*Bud Abbott Lou Costello Meet Frankenstein*)。

柴郡松了口气。"哦，是吗，那就这样，拜拜。"她匆匆挂上电话，接着把手伸进口袋，摸摸看里面的十元纸钞还在不在。进了嘴的肉再叫她吐出来，这可不符合她做事的原则——即使食言的人是她。照莫妮卡的标准，她这样做肯定是"作孽"吧？柴郡呆呆地想着。也不知道是不是看透了她的心思，只听莫妮卡喃喃自语道："吸血鬼有没有罪孽呢……"

第十八章 "约翰·巴里科恩一定会复活"

> ……现在不是办葬礼的时候,你难道不知道尸体很危险吗?
>
> ——乔治·罗梅罗(George Romero)
> 《活死人之夜》(Night of the Living Dead)

1

伊莎贝拉走在殡仪馆西侧,通往经理办公室的走廊上。

今晚已经是她第二次走这条走廊了。而这次,伊莎贝拉发现走廊尽头的办公室旁边的"黄金寝宫"的门半掩着,有微弱的光线从细小的门缝里透出来。她歪了歪头,把门推开。

宾客休息室里的灯关着,通往左边殡葬室的门开着,灯光是从那里面透出来的。伊莎贝拉曾来过这个房间无数次,于是她直接走过装饰过度的大镜子,连看都没看一眼镜中呈现的天堂风景。接着她来到殡葬室入口,站在敞开的大门前,发现——

地上躺着一具尸体。

史迈利的灵柩摆放在门对面,房间角落有一张小桌子,而尸体就倒在这两者中间。尸体的右边有一把翻倒在地的安乐椅,宛如殉葬的仆人。尸体背部中央插着一支短剑,剑柄很像海狸尾巴,且镶满贝壳——是她见过的那把。短剑剑柄和身体之间露出一小截有波浪花纹装饰的剑刃,被挂在天花板上的玻璃管吊灯那柔和的光辉一照,闪烁出耀眼的光芒。

伊莎贝拉屏住了呼吸。八年前,她曾在一部B级恐怖片里饰演配角,那时的她要对着尸体发出菲伊·雷[①]那种经典尖叫。但如今面对真正的尸体,她却只会用手捂着心脏拼命喘气。

伊莎贝拉往尸体的脚边挪动,在安乐椅旁蹲了下来,用手探触对方的脖子后马上缩了回去。虽然不想承认,但她心里很清楚,这的的确确是具尸体。然后,她看到了掉在地上的某件物品。尸体的左手手腕压在身体下方,旁边有一只怀表,玻璃表盘碎了,指针停在十点三十五分。伊莎贝拉转而看向自己的手表,显示此时的时间是十一点七分。

伊莎贝拉慢慢地站了起来,用力呼出一口气。这时她才发现自己一直憋着气。

接下来她转过身,头也不回地离开了这个房间。

2

"你们两个人,一直窝在房间里做什么呢?我都要无聊死了。"看到哈斯博士和格林走进房间,柴郡马上抗议道。此时电视荧幕上除了有吸血鬼之外,还出现了狼人、科学怪人豢养的怪物等,场面十分混乱。

哈斯博士被那画面吸引,却还是不忘安抚她道:"不好意思啊,借用了你的男朋友。我想看看莫妮卡怎么样了。"

[①] 菲伊·雷(Fay Wray,1907—2004),生于加拿大,后在美国发展,一九三三年出演《金刚》,她在其中的尖叫表演堪称经典。

柴郡没有回头，伸出手指指向里面的房间，说道："有那个不说话的面具人在照顾她，我们连她的一根手指都碰不着，就好像我们会把身上的细菌传染给她似的。总之，奶奶精神好到让人头大。"

格林问："你妈妈呢？"

"一开始还跟我们在一起，后来说要去找本帮助入睡的书，去殡仪馆了。都两个小时了，怎么还没回来？笑死人了，她就没看过书，都是靠酒瓶里的一杯晚安酒助眠。"柴郡冷言冷语道。

就在这时，敲门声响起。没有拿着晚安酒，而是戴着睡帽[①]，已经准备好要就寝的玛莎从门口探进一张臭脸。

"哎呀博士，原来你在这里。"玛莎的口气很不好，"怪不得房间里找不到人。有您的访客，是特雷西警官，我带他过来了。真是的，这么晚还来拜访的，不是小偷，就是警察了。"

玛莎说得毫不避讳，一脸尴尬的特雷西和福克斯从她背后现身。哈斯博士连忙看看手表，说道："我一忙就把约定的时间忘了。"接着与两名警官握手致意。

特雷西环顾室内后，扭扭捏捏地说："博士，如果可以的话，我想跟你换个地方谈。"

这时，电话响了。

"怎么这么热闹？这里一下子变成肯尼迪机场的候机室了。"柴郡说着拿起听筒。

"是，是我，柴郡。什么？没错，他在，让他听……啊，好，你等等。"柴郡把听筒递给哈斯博士，"庞西亚打来的。"

哈斯博士接过听筒，电话那头传来庞西亚心急如焚的声音。

[①] 文中的晚安酒写成"night cup"，睡帽写成"night cap"，发音类似，便有此文字游戏。

"啊！博士，大事不好了，经理在太平间——'黄金寝宫'被杀了……嗯，是西姆卡斯小姐发现的……她人现在在前台那儿，请你赶快过来。"

"好，我马上过去。"哈斯博士简短地说完后，把听筒放了回去，然后看向众人，道，"约翰好像出事了。"

格林最先夺门而出。在他之后，是凭借刑警特有的敏锐预感马上行动起来的特雷西和福克斯。最后就连平常总是搞不清楚状况的柴郡也抱着一定有热闹看的心态，匆忙跑下了楼。跟在最后面的是年迈的哈斯博士，他跑得气喘吁吁，但至少勉强跟上了。

从巴里科恩家主屋通往殡仪馆西侧的路是一条徐缓的下坡道，其实从莫妮卡的房间可以清楚看到殡仪馆西侧。不过，一路跑到主屋玄关前，格林才想到往那边看一眼。"黄金寝宫"和经理办公室都位于殡仪馆西侧，还有通往焚化炉所在的别馆的入口。格林知道，从那处入口过去，要比从殡仪馆正门绕过去近得多，于是他直接往西侧入口跑去。

一边跑格林一边发现自己一点都不喘。既然已经没有呼吸了，这样也是很正常的，不过他觉得自己已经达到马拉松运动员所说的"second wind"和"runner's high"的境界了[①]，可以永远这样无止境地跑下去，肺叶和心脏也完全没有受到压迫的感觉。据说人死后，汗腺细胞还能活跃十几个小时，但现在也早就没反应了，他的身体也就没有布满密密麻麻的汗珠。我真的从肉体的牢笼中解放了，格林心想。

抵达西侧入口后，格林先试着转动门把。转不开，他便用拳头敲了几下门，但钢制的门纹丝不动。晚格林一步赶到的特雷西

---

① second wind 和 runner's high 皆是指在马拉松等长时间的运动过程中，产生的疲劳感经持续运动后突然转变为舒畅的一种感觉变化。

上气不接下气地问道:"打不开吗?"

"这扇门后面就是太平间,可是门好像从里面锁住了。"

格林抛下这句话,就转而匆忙往正面入口跑去。

背后传来特雷西催促福克斯的声音:"你在干吗呢?赶快过来。"

一走到玄关,就看到一脸仓皇、六神无主的伊莎贝拉和庞西亚,两人守在服务台前。

"怎么了?"格林问。

"约翰……他死了。好像是被刺死的……"伊莎贝拉回答。

"好,告诉我现场在哪里?"特雷西想掌握搜查的主导权,于是向庞西亚发问。

而庞西亚莫名其妙地看着他,反问道:"你是谁啊?"

"我……我是大理石镇警署的特雷西警官。"

"警官!大理石镇警署!你们未免来得太快了吧?"

特雷西不耐烦地说道:"这个星期是我们警署的服务周,如果你想得到赠品兑换券的话,就赶快带我去!"

于是,一行人争先恐后地跑向通往太平间的走廊。

3

很久没见过这么经典的死尸了,站在太平间里的特雷西心想。

经典的姿势,一看就知道人已经死了。脸朝下趴着,后背上有一截短剑,剑柄极有特色。双腿张得很开,左臂内弯,压在胸部以下;右手伸向灵柩,手指丑陋地蜷起,仿佛猛禽捕捉猎物的利爪。

特雷西突然想起自己不是来鉴赏雕像的美术系学生，这才匆忙在尸体旁蹲下来。他伸手探向尸体的脖子，确认已没有脉搏，虽然摸起来还有一点点温度，但指尖感受不到任何搏动。尸体的头稍微转向右边。特雷西从上衣口袋里掏出银色的香烟盒，将金属面凑到尸体的口鼻前，烟盒表面没有出现雾气。

碰巧没带袖珍手电筒，就没把尸体的眼皮撑开观察瞳孔对光的反应。再往后就是法医的专业领域了。接着特雷西看向掉落在尸体左手肘附近的怀表。这年代久远的宝贝还跟从背心口袋漏出来的表链紧紧相连。不过由于怀表没有盖子，罩住表盘的玻璃破了，碎片就散布在周围的地上。指针停在十点三十五分的位置。特雷西站了起来，口中喃喃自语道："嗯！这是很典型的谋杀案啊！"

接着他转过身，冲着站在宾客休息室往这边窥探的众人说道："确实发生了杀人事件，死者好像是被人刺死的。请各位待在那边的房间，尽量别碰周围的东西。"

这时，哈斯博士和柴郡也赶到了休息室。博士大概是半路摔倒了吧，上衣和裤子上沾了些泥土。他痛苦地捂着胸口，肩膀不断地起伏。不过奇怪的是，他的脸上竟挂着笑容。特雷西冲站在休息室门口的福克斯使了个眼色，示意他把这些人看好。

他打算回去继续查看现场，却差点儿被翻倒的安乐椅绊一跤。虽然他不是什么专家，却也知道这把椅子是件年代久远的古董。椅子腿和扶手上都有雕花图案，椅背部分有精致的花纹。被害人是在从这把椅子上站起来时被刺杀的吗？

特雷西离开尸体，走向棺材。两截式棺盖的上半截打开着，可以看到里面的遗体的上半身。在吊灯的照射下，老人无忧无虑的安详面容清晰可见。特雷西看了看那张脸，然后再度回头看向地板上的尸体，不由得惊叹道："史迈利·巴里科恩和约翰·巴里科恩……这对父子长得真像啊！"

自言自语完，特雷西又转而抬头望向棺材背后的恐怖雕像——正被蟾蜍和蚯蚓啃食的悲惨尸体。

愿意在放置这种东西的房间办葬礼的，大概只有全美受虐者协会的成员吧……

他往窗边走，拉开天鹅绒窗帘，仔细查看。双层窗户很结实，钩环都搭上了。窗户共有两扇，每一扇都如前面所说，从里面锁上了。特雷西又穿过房间，拉开从殡葬室直接通往走廊的那道门——这道门倒是很容易就打开了。他从门口探出头去环顾走廊，企图掌握周围房间的位置关系，就在这个时候，他看到有一对男女正从大厅那头转过弯朝这边走来。男的留着碍眼的长发，脖子上围着花样庸俗的围巾；女的则穿着颜色偏暗的大衣，整个人看起来黯淡无光。两人似乎正吵得不可开交，不过看到特雷西后他们马上停下了脚步、闭上了嘴巴。之后男人先开口了。

"你是谁？站在那里干什么？"

这已经是特雷西今晚第二次被质问身份了，他原想不理他们的，但想想这次跟平常出现场不一样，并不是人家报警后叫他们来的。难道在这里每碰到一个人就得自我介绍一次吗？真是岂有此理，特雷西在心里直抱怨。

"我是大理石镇警署的特雷西警官。不瞒您说，巴里科恩先生遭遇不测，被人刺杀身亡了。请问……您是他的家属吗？"

"那家伙被……"男子惊讶得说不出话来，不过还是勉强做了自我介绍，"我叫威廉，是约翰的弟弟。这位是我的内人海伦……话说回来，怎么会……"

"总之，现在大家都在休息室里，可否请二位也过去那边？"

特雷西与威廉和海伦一起来到休息室，交代福克斯道："你去检查一下隔壁和对面的房间，看看有没有人躲在里面，以及门窗有没有关好。哦，顺便把走廊那边的后门也检查一下。"

接到命令的福克斯离开了。特雷西环顾众人，最后视线停在了伊莎贝拉身上。

"您是……西姆卡斯女士吧？听说是您发现的尸体？"

"是、是的。"伊莎贝拉回答道，在她脸上，比起伤心难过，更多的是困惑，"他……约翰，是我的未婚夫。我想在上床睡觉之前去跟他说说话，便跑去办公室找他。然后我看到这里的门开着，里面的灯还亮着。我觉得很奇怪，就走了进来……"

"'很奇怪'的意思是？"

"因为之前我还来过这里一次，把灯关了才出去的。那个……就在三十分钟前，我拿着那个……"伊莎贝拉战战兢兢地指向趴在太平间里的尸体。

特雷西吓了一跳，连忙问她："您说的那个，难道是指插在他背上的那把短剑？"

伊莎贝拉看都不看尸体一眼，只顾点头。

"是约翰交代我来把那个放进他父亲的棺材里的——"

哈斯博士从旁插嘴道："那把短剑是纳拉干西族的海狸刀，是不动产商人奥布莱恩送给史迈利的礼物。换句话说，是友情的纪念品……而且——"

特雷西没空理会哈斯博士，继续盘问伊莎贝拉。

"那时候你没有见到约翰吗？"

"没有。那时我只把短剑放进棺材里，就离开了，没有跟约翰见面。"

"原来如此。"特雷西看向手表，确认时间，"如果是在十点半左右的话……"接下来，特雷西转向庞西亚问道，"你是这里的职员吧，叫什么名字？"

"我叫庞西亚。"庞西亚显得比伊莎贝拉还要紧张。

"庞西亚先生，你一直守着前台吗？"

"是的，从八点钟开始就在那儿了。经理用完晚餐后就回办公室了，那个时候我就待在那边了。"

"那么，你最后一次见到巴里科恩先生，就是在你说的晚餐之后喽？"

"不，我还见过他一次……大概九点半，经理走出来送哈定律师，还跟我说了句'辛苦了'，然后又回到办公室了。"

"那之后呢，还有谁进出过这里？要去位于西侧的办公室就必须经过你所在的大厅，我说得没错吧？"

"是的，是这样的，没错。"庞西亚皱起眉头，认真思索，"我记得，大厅的挂钟指向十点半左右的时候，看到西姆卡斯小姐出现在通往这个房间的走廊，不过她马上就回来了……之后，就是刚才，西姆卡斯小姐跑来前台通知我，说她路过这里时发现了一具尸体。我们两人便一起前来确认，之后马上打电话给人在主屋的哈斯博士了。除此之外应该就没有别人进出了吧……"

庞西亚故意说得暧昧不清，还不忘偷瞄了伊莎贝拉一眼。

"真的没有别人进出了吗？"

庞西亚耸了耸肩，道："嗯，没有了。"说完后他好像又突然想起了什么，"啊！对了，还有，那个新来的女职员——艾汀小姐，曾推着棺材经过。"

"棺材？"

"是的。这个房间对面的'升天室'里明天要举办葬礼，她把遗体运过来。"

"那是几点的事？"

"这个……去办公室看看她几点钟打的卡就知道了。我记得应该是十点左右。"

特雷西点点头，这时福克斯回来了，这位年轻的刑警故意以他人听不到的声音耳语道："隔壁的经理办公室有被翻动过的痕迹，不过没人躲在里面。对面的太平间也是，只有史迈利的遗体。"

"翻动？"

"我还没仔细调查，只看到金库的门被打开了，里面看起来有翻动痕迹。"

"有没有有人逃走的迹象？"

"没有，那两个房间的窗户也都锁着。刚刚我们想抄近路进来的那扇后门也从内侧上了锁。"

"这实在是太棒了。"特雷西吹起了口哨，暗自窃喜起来，"没想到，刚到这里就有了大案子。俗话说'报警前已到达现场'的警察说的就是我们。"

特雷西高兴地拍了拍福克斯的背，偷偷在心里举杯庆祝。

行了，凶手的身份已呼之欲出。俗话说得好，犯罪所看重的，不外乎动机和时机。时机我已经弄清楚了，接下来就是动机。这么简单的案子，我情愿每天都办。看来这次不用受胃痛之苦，就能把事情解决了……

特雷西满怀自信，转身面向众人。只可惜，他的计划被一个人打乱了——在他开口之前，有一个人先跳出来，把风头全抢了过去。

"你们还在这里嘀咕什么？事情不是明摆着吗？凶手就是这个贱人！"

丢下这番爆炸言论的人是海伦。她指着伊莎贝拉,一副气呼呼的样子。她激动的样子让人不禁怀疑,这个平凡不起眼的女人,平常是不是都把这份激情藏起来了。

"我说的没错吧,警官?您刚才也听到了,最后见到约翰的人是伊莎贝拉。除了她以外,凶手不可能是别人。她用那把短剑杀了约翰,再一脸无辜地假装成发现尸体的人。事实就是这样!"

事发太过突然,再加上特雷西自己也是这么认为的,便不小心附和道:"对,没错,照目前的情况来看,应该可以这样说——"

这次轮到另一个女人发出强烈的抗议了。伊莎贝拉美丽的脸庞扭曲着。

"才不是呢!你胡说!我什么都没有做,杀死约翰的人不是我,因为——"

"你还有脸说!"紧要关头,毕业于名门瓦萨大学的海伦更加能言善辩,"因为你和威廉的奸情暴露了,于是跟约翰发生争吵,然后你就捅死了他。"

威廉连忙阻止她说下去:"喂,喂!你少说两句。"

可是一旦爆发起来,就没人能阻止得了海伦了。她无视丈夫,朝伊莎贝拉逼近。

"自从你跟你那个笨头笨脑的女儿搬来这里后,一切都变得乱七八糟的!你不光是一只偷我丈夫的狐狸精,还是会杀人的母老虎!"

柴郡再也无法保持沉默了。

"岂有此理,你说谁笨头笨脑?那我倒也要说说你,我妈妈要是母老虎的话,你就是成天缩在自己壳里的胆小犰狳!"

"你再说一遍!"

"别说了。大人讲话,小孩子别插嘴。"威廉站到这两个女人之间。

"吵死人了,你有什么资格教训小孩子?今天的事都是你惹出来的!"柴郡越说越生气,"你整天自以为是什么风流男演员,跟女人扯不清道不明——"

"喂,再怎么样也轮不到你这个不良少女来教训我吧?"

就在威廉和柴郡互逞口舌之快时,早就看不顺眼的母老虎和狐狸已经打了起来。威廉见状,也顾不得和柴郡争吵了,连忙绕到海伦背后反扣住她的双手,特雷西警官则赶紧把伊莎贝拉拉开。不料已近癫狂的柴郡趁机绕到毫无防备的威廉背后,对准他的屁股猛踢。格林想要阻止她,可惜刚跨出一步就被落地灯绊倒了。高高的灯座倒了下来,正好击中庞西亚的背部。弓着背、踉跄向前的庞西亚又跟好不容易鼓起勇气去劝架的福克斯撞了个满怀。哈斯博士则不愧上了年纪,动作总是慢半拍,结果他什么忙也没帮上,自己先跌倒了。就在这个时候,又有新人闯入,一边大喊"你们在干什么?住手!",一边冲进人群。休息室内的众人互相推搡、叫喊,好不热闹。

混乱之中,最先察觉到异样的,是因体力欠佳而置身于战场之外的哈斯博士。他先是用力抓住离他最近的格林的肩膀,试图唤起他的注意。格林顺着哈斯博士所指的方向看了过去,心脏差点儿跳了出来。接着他硬是把双脚乱蹬的柴郡拖走,一起离开了战场。接下来察觉到异样的人是庞西亚和福克斯,他们几乎同时瞪大了眼睛,很有默契地一起退向房间角落。之后威廉也发觉事态的严重性了,他松开海伦,向后跳去。就这样,纠缠在一起的众人都渐渐冷静下来,最后,连一直搞不清楚状况的特雷西也总算意识到不对劲了。

特雷西此时正想着，如果署里成立一个"女性吵架仲裁科"的话，一定要找比负责杀人案的刑警还要勇猛数倍的人去坐镇才行。他拼命按着伊莎贝拉的肩膀，却觉得手上的力道渐渐变小了，周围的骚动也有些平息。

其他人都离开了特雷西和两个女人，屏住呼吸看着他们。两个女人仍维持着扭打在一起的姿势，一动也不动。

休息室里突然鸦雀无声。

一开始，特雷西以为周围的人看的是拉住海伦的白袍闯入者——此人和海伦就站在自己和伊莎贝拉的对面。不过他弄错了。虽然特雷西不认识白袍男子，但这位众人都熟悉的詹姆斯，还不至于让他们如此惊讶。大家目不转睛看着的，是另一名闯入者。

这名闯入者不知什么时候站在特雷西旁边，按住了伊莎贝拉的另一边肩膀。众人的视线全都集中在他身上。终于发现这件事的特雷西慢慢地把脸转了过去，一瞬间，他整个人就像冻住了一样，不能动了。

尸体，就站在旁边。

刚刚还躺在隔壁房间、已经死透了的尸体竟然爬起来，大摇大摆地跑出来劝架！

房间角落、双目圆睁的柴郡这次没有发出尖叫，反而以低沉沙哑的声音喃喃自语道："约翰·巴里科恩一定会复活……不，不会吧……"

第二部　复活的死者

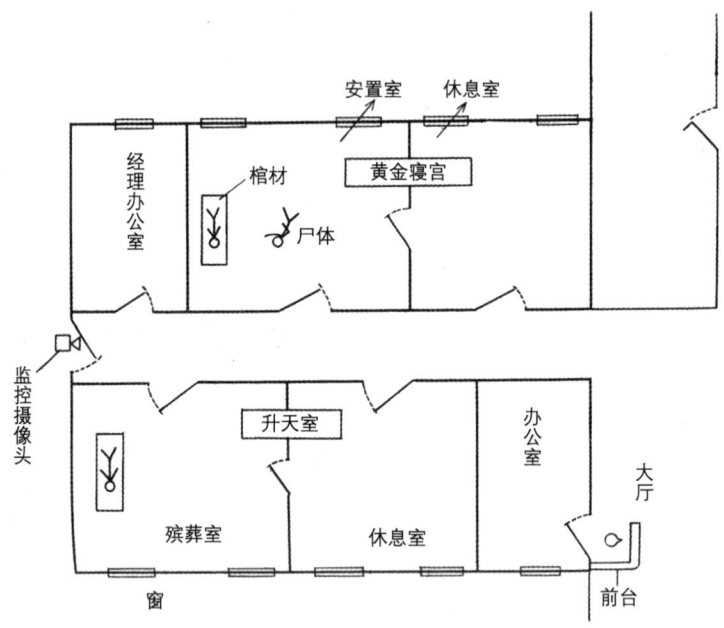

殡仪馆西侧示意图

第十九章　深夜的灵车赛

　　在我死后，请将我的遗体扔到凯迪拉克的后座，送往废车处理场。

　　　　　　　　——布鲁斯·斯普林斯汀（Bruce Springsteen）
　　　　　　　　《凯迪拉克牧场》（Cadillac Ranch）

1

　　此刻"黄金寝宫"的休息室，简直就像是杜莎夫人蜡像馆。

　　两个女人——海伦和伊莎贝拉——维持着扭打在一起的姿势，一动也不敢动。她们两人后面的两个男人——詹姆斯和特雷西——站得直挺挺的。至于其他人，都在周围远远地站着，咽着口水。众人的视线全集中在伊莎贝拉身后的死者身上。扭过脖子往后面看的伊莎贝拉全身僵硬，就这么跟死者互瞪着。用力吞了口口水后，她终于开了口。

　　"约翰，是你吗？"

　　死者因这句话有了很大的反应，他转过了身，插在他背后的短剑剑柄因此暴露在众人面前。这下又是一片骚动。特雷西心想，这个时候自己应该站出来说些什么，才不辱专业执法人员的使命。于是他战战兢兢地开口了。

"你、你是什么？"

老实说，这个问题蠢极了，不过现场没人这么想——除了死者。

死者说话了。

"你这问题好奇怪。你又是哪位？"

这是特雷西第三次被问及身份了。不过这次情况特殊，他竟然要向死人报上自己的名号……胃部今天第一次感到了疼痛。

"我是大理石镇警署的特雷西警官……你不是，已经死了吗？"我到底在说些什么？

死者先是愣了一下，然后急忙转头看向自己的后背。他背上的那截剑柄是那么明显，就算以这种姿势肯定也能看得一清二楚。确认过背部的情况后，死者耸了耸肩，说道："看情形……是这样没错了。这东西刺得这么深，我却一点感觉都没有。"

接下来该说什么？该问什么？特雷西混乱的脑袋里冒出了无数句台词，却没有一句派得上用场。警校里可没教过该怎么审问死人啊！就在特雷西警官左右为难的时候，海伦又开始叫喊起来。

"约翰，你被人杀死了！是被伊莎贝拉杀死的！你知道吗？嗯？"

海伦似乎早已陷入歇斯底里的状态。她发出高亢、刺耳的笑声，毫不畏惧地指控伊莎贝拉。死者似乎被她那气势吓到了，镜片后面的眼睛眨了又眨，一脸茫然。特雷西想，想要拿回现场的主导权，就要趁现在了，于是他向死者跨出了一步。

"巴里科恩先生，你真的是被西姆卡斯小姐杀死的吗？"

死者像被针扎到了屁股般绷直了身体（他的背已经被更吓人的东西扎到了），看起来也像是疯了。

"什么，你说伊莎贝拉？荒谬！不是她干的。"然后他指着特雷西的鼻子道，"亏你还是个警官，说出这么愚蠢的话，难不成你想嫁祸伊莎贝拉？"

特雷西感觉胃壁细胞在一瞬间死了上千个，整个胃部一阵绞痛——我为什么待在这里让死人说我蠢呢？虽然他感到无地自容，但警察的工作也不能有丝毫耽误。

"可是，巴里科恩先生，十点半左右，西姆卡斯小姐拿着这柄短剑过来，自那之后，除了她以外，没有任何人来过这里。此外你的怀表停在十点半左右，怀表不是你跟凶手拉扯时摔坏的吗？"

"怀表？"

死者似乎这才想起自己有这么个东西，他捡起从口袋里掉出来的怀表，看了看。

"没、没错，怀表确实是在我反抗时摔坏的。不过，凶手并不是伊莎贝拉。"

死者把夹在口袋上的链条解开，把怀表放在旁边的小桌子上，转身面对伊莎贝拉。

"短剑是你拿来的吗？"

伊莎贝拉的精神状态已濒临极限，她抽泣着，以颤抖的声音说道："是啊……是你交代的啊……我没想到会发生这种事……求求你，告诉他们，不是我做的……"

特雷西进一步询问死者。

"如果不是她干的话，那又是谁杀了你？"

死者犹豫了一下，说道："是、是威廉……"

这次换威廉发出歇斯底里的尖叫了。

"喂！别开玩笑了，不是我做的。你在说什么啊？大哥，别闹了!"

比他更擅长歇斯底里的人——他的妻子海伦——虽然看得一头雾水,倒是马上替丈夫撑腰。

"等一下,约翰,你再怎么想包庇伊莎贝拉也该有个限度吧?虽然威廉喜欢拈花惹草,无可救药,但他绝对不会杀人。"

死者摇了摇头。

"不,我就是被威廉杀死的。他从后面,这样,捅了我。"

说完死者做出拿刀猛刺的动作。由于短剑此时就插在他背后,他这样做真的很滑稽。海伦则似乎忘记面对的是死人了,一个劲儿地替丈夫辩护。

"约翰,你就别再演这种蹩脚的独角戏了,闹剧我老公一个人来演就够了。总之一句话,我老公在伊莎贝拉拿短剑来这里的时候跟我在一起,之后我们也一直在一起。你倒是说说,他要怎么杀你?威廉是有不在场证明的。"

"什么?你们一直在一起……"

死者脸上露出震惊的表情,连假发都歪了。特雷西看着几个人针锋相对的样子,像在看互不相让的网球比赛,心情越来越糟糕。

这家人,不管死了的还是活着的,都不把我放在眼里。还有,明明只是个无知百姓,"不在场证明"这几个字却说得那么顺口。

特雷西感到自尊心受伤了。他用力吸了一口气,想努力表示威严。

"你、你们,不要吵了。一切交给我来处理!话说回来,巴里科恩先生,真的是威廉先生拿短剑捅死你的吗?他们说有不在场证明啊。"

死者恨恨地说道:"哼!走狗屎运的家伙。我还以为一定是他,因为我甚至收到了愚蠢至极的恐吓信,这种事,除了他,没有人——"

"恐吓信?你在说什么啊?"特雷西听糊涂了,"你认识杀害你的凶手?你看到他了吗?"

海伦再度出来搅局。

"所以我说嘛,凶手肯定是伊莎贝拉。"

"吵死了,你闭嘴!"死者再次发火,"可恶,如果不是威廉做的,那我就不知道是谁做的了。我是从背后被刺的,没有看清楚……"

特雷西当场呆住了。

"没有看清楚!那么——"

这时,一直待在房间角落默默旁观的哈斯博士说话了。

"啊,有点混乱,我们说回正题吧……我觉得怀表的事还有待商榷。刚刚约翰说怀表是在凶手攻击他的时候摔坏的,停在十点半左右。而那个时间点,伊莎贝拉正好拿着短剑过来。如此看来,任谁都会怀疑伊莎贝拉,但约翰却坚持说不是伊莎贝拉杀死他的。"

"我说不是她,就不是她。"死者摊开双手,语气诚恳地说道,"我不可能是被伊莎贝拉杀死的。"

"但你不是说你没看清凶手吗?既然如此,为什么你能如此确定不是伊莎贝拉?"

博士的质疑让死者说不出话来,当场变成哑巴。哈斯博士接着说下去。

"这实在是太奇怪了,约翰,你是不是隐瞒了什么?其实你知道谁是凶手,却不说出来,没想到这样做反而害到了伊莎贝拉，是吗？"

威廉突然又神气起来了。

"没错，约翰打内线过来，叫人把短剑送过去，原本他指名我去送，只是当时伊莎贝拉正好在我旁边，就自告奋勇说她要送，我就由她去了。所以，约翰原本是想害我的。他明明是被别人杀死的，却想赖在我身上！"

死者惊讶地看向伊莎贝拉。

"喂！他说的是真的吗？你当时真的跟他在一起吗？"

伊莎贝拉还没来得及回答，海伦又跳出来把话题扯远了。

"我不是说了吗？这两个人背着你有一腿，你也该醒醒了，约翰。"

不需要海伦多嘴，人家早已醒了。会动的尸体不理海伦，逼近伊莎贝拉。伊莎贝拉吓得握紧双手，一动也不敢动。死者从牙缝里挤出来话语："她说的是真的吗？今晚你跟威廉在一起。你背叛了我，对不对？你说话啊！"

"不，我爱的人只有你一个，我没有背叛你。"

伊莎贝拉的头摇得像拨浪鼓，只不过她是主动摇的，还是抓住她双肩的约翰在猛烈地摇动她，没有人知道。再一次被赶到观众席的特雷西认为现在是他抢回主角地位的最后机会，于是走上前去，试图分开两人。

"好了、好了，别这么激动。不可以使用暴——"

可惜特雷西话还没说完，热情就被浇熄了。死者突然挥出硬得像城墙一般的冰冷手掌打在特雷西身上，特雷西摇摇晃晃地往后退，一屁股坐在地板上，鼻子还不偏不倚地撞到了桌角。挣扎了一番还是爬不起来的他目瞪口呆地望着死者，紧接着鼻子一酸，鼻血流了出来，痛得他眼泪直打转。

死者低头俯视着他，以不屑的语气说道："喂，你烦不烦？这是我的家务事，你凭什么来管？"

这可真是奇耻大辱！今天我是主动过来查案，还第一个奔赴现场，非但没有人感谢，搜查的主导权还被人随意践踏。最后还被这个背上插着一把刀的被害人推倒，摔了一大跤……这种经历就算活上两百年也碰不上吧！特雷西的眼角再次泛出泪水，这次不是因为鼻子痛，而是因为其他的理由。

看不下去的哈斯博士终于挺身而出，制止了骚乱。

"约翰，住手，不能动手。你是因为刚死，才会这么激动。这样吧，你跟我到大理石镇的医疗中心，让我帮你诊察一下，然后我们再好好聊聊。只要静下心来讨论，一定可以查明真相的。"

死者放开伊莎贝拉的肩膀，再度发狂。

"什么？医疗中心？我不去！那种地方，我死都不去！"死者大声喊着，并且突然朝门的方向跑去。好不容易站起来的特雷西又被他撞倒，再次屁股着地。死者瞪了瞪休息室里站着发呆的众人，跑出了房间，消失了。

特雷西坐在地上，语带哽咽地把部下叫来，下达指令。

"福克斯！追上去——"等等，追什么来着？犹豫了一下后，他把平时习惯说的"嫌疑犯"给改了，"追那位……被害人……"

2

"我死后，不希望任何人为我叹气。"车载电台传来罗伯特·普兰特[①]阴沉的歌声，伴随着让人神经衰弱的吉他滑音。

[①] 英国重金属乐团"齐柏林飞艇"（Led Zepplin）的主唱。

加斯咂咂舌，WNEW电台偏好蓝调音乐的DJ又在播那种老到长苔藓的歌曲了。听这种东西，人都忧郁起来了，就没点劲爆的摇滚吗？他开始换台，不一会儿工夫，热闹的拍手声和豪迈的萨克斯曲调响起。是加里·U.S.邦兹（Gary·U.S.bonds）的《Quarter to Three》。这才对嘛，就听这个WSQR电台吧。年轻人一边抽着香烟，一边和着歌曲吹起了悦耳的口哨。

加斯的车正沿着一一三号公路往春田瀑布的方向开去。刚才他一直待在"十字路口咖啡馆"跟比尔老爹闲聊，更早之前，他在大理石镇甜甜圈店，与女服务员搭讪——一想到那件事，加斯就很郁闷。亏他满怀热情地邀请，她就是不肯上车，宁愿开自己的本田车回家。难得大爷我特地开了这么炫酷的紫色庞蒂亚克火鸟来接她……都怪日本人太会推销了，连这种乡下地方的小女孩都买他们的玩具车来开。加斯愤愤不平地又咂咂舌。

说到乡下，加斯又想起那件困扰他已久的事。他时常在想，自己是不是生错了年代、生错了地方？他应该生在热情洋溢的五十年代，做一个时髦拉风的城市人才对。这样的话，女孩子们肯定能理解他颓废的生存之道，每天晚上都会过得像摇滚派对那么愉快。

加斯想象着自己驾驶着粉红色的豪华凯迪拉克的英姿，禁不住自我陶醉起来。引擎的排气量是三百六十五立方英寸，车尾的流线型设计让人联想到优雅的美人鱼。当然，附带扬声器的方向盘也是粉红色的。加斯的幻想在不断膨胀——在某个夏日黎明，一群胆小鬼还窝在被窝里的时候，他驾驶着那辆车跟火箭帮[①]首领和飙车族们展开决斗。对了，他就像电影里的詹姆斯·狄恩那样……

[①]火箭帮的典故出自美国电影《西区故事》（West Side Story）。

突然，加斯从幻想中惊醒。

他注意到反方向车道远处，有道光正逐渐朝自己逼近。在乡下地方的偏僻公路上，这个时间几乎是没有车辆经过的。加斯有点好奇地盯着前方。逐渐逼近的光源越来越大，光圈瞬间罩住整片挡风玻璃，下一个瞬间，两辆车已错身而过。

加斯惊讶地扭过头望着远去的车辆。好快的速度，时速少说也有五十英里。两车交错的瞬间，加斯认出那是一辆黑色的林肯加长型豪华房车，同时也注意到车体侧面眼熟的棺材标志。

那辆车是从微笑墓园出来的灵车。

可是，这么晚了，灵车开得那么快，是有什么急事吗？

加斯还没想到答案，前挡风玻璃又被晃眼的光线覆盖，又有两辆车跟他错身而过。看着那两辆相继远去的车子，加斯从驾驶座上跳了起来，骂出一连串脏话。其中一辆是他永远无法忘记的粉红色灵车，就是前几天，那对让加斯吃了闷亏、狂妄自大的朋克男女开的车。至于跟在粉色灵车后面的灰色轿车，虽然详情他不是很清楚，不过他很确定，这帮家伙正在上演一场公路追逐的好戏。

加斯得意地窃笑，感觉到体内的肾上腺素正在飙升。这鸟不生蛋的乡村还不赖嘛！血脉贲张的小伙子心想。今晚本大爷会在这场赌上性命的赛车里赢得胜利，和我的紫色庞蒂亚克一起，在这条"雷鸣道"①上成为大英雄……

加斯未加思索便急踩刹车，在一一三号公路的"雷鸣道"上猛地掉了个头。

---

① 《雷鸣道》（*Thunder Road*）是布鲁斯·斯普林斯汀（Bruce Springsteen）所作的歌曲，歌中诗化了美国国产车的形象。

3

当然,对福克斯来说,飙车是前所未有的经历。他在家里看过经典追车戏,比如史蒂夫·麦奎因(Steve McQueen)主演的《布利特》(*Bullitt*)和吉恩·哈克曼(Gene Hackman)的《法国贩毒网》(*The French Connection*),他一直以为美国探员一辈子至少要有一次那样的经历。不过,亲身体验过后,他觉得很奇怪。首先,他不知道该怎么办。他在记忆中拼命搜寻那些热爱飙车的铁血神探的行动模式,想从中挑选适合自己的,但到了紧要关头,却又什么都想不起来。在这种乡下的笔直道路上,好像不可能发生什么意想不到的偶发事件,为这场追逐戏画上戏剧性的句点。

难道要一直这样追下去吗……

对,只要这样做就行了。福克斯又突然想到经典追车戏。只要超过前面的两辆车——朋克小子驾驶的搞笑粉红色灵车和死掉的约翰·巴里科恩驾驶的真正灵车——再把方向盘打到底,用自己的车子代替栅栏挡住他们的去路就行了。这样做的话,巴里科恩就非得停车不可,这场追逐戏也可以落幕了。其实就这么简单——只是那样做需要一点勇气罢了。

偏偏福克斯连这么一点勇气都没有。不过,一向不懂得自我反省的他不会承认此事与自己的勇气挂钩,反倒在考量值不值得的问题。因为就算他真的完成如此危险的动作,也不可能像好莱坞明星那样,得到大笔财富,住进豪宅。

福克斯叹了口气,稍稍把踩住油门的脚松开半英寸,并开始在心里盘算:就把追捕失败的罪责推给警车性能不佳好了。

就在这个时候,雷鸣般的引擎轰鸣声从后方逼近,闪着紫色金光的庞蒂亚克火鸟超过了福克斯"性能不佳"的警车,直冲向前。

4

格林紧盯着前面那辆灵车的车尾,握紧方向盘。前方灵车的后门好像没锁好,剧烈地一开一合着,甚至隐约可见摆在后座上的桃花心木棺材。通常运送棺材时,会用扣子将其固定在托盘上,不过看起来这次扣子并没扣上,随着车子的晃动,棺材也剧烈地摇晃起来。

坐在副驾驶座的柴郡看着身后摇晃的棺材,说道:"哎呀呀,里面要是躺着死人的话,怕不是要吓得跳起来了!"

格林没好气地回答:"实际情况更奇怪啊,驾驶那辆灵车的家伙就是个死人哪!"

还有,驾驶这辆灵车的人也是死人,格林在心里偷偷说道。

约翰·巴里科恩从"黄金寝宫"跑出去的时候,最先行动起来的人又是格林。真是奇怪,比起那些碰到突发状况便慌了手脚、只会像死人一样站在原地发呆的活人,反倒是真正的"死人"格林要更灵活、更敏捷。大概是因为活人觉得追着死人跑很恐怖吧?但要死人去追自己的同类,就没什么好犹豫的了。约翰对于格林而言非但不恐怖,反而有种亲切感。总之要先追上他,以身处同样境遇的受害人身份跟他谈谈,这样他就能明白自己不是孤单一人了。

跑出殡仪馆大门的约翰直接往停车场冲去,钻进一辆停在那里的灵车。接着灵车就像脱缰的野马一般立刻狂奔而出,卷起一阵尘土。看样子,车钥匙本来就插在车上。格林见状,立刻跑到车辆调配室，从挂钩上取下自己的车钥匙。这个过程拖延的时间造成了此刻两辆灵车之间的距离。再等随后赶来的柴郡滑进副驾驶座，格林马上把粉红色的灵车开了出去。

一边把油门踩到底，格林一边想，要怎样做才能让前面的车停下来呢？真是伤脑筋。虽然在电视、电影里看过无数次类似的场面，但真正遇上这样的追车戏，却不知该怎么做了。格林看向后视镜，几乎跟他同时跑出房间的福克斯就跟在后面。那个人是如假包换的警察，把约翰的灵车拦下来，对他而言应该是小意思吧？然而，后照镜里的车头灯始终与他保持着一定的距离，完全没有要靠近的迹象。

格林不再指望福克斯了。然而，就在他放弃希望的一分钟后，另一辆车以极快的速度超越了他驾驶的粉红色灵车，扬长而去。

"哇，竟敢超过我们的粉红子弹，挺厉害嘛！喂，格林，开快一点，把它超过去！快点儿！快点儿！"

柴郡兴奋地在座位上又叫又跳。

"真是的，你的反应也太慢了吧！喂喂！我看，还是让为了飙车而生的柴郡来开吧？换人，换人……"

"哇！笨蛋，别……"

在车子里抢夺方向盘的两人不久就发生了悲剧。过了很久之后，他们才知道超过他们的紫色快车的司机是谁。

5

"十字路口咖啡馆"的老板比尔站在店前的加油机旁，歪着脑袋，手上握着油枪前端的喷嘴。打从今天傍晚，油枪出油就怪怪的。刚才帮常客加斯加油的时候，加斯竟然开起了黄腔，说这堵住了的油枪就好比比尔的性生活，乏力而衰弱——这让他大为沮丧。不过，或许正如加斯所说，加油机已经老了，不行了。毕竟，这家伙已经在这个十字路口站了将近半世纪之久。

不过说归说，比尔并不会因为这样，就对宛如家人的加油机抱有半点同情心。机器也好，女人也罢，都要敲敲打打才会听话，这是比尔一直奉守的信条。

比尔的另一个信条是"马上行动"，于是他马上开始猛敲挡油盖，把扳机扣得咔嚓咔嚓响。终于，他把加油机惹毛了。蠢的是，他一边扣扳机、敲挡油盖，一边还看着油枪的出油口，突然，汽油顺利地喷了出来，淋得比尔满脸都是，眼睛痛到不行。他下意识地向右仰，后脑勺却猛地撞在计数仪的把手上，痛得他当场弯下腰来。

逃离比尔的凌虐、恢复了自由身的油枪进而朝店面疯狂地喷起汽油，接着在惯性作用下摔向地面，出油口还在继续喷汽油。转眼间，汽油形成的水洼越来越大，在黑夜中慢慢形成一片黑色的海洋，漫过了店前方的一一三号公路……

接着，那片不吉利的黑色海洋碰到了几分钟前加斯丢在路旁的半截未熄灭的烟蒂，火势滔天的结局或许是早已注定的。

6

人打从出生开始，每天都会死去一点。头发每天掉六十根；吃饭时，食物从肠壁通过，就会带走七百亿个细胞；三十岁后，神经细胞每年平均减少百分之一。除此之外，日复一日的憎恨、生气、伤心，甚至爱，都会损耗我们的身体。细胞更是会因为有害的化学物质而遭到破坏。虽说人体体内的细胞总数有六十兆之多，但每二十四个小时就会有满满一碗的细胞死亡、消失。

站在殡仪馆大厅发呆的特雷西正忧心忡忡地计算着，今晚所体验到的恐惧和羞辱害他的胃壁细胞流失了多少，而他又朝死亡迈进了几步？夜晚的冷空气悄悄地从大门的缝隙钻了进来。特雷斯挠了挠塞着卫生纸的鼻子，打了个冷战，急忙取出手帕，小心翼翼地擤起鼻涕。

"看来使用'棺材裁判法'之后，案情反而陷入胶着了？"

特雷西转头寻找声音的源头，发现是哈斯博士站在那里。其他人都缩在大厅角落，显得惶惶不安，只有哈斯博士一个人神采奕奕，看起来挺开心的。

特雷西不太在意地反问道："你说什么？棺材裁判法？"

巴不得有人问的哈斯博士立刻卖弄起满肚子的学问。

"是很久以前流行于欧洲的一种迷信说法，指的是让死人自己来举证谁是杀人凶手。先把嫌犯身上的衣服扒光，让他靠近尸体，亲吻上面的伤口。如果他是凶手的话，尸体的伤口就会冒出血来，如此就算罪证确凿了。德国法学家米特埃斯所著的《德国法制史概述》里就有提到。还有——对了，我想起来了，《尼贝龙根之歌》(*Nibelungenlied*)里，主角西格弗里的葬礼上也有一幕，就是利用棺材裁判法让凶手哈根现形的。"

"哦，是吗？"特雷西没好气地说，"只要能把这起案件的凶手连同被害人一起逮捕归案，不管是要我唱《尼伯龙根之歌》[①]还是《怀念新奥尔良》，我都奉陪。"

"呵呵，火气别这么大嘛。我好歹也是个科学家，不会想用

[①]《尼伯龙根之歌》并不是一首歌，而是著名的中世纪中古高地德语叙事诗，作者不详。

巫术来破案的。一定有其他更好的方法……"

科学？科学真的能解决问题吗？特雷西心想。借由科学的诊断，特雷西确认约翰·巴里科恩已经死亡了。但他的尸体状况还不是一下子就把科学推翻了？不但能爬起来活蹦乱跳，还顺带羞辱了特雷西……

"真像你所说的，有其他更好的方法吗？"

"有的，而且还是非常科学的方法。"哈斯博士开心地说道。

看到他那么自信，特雷西警官忍不住好奇地问道："是什么方法？"

"录像带。"

"录像带？"

"没错，命案现场的走廊上设有监控摄像头，只要把监控视频调出来，就能知道案发时都有谁进出了太平间。来吧，让我们看看凶手长什么样子吧……"

第二十章　录像带的陷阱

　　另一方面，对不死之人来说，所有行为（及所有思想）非但不是过去先发生的事情所产生的反应，反而是不断反复的未来的正确预兆。

　　——豪尔赫·路易斯·博尔赫斯（Jorge Luis Borges）
　　《不死的人》①

1

　　灵车竞赛此时达到高潮，一一三号公路上出现了百年难得一见的热闹景象。黑色、紫色、粉红色、灰色，四辆车就像四颗台球，全速滚向漆黑的夜晚所形成的球洞。

　　这些彩色的台球中最快的是紫色庞蒂亚克，里面的加斯就像被人戳了屁眼儿似的，人悬在驾驶座上，嘴里不忘发出怪异的吼叫。他那样子，不像五十年代的青春偶像，倒像是西部拓荒时代的狂野牛仔——反正与这个年轻人出生的时代相差了两百年之久。

　　加斯越来越得意忘形——要超越那辆灰色轿车和粉红色灵车实在是太简单了。他充分感受到了把周遭的风景及对手的车子全

---

①日文版将短篇集《阿莱夫》（*The Aleph*）译为《不死の人》。这段文字引自该短篇集中的《永生》（*The Immortal*）。

部甩在脑后的快感。越过粉红色灵车后,他还故意蛇行了一阵子,向对方示威。没看到灵车驾驶座上的朋克小子吓到当场尿裤子,是加斯唯一的遗憾。车载电台传来歌手拉里·威廉姆斯的歌声,他所讴歌的"不摇滚无人生"的信条,更让不良少年的情绪受到了鼓舞。

没错,本大爷就是不摇滚无人生。

此刻的加斯就像患有偏执症的独行侠一般,紧紧地抓着方向盘。广播里拉里·威廉姆斯在歌里劝诫他:小伙子,要懂得做人的礼仪。① 但加斯完全没听进去,他的庞蒂亚克就像是名马"银色马"② 一样,奋不顾身地向前狂奔。V8发动机高达5000CC的引擎像是吃饱喝足的猞猁,发出满足而低沉的吼叫。

快要到十字路口的时候,加斯打算加速超过前头后备厢大开的愚蠢灵车——前面就是"十字路口咖啡馆"了,在那里超越它,让比尔老爹看到,说不定他会为我的英姿喝彩呢!加斯把车子挂到最高挡,将油门踩到底。

庞蒂亚克快速向前奔去,黑色的夜幕仿佛被向后拉去。他轻而易举地超越了灵车,像一柄锋利的长剑划开黑夜。

就在此时,庞蒂亚克前方的路面突然蹿起火舌。

一个人再怎么对赛车着迷,也绝对不会以驾驶着高速行驶的车子冲入火海为乐吧?加斯也是如此。压根没料想过这种状况的他顿时慌了手脚,做出了错误的判断。他反射性地把方向盘打到底,没料到竟引起后轮打滑,吓出他一身冷汗。接着他又犯下了致命的错误,猛踩刹车,反而加剧了车子的侧滑。

---

① 这句歌词出自拉里·威廉姆斯(Larry Williams)的《坏男孩》(*Bad Boy*),原歌词为: Now junior, behave yourself!

② "银色马"典出《福尔摩斯回忆录》中的一个短篇《银色马》(*The Adventure of Silver Blaze*)。

庞蒂亚克尖叫着滑进火与汽油形成的海洋中,侧腹部毫无防备地暴露在后方来车的面前。跟在后面的灵车也跟庞蒂亚克一样做出了错误的判断。不过,相较于加斯是把方向盘往左打死,灵车则是往右打,因此车体往"十字路口咖啡馆"的方向滑去,剧烈的晃动使得棺材被甩出了车子。下个瞬间,灵车直接撞上了庞蒂亚克。

被甩出灵车的桃花心木棺材上反射出燃烧着的美丽火焰。棺材高速低空飞行,掠过加油机,最后不偏不倚地撞向咖啡馆的窗户,穿了过去。这惊心动魄、无法回放的经典画面,只有跑在第三名的格林有幸看到。

不过格林可不是一边吃薯片一边看动作片的观众,他也是被卷入灾难旋涡的当事人。粉红色灵车虽然没有打滑出去,但为了避开前方正熊熊燃烧的车,灵车冲出马路,闯入跟咖啡馆反方向的一片地势较低的空地。

唯一没有卷入事故的,是最胆小的人所驾驶的灰色轿车。及时在火海前把车停下来的福克斯全身不住地颤抖。火焰包围了两辆车,加油机周围也都是火,火舌甚至开始入侵店门前的护墙板。突然,响起沉闷的爆炸声,胆小的福克斯吓得整个人都缩在了座位里。庞蒂亚克的引擎盖就这样从他的眼前飞过。

"得叫消防车才行……"福克斯喃喃自语道,"还有救护车看来也要……"最后又加上一句,"灵车就不必了,已经够多了……"

2

"这是我偷偷装上的,没想到这么快就派上用场了。"哈斯博士兴高采烈地说道,那样子就像去察看捕兔陷阱的小孩。

博士和特雷西来到位于大厅前台后方的办公室。把命案相关人等全赶进东侧空出来的太平间后,特雷西调整心情,准备看录像带——说不定在警署派来的支援和鉴定人员抵达之前,案子就能破了。接收西侧走廊监控器信号的荧幕和放映机就设在办公室里,哈斯博士正忙着调回放,特雷西对着博士的背影问道:"今天是监控器第一次派上用场吗?"

"啊,没错。上上个星期,'升天室'里发生了一起小盗窃案,有冒失鬼闯进去,偷走了棺材里的遗物,我就本着试试看的想法,在走廊上装了监控器。不过我告诉大家监控器下个星期才会开,所以就连死掉的约翰都不知道杀死自己的凶手被录进去了。"

"拍不到房间里面吗?"

"很遗憾。我原本就只是想测试一下才装的,所以没考虑过房间内部的事。不过呢,不是我自夸,监控器就装在西侧走廊尽头的出入口上方,整个走廊都在它的监控范围内。当然,经理办公室和两间太平间的门也拍得到,人员进出情况可以说一目了然。如此一来,要掌握伊莎贝拉和约翰的行踪就不是问题了,我们也可以判断伊莎贝拉到底有没有杀人了。"

"如果人不是伊莎贝拉杀的,那又会是谁杀的?通往外面的门从里面锁上了,没有其他人进入走廊的情况下,这不就是密室杀人了吗?"

"密室?"哈斯博士转过头来戏谑地笑了笑,"还真像侦探小说里的情节啊。怎么,警官,您也看那种东西吗?"

特雷西涨红了脸。

"没、没有啦!小说的话,顶多三百页就可以把案子解决了。

但是现实生活中可有许多走坏三百双鞋子都破不了的悬案。我是不知道其他人是怎么做的,不过,侦探小说对我来说,只是消解压力的妙方。"

"原来如此。我一直想知道那种书要看多少页才能看到结果呢,原来只要看三百页就行了……嗯,总之,我们先来看带子吧。"

哈斯博士找准时机,按下了播放键。

先出现了宛如沙尘暴的画面,不久后显现出影像。正如哈斯博士所说,摄影机的镜头正对着走廊,将其全部收入镜中。姑且用美术课上学过的透视法来设想一下吧!画面正中央是向前延伸、逐渐变细的走廊,左边从前面数过去依序是经理办公室大门和"黄金寝宫"的两扇门,右边则是"升天室"的两扇门。画面下方显示出录影的时间,单位至秒。真的能看清吗?特雷西心中疑惑。黑白画面非常暗,画质也很差,因此显得缺乏立体感。

"画质有些模糊呀。"特雷西忍不住抱怨。

"因为是用超倍速录的,一百二十分钟长的带子,可以录上接近十二个小时的内容。"

特雷西没看哈斯博士,视线越过博士的肩膀,盯着监视设备。

"哦,超倍速……是 Sony 的产品吗?"

哈斯博士不高兴地回答道:"是 Sunny。"

"Sunny?"

"没错,Sunny,Sony 的仿制品牌。好像是费城的某家公司做的,价钱只有日本制的一半,所以我就买了。"

"叫 Sunny 啊……"特雷西知道,现在可不是感叹美国家电产业多么不景气的时候,"博士,带子是从什么时候开始录的?"

"晚餐之前,大概七点钟吧。画面下方不是有录影的时间吗?"

"可不可以快速播放？有什么值得注意的地方时再暂停，稍微往前倒一点。"

哈斯博士遵照特雷西的提议，按下快进键，影像快速播放起来。

到画面上首次有人出现时——暂停、倒带、正常倍速播放。

约翰和忙碌的哈定律师出现在走廊上，接着进入了画面前方的经理办公室。

"那是谁？"特雷西问。

"巴里科恩家族聘用的律师，名叫哈定。对了，他说有事要去纽约，你如果想要问他话的话，最好尽早联络他。"

约翰和哈定进入办公室后，画面又恢复了原样，于是他们又按下快速播放键。不一会儿，哈定走出了房间，几分钟过后又在两名男子的陪同下折了回去。接着，包含约翰在内，总共四个人离开房间，一起往大厅的方向走去。画面上显示的时间是九点三十五分十八秒。

"跟哈定律师一起的两个男人是谁？"

"唔，他们不是殡仪馆的员工，我想应该是律师事务所那边的人吧？看来你还是得找哈定来问一问。"

再一次快速播放，然后暂停、倒带、播放。

这次，屏幕的角落出现一名女子，正推着放有棺材的推车走来。做作的黑框眼镜配上笔直的腰杆，明明没人在看她，却依旧摆出一副振奋积极的模样，有些可疑。此时的时间是十点零六分。

"这是最近录用的新人艾汀小姐。我想她搬的是明天要举行葬礼的死者的棺材吧？问问詹姆斯就知道了。"

艾汀小组走进了画面右边"升天室"的宾客休息室，不久后就出来了，踏着与来时同样装腔作势的步伐回家去了。

再一次快速播放。毫无变化的影像持续着，办公室里只听得到放映机运转的声音。过了一阵子，走廊后方出现了人影。特雷西连忙提醒："等一下。"

暂停，正常播放。

出现的人是伊莎贝拉。她穿着扣着别针的低胸毛衣和高腰灯芯绒裤，体态匀称优美，走路的样子简直就是在展示秋装的模特儿。特雷西心想，艾汀也好，这个女人也罢，经常被他人目光注视的女人，就连在没有外人的地方也改不了这样的怪癖啊？不过呢，在发表中年男子无用的感慨之余，他还是一眼就看到伊莎贝拉手上握着与她那身时尚打扮很不搭调的印第安短剑。

"那就是凶器吧？"特雷西问。

"嗯，那个特别的圆形柄头，没错，就是那把海狸刀。"

伊莎贝拉来到画面左边靠后的"黄金寝宫"的休息室门口，停住了。她往经理办公室那边看了一眼，最后还是走进了休息室。画面上显示的时间是十点三十八分，然后，时间还没跳到三十九分，她就出来了。

特雷西惊讶地说："这可怪了。这时已经过了案发时间十点三十五分了。约翰·巴里科恩还在办公室里……这个时候不应该发生打斗，怀表才摔坏的吗？"

哈斯博士也想不通。

"嗯，也有可能那只怀表慢了。"

"也就是说，约翰是在十点三十五分以后才遇害的？若是这样的话，怀表到底慢了几分钟啊？"

哈斯博士突然用力摇头。

"不对，怀表应该不会慢。我刚刚想到，晚餐的时候，约翰因为一直挂念着律师来，把怀表掏出来看了好几次。如果表慢了，他一定会发现的。所以怀表的运作应该是正常的。"

"所以呢？"

"如果怀表的时间是正确的，那么，这时，在摄像头拍不到的办公室里面，冲突很可能已经发生了。"

"不会吧？这也未免……"

特雷西连忙把视线转回到屏幕上。他们进行这番讨论的时候，屏幕上仍在播放监控录像带。伊莎贝拉出来后关上了休息室的门，在走廊上站着，跟来的时候一样，目光投向办公室那边。

特雷西身子前倾，双眼凝视着画面，喃喃自语："短剑不在她手上了……看来已经放到太平间了。"

伊莎贝拉跨出一步，开始朝镜头这边走来。特雷西忍不住咽了口口水。职业的关系，他已经不知道看过多少次监控拍的录像了，但每次看他都会很兴奋，那种兴奋感和看电视或看电影不一样。特雷西曾多次思索到底哪里不一样，最终得到的结论是，差别就在于内容是否在预料之中。犯罪电影拍得再好，看得多了，就可以猜出后续发展。比如，镜头转向女主角斜后方的窗帘时，就代表凶手可能藏在那里；这时如果再响起带着颤音的弦乐四重奏，下一幕就一定会有人挥舞着凶器冲出来。

然而，现实中就不会这么简单了。眼前正在播放的画面是经固定镜头拍摄的，当然也不会配上背景音乐，这样反而能带给观众一种无法预料的不安和刺激。

说不定真的会发生什么哦！特雷西在心中自言自语道。正踩着模特儿台步的伊莎贝拉也有可能在下一秒钟突然唱起爵士乐名曲《忍冬玫瑰》（*Honeysuckle Rose*），跳起查尔斯顿舞……

然而，特雷西的期待落空了。伊莎贝拉既没有唱歌也没有跳舞，她来到办公室门口，举起右手，做出准备敲门的动作。特雷西从椅子上站了起来，脸凑近屏幕。伊莎贝拉并没有敲门，她的手停在半空，接着又放了下来。然后还是像模特儿一样，动作利落地转身，往大厅走去。在转角处转弯后，她便从画面上消失了。特雷西紧绷的肩膀顿时放松下来，他冲哈斯博士说道："看来什么事都没发生。"

此时画面上的时间是十点四十一分十五秒。

"嗯，是啊，凶器被放进去的时候，好像什么事都没发生。"

"会不会伊莎贝拉知道有监控摄像头在拍她？"

"不，正如我刚才所说的，不管是伊莎贝拉还是其他人，应该都不知道这件事。我是那天傍晚一时心血来潮，才去把机器打开的。大家都以为下个星期才会开。"

"是吗？总之，这个时候伊莎贝拉似乎没和约翰有过接触……话说回来，约翰在干什么呢？该不会办公室里……"

"谁知道呢。唉！俗话说，眼见为实，我们还是继续看下去吧。"

特雷西回到椅子上坐好，他再次感到肾上腺素在体内飙升，整个人兴奋莫名。不过这阵兴奋还只是个开始。

就在这个时候，特雷西做梦也想不到的事情发生了。出现在荧幕上的影像可一点都不亚于伊莎贝拉跳起查尔斯顿舞所带来的震撼……

3

格林在黑夜中假寐。

在黑暗、温暖、无边无际的世界里。

格林蜷缩起身子。陷入了永恒的寂静。

身体上的负担，刺激和紧张感，全都不见了。不，似乎连身体本身都不存在了。格林觉得好像以前也曾待过这样的世界，但那是什么时候发生的事，他完全想不起来了。不，不仅如此，稍不留神说不定连自己是谁都会忘记……我到底是谁？这里是哪里？我在干什么？

沉闷的大地响起轰鸣声，整个地面仿佛都在摇晃。

接着再次归于黑暗与寂静。

不久，远方传来声音，仿佛有人正断断续续吹奏着装有消音器的小号。

不知何时有橘色渗入黑暗。是一缕荧光色，像在跳舞似的从上方缓缓降下。一开始他以为是枫叶，可是这一带都是糖枫树，那树叶最多也只是黄色的，没有橘色的呀……

然后他醒了。

格林慢慢地坐了起来，身体前倾，挡风玻璃碎成一摊刨冰，散落满地。除此之外还有几个橘色斑点落在引擎盖上。那橘色斑点一碰到引擎盖就立刻变成黑色并冒起一阵烟，并马上不亮了。

格林反应过来，那橘色光点是火星，是从某处飘来的。他转头向后看去，只见地势较高的——三号公路上正蹿出火苗，两辆车的黑色剪影浮现于橘色火焰形成的背景中。右边那辆车的引擎盖好像飞了，引擎暴露在外。格林突然想到谁是那车子的主人了，八成是那个来自乡下的"现代牛仔"吧。而他引以为傲的V8汽缸、5000CC引擎就是那堆残骸了吧？

看样子，格林推测自己的车是摔落在"十字路口咖啡馆"正对面的悬崖下了。幸好这处悬崖不太高，粉红色灵车只遭受到挡风玻璃摔碎、引擎盖凹陷的轻微损伤。格林转而看向自己的身体，开始仔细检查。左手小指的第二个关节处弯了，虽然他完全没有疼痛或麻痹的感觉，不过极有可能骨折了。他又用左手摸了摸头，发现了其他异状。头盖骨前端凹进去了一块，照了照后照镜，确认头皮没有裂开，就是凹了下去。大概是车子往前冲的时候不小心撞到了方向盘吧？

头盖骨凹陷并断裂。如果格林还活着的话，撞成这样绝对死定了——不，也许自己又死了一次，格林心想。刚才的黑暗记忆跟第一次死的时候感觉很像。死过一次的自己活了过来，然后又死了，又活了——不对，不是这样的，我的肉体早就死了，所以我不是活过来，而是已经死了，但在已死的状况下醒过来，然后又死了，又在死亡的状况下醒来……

格林觉得既混乱又悲哀。到底要当活尸到什么时候？什么时候才能真正地死掉？格林抬头望向一一三号公路上燃烧的火焰，心想，也许跳进那里，把肉体烧成灰，就能获得真正的死亡了。

这时，格林听到身旁响起微弱的呻吟声。柴郡歪在座位里，还闭着眼睛，格林赶紧把她抱起来。幸运的是她似乎只是吓晕了过去，身体上没什么异状——呼吸正常，心脏也还在跳。格林松了口气，紧紧地抱住柴郡。如果她醒着的话，这种事是万万做不得的，因为彼此的肌肤稍微一接触，自己是一具冰冷尸体的事就会被发现。但不管怎样，柴郡还活着比什么都令格林高兴。

远处的小号声越来越近了，那应该是消防车的笛声吧？格林从口袋里掏出手帕，学海盗那样绑在头上，这样就没人看得出来他头上的凹陷了。

先把事件真相查明后再跳到火坑里也不迟，格林改变了主意。于是，他把柴郡拖出车子，背着她，爬上了悬崖。

登崖途中，某件奇怪的东西映入了格林的眼帘——灌木丛间有一簇浓密的毛发。他捡起来一看,原来是顶假发。黑色的,梳成中分,内侧还粘着已经干掉的血渍。在橘色火焰的照耀下,格林认出这顶看着眼熟的假发是约翰·巴里科恩的。

第二十一章　生或者死

混沌是我的墓志铭。

——绯红之王
《墓志铭》[①]

1

检查监控录像带的工作继续着。

到目前为止，除了伊莎贝拉，十点四十一分之前没有其他人进入过西侧走廊，也看不出来有命案发生的迹象。特雷西想起，在前台值班的庞西亚通报说发现了尸体，是在自己刚抵达巴里科恩家宅邸时，也就是十一点过后。那么，从现在开始，三十分钟之内应该会有什么事情发生。

特雷西和哈斯博士目不转睛地盯着屏幕，活像正在观看世界职棒联赛最后一战九局战况的资深棒球迷。

伊莎贝拉离开后，画面就没再变过。中间是延伸的走廊，分在走廊两边的几扇门都紧闭着。影像中始终是无人上场的空舞台

[①]《墓志铭》(Epitaph) 是英国前卫摇滚乐队绯红之王 (King Crimson) 的一首歌，收录于专辑 《In the Court of the Crimson King》，这句歌词的原文为：Confusion will be my epitaph.

布景。

"博士，带子是不是没在转啊？"

下方显示的时间是十点四十三分，由于习惯了一直是同样的画面，二人半天都没发现已经停止播放了。哈斯博士连忙拿起遥控器按了几下，但还是没变化。于是他走到放映机旁边，抡起拳头用力敲下去。特雷西心里对哈斯博士身为科学家的能力感到怀疑，嘴上问道："Su、Sunny 的产品没问题吧？"

博士再次重重地敲了一下机器。

"没问题、没问题，我做了很多改良。"

你这样说我更担心了。

博士又狠狠地敲了一下。

"你啊，必须信任美国人的技术。"

带子果然重新转动起来。美国的机器确实必须用美国方法来处理啊，特雷西不得不服。

画面下方的时间也开始流动，二人继续以快速播放的方式看下去。过了一会儿，画面出现了变化。

"等一下，那里！"特雷西从椅子上站了起来，大声叫道。

画面右边靠前的那扇门，也就是"升天室"里的殡葬室直通走廊的那扇门，被拉开了，打开了一道黑色缝隙。那道缝隙慢慢变大，紧接着，突然从门后露出一团白色的东西。

"那是什么？"特雷西惊讶地问。

因为录像带是黑白的，无法确定其真实色彩。但应该是白色的……那团白色的东西有两个像骷髅眼窝似的黑洞，此外还有几个小洞。还没来得及细看，那东西就又缩了回去，门也随即关上。特雷西正要提议倒回去，这时画面上又出现了新的变化。

左边，经理办公室的门开了，出现一张人脸。

"是约翰·巴里科恩……"特雷西忍不住出声,"他出来了。这么看来,办公室里什么事都没发生。他看起来好好的……"

不过约翰只探出了脑袋,朝走廊上看了看,随即把头缩回去,关上了门。

"不好意思,博士,可不可以——"

特雷西的话还没讲完,又有新的状况发生了。刚才有动静的"升天室"的门又打开了,那个白色家伙现身了。这次可以看到他的全身。那家伙穿着高中体育老师常穿的那种运动罩衫和长裤,头被兜帽围住。而那团白色且有洞的东西其实是他脸上戴的面罩,是眼睛部位挖空,冰上曲棍球的守门员专用的防护面罩。

这个分不清是男是女的家伙,左手放在衣服前方两边相通的大口袋里,右手自然下垂,站在走廊上。看得出来,他右手上戴着类似皮制手套的东西。

"这太惊人了。"特雷西茫然若失地自言自语,"这家伙是怎么进来的呢?"

"从太平间的窗户吧?"

"不,福克斯确认过了,窗户都从里面上了锁。'黄金寝宫'那间是我亲自检查的。办公室里的窗户,以及走廊尽头的门也都一样。西侧所有向外的门窗都上了锁,应该不可能有人从外面进来。"

听到这番话,哈斯博士皱起眉头。

"是吗?我可不这么认为。你会不会把问题复杂化了?虽然门窗都上了锁——"这次换哈斯博士的话只讲到一半就被打断了。

就在两人讨论的时候,"面具人"动了起来。他弓着背、踮着脚,蹑手蹑脚地来到办公室门前,把耳朵贴了上去。不知为何,特雷西突然想起小时候看过的动画片——肚子饿扁的大灰狼，站在三只小猪家门口，窥探里面猎物的动静……

忽然，"面具人"像被吓到似的站直了身子。接着又鬼鬼祟祟地后退，打开画面左边正中央的门，消失在了里面。原以为那家伙会进入经理办公室的特雷西失望地垂下肩膀。

"那里是'黄金寝宫'的殡葬室吧？"

哈斯博士默默地点了点头，一副懒得说话的样子，只顾死死地盯着屏幕看。

"面具人"消失在门后不过几秒钟，办公室的门打开了，约翰再度探出头来。他看了看走廊，露出困惑不解的表情，随即走出房间，反手把门带上了。接着他沿着走廊消失在"面具人"最先现身的"升天室"的殡葬室里。

然后过了约二十秒，"面具人"开门探出了头，先是左右张望了一番，接着斜着穿过走廊，之后竟打开了约翰刚进去的那扇门，也消失在其中。特雷西和哈斯博士纷纷忍不住站了起来，然而在他们开口之前，又有新的状况发生了。这次换"升天室"休息室的门打开，约翰出现在走廊上。

"他们两人没撞见彼此吗？"特雷西一脸狐疑地问道。

"刚好错开了吧。毕竟殡葬室和休息室之间还有一道门，如果那道门是关着的话，就有这种可能。"

约翰一边左右张望，一边斜穿过走廊，然后他打开"黄金寝宫"休息室的门，消失在门后。不久之后，隔壁殡葬室的门开了，约翰再度出现在走廊上，然后竟然打开"升天室"殡葬室的门，进去了。盯着屏幕的两个男人保持着膝盖略弯的姿势，一边猛吞口水，一边目不转睛地看着录像。

再次发生令人意外的事，"升天室"休息室的门开了，"面具人"现身，随即进入"黄金寝宫"的休息室。几秒钟后，约翰从

"升天室"休息室里探出头来,然后又进入了"黄金寝宫"的休息室——这次变成仿佛他在追逐"面具人"似的。特雷西发现此时约翰的姿态很像心怀鬼胎的饥饿大灰狼,为此感到万分惊讶。

"捉迷藏的角色安排好像互换了啊?"

"不,那两个人并不是有意识地在追逐彼此,只是总是恰好错开,始终没发现对方罢了。就像滑稽默片,不是经常出现你往左我就往右,你进我就出的追逐桥段吗?"

哈斯博士发表评论期间,诡异的无声捉迷藏还在进行着。约翰消失在"黄金寝宫"的休息室里后,画面下方的时间过了五秒,换殡葬室的门打开,"面具人"现身。这次他反手把门关上后没有横穿过走廊,而是直接进入了隔壁的经理办公室。

捉迷藏突然结束了。

好一阵子没人再出现,又只剩空荡荡的舞台布景。两个人等得实在心急,就再次按下了快速播放键。

捉迷藏结束的时候,画面上显示的时间是十点五十五分。也就是说,整个捉迷藏过程长达十分钟。

之后再有新情况,是十一点零六分的时候。伊莎贝拉再度出现,她沿着走廊朝镜头走来,然后突然在"黄金寝宫"前停下,推开门走了进去。不久后她就又出来了,往大厅那边跑去,脚步明显跟来时不一样,步伐慌乱。此时是十一点七分三秒,伊莎贝拉仅仅在"黄金寝宫"停留了一分钟。

过了一会儿,回到大厅的伊莎贝拉带着庞西亚又折回来了。两人进入"黄金寝宫"后不到一分钟又走了出来,回到大厅,时间显示此时是十一点零九分二十二秒。

"之后,庞西亚就打电话到巴里科恩家的主屋了。"特雷西说。

时间流逝到十一点十三分三十七秒,办公室的门打开,"面具人"出现了。他站在走廊上，转头望向镜头的下方，看动作似乎受到了惊吓。接着他打开"升天室"殡葬室的门，进入房内。特雷西想起来，这时格林刚好赶到，正在外面猛敲走廊尽头的门呢。这么说来，当时他们跟"面具人"之间仅隔一道铁门，如果那扇门没从内侧锁上，他们就可以打开门，当场逮捕那家伙。特雷西也在不知情的情况下成为惊险刺激的捉迷藏游戏中的一员。

时间显示十一点十五分十一秒。快要进入精彩的大结局了，演出者全数登场：由特雷西领头，格林、庞西亚、伊莎贝拉等人尾随在后。看到自己出现在屏幕上，特雷西觉得挺难为情的。真没想到自己抵达现场的时候会是这副蠢样，下次再有命案发生的话，他一定要缩紧下巴。没错，他要用让·迦本[①]饰演麦格雷探长时的表情来面对每一个现场，特雷西在心里发誓道。

就在特雷西浮想联翩之际，影像突然没了。一堆光点在屏幕上持续闪烁着，再也不见熟悉的舞台布景了。

"结束了吗？"特雷西问。

"嗯，带子全部转完了。"

"为什么？Sunny又故障了吗？"

"不是的，是之后我就来到这里把机器关了。"

特雷西抗议道："不会吧！这样的话，后来'面具人'做了什么，我们不就不清楚了吗？他进入'升天室'以后的行动我们都掌握不到了，偏偏在这紧要关头关机器——"

"你等一等，能不能坐下来说？我都快累死了。"

特雷西这才注意到，他和博士竟然半悬空坐在椅子上。而且自从画面上出现"面具人"以来，他们就一直保持着这样的

[①]让·迦本（Jean Gabin, 1904-1976），法国著名演员。麦格雷探长是法国侦探小说家乔治·西默农（Georges Simenon, 1903-1989）笔下的名侦探角色。

姿势。

哈斯博士靠在椅背上，叹了一口气后，语带歉意地说道："我没想到事情会变成这样，一开始我以为十拿九稳了，就把机器关了，把带子拿了出来。不过呢，不是我自夸，至少我们已经掌握了现场人员的出入状况，不是吗？"

"这点我倒是很感谢你……"

"既然如此，我们现在就针对刚才所看到的一切来讨论一下吧。首先，对于嫌疑最重的伊莎贝拉，你有什么看法？"

哈斯博士一向与巴里科恩家族交好，这使得特雷西有点顾忌，不知该跟他聊到什么程度，不过最后他还是决定至少原则上配合他。

"既然出现了'面具人'，伊莎贝拉就不是问题了。不过我们还是讨论一下比较好。首先，她拿着凶器进来的时候不太可能行凶，因为约翰后来又好端端地出现了。不过她还是有可能在第二次进来的时候，也就是发现尸体的时候犯罪。只是我不太采信，因为她马上就去通知庞西亚了，对吧？后来现场被封锁，她一定会被当成凶手，但她还是特地把众人叫来，这不是拿绳子套自己的脖子吗？虽然我到现在还是觉得她最有嫌疑，可是偏偏监控器拍下了一切，让我不得不相信她的清白。你确定伊莎贝拉真的不知道有监控摄像头在拍吗？"

面对特雷西的质疑，哈斯博士点了点头，然后表情困惑地说道："关于伊莎贝拉的清白，不是还有证词吗？"

"证词？"

"死者的证词啊！被害人不是亲口证实伊莎贝拉不是凶手吗？"

"对哦……"特雷西仰天长叹。

"如果不是伊莎贝拉的话，就只能是'面具人'了。"

"是啊……不过话说回来，那家伙是怎么跑进去的？"

"从'升天室'的窗户吧？"

特雷西不耐烦地说道："我刚才不是说过了吗？西侧的窗户全部从里面上了锁。根据庞西亚的说法，傍晚五点左右他跟另一名员工巡视过，确认西侧的门户都锁好了，没问题。"

这下连哈斯博士也开始发愁。"嗯，可是庞西亚这个人有点神经质，他确实检查了吗？还有，就算五点钟时门窗都关好了，但监控是七点左右开始拍摄的，这段时间里要是有人跑到西侧，把'升天室'窗户上的挂钩拿掉，'面具人'还是可以轻而易举地从外面跑进来。我刚才想说的就是这个。"

"这个可能性我也想过。不过，我们赶到现场的时候，'升天室'窗户的挂钩确实是从里面扣上的。我第一时间叫部下去查了，这要作何解释？"

"那是……'面具人'自己扣上去的吧？"

你的博士学位是在亚马孙未知内陆大学取得的吗？特雷西露出这样的表情，反问哈斯博士："为什么？他干吗要那样做？如果'面具人'从外面跑进来是想要做坏事，那他绝不可能断了自己的后路。哪有人特地把窗户锁上，阻断自己的逃亡之路的？"

"这么说也对啦……这样的话，他只剩一个方法潜入这里了……"

"没错！"特雷西实在不想讲下去，"就是跟着那口棺材一起被送进来。"

哈斯博士慎重地帮他把话讲完。"然后把该做的事都做完后，'面具人'……不，死者，再度回到'升天室'，乖乖地躺到自己的棺材里……"

"不妙！"特雷西慌张地站起身，"现在可不是在这里闲话家常的时候，赶快去'升天室'看看！"

今天一定是上帝赏给他们俩的"奔跑纪念日"。他们再一次从大厅跑向走廊，冲进"升天室"。

殡葬室里的棺材好像什么事都没发生似的，盖子盖得好好的。

"哦，是L尺寸的桃花心木棺啊！"都到了这个节骨眼儿，哈斯博士还不忘卖弄。

特雷西不理他，往棺材走去，深吸了一口气后把盖子打开——空的？！

棺材里连个鬼影都没有，只剩躺起来应该很舒服的内衬，以及感觉刚被掀开的凌乱被褥。特雷西傻傻地瞪着棺材，感觉一阵冷风嗖嗖地拂过脸颊。抬头一看，棺材后面的窗帘正摇曳着，从缝隙隐约可见敞开的窗户。

"长官，我回来了。"特雷西转头看向突然出声的人，是双颊通红的福克斯走了进来。福克斯没发现特雷西的表情古怪，开始得意扬扬地吹嘘起他的大冒险。

"哇！那个死人车开得可快了，不过我的驾驶技术也不是盖的，只是车子的性能有差别……"终于注意到棺材空了的福克斯突然带着哭腔问道，"那个……不会又要去追死人了吧？"

2

"于是呢，十字路口前面的那家加油站顿时陷入一片火海。你说是怎么回事？原来是加油机的油流了满地。不到一会儿工夫，店啦、所有的东西啦，全烧起来了……没有，那对朋克小情侣命大，没什么事。男的虽然脸上一点血色都没有，却毫发无伤。女的则精神好到让人受不了……"

此刻特雷西正一边搜查经理办公室，一边听取福克斯啰唆的报告。房间里还有鉴识人员和哈斯博士，追捕"面具人"一事已交给跟福克斯一起赶到、从警署派来的援兵去办。至于在东侧等到快睡着的那群人，也有别的刑警照管着。现在特雷西最想做的，就是用自己的眼睛把现场确认一遍。他看也不看福克斯一眼，问道："所以你没有找到约翰·巴里科恩喽？"

福克斯开始顾左右而言他。

"那两辆车又是起火又是爆炸的，根本没办法接近嘛！想跳进那种地方去找人，恐怕只有阿诺·施瓦辛格的替身才有办法做到吧？当然，我曾试着努力过……"

骗人！特雷西心想。要是老子再年轻个十岁，哪儿需要派你这个胆小鬼去？我自己披挂上阵就行了。

正沿着大理石书桌搜索的特雷西好像踢到了什么东西，是藤制的大竹篮和保鲜盒，盒里有黏黏的液体，好像是肉汁。特雷西蹲下来，打开提篮一看，空的。站起来后他问哈斯博士："这是用来装什么的？"

"啊，约翰养的猫，长得还蛮可爱的。大概是看到主人死了，逃出去了。都说猫比人还要恋家……"

特雷西接着把沉重的大理石抽屉拉开。

意想不到的线索就在里面。

文件的最上层有一张纸，上面只有一行文字。

JOHN 11:24, 2:11 SECOND DEATH

"博士，你看，这是什么？"特雷西现在已经完全依赖哈斯博士了。

哈斯博士瞪大眼睛，盯着那张纸看了许久，说道："嗯……约翰，十一和二十四，二和十一，第二个死亡。什么意思啊？"

"这该不会是恐吓信吧？第二个死亡，也就是说，在约翰之前还有另一个——还有另一个人被杀？"

哈斯博士并没有完全说实话，他对特雷西还是有所保留。

"是这样吗……我不是很确定……"

我不能出卖格林，哈斯博士心想。史迈利的死存有疑点，但现在还不是说出来的时候。哈斯博士不想向警方透露更多。

原以为只是一起单纯的刑事案件，现在竟变得如此复杂，特雷西整个人都忧郁了起来。为了转换心情，他试图跟鉴识人员聊天。

"怎么样？验出指纹了吗？"

鉴识人员耸了耸肩。

"擦得干干净净，什么都不剩。怎么回事？凶手是抹布销售员吗？"

哈斯博士得意地从旁插嘴："每天早上清洁公司的人都会像有洁癖似的拼命地擦这里呢。"

仿佛故意要让博士下不了台似的，鉴识人员又说道："不过金库那边有好几枚清晰的指纹，清晰得能跟印在墙上当装饰的鱼拓相比。"

特雷西听闻此言马上朝金库走去。那是约小冰箱大小、笨重的旧式转盘式金库，用手一拉，轻易就打开了。里面确实有被翻动过的痕迹。

"博士，里面都放些什么，你知道吗？"

"这里是墓园管理人约翰的地盘，不过，参与经营规划的威廉和詹姆斯也可以把东西放进去，当然也能自由地拿出来。这事你可以去问问他们俩。"

"看这情形，也有可能是遭小偷了……"

特雷西叹了口气，回到"升天室"。这里跟办公室不一样，没放什么东西，所以一下子就检查完了。之后特雷西不死心地盯着空棺材看了好久，这才问福克斯道："你过来检查时，这里真的有遗体吗？"

"嗯。"

"你怎么知道那是遗体的？是凭眼睛判断的吗？那家伙会不会其实还活着？"

"我很确定是遗体，不光是凭眼睛判断的，我摸过。"

"摸过？"

"是啊！"福克斯满不在乎地说道，"我摸了一下尸体的脸颊，还测了他的呼吸。我用手捂住他的口鼻，他都没有喘气，是货真价实的死人。"

说到这里，他用有些不屑的眼光望着上司，说道："话说回来，长官，您干吗这么在意这种事？那家伙是生还是死，根本就没差别好不好？这年头，什么事都有可能发生，您不是也知道吗？那家伙就算已经死了，还是有可能跟活人一样来去自如啊！您要是再不改变想法的话……"

最近的年轻人对流行事物的接受度都这么高吗？特雷西苦闷地想。就连福克斯这样的胆小鬼都很快就适应死者复活的世界了。然而，特雷西一时还无法接受这样的打击。就算他目睹了死者复活，但在心里的某个角落，他还是拒绝接受这件事。

特雷西继续问道："门窗都关好了，除了那个死人以外，不可能有其他人躲在房间里面，是吧？"

"是的。这个房间里唯一能躲的地方,就只有摆在殡葬室窗边的那张长椅的下面吧?但连那里我也都检查过了。办公室也一样,确实没人躲在里面。"

特雷西不耐烦地点了点头,随即往"黄金寝宫"走去。

进入史迈利停灵的殡葬室,特雷西首先确认的是棺材里有没有装着死人。还好,死者正在安息。不去确认一下的话,他的心就静不下来。我是不是太神经质了?特雷西心想。

就在这时,隔壁休息室那边传来了福克斯的叫声。

"长官,请过来一下。你看这个,发现了血迹!"

特雷西连忙跑到门口,只见福克斯一脸兴奋地指着脚下的地毯。特雷西一看,简直快气炸了。

"笨蛋!那是我的鼻血。你眼睛长到哪里去了?"吸饱鼻血的卫生纸从特雷西的鼻孔飞了出去。

"长官,请过来一下。"

这次换背后的罗贝斯刑警叫他。

"怎么了?你们没有老师陪在身边,就没办法安静地自习了吗?"

特雷西气冲冲地朝罗贝斯走去,不过,这次好像真的发现了线索。

翻倒的安乐椅下方有几张纸,检查尸体的时候因为被椅背挡着,没看到。一共三张纸,折成四折。最上面一张上写着"火葬申请书"五个大字,下葬者栏填的是"阿玛迪斯·史密斯",委托人栏是"格拉罕姆·史密斯",以及住址和电话号码,特别事项里注明了"可卡猎犬/雄性/四岁"。其他两张也是大致相同的内容。

"是狗的火葬申请书。"在特雷西背后偷瞄的哈斯博士说,

"这里也帮动物举办葬礼。"

"对狗也要填这么费事的表格吗?"

"这类主人都喜欢把宠物当人一样宠爱,让狗穿上衣服,甚至让它躺在棺材里。不过和人不一样的是,动物通常采用火葬。"

特雷西盯着火葬申请书看了许久,最后把它交给了鉴识人员。

房间内部的搜查已告一段落,原本应该开开心心去约会的福克斯这时小心翼翼地问道:"接下来怎么办,长官?"

特雷西一脸不悦。

"这还用问?刚才不是也给你看了录像带吗?当然是先把'面具人'找出来啊!"

福克斯叹了口气,说道:"通缉'面具人',是吧?就写寻找这个男人,死的活的都可以?"

特雷西神经质地纠正道:"不,应该说……死了又死的也可以……"

第二十二章　消失的法林顿先生

伦敦在呼叫，死亡的僵尸们。
别再憋着了，出来喘口气吧！

——撞击乐队（The Clash）
《伦敦呼叫》（London Calling）

1

"从'升天室'消失的那具遗体，确实是我认识的人。"威廉神色略显紧张地说道。一旁的詹姆斯一边翻着档案一边帮他把话接了下去。

"送来遗体化妆室的葬礼申请书在这里。死者名叫休伯特·法林顿，男，七十二岁，葬礼委托人，也就是丧主，是彼得·路易斯，住在大理石镇丝克伍路四十二号。"

特雷西从詹姆斯手里接过法林顿的葬礼申请书，看了一眼，随即向福克斯下达指令，让他打电话到那上面登记的住址。

已经完成现场搜证的两名警官如今来到大厅前台后面的办公室，开始对相关人员展开侦讯，整个过程哈斯博士都在场。其实特雷西有点犹豫，因为哈斯博士本身也算关系人，不过，考虑到博士此前就深受警署倚重，再加上他应该有助于挖掘墓园里的秘密,就让他全程旁听了。

首先,他们最想知道的是,"升天室"里的那具遗体的身份。受理那份委托契约的人是威廉,负责遗体装殓的是詹姆斯,于是就先把他们两人叫来了。先让他们看了录像带,刚看完,威廉就说出令人意外的话来。

特雷西强忍住心中的焦急,问道:"这位法林顿先生跟你是怎样的交情?"

威廉耸了耸肩。

"没什么交情,是在演艺圈的派对上碰巧认识了。他是来自得州的大财主,平常没事喜欢资助艺术家什么的。我也只跟他见过两三次面,不是很清楚。"

"法林顿死后,你们还有——如果有事联络的话,都是联系丧主吗?"

"嗯,申请书上的那个姓路易斯的男人是法林顿的秘书,法林顿的事都由他处理。住址填的是法林顿先生的别墅。他说因为法林顿先生死得突然,所以就想在微笑墓园办个简单的葬礼就好。明天——啊,应该说今天了,葬礼预计是在今天上午十点举行的。"

"所以秘书是丧主?"

"是的,法林顿先生好像没什么亲人,一直都只有这位秘书跟在他身边。这几年,他搬进别墅过着半退休的生活,好像还跟秘书交代说,死后要葬在微笑墓园。于是,秘书跟律师商量后决定,就办个只有自己人参加的低调葬礼。包括我在内,只有几个人受邀观礼。"

这时福克斯回来了,他向特雷西报告道:"电话没人接。毕竟现在是凌晨三点……"

特雷西接受了这样的理由,继续向威廉问道:"申请书上的那个地址你去过吗?遗体是你去领来的吧?"

詹姆斯代威廉回答道:"是我和威廉一起去的。当时路易斯还送我们到门口呢,对吧?"

威廉附和似的点了点头。特雷西向福克斯下达指令:"你去跟罗贝斯说,让他马上去这个地方一趟。如果秘书彼得·路易斯在的话,就把他带回来。"

然后他再度看向威廉和詹姆斯,说道:"刚才你们也看了录像带,你们觉得,录像带里的那个'面具人'会是法林顿吗?"

威廉和詹姆斯对看了良久,这次先开口的是威廉。

"没看到脸,实在很难说……"

"可是,照目前的情况来看,唯一的可能就是'面具人'从那口棺材里爬了出来,杀死了约翰·巴里科恩,再从'升天室'的窗户逃走。"

"你是说死者复活了?"威廉夸张地挑起眉毛,"你真的相信有那种事?"

特雷西一时不知该怎么回答,没想到竟然是詹姆斯帮他解了围。

"他说的这个现象已经在墓园里蔓延开了。"

"那个,詹姆斯……"特雷西无意与他们针对该问题进行争论,便转开了话题,"这个法林顿,与你们遇害的兄长之间有什么交集吗?"

"没有。"威廉回答得很干脆,"他跟约翰应该都没见过面。"

这时,特雷西突然想到一件事。"对了,衣服。录像带里的'面具人'穿的是运动服,但躺在棺材里的法林顿不可能穿得那么邋遢吧?也就是说,那个'面具人'应该不是法林顿——"

"你错了。"詹姆斯打断了特雷西的话,"或许你会觉得奇怪,不过,法林顿的遗体就是穿着运动服被送过来的。对了,我想起来了,法林顿好像是在慢跑途中突发心肌梗死而死的。如果真是这样的话,那个'面具人'就很有可能是法林顿……话说回来,路易斯秘书还真是无情,连套正式的衣服都没帮他准备。而且他们选的是费用最低的服务,我也只好帮他穿上简易寿衣了。"

"简易寿衣?"

"嗯。那种寿衣只有正面,衬衫、领带和背心全缝在一起,只需往躺平的遗体身上一套,看起来就像穿戴整齐了。"

"竟然有这么奇怪的东西……"

特雷西听得头都晕了,幸好有哈斯博士在一旁帮他问问题。

"丧主没有附上法林顿生前的照片作为遗体化妆的参考吗?"

"没有。那个秘书,连寿衣都没帮他准备,哪儿会想得那么周到?死者肖像还是我靠想象力画出来的呢。"

"那死亡诊断书呢?为了取得埋葬许可证明,总要送去公所一份吧?"

这次换威廉回答了。"当然有,我记得在地下室的档案夹里。"

特雷西请威廉去拿,等威廉走出房间后,他马上问落单的詹姆斯:"还没向您请教棺材被搬入'升天室'的来龙去脉呢。"

詹姆斯的脸色不太好看。

"看录像带就知道了。艾汀小姐自己多事,把它搬了进去。我确实在遗体处理室的黑板上写了句把棺材搬入'升天室',但那是为了提醒自己不要忘记,并不是今晚要搬。刚才我也说了,那天我一直待在地下室,没想到艾汀小姐趁我去上厕所的时候把棺材推了出去,还拍拍屁股就回家了。我忙着做其他事,也没发现棺材不见了。然后过了约一个小时，我想也该回家了，经过大厅时一看，竟然没半个人在。我想着去跟大哥约翰说一声，就正好撞见他们吵成一团。"

特雷西试图改变讯问的方向。"刚才请您看了现场，发现办公室里有什么东西不见了吗？"

"我照你们的吩咐检查了金库，不过好像只是少了现金。"

"哦，现金不见了？你知道金额有多少吗？"

"我也好，威廉也罢，虽然都参与墓园的经营，但对钱的事却都不是很清楚。那种事一向都是约翰在处理……不过，金库里随时都会放着五千块左右的现金吧！"

"对乡下地方的小偷而言，五千块算是颇有吸引力的了。不过——"

"还有一样东西不见了。"

"说来听听。"

"不是什么重要的东西，就是一块镇纸。墓园二十周年纪念时做的棺材形状的大理石镇纸，一直摆在书桌上。墓园的员工每个人都有一块，并不是什么贵重物品。"

特雷西一边听他讲，一边觉得胃里又阵阵翻绞了起来——这下子又多了一件失窃案。看似简单的案子，拜两名死者逃走所赐，变得越来越复杂难解了。

这时，从地下室回来的威廉好像觉得特雷西还不够惨，又补了一刀。

他站在房间门口，露出百思不得其解的神情。

"怪了，警官，档案柜里没有法林顿的死亡诊断书，好像是被人抽走了……"

2

"又要从头开始吗?"守在电视机前的福克斯用有点沙哑的声音问道。

"再来一遍。"特雷西固执地说。

"这已经是第五遍了。"

"再来一遍。"纵使声音里夹杂着无奈,特雷西还是不肯让步。

案发后已经过了一晚,现在是五号上午九点。整个晚上,特雷西、福克斯和哈斯博士一直窝在烟雾弥漫的办公室里观看录像带,都没睡觉。特雷西的胃从半夜开始断断续续发出呻吟,背也像贴着铁板似的僵硬。再这样下去,自己也要变成活尸了吧,但他却不能停止观看录像带,因为不做点什么,他就静不下来。对于特雷西疲惫至极的神经而言,死人复活的冲击发挥了强大的杀伤力。而偏偏接下来的进展很不顺利,后来一一查明的事都跟他的预期相反,好像都在嘲笑他,想让他永远破不了案。

屏幕上,那个令人讨厌的"面具人"又出现了,开始跟约翰·巴里科恩玩诡异的无声捉迷藏的游戏。

特雷西看烦了,十分想把视线移开,却还是撑了下去。不过这份责任感和完美主义只是让他的神经更加衰弱而已。这么累,今天大概也睡不着了,特雷西开始考虑去跟家庭心理医生预约时间。

"身高大概五英尺吧?并不是很高大的人。"哈斯博士看着画面喃喃自语。

特雷西有点焦躁地说道:"把带子送到科学研究所让电脑分析一下,就连体重都可以推算出来吧?要是电脑能顺便告诉我们这家伙的行踪就好了。"

特雷西的焦虑不是没有道理的。自从威廉来说死亡诊断书不见了之后，所有跟法林顿的身份、行踪有关的线索就都被切断了。

他们先询问了威廉和詹姆斯以外的关系人，但从庞西亚、海伦到伊莎贝拉，众人都说不认识法林顿这个人。

除此之外，他们当然也针对案发前后的行动个别侦讯了所有关系人。庞西亚说他一直守在大厅前台，伊莎贝拉说她从九点开始就跟威廉待在殡仪馆东侧二楼的企划室里聊家常。（聊家常……吗——特雷西叹了口气）然后快十点半的时候，约翰打内线电话过来，要威廉送海狸刀过去。在一旁听到的伊莎贝拉自告奋勇说她去，于是她穿过大厅（从东侧到西侧必须经过大厅），前往"黄金寝宫"放刀。她前脚刚走，海伦后脚就赶到了。妒火中烧的海伦奔上二楼的企划室，逮住偷腥的威廉，兴师问罪。

另外，从"黄金寝宫"回来的伊莎贝拉发现海伦来了，不想跟嫉妒的妻子发生正面冲突的她避开企划室，转往同一层楼的资料室。在决定再去办公室找约翰之前，她一直待在资料室里——伊莎贝拉交代得很清楚。

看来巴里科恩家的一部分人正在演出爱恨情仇的肥皂剧呢！不过，无论是这种事，还是他们的不在场证明，都不在特雷西关心的范围之内。现在他只对录影带抓到的猎物——"面具人"——感兴趣。

对案发现场关系人进行问询之后，换半夜被叫来的艾汀小姐上场，对搬棺材的经过展开说明。艾汀小姐的陈述跟詹姆斯所说的大致吻合，不过她果然也不知道法林顿是何许人也。但是把棺材搬进去的时候她摸了一下遗体的脸，可以确定那个人是真的死了。关于这一点，艾汀强调她可是不惜赌上了"女性的直觉"。艾汀小姐的工作积极性并没有让特雷西感动，倒是震惊于时下的年轻人——她也好,福克斯也罢——竟能够如此心平气和地触摸尸体,这近乎麻木不仁的行径让他感到不太愉快。

不过最让特雷西失望的是,黎明时分从大理石镇回来的罗贝斯刑警的报告。罗贝斯按照葬礼申请书上所写的地址,确实找到了法林顿的住所,却发现大门紧锁。他敲遍了邻居的门,终于找到了那间公寓的房东。罗贝斯命令房东把门打开,奇怪的是,那房子就是个空壳。虽然有床、家具、日用品等物品,却没有有人住过的痕迹。罗贝斯向房东打听有关法林顿的事,但他也是一问三不知,只说两个月前有一个叫路易斯的年轻男子用法林顿的名义跟他签了租屋契约。他从来没见过法林顿本人,至于那个叫路易斯的男子,在那之后就再也没出现过了。

邻居的说法也都差不多,没人在附近看到过法林顿和路易斯二人。迫不得已,罗贝斯只好打电话到租屋契约上留的法林顿在得州的住址,结果接电话的人跟法林顿一点关系都没有。对方是有氧舞蹈教室的女老师,因为睡到一半被吵起来,口气十分不友好。

罗贝斯的报告已经够让特雷西失望的了,偏偏去追法林顿的警员又带给他更大的打击。他们说"升天室"那扇打开的窗户下面没有脚印,经过一整夜的搜索,也没在墓园、墓地,以及周边丘陵发现"面具人",也就是法林顿的行踪。

法林顿消失了。

录像带明明拍得那么清楚,但现在他连这个"面具人"是从哪里来的、又往哪里去了都不知道。特雷西心里越来越恐慌,他很怕破不了案。

"看样子,'面具人'要刺杀约翰,就只有在这个时候了。"

哈斯博士的声音让特雷西从胡思乱想中惊醒。屏幕上正好播到十点五十五分的数秒之前,无声捉迷藏的最后一回合。约翰和"面具人"的角色互换了过来,"面具人"前脚刚进"黄金寝宫",约翰后脚也跟了进去,随即走出来的"面具人"消失在办公室里,但约翰就再也没出来了。

"他们两人只在'黄金寝宫'待了五秒钟。"特雷西点了点头说道,"时间虽短,但只要'面具人'埋伏在殡葬室那边,把放在棺材里的刀子拿出来,等约翰一从休息室走进来就用刀刺他,然后马上走到走廊,还是有可能成功的。"

特雷西说完这番话,将手中的香烟往塞满烟蒂的烟灰缸按下去。哈斯博士挠着头,好像还想说什么,却被走进房间的卡拉汉小队长抢先了。

"长官,我刚从十字路口前的车祸现场赶来。哎呀!真是够混乱的……"

卡拉汉一边说,一边夸张地比手画脚。跟电影中的卡拉汉刑警[①]不一样,他这种人要是演电影的话,绝对是那种一开场就被编剧赐死的倒霉鬼,所以他特别喜欢吸引众人的目光。

"是吗?怎么样?找到约翰的尸体了吗?"

特雷西眼睛一亮,从椅子上坐起来。不过,接下来卡拉汉的报告却让他再次深陷椅子中。

"没找到,车祸现场是有很多尸体,但就是没有像约翰·巴里科恩的。"

"等一下,你说有很多尸体,是怎么回事?"

"首先是跟福克斯他们飙车的紫色庞蒂亚克,那家伙竟然笨到在格子旗前还加速冲刺。被烧成黑炭的驾驶员名叫加斯,是个

[①] 指由克林特·伊斯特伍德扮演的"肮脏哈里"系列电影中的卡拉汉刑警,这个角色首次登场于一九七一年的电影《肮脏的哈里》(*Dirty Harry*)中。

人见人嫌的暴走族。据说他经常在一一三号公路上挑衅过路人，给众人带来困扰，此刻他肯定正在下面被詹姆斯·迪恩甩耳光呢吧！"

"别说废话。还有什么尸体？"

"嗯。就在'十字路口咖啡馆'前的加油机旁边，咖啡馆老板比尔像一块被烤熟的肉一样。据我看，庞蒂亚克之所以失控，是因为比尔的加油机把油漏了一地，车子因而打滑了。"

"比尔为什么要这样做？"

"天知道！我们现在正在检查加油机是否有异状。总之，情况就是这样。这位比尔大叔好像也不是什么老实人，跟加斯一样，众人都对他敬而远之。邻居说，陪在大叔身边、跟烤土豆没两样的猫是他唯一的朋友。唉，看样子是没人帮他抬棺材喽，难得东西都帮他送到门口了——从约翰车上弹出来的那副棺材不偏不倚地砸中了咖啡馆的窗户。话说回来，正因为比尔是这样的人，所以就算他半夜发神经把汽油泼在马路上，也——"

"省省你那幼稚的推理吧！我已经一个头两个大了。废话少说，你只要告诉我巴里科恩的行踪就好。"

卡拉汉终于看出特雷西的精神状态已逼近危险临界值了，这才慌张地说道："总而言之，约翰·巴里科恩驾驶的灵车跟庞蒂亚克撞在了一起，不过里面并没有尸体。我们把烧焦的车子全搜遍了，还派了好几名警员去找，想着他有可能被弹出了车外。可是都没找到。我想您也从福克斯那里听到了，加入追捕行列的朋克少年在咖啡馆对面的灌木丛里捡到了约翰的假发，但仅此而已，没人发现约翰本人，不过——"

"不过？"

卡拉汉的磨叽劲儿真的把特雷西惹毛了。

"不过,我们还发现了一具尸体。"

"还有一具!"特雷西再度在椅子上挺直了背。

"嗯。不过与其说是尸体,倒不如说是尸块。就在咖啡馆前面,我们发现了同样烧焦的人头和手臂,是左右手的前腕骨和手骨。因为已经烧焦了,无法辨识是不是约翰的尸块。已经送去鉴定了,很快就会有结果的。"

"还有其他部分吗?附近都找过了吗?"特雷西无意识地搓揉着烟盒问道。

"嗯,都找过了,不过并没有新的发现。加油站那边好像连续爆炸了两次,在那么强的力道下,就算有其他部分,也会被炸飞到巴西去——"

"你说完了吗?"特雷西打断了卡拉汉的喋喋不休。

"嗯,说完了。"

卡拉汉意识到自己把报告的顺序弄错了,头和断手的事应该最先说的。卡拉汉以为特雷西就要爆发了,没想到对方竟然态度冷静地说道:"知道了。继续——继续追查约翰·巴里科恩的行踪。"

卡拉汉离开房间后,特雷西马上深深地叹了一口气。他看向哈斯博士,发现对方完全没理会卡拉汉的出现与离开,一直专心致志地看着录像带。

"博士,要再来一遍吗?"守在屏幕前的福克斯强忍住呵欠问道。

"再来一遍。"哈斯博士很坚持地要求把带子倒回去,再放一遍。

看到他这样,特雷西突然有种得救了的感觉。没人送来像样的报告,摆在眼前的事实也都只是让案情更复杂,好像所有人都在故意找特雷西的碴儿。在这个节骨眼儿上，独自一人专心看着录像带的哈斯博士看起来是那么可靠、值得信赖。突然间，特雷西觉得只要再多跟博士聊一聊，案情就会露出一线曙光，自己心里沉重的负担也可以稍微减轻。于是，他对着老人的背问道："博士，有什么发现吗？"

哈斯博士回过头看了特雷西一眼，面色凝重。接着他用下巴比了比，示意特雷西看屏幕，算是回答。

屏幕上呈现出捉迷藏刚开始时的画面。首先，"升天室"里殡葬室的门被拉出一小道缝隙，"面具人"从里面探出头来，窥探走廊，随即又把头缩了回去。接着，好像互有感应似的，办公室的门开了，约翰探出头来。这些画面他们已经看了七遍了。

"你没发现吗？"哈斯博士问。

特雷西一直盯着"面具人"和约翰看，却没瞧出什么新鲜的地方。哈斯博士再度命令福克斯倒带、重播。这次特雷西可是瞪大了疲倦的双眼，但还是看不出来什么。就在特雷西准备向哈斯博士求饶的时候，哈斯博士命令福克斯按下暂停键。

"警官，你只顾注意'面具人'和约翰了，所以才会看不出来。"

说完后，哈斯博士命令福克斯按下播放键。

"你仔细看'黄金寝宫'殡葬室的门。"

画面再次动起来。首先"面具人"探出头来，然后约翰探出头来，把门关上。接着……

发现了画面上的秘密的特雷西觉得刚刚打算向哈斯博士求救的自己真是笨死了。不过博士的发现又让情况更加混乱了。

"面具人"和约翰轮流探出头来的时候，发生了"一件事"。

把视线从"面具人"和约翰身上移开，转而投向"黄金寝宫"的特雷西吓了一大跳。

殡葬室的门拉开了一条小缝，随即又关上了。照理说，此时"黄金寝宫"里应该没有半个人在才对。之前特雷西的注意力完全放在"面具人"和约翰这两位主角身上，因此根本没发现这回事。

哈斯博士背对着特雷西，喃喃自语道："看来，除了加害人和被害人外，还有一个人也参与了这场捉迷藏游戏。"

特雷西已经听不到哈斯博士在说什么了。他整个人盯在屏幕前，一手压着胃，对福克斯说道："喂，派人去守着'黄金寝宫'，把棺材里的史迈利看好了。这次要是再让尸体跑掉，我的胃病估计会要了我的命……"

第二十三章　警官挖坟掘墓

当弗兰波赶到的时候，格兰盖尔的尸体（如果那算是尸体的话）已经横卧在山坡上的小墓地多时了。

——G.K. 切特斯顿（G.K Chesterton）
《实事求是的忠仆》（The Honour of Israel Gow）

1

送葬的队伍朝着山顶前进，静悄悄地登上长满青苔的和缓石阶。沿着坡道，四处种满了糖枫树，金黄色的枝叶从道路两旁伸展开来，变色的叶子在冬日阳光的照耀下闪闪发光。送葬的队伍就像穿过黄金打造的隧道。

走在队伍后面的格林想起史迈利爷爷曾经说过这样的话："越是被神化、被忌讳的东西，在表现它的时候就越要用象征性的手法。同样地，墓地必须象征生命的最后一站……"

确实充满象征性。此刻，提出如此主张的当事人的灵柩正充满象征性地爬上通往天国的黄金阶梯。

格林再度俯瞰坡道左侧的宽广墓地。微笑墓园的墓地在殡仪馆后方，西边是巴里科恩家的大宅子，西北边则是耸立着哥特式尖塔的教堂，剩下的一整片以欧式典雅庭园为中心的平原就是基地了，平原东北边是送葬队伍正在攀爬的平缓丘陵。基地也扩展到这边来，就好像梯田似的。坟墓一圈圈往上盖，直到山顶。

史迈利所强调的天堂的象征性，在墓地中心的法式庭园里发挥得淋漓尽致。那是一座以对称性为特征的人工花园，有中央喷泉，对称分布的四座池塘，宛如迷宫的篱笆，以及精心修剪过的椭圆形灌木。史迈利在这里营造出了想象中的《圣经》风景。换句话说，四座池塘象征的是《创世纪》中提到的灌溉伊甸园的四条河川，篱笆的蓊蓊绿意则是生命之树的象征——没错，这里就是伊甸园，而星罗棋布的坟墓就是被请来天堂做客的善男信女。

自古以来，东方人都习惯把对乐园的向往与庭园结合在一起。史迈利把这种思想发扬光大，而他交出的漂亮成绩单就是微笑墓园的庭园墓地。

格林跟随着送葬队伍走在可以俯瞰人工伊甸园的登山小径上。虽然发生了那么恐怖的事，但第二天下午，史迈利的葬礼仍旧照常举行。警方那边当然不赞成，不过不知为什么，死者的家属都希望葬礼能够尽快举行，詹姆斯更是坚持。约翰死后，鉴于威廉说他对墓园事业不感兴趣，詹姆斯就成了新任经理，掌握墓园的主导权，连同巴里科恩家族也全都听他指挥。

然而，或许是因为葬礼举办得过于仓促，来送殡的人很少，墓园前任领主的送葬队伍竟显得有点冷清。身穿祭礼服的马里亚诺神父走在最前面，后面是负责抬棺的友人和墓园员工，接着是由坐在轮椅上、让诺曼吃力地推着走的莫妮卡所领军的遗族亲属，以及一夜没睡、坚持留下来的特雷西警官和刑警们。总共就这些人送史迈利上山。

格林瞥了一眼身旁的特雷西，这位疲倦的中年警官似乎被一连串的突发事件打击到了。刚刚也是，他忙着应付突然闯入殡仪馆的第九频道主持人和报社记者，好不容易才把他们甩开，跟上了送葬队伍。看着眼神呆滞的特雷西，还有两边好像架着他走路的两名刑警，格林不禁对未来感到担忧。

一行人终于来到山顶，发现这上面已经有好几座坟墓了。格林经常想，比起一整排形状几乎完全一样的日本坟墓，形形色色、各不相同的西方坟墓更能反映出受葬者的个性，也要有趣多了。这一带就是，有就立了块石头的简单坟墓；有最常见的、好像一片吐司插在地上的方形墓石；有做成十字架形状的；也有看上去像一座小庙的；甚至还有把整篇《圣经》故事刻在上面的……各种不同造型的墓碑陈列在眼前，好像展示柜一样。

在这些坟墓的中间，有一个新的墓穴。史迈利的棺材被缓缓放下，停在墓穴边。从这里可以俯瞰整座墓园，盖再大的阴宅也不成问题，不过史迈利本人似乎偏爱简单朴素的普通葬礼。

眺望着脚下宽大的美丽墓园，格林心想，将来自己也会埋骨于此吗？就在这个时候，身旁的柴郡拉了拉他的袖子。

"喂，你看那边。"

柴郡说的地方，有一座新盖好的白色大理石坟墓，坟前是修剪得十分整齐的草地，草地上有一名胖胖的中年男子，正哭得一把鼻涕一把眼泪。格林对这个男人有印象，是怕老婆出了名的大理石镇镇民代表，最近老婆刚去世。

柴郡小声说道："我刚刚经过的时候看了一下那上面的墓志铭，写的是'不管流再多的眼泪，她都不会活过来了'。"

格林耸了耸肩，说道："就是因为这样他才会哭啊！反正再怎么哭，老婆都不会活过来了，他可以安心地跟秘书去幽会了。"

正闲聊时，葬礼开始了。马里亚诺神父高亢的声音响起。

"主啊，请不要吝于审判你的仆人，但也请你能完全赦免他的罪……"

然后是神父和参礼者轮流诵念。

神父唱道:"主啊,在那令人恐惧的日子,请救我等脱离生死的轮回……"

参礼者同声祈祷道:"主啊,求你赐给他永远的安息并以永恒的光辉照耀。"

在众人的注视下,棺木被放进墓穴。神父向棺木撒三次土、祷告,接着洒三次圣水、献香。

格林一边看着马里亚诺神父拿着手提香炉在墓穴上方摇晃,一边想起下葬前在教堂举行殡葬弥撒时,神父所诵读的《约翰福音》里的某段经文。

"马大说:'我知道在末日降临的时候,他必复活。'耶稣对他说:'复活在我,生命也在我。信我的人,虽然死了,也必复活。凡活着信我的人,必永远不死。你信这话吗?'马大说……"

殡葬弥撒上,神父诵读的内容一直在格林的脑海中回响。

"信我的人,虽然死了,也必复活。"

可是,什么都不信的格林不也复活了吗?还有约翰也是……对了,现在连人带棺要被埋进墓穴里的史迈利爷爷又将如何呢?

他曾有过信仰吗?他到底会不会复活呢?

格林觉得心里七上八下的。

在装着时间已经停止的死者的灵柩上方,神父手上的香炉仿如钟摆般左右摇晃——嘀嗒、嘀嗒、嘀嗒……随着这催眠的节拍,格林在心中不断重复这句经文:"死了也必复活,死了也必复活……"

接着又是轮流诵念,神父与参礼者同唱圣歌。最后的仪式是参礼者朝坟墓浇圣水、抛玫瑰花瓣。

靠近墓穴抛花瓣的格林注意到，在他身旁的特雷西样子怪怪的。众人都念祷词的时候他就没参加，而是眼睛睁得大大的，喃喃自语着："死人怎么样了？到底复活了没有……"

格林之后轮到特雷西，他往前跨出一大步，站在墓穴边缘，然后，事情发生了。

特雷西没把手里的花瓣抛出去，却跳进了坟墓里。

由于事发突然，在场的人都呆住了，根本来不及阻止。当然，也有人以为那是意外。不过病恹恹的警官可不是不小心掉进去的。跳进墓穴后，特雷西扒住棺材，把脸贴了上去，用颤抖的声音喊道："喂，史迈利·巴里科恩！我知道你活过来了。喂！所有的一切你都看到了吧？别装傻了，赶快告诉我是怎么一回事……"

特雷西一边喊一边用手掀棺材盖子，这不敬的举动引来参礼者的尖叫和怒吼。不过声音很快就停止了。

棺材盖被打开，众人和特雷西一起看到了棺材里面，不禁面面相觑。

里面空空如也。

2

福克斯快烦死了。自中学时代，好赌的父亲因为赌输了被罚到蒙大拿的白令陆桥倒立以来，他还不曾觉得这样丢脸过。

特雷西在墓穴里刚把棺材掀开，参礼者后面就亮起了闪光灯。虽然明令禁止，但那些记者还是混在人群中跟了过来。

特雷西的失态举动终于把詹姆斯惹毛了。盛怒之下的詹姆斯命人把特雷西带往殡仪馆的太平间，要他好好休息。于是，福克斯和卡拉汉只好连拖带拉地把精神恍惚的上司带离。

好不容易来到殡仪馆正门，守候多时的媒体记者立刻围了上来，再度让他们的自尊心暴露在阳光之下。记者们抛出一连串问题："警官，巴里科恩父子都复活了，这是真的吗？""听说失踪的凶手也是死人，你有什么看法？""镇上是不是又在传二十年前的凶杀案了？"卡拉汉一边拨开媒体记者围起的人墙，一边对福克斯耳语道："你先带长官走，媒体我来应付。"深知卡拉汉爱出风头的福克斯虽然觉得这个提议不妥，却还是默默地接过特雷西，往大厅走去。

刚进门，福克斯就发现有个日本男子正在跟看守前台的沃特斯讲话。

"哎呀，我来得太晚了，史迈利先生已经下葬了？哦，是吗？白跑了一趟，那法林顿先生的葬礼呢？我想也应该参加一下的……"

听到这番话，之前还迷迷糊糊的特雷西突然醒了。他挣脱开福克斯的手臂，一把揪住日本人的胸口，叫嚷道："这位先生，你刚刚说什么？法林顿的葬礼？不会有了，因为那家伙逃出去了。死人爬起来，逃出去了，你是故意来这里干扰我办案的吗？"

福克斯连忙把特雷西拉开，将他交给沃特斯，带到太平间。然后他转身面向被吓傻的日本人，说道："请过来一下，我有事请教您。"

进入大厅后面的办公室后福克斯先自我介绍，然后马上致歉道："我的上司真是太失礼了。唉！他就是他们那个年代特有的工作狂，还背负着三四十年前'美国第一'的包袱。最近这一连串悬案把他累坏了，请您不要见怪。"

福克斯说完，往椅背上一靠，跷起腿，摆出一副"办事游刃有余的能干刑警"的姿势。接着他稍微调整脚的角度，观察眼前这位名叫南贺平次的日本人的反应。对福克斯而言，这可是日后获得嘉奖的大好机会，精神错乱的特雷西已被送往太平间，服下了镇静剂的他现在肯定睡得跟死人一样，而卡拉汉正在外面代特雷西应付媒体。换句话说，只有他一个人单独审讯这名日本人，这可是千载难逢的机会。福克斯虽然对工作没兴趣，却很喜欢记功和加薪。

好好利用这个机会，说不定这次我可以名利双收，既记功又加薪呢！

福克斯假装若无其事地问道："对了，南贺先生，您跟法林顿先生是什么关系？"

南贺脸上的表情夹杂着愤怒和困惑。"这到底是怎么回事？怎么会有那么多记者？法林顿怎么了吗？"

福克斯的态度很客气，不过他并不打算跟这个英语口音很怪的日本人耗下去。动作不快点，等卡拉汉回来，说不定功劳就会被抢走了。于是他学着电视上经常看到的刑警的样子，皮笑肉不笑地恐吓道："南贺先生，问问题的人是我。在美国这个地方，警察负责问话，市民负责回话，这可是规矩。这附近不守规矩的人都会被大家讨厌，尤其是不守规矩的日本人。"

不觉得不守规矩有什么不好的日本人南贺根本就不怕福克斯的威胁，不过他也知道跟警方作对没有好处，所以决定照实回答。

"不，我跟他连面都没见过。"

"那你为什么说起葬礼？"

"那是因为——唉，土地开发虽然是我的本业，不过最近有人找我赞助百老汇的歌舞剧……"

"土地开发和歌舞剧?"

"就好像某些大财团拥有棒球队一样,看中的是宣传效果。不过呢,我可不是人们所说的炒地皮的专家,艺术方面我也多少懂一点。我还非常喜欢歌舞剧。"

福克斯尝试设下一个"神探科伦坡"①式的圈套。

"哦,是吗……歌舞剧也是我的爱好之一。你喜欢弗雷德·阿斯泰尔②吗?"

"嗯,在我看来,他简直就是神。"

"没错!受过古典芭蕾训练的身段就是不一样。"

"是、是。"南贺冷淡地回应道。

骗子,福克斯心想,阿斯泰尔才没学过什么古典芭蕾呢,南贺根本不看歌舞剧,只是在吹牛罢了。

"那么,这跟法林顿有什么关系呢?"

"啊,对!是这样的,他跟巴里科恩家族的威廉先生似乎也有交情。在威廉先生介绍给我看的杂志里有写关于法林顿先生的事。"

"是怎么写的?"福克斯觉得有点意思了。

"好像说西岸众多艺术活动的背后,一直有个名人在支持什么的。然后最近这位名人也在陆续跟很多东岸的艺术家接触,看样子似乎是个神龙见首不见尾的大人物。老实说,虽然我很喜欢歌舞剧,却一直打不进那个圈子。所以我想,如果能见个面,请他帮我——"

---

① 《神探科伦坡》是一套美国电视电影系列。主角科伦坡是一名洛杉矶重案组的刑警,总是穿着一件皱巴巴的棕色风衣,一头乱发,叼着雪茄,开一辆老爷车。
② 弗雷德·阿斯泰尔(Fred Astaire,1899-1987),美国电影演员、百老汇舞者与歌手。

"那和葬礼有什么关系呢？"福克斯问了个笨问题，科伦坡的魂魄不知什么时候离他而去了。

"哈哈，再怎么说，我也不会请死人帮我引荐的。看了介绍他的其他杂志，我得知了法林顿先生骤逝的消息，而且他的葬礼还是在微笑墓园举行。说到这个，我就生威廉先生的气，他竟然什么都没告诉我。总之，今天一定会有很多业界的大人物来，所以我想，至少来这里发个名片什么的……"

好个不知廉耻的家伙，福克斯心想，竟然把别人的葬礼当作谈生意的地方。不过，也算是有点收获了。只要问出报道法林顿的是哪家杂志，说不定就能把法林顿的身家资料查清楚了。

南贺看着不自觉露出笑容的福克斯，问道："你哪里不舒服吗，福克斯先生？"

"不，我好得很。如果我是阿斯泰尔的话，说不定会当场跳起舞来呢……"

3

福克斯看着褐色砂岩大楼，心中雀跃不已。终于来到最终目的地了——《幕后》的编辑部就在这栋大楼的四楼。

福克斯回顾了一遍下午的工作行程，自己都不禁感到佩服。这大概是他平日里三天份的工作吧？不，准确地说，不光工作量和耗费时间，质量也是三天份的。

听完南贺的叙述后，福克斯马上跑去向特雷西报告。他有技巧地隐藏了重点，并自告奋勇地说杂志这条线就由他去追。精神恍惚的特雷西已经无法判断让经历不足的福克斯去是好还是坏，唯一能做的就是点一点头。

于是，福克斯立刻赶往墓碑村的图书馆，去找南贺说的那几本杂志。不过这里的藏书全是人们常说的"当地居民讲述自己的故事"那一种，让他当场傻眼。扑了个空的福克斯只好转往大理石镇。

不愧是大理石镇的图书馆，连一些冷门的小杂志都有。福克斯在这里找到了南贺说的那两份杂志，翻出过期杂志来看。

两本之中的《脚灯日报》刊登了许多篇有关法林顿的报道，散见于探讨业界小道消息的专栏中。从两个月前出刊的那本开始，每隔一周就会有"身份不详的艺术赞助家的秘密""法林顿先生对东部的表演事业感兴趣""法林顿先生在舞会上结识了演员威廉·巴里科恩"之类的报道出现，每一期都写得神秘兮兮的。这些标题即核心的报道怎么看都像是二流杂志上的绯闻八卦，福克斯忍不住打电话去该杂志位于后湾市的编辑部，想跟负责撰写专栏的琼·维曼取得联系。结果编辑部的接线员冷漠地回答说："太不巧了，她从今天开始休假一个星期。"

没办法，福克斯只好指望另一家杂志《幕后》了。这是一本超薄的周刊，主要报道业界情报。而关于法林顿的报道，正如南贺所言，只有一篇，同样出现在充满矫揉造作的文章的八卦专栏里。这篇报道中出现了法林顿的死讯，仅有寥寥数行，写在缅怀某位名不见经传的演员的文章末尾。

……特立独行的百老汇演员克拉伦斯·吉摩尔和石油大王唐·欧宾森的奇迹式邂逅，可谓绝世才华遇上雄厚财力的传奇佳话得以继续流传下去。

遗憾的是，在本周的专栏里，我们必须向您报告一位百老汇传奇的陨落。曾在一九七一年出演《灰熊和西贡摇滚》，并赢得一票死忠影迷的威廉·巴里科恩先生，原本计划和要进军东部演艺界的休伯特·法林顿先生进行合作，然而该计划却因法林顿先生的突然离世而流产。之前欣闻沉寂已久的巴里科恩先生将出演新的歌舞剧，我们充满期待，如今这样的结果实在太令人遗憾了。

法林顿先生的葬礼预计在十一月五日举行，就在巴里科恩先生家族经营的墓碑村微笑墓园里。在此谨代表演艺界祝他一路好走，荣归极乐。

帕切科·亨特

读完报道，福克斯马上打电话到《幕后》的编辑部，得知写这篇文章的专栏作家帕切科·亨特今晚会回编辑部。真是太幸运了！福克斯看了看手表，六点三十分。《幕后》的编辑部同样位于后湾，现在飞车过去，或许十二点前可以赶到。福克斯立刻离开了图书馆。

就这样，福克斯现在人站在后湾的老旧建筑前。

四楼的编辑部里乱糟糟的，熬夜工作的疲惫感弥漫在空气中。墙上贴满了各式各样的海报，敲打字机和文字处理机的声音不绝于耳。一名女编辑正一边吸着面条一边在校样上用红笔写字。众人隐身在堆积如山的书本和文件堆里，电话铃声不时响起……福克斯在里面转了几圈，终于找到一个人询问事先跟他约好的编辑韦斯特坐在哪里。

韦斯特是个眼袋很明显的中年男子，面露疲态，正弓着背在校稿子。

福克斯打了声招呼，他却连头都没回，更遑论握手了。

"不好意思，这个两点之前要批出来，我们就在这儿聊吧！"

他说。

编辑这种人，要采访你时可殷勤了，但换作你去问他话时，十个有九个没好脸色。

福克斯无奈，只好冲着韦斯特的后背说道："我在电话里也说了，我想见见贵杂志社负责撰写专栏的帕切科·亨特先生。"

韦斯特瞥了一眼手表，说道："亨特先生通常都是这时候送稿子过来的。"接着他问对面正吃面的女编辑道，"凯蒂，亨特人呢？"

叫作凯特的女子吞下嘴里的面条，比了个我也很忙的手势，不情不愿地翻开记事本。

"亨特先生吗？他确实说今晚会回来。"

"你说'回来'，他是出去了吗？"

"嗯，他去州北旅行了。好像是去墓碑村的微笑墓园什么的，说要去参加葬礼。"

韦斯特终于把头转向福克斯，认真地说道："就是这么回事，让您白跑一趟，真是对不住。"

"墓碑村？微笑墓园？难道他是去参加法林顿的葬礼？"

福克斯吓了一跳，原以为今天会赶去参加那场骗人葬礼的除了南贺平次以外，就只有威廉的朋友、广告商吉姆·菲尔德了，没想到——

韦斯特没有理会福克斯的困惑，说道："谁的葬礼我是不清楚啦！不过，你刚刚在电话里好像说正在调查墓碑村的命案，是吧？如果你找到了亨特，麻烦告诉他一声，请他赶快交稿……"

福克斯又向编辑部里的其他人打听了一下法林顿的事，不过大家都说不认识。

不死心的福克斯又前往同市的《脚灯日报》编辑部，那里的人更是对他爱理不理的,关于法林顿也什么都没查到。看来,这位神秘富豪的事,只有亨特等少数圈内人才知道。最后,福克斯终于意识到,只付出比准备高中期末考多一点的努力,是不可能被嘉奖也不可能加薪的,这才踏上了归途。

第二十四章　死亡的威胁

真是个无忧无虑的人呀,他还真把死人搬进了客厅,让它和着民谣《看看兮》的音乐跳起舞来,房东被吓得魂飞魄散了……

——第三代柳家小さん(落语家)

落语《らくだ》

1

"所以呀,怀着莫名其妙的心情和约翰道别后,我上了车,在车上再一次确认他的签名。接着我就变得十分想睡,那可不是一般的困意,根本就是被睡魔附身,害得我第二天早上睡过了头,纽约也没去成……"

听到这里,哈斯博士把录音机关掉,哈定律师的声音随之中断。

博士对格林说道:"以上就是哈定和约翰昨夜见面时的部分经过。后面哈定说他应该是在某个时候被人下了安眠药,不过也没人知道是真是假。那个男人,一旦事情扯上自己,就会大惊小怪的。"

令人震惊的史迈利失踪事件发生后的傍晚时分,格林终于找到了哈斯博士。因为昨天夜里博士是和警方一同前来的,所以朋克小子不能强出头,厚着脸皮讨论案情。不过对格林而言,等待是值得的,如今哈斯博士在搜索阵营中已位居要职,警方到手的情报他几乎都可以掌握到。会变成这样,大部分源自特雷西警官跳进墓穴那件事。大理石镇警署署长担心特雷西的精神状态,也不放心部下卡拉汉和福克斯等人,于是他默许哈斯博士以特别顾问的身份,拥有和在职警官相同的职权。这固然出自对博士的信赖,但也是目前警力多用于侦查万圣节女高中生命案后,大理石镇警署人手不足的窘况下的权宜之计。

格林一直待在哈斯博士的资料室里,两人关在里面,一边看监控录像带的备份,一边听截至目前警方掌握到的线索和证词。现在格林听的是下午刚结束的对哈定律师的审讯录音带,审讯由考虑周全的哈斯博士主导,因此内容很详细,连当时的对话都准确地还原了。格林尤其注意到哈定最后的那段话。

"我记得晚餐时哈定匆匆忙忙地走了进来,一坐下就拿起约翰的酒大口喝。"

"真的吗?如果是这样的话——"

"也许在晚餐时,有人偷偷往约翰的酒里下了安眠药。"

哈斯博士都忍不住露出厌烦的表情。

"又一个喜欢下毒的杀人魔登场了?我都要神经衰弱了。若真如此,那么没戴面具的'面具人'可能在晚餐前就已经若无其事地在殡仪馆里闲晃了。"

"说到'面具人',法林顿那条线追得怎么样了?"

"那条线是那个叫福克斯的娘娘腔刑警在追,他还没回来报告。这事扯上了那个獐头鼠目的南贺平次,要搞清楚也很困难。"

"我觉得,不管'面具人'是谁,这起案子还是要朝遗产继承谋杀案的方向去查。那次茶会是整个事件的起点,接着又有恐吓信的事。"

"这样啊……对哈定的审讯结束后,我也跟特雷西警官说这是一起遗产继承方面的谋杀案……"

格林从椅子上跳了起来。

"你食言了?你把我已经死了的事跟他说了?"

"没有,这个我没说,茶会的事我一个字也没提。我是跟他说之前发生的史迈利宣布更改遗嘱的事、家族成员起了冲突、史迈利喜欢捉弄人,以及最后遗产怎么分配这些。不过特雷西似乎不太感兴趣。虽然他说要重新调查史迈利的死因,但也不知道进行得怎么样了。现在,为了追查失踪的尸体,他就已经一个头两个大了。"

不愧是前所未闻的尸体失踪案件。从昨晚开始,警方已对这一带进行了多次搜索,还围起了封锁线,但约翰、"面具人"(法林顿),还有下午不见的史迈利的尸体依旧完全不知去向。格林想起刚才特雷西要回警署前神情恍惚、一个人喃喃自语的样子——"尸体全都不见了。被害人、凶手、目击者,这些人明明都已经死了,却嘲弄我,逃得远远的……"

格林决定回到之前的话题。

"录音里哈定也说,虽然不知道约翰是何时、又是怎样收到恐吓信的,但约翰似乎很怕史迈利死后就会轮到自己。"

哈斯博士神色凝重地说:"所以他才也立了遗嘱吧?虽然伊莎贝拉不知道有这么一封遗嘱,但从遗嘱的内容来看,她又变成最有嫌疑的人了。"

"可是,若她知道遗嘱的内容,应该不会傻到让别人怀疑到自己头上来吧?因为就算不那么做,约翰也说了财产要留给她……"

"对，毕竟他们早晚都会结婚嘛，她没有理由这样蛮干。我们来把这些情况整理一下吧。不是约翰的遗产继承有问题，而是一开始的史迈利的遗产继承有问题，但我怎么也不相信这是桩谋夺遗产的杀人案。"

"怎么说？"

"因为继承遗产的这些人，并不像外界所想的，对史迈利的遗产分配心存不满啊！一开始宣布遗嘱的时候就没人提出异议。詹姆斯认为自己的技术比金钱更有价值，威廉虽然需要钱投资戏剧，但他继承到的金额用在这上头是绰绰有余的；也没听说杰西卡和弗雷德这对夫妇特别贪财；而就莫妮卡而言，她是个不需要万恶的金钱来妨碍自身修行的人；负债最多的人就属约翰了，不过据说他继承到的金额是超出负债的！不是家族成员却也分到了好处的人有马里亚诺神父、玛莎，还有我。我们都得到太多了，我不禁怀疑，人真的都这么爱钱吗？嗯，或许这其中还有什么不为人知的秘密。"

"可是，史迈利爷爷曾宣布说要修改遗嘱。"

"哦，确实！可是根据哈定的说法，这是史迈利一贯的整人伎俩，更改遗嘱内容什么的其实根本就不存在。当然也有可能因为这种不存在的事而引发杀机！但是，史迈利爱捉弄人的怪癖，众人应该早就见怪不怪了……"

"可是约翰不是很害怕自己会被从继承名单上剔除吗？"

"嗯，这么说来，史迈利被人下毒害死这件事，是约翰干的？巧克力和密室的谜都还没解开，偏偏知道内情的约翰又被人杀死了。"

无法突破史迈利被毒身亡案件瓶颈的格林又把话题说回到恐吓信。

"恐吓信上的字我们先不管,单看数字代表什么意思呢?"哈斯瞪大眼睛盯着恐吓信端详了半晌,"嗯,11:24、2:11,是什么意思呢?是时间之类的吧!"

"难不成是在预告要杀人的时间?"

"呵呵,若是侦探小说迷特雷西,肯定会赞成这种说法。十一点二十四分?的确,根据监控器拍到的画面,命案是在十一点左右发生的,难道凶手临时将作案时间挪早了一些?那'2:11'又是什么呢?两点十一分?二月十一号?还是十一月二号?二号那天有发生什么事吗?"

格林拼了命地回想。

"一号是举办茶会的日子,我是在那天死掉的。第二天我和柴郡去十字路口咖啡馆,回来后……对了,史迈利爷爷发表了临终宣言。"

"然后,那一天半夜,史迈利就被人下毒害死了。嗯,这和第二位死者收到的恐吓信有什么关联吗?这种数字,怎么解释都行,根本毫无头绪,就像那个八点十八分的广告之谜一样。"

"八点十八分的广告之谜?"

"你不知道吗?商品目录或商店橱窗里的时钟大多都会停在这个时间,有人说这是林肯总统死亡的时间。"

"是这样的吗?"

哈斯博士得意扬扬地说:"林肯的死亡时间确实是上午七点二十二分。"

像这种没营养的知识,格林知道得也不少。

"有一个两点四十五分的典故,你知道吗?虽然和恐吓信上的两点十一分应该不一样。"

没有概念的哈斯博士一脸遗憾地摇摇头。

这回换格林得意了。"在《安全至下》(Safety Last!)这部电影中，哈罗德·劳埃德吊挂着的大楼时钟所指的时间是两点四十五分。"

走火入魔的两人凑在一起闲聊倒也无伤大雅，但如果特雷西也在场的话，一定会一边挠头一边大叫："这到底是怎么回事？"

格林也马上意识到他们俩是在讲废话，这种找碴儿游戏再玩下去就更难发现真相了。哈斯博士大概也察觉到了这一点，所以将话题拉了回来。

"对了，说到时间，我想到……约翰那只坏了的怀表，你怎么看呢？"

"那个有点奇怪，怀表坏掉的事我怀疑是人为的。我觉得那是凶手在故布疑阵，这么做应该是想嫁祸十点半左右拿刀进来的伊莎贝拉吧？"

"可是，是她自己主动拿刀过去的，凶手怎么能事先料想得到呢？她和威廉都说约翰在电话中指名拿刀前去的人是威廉呀！"

"也许凶手猜不到，但他有眼睛可以看呀！如果'面具人'从'升天室'的门缝里看到伊莎贝拉拿着刀子过来，那么他就很可能在杀害约翰后想到把怀表时间往前调，好嫁祸给伊莎贝拉。怀表上有指纹吗？"

"没有，半个指纹都没有。'面具人'戴着手套，想从指纹上找线索算是没指望了。其实，侦查会议上大家也倾向你刚才说的方向，不过我试着往更深的一层去想。"

"是什么？"

"从约翰在'黄金寝宫'的举止来看，我认为他应该知道真正的凶手是谁。为了让真正的凶手——也就是法林顿——摆脱嫌疑，他故意把怀表弄坏，调整时间，来误导发现人。可是伊莎贝拉碰巧在那个伪造的时间点上拿刀过来，变成了嫌疑人，所以约翰当时才会那么着急，极力澄清伊莎贝拉的涉案嫌疑。"

"这么说，在怀表上动手脚的不是凶手，而是死而复活的约翰自己？"

"应该是吧！但他是出于什么原因要袒护'面具人'，我就不明白了。"

"如果真是这样，那约翰应该发觉了你装的监控器吧？因为是在有人看见了'面具人'的前提下，他才需要动这个手脚啊！但这就怪了，应该没人知道监控器打开了吧？"

"嗯，是这样没错……"

似乎哈斯博士也被搞糊涂了。这时格林突然想到……

"监控器的事先放一边，如果说约翰想要袒护某人，会不会和过去发生的那件恐怖事件有关？和杰森有关……"

"杰森？"

格林说出他在十字路口咖啡馆听到的关于二十年前杰森的事，听完他的讲述后，哈斯博士显得一脸疲惫。

"又是杀人魔复活的传说吗？难道'面具人'的真正身份不是法林顿，而是复活了的杰森？真让人头痛啊！关于这件事，我也略有耳闻，不过当时我还在芝加哥大学任教，详细情形并不清楚。哈定做证时提到，约翰对万圣节那天的事有些在意，如果这指的不单是前些日子的万圣节，而是也包括二十年前那个可怕万圣节的话，这一点就该纳入考量了。"

"以前的事，只要找个人问问就清楚了吧？"

"嗯，家族的旧事该问莫妮卡，不过这件事关系到自己的儿子，她恐怕无法客观吧！我们总不能问些'复活的杀人魔是你的儿子吗'之类的问题。而且莫妮卡最近似乎有点老年痴呆的倾向，言谈举止都怪怪的。玛莎很早以前就待在巴里科恩家了……不过，若说能将事件始末讲清楚、讲明白的人，那马里亚诺神父是最佳人选。"

讨论到这个阶段，格林心里突然升起一阵不安。虽然他们推理出了各种情况，但每种情况都只能推到一半，不仅如此，在推理的过程中，嫌疑人还不停地转换，理不出清晰的头绪。格林觉得，就像被害人、凶手、目击者以及被传讯的家伙接二连三逃之夭夭一般，推理中的假设和怀疑也正一个一个从自己的掌心中溜走。哈斯博士接下来说的话更让格林坚定了这种想法。

"还有件更奇怪的事……"

"你该不会是要告诉我，不只凶手和目击者，连负责侦查的特雷西警官也是个活死人吧？"格林略带讽刺地说。

"呵呵，那个男人目前的状态的确像个活死人啦！别看他平时正儿八经的，其实很神经质。不过我要说的不是特雷西，而是经理办公室里的指纹。"

"指纹？"

"对，鉴证科的报告上写着，那个房间里只有一枚清晰的指纹，就是印在保险箱上的那个。除此之外，别说凶手的了，连约翰的指纹都找不到。这绝对是有人故意抹掉的。"

"是凶手抹掉的吧？想抹去自己的指纹，却连约翰的指纹也抹掉了。"

"照常理的确可以这么解释，但你还记得录像带里的画面吧？正如我刚才所说，'面具人'戴着手套，所以他应该没必要抹去自己的指纹……"

"那如果不是凶手，还有谁会去做这种事呢？难不成是约翰抹掉的？"

"嗯，让我伤脑筋的就是这一点。如果是约翰做的，那他为什么不想让自己的指纹留下来呢？另外，如果昨晚和哈定碰面的人不是约翰的话……"

再一次，格林感觉自己被卷入了混乱的旋涡。

"你说和哈定碰面的人不是约翰……你该不会想说，那是史迈利吧？"

哈斯博士高深莫测地皱起眉头。

"嗯，哈定也说他总觉得那个人哪里怪怪的。而且，你不觉得戴着那副眼镜和假发的约翰跟史迈利实在是太像了吗？"

"嗯……我也有这个感觉。那么，是史迈利化妆成约翰的样子立下遗嘱，想把约翰的遗产分配给伊莎贝拉？可是那上面的签名是约翰的笔迹吧？"

"哦，这倒是。哈定也说那签名是真的……所以反过来想，是约翰伪装成了史迈利？嗯，这么想比较有可能。"

"他有什么理由这么做呢？"

"比如说，我们可以想成是'死亡恐吓'。"

"死亡恐吓？"

"就是利用活人都害怕死亡和死人的心理进行恐吓。像在中国，直到近代都还有以死恐吓的习俗。比如把死去的穷人的尸体买下来，打扮成被害死的亲人的模样，去吓唬打官司的对方。在德国也有类似的事，日耳曼的古代法典《萨克森法典》中有一条：如果被害人家属不将死者下葬，而是将之抬到法院去告发凶手的话，被告的人要么用自己的项上人头做赌注和对方打官司，要么就直接向尸体认罪。"

"日本有一种名为'落语'的传统曲艺，其中有一个故事，讲的就是让吃了河豚暴毙的男子跳舞，借此敲诈房东等人。"

格林被引得说出了这段话。但现在可不是展现学识的时候,他赶紧将思绪拉回来。

"约翰装扮成史迈利,打算恐吓某人。他是想恐吓'面具人'呢,还是继承遗产的人?还有,为什么呢?啊,这实在难以理解。博士,我们一个接着一个地假设,却又一个一个地推翻,我已经乱成一团了。"

"是啊,我也越来越搞不清楚了。不过格林,我们这么苦恼的根源,你知道是什么吗?"

格林摇摇头,他已经没有多余的心力去想这个问题了。

"我想多半是因为我们现在所处的这个怪异世界。"

"怪异世界?"

"没错,死人复活的怪异世界。我们必须将死人复活这种前所未闻的棘手要素也考虑进去,这就是造成混乱的主要原因。不过也正因如此,我们反而知道该如何去推理。"

"怎么说?"

"换个方式说,我们必须掌握死人的心理。或许他们想的是活着的人根本不会去考虑的事。而能够充分了解他们的想法的最适合人选……"

"就是同为活尸的我……对吗?"

格林抬头望天。如果还活着,还有呼吸的话,他真想深深地叹一口气。

2

斯图尔特·柯林斯医生神经质地掸去躺椅上并不存在的灰尘,脑子里想着刚刚离开的病人。把今天也算在内,这位病人已是第三次来这儿看病了，然而柯林斯医生还是无法掌握其深层心理。

柯林斯医生很清楚，他一直只谈些表面的事。

他说他对自己的性无能感到不安，面对亲兄弟时心存自卑，因缺乏母爱而感到孤独——这些情绪在他的心中形成旋涡，变成巨大的不满与挫败感，导致他有时会以暴力的方式寻找发泄的出口。

柯林斯医生厌倦了病患们不时提出的哲学论调，通常不太理会，但这位病人将自己心中郁积的暴戾情绪用"死的冲动"这种过分专业的词语来形容，让他印象深刻。

最近，这样的病人明显变多了，柯林斯医生想。虽生犹死的一群人——活尸。今天来看诊的十个人中就有四个宣称他们已死，这让柯林斯医生感到讶异。之后在得知其中只有一个是真正的死人之后，柯林斯医生又在烦恼是否该放弃这份工作别做了。

变成令人讨厌的时代了，柯林斯医生心想。不管是心理层面还是生理层面，生与死的界线都越来越模糊不清。不过柯林斯医生是个忠于工作的男人，如果治疗对象是如字面意义上的活死人，他绝对不干。但若病人是心理层面上的死人，这可就是他的专长了。

不论是受胃病折磨的中年男子，还是罹患艾滋病、精神沮丧的同性恋，只要朝着病因一路追溯下去，就会发现大部分痛苦均源自幼时受到的创伤。最要紧的是耐心听他们说话，发掘出问题的症结所在，然后再帮他们除去心结。柯林斯医生觉得自己的工作和掘墓人很像——不，应该是推翻坟墓的人。

刚刚离开的那位病人，一定也在过去经历过什么足以影响他一生的事。来这儿的重症病患,大部分有过类似幼时被变态老男人带进仓库、绑在椅子上,强迫聆听理查德·瓦格纳的《飞翔的女武神》①的经历,因此留下永难磨灭的阴影。

不过,借由治疗,那被压抑在心灵深处的过去终会有被唤醒的一天……

柯林斯医生对整理得干干净净的躺椅感到满意,接着他的思绪转到下一名患者身上。这名中年男子是这里的老病患,不过近来他变得像个活死人——当然,这是指他的精神状态。

柯林斯医生冲着候诊室的门喊道:"理查德·特雷西警官,请进来!"

3

"别傻傻地只会站在那里,去帮我把装面粉的罐子拿来。"

只要是站着不动的人,就算是总统——不,就算是死人,玛莎也要差遣一下。此时她正专心做着明天要吃的蛋糕,这番话是对头也不回地走进厨房的格林说的。

格林看着架子上摆放的瓶瓶罐罐,不知该从何处下手。

"哪、哪个罐子?"

"没写字的那个,画着青豌豆的绿色罐子。"

格林依照指令取出罐子,一边拿到她身边,一边说道:"什么嘛,这像是小孩子过家家用的罐子,为什么要用什么青豌豆的罐子来装面粉呀?"

玛莎就像是被人问到"为什么太阳要从东边升起"似的,一

---

① 《飞翔的女武神》(*The Ride of Valkyrie*) 出自瓦格纳(Richard Wagner, 1813–1883)的史诗级歌剧《尼伯龙根的指环》(*Der Ring Des Nibelungen*) 第二幕。

脸的不耐烦。

"是呀，这是少爷们小时候玩过的玩具罐。我的助手罗库拿来装剩下的面粉，他那个人啊，虽然小气，但爱囤东西的个性倒是帮了我的大忙。面粉用光了，没人愿意帮我去城里买，就连你也……"

格林眼看着矛头就要指向自己，连忙转移话题。

"没有砂糖罐吗？"

和哈斯博士讨论完案情后，不断地凭空推测已让格林厌倦，于是他决定坐而言不如起而行。虽然各种假设都碰到了瓶颈，但格林打定主意，要重回事件的原点——那场茶会——展开调查。只是，玛莎回答时依旧是一副爱搭不理的模样。

"在那个架子上吧？"

"没有，那个……那天茶会上用的陶制砂糖罐不在上面。"

架子上的糖罐是玻璃制的，和之前的那个不一样。玛莎看起来似乎更不高兴了，她停下搓面粉的手，双手叉腰，斜眼看着格林。

"怎么啦？难道装糖的容器变了，里面的糖就会变成盐了吗？"

"不是啦，只是我很喜欢之前的那个，所以想问问怎么换掉了。"

"因为摔坏了啊！"

"摔坏了？什么时候？在哪里？"

"你这个人真的很烦啊！就是那次茶会之后！手一滑，不小心摔坏了，就因为我忙这忙那的，又没人来帮忙……"

格林大失所望。茶会的事就因为巧克力这条线连不起来，才想来调查一下那个砂糖罐。早知道这样，当初早点儿下决心来问就好了。接二连三的突发事件分散了注意力，结果让到手的线索跑了。

格林不甘心就这么离开，他继续盯着平日放砂糖罐的那个地方，突然，发现了某样东西。玛莎一转过身去忙，格林立刻凑近架子想瞧个清楚。

架子上放了好几层瓶瓶罐罐，都是调味料，在最下层，板子与板子的缝隙间，有些白色的东西。如果这不是从新的砂糖罐里漏出来的，就可能是之前砂糖罐里装的东西了。格林连忙用刀把这些白色粉末挖出来，从一旁的旧报纸上撕下一角包好。

正准备走出房间时，又听到玛莎在他背后叨念："真是的，自从发生那种事后，每个人都爱查东查西的。你那个不良少女朋友，也得意扬扬地说她知道凶手是谁了。有闲工夫做侦探查案，还不如来帮我忙比较实在。"

只要是站着的人，不管是总统还是朋克少女，都想使唤吗？格林苦笑。不过下一秒钟，格林突然有种奇妙的预感。他觉得玛莎说过的话中似乎隐藏着什么重要的线索，只是他想不起来是她刚刚讲的这些，还是很久以前讲的了。而且那句话和下毒事件没有什么直接联系，格林拼命地回忆，找寻拼图碎片。

4

艾汀小姐正在吹干湿漉漉的头发，暗自琢磨要不要从冰箱里拿罐啤酒喝。虽然啤酒的热量很高，但今天经历了那么刺激的事，真让人有点累，刚洗完澡来上一杯应该很不错吧？最终她打定主意，拿出啤酒来。喝了两口后，她又随手拿起放在冰箱上的报纸走回床边。

那是回家路上买的《大理石镇地方报》,她已经看了两遍了。头版以超大字体写着这样的报道标题:

特雷西警官挖坟掘墓

不用说,当然也登出了特雷西警官跳进史迈利的墓穴中的现场照片。烦恼的警官和空空如也的棺材,都大张着嘴巴愣在那儿。

看到今天早上刚为自己做过笔录的人竟然这么丢人现眼,艾汀小姐不禁有种自己被耍了的感觉。不过,看过了右下方的报道后,她心里的不快稍稍获得了平复。那篇报道的标题是《消失的法林顿先生——死人复活》,下方刊登了法林顿的画像,是根据今天早上她和詹姆斯的证词绘制的。虽然被卷进了可怕的事件,但自己的证词竟像这样风风光光地刊登在了报纸的头版上,也不算是件坏事。

其他版面还有《寻找所有尸体:逃逸的被害人、凶手和目击证人》《深夜灵车飙车 引发重大事故》等报道。总之,昨晚到今早发生的种种事件都被大肆报道了一番。而且不光聚焦事件发生的经过,甚至还有热衷侦探小说的记者在"面具人"的真实身份上大做文章。不但扯出二十年前的杰森·巴里科恩事件,还刊登了不知道从哪儿弄来的、约翰收到的恐吓信的翻拍照片。报道的字里行间充斥着对家人争遗产的暗示,任意发挥。

这么多情报全都毫无保留地摊在报纸上,这都要怪那个叫卡拉汉的白痴小队长,艾汀小姐心想。案发后,那个男人就在宅邸正门前,以俨然一副好莱坞影星出身的政治家的姿态,对着蜂拥而至的媒体陶醉地发表演讲,仿如总统的就职演说。那个叫福克斯的刑警也是，比起案情，感觉更关心她的电话号码。下属们都是这副德行，也难怪特雷西警官会神经衰弱了，她不由得同情起那位跳进墓穴的警官。

这样想着，艾汀小姐突然惊觉，要是媒体继续炒作下去，迟早有一天记者就会找上门来采访她。说不定自己还能上电视，接受第七频道唐·兰瑟的专访……艾汀小姐幻想着自己上电视的情景，自我陶醉了好一会儿。

和神秘的法林顿先生有过最后接触的悲剧女主角（虽然她自己也不清楚哪里悲剧！）。

太好了。如果上了电视，就可以向去过纽约的凯蒂炫耀一番了。

可是艾汀小姐又突然担心了起来，面对唐·兰瑟的访问时，自己能对答如流、妙语连珠吗？如果唐就时事问题问自己的见解该怎么办？现在恶补不知还来不来得及？

艾汀小姐急忙翻开报纸。要是报上有介绍探讨时事的畅销书，就买一本来读读好了。

就在这时，她看到一则新闻。

标题是《州历史文艺协会授以已故的奥布莱恩先生特殊成就奖》。报道中对《墓碑村、大理石镇一带的历史及民间传说》一书的作者，不动产商人弗兰克·奥布莱恩做了一番介绍。

不过，引起她注意的不是报道的内容，而是附在旁边的奥布莱恩的照片。

艾汀小姐盯着那张照片端详了一会儿，突然灵机一动，拿起放在边桌上的自动铅笔，试着在照片上画了起来。

她试着为奥布莱恩画上了眼镜和胡须，然后再翻到报纸的头版看。

反复对比着看了两三次后,艾汀小姐不禁喃喃自语道:"老天爷!不管怎么看,法林顿都和这个叫奥布莱恩的男人长得一模一样……"

第二十五章　柴郡的冒险故事

重新回顾这段人生的记忆，一定摆脱不了最后的一瞬间，而这最后的一瞬间同样也摆脱不了它的最后一瞬间，不断地重复，死亡这东西将变得永无止境……

——阿图尔·施尼茨勒（Arthur Schnitzler）

《遁入黑暗》（*Flucht in die Finsternis*）

1

柴郡吸吸鼻子，拢了拢夹克的领子，心想，没想到当少女侦探南茜·朱尔[①]一点都不好玩。

柴郡现在人在巴里科恩宅邸的屋顶天台上，按位置来说，是三层楼高的巴里科恩宅邸的正中央。天台四周围有栏杆，诺曼住的阁楼在中间，像一座瞭望台。新英格兰境内的许多第二帝政时期建筑风格的古宅中都可以看到这样的天台，原本是为了瞭望港口进出的船只而设计的，所以又称"寡妇露台"。不过，在巴里科恩宅邸瞭望的就不是进出港口的船只了，而是进出墓园的死者。从另一种角度来看，也可以说这个名字挺合适的。

[①] 南希·朱尔是二十世纪六十年代的系列侦探故事《少女妙探》（*Nancy Drew*）中的侦探角色。二〇〇七年被改编为同名电影。

若白天从寡妇露台远眺,且不知道那里是死者聚集的地方的话,其实还称得上景色宜人。但晚上十点过后,就只剩下阴森森的一片漆黑,没什么观景的乐趣可言了。此时柴郡蹲在高度不及成人腰部的栏杆暗处,整个人缩成一团,从栏杆之间的缝隙眺望墓地方向。一想到每一座静静伫立的墓碑下方都躺着一个死人,她就不由得感到又冷又怕,心中后悔的念头也越发强烈。

待在这儿不离开当然有她的理由,她这么做是为了洗清母亲伊莎贝拉的嫌疑。她打算自己调查事件的真相。柴郡的心里有一个假设,不,与其说是假设,倒不如说是偏见比较恰当。"十字路口咖啡馆"的比尔老爹说的"万圣节杀人魔"杰森的事一直在她的脑海里挥之不去,因此,当听人说起失踪的"面具人"时,她立刻就把二者联想到了一起——没错,她确信"面具人"一定就是死而复活的杀人魔杰森。

少女侦探还察觉到一个疑点,那就是诺曼。柴郡常常听见莫妮卡错把诺曼叫成杰森,完全是一副杰森还在世的口吻。因为这件事心生怀疑的柴郡便去找玛莎询问诺曼的身世。

据玛莎说,诺曼是在杰森腐烂的尸体被发现后才出现在墓园的。他的脸在越战中被灼伤,还失去了记忆,只记得从军的那段日子神父杰森对他很好,特来拜访。失去心爱的儿子的莫妮卡就把诺曼留在了墓园,甚至把他当作杰森的替身,对他百般疼爱。就这样一过便是二十年……

听到这些,柴郡觉得更加可疑。突然间她想到,难不成诺曼就是杀人魔杰森为掩人耳目而假扮的?"面具人"是杰森,而杰森就是诺曼——这个等式在她的脑海中浮现。不过她的猜测没有任何根据,而且不可否认,部分推理只是出于"取诺曼、杰森这种恐怖片里常出现的名字,肯定有鬼"这种莫名其妙的思路。

不管怎样，柴郡决定证明心中"诺曼即杰森"的想法。于是她问玛莎记不记得杰森有什么特征，玛莎告诉她："杰森还是婴儿的时候，肚脐旁边有一个蝴蝶状的胎记。"太好了！柴郡心想，只要能确认诺曼的肚子上有这么一个胎记，便可以证明他是杰森了。

事不宜迟，柴郡马上采取了行动。她算准了诺曼不在的时候潜进他的阁楼房间，再来到寡妇露台，躲在了栏杆下的角落，旁边就是供阁楼房间采光用的圆窗，她打算透过圆窗偷窥房间里面的情况。诺曼更衣睡觉时就会露出肚子，她可以看得一清二楚。

这个计划实在是不够周全。

柴郡意识到这一点时，已经在天台上待了两个多小时了。她感到饥寒交迫，诺曼却仍旧没有出现。就算他真的出现，并且马上换衣服准备睡觉，也无法保证一定能看到他的肚子啊！

此外，柴郡还发现计划里有一个很大的漏洞：就算顺利确认了诺曼就是杰森，接下来又要怎么回去呢？从天台回到宅邸内的唯一通道是诺曼房间的那扇门。柴郡提心吊胆地越过栏杆往下看，下方是南栋三楼的屋檐，高度差有足足十英尺。先不说她压根儿没有往下跳的勇气，就算她真的跳了，也会从倾斜的屋檐上滚下去吧。

束手无策的柴郡又吸了吸鼻子，这时她听到阁楼房间里有声响，接着光线流泻出来，吓了她一跳。柴郡连忙把脸贴向飘窗，诺曼终于回来了。

诺曼进入房间后马上点燃了小房间中央的老旧煤油炉。火苗在炉芯尾端延展开来，在火光的映射下，那张丑脸上的阴影越发明显了。

确认炉火已点燃后，诺曼坐到床上，慢慢举起双臂伸了个大懒腰，好像很累的样子。

说不定比想象中更快搞定呢！柴郡暗自窃喜。不过她觉得自己的忍耐力也快到极限了。诺曼出现后，她全身的神经都绷紧了，接着便是一阵强烈的尿意袭来，小时候一玩捉迷藏就一定会出现这种独特的生理现象。隔着一道墙，鬼正一步步地逼近，那种憋不住的感觉又回来了。

柴郡还在仓皇中，诺曼开始脱上衣了。在一旁偷看的柴郡像个偷窥狂似的，心中不停地喊着：再脱！再脱！大概是在回应她心中的呼唤吧！转眼间，诺曼已经脱掉了衬衫和裤子，只剩下贴身衣物。

再脱、再脱，把内衣也脱掉……

这时，柴郡心中突然冒出了一个疑问。等等，诺曼换上睡衣准备就寝了，所以他是不打算洗澡了？这么说来，他就没有必要脱掉内衣了。虽说还有换内衣裤的可能，但在这样寒冷的夜里，似乎希望渺茫。天气这么冷，特地脱光露出肚子……

冷——脑海中一浮现这个字眼，柴郡就觉得鼻子发痒。至今为止一直成功隐身在暗处的女侦探犯了一个不可原谅的错误。

"哈——啾！"吸入的鼻涕刺激了鼻内黏膜，柴郡像只愚蠢的土狼打了个大喷嚏。不过诺曼可不会认为有土狼不小心闯入眺望台，还迷了路。

阁楼通往露台的门打开了，天台上出现了诺曼巨大的影子。

"你在那儿做什么呢？"

诺曼压低声音问，并朝柴郡所在的地方靠近。黑暗中浮现出那张被火焰烙上刺青的脸，以及向前摸索着，像要一把抓住猎物的双手。此时此刻，若不是诺曼身上只穿着内衣裤，一副滑稽样，这一幕就是二流恐怖片里经常看到的桥段了。

"不，别靠过来……"

柴郡向后退，她的背已经顶到了天台坚硬的栏杆，但诺曼还在朝她逼近。走投无路的柴郡爬上了栏杆。

"你别过来！"

然而，要柴郡做出东欧体操选手在平衡木上的华丽动作，单就体重而言就困难了些。诺曼又向前跨出一步，指尖触到了柴郡的胸部。为了闪躲，柴郡往后一缩，顿时失去了平衡。她膝盖打弯，双手挥舞，就像用细线操控的木偶般摇摇晃晃。

寡妇露台上响起的尖叫声瞬间响彻墓园，唤醒了无数名长眠中的死者。

柴郡跌进了无边的夜色中。

2

桌上的烟灰缸里烟蒂堆积如山。那家伙不知要折我几年的寿！想到这里，特雷西警官连忙摇了摇头。

不行、不行，这么想只会更加不安，把自己逼进死胡同。刚刚柯林斯医生不是才告诉过我吗？

夜深了，特雷西还待在大理石镇警署里，独自一人坐在办公桌前。署长说了：今晚就早点回家，好好休息吧！不过特雷西心里很清楚，逃走的死人一个也没抓到，就算回家去了，也睡不着觉吧？

傍晚他去了一趟心理诊所，医生建议他不要钻牛角尖，试着多和外界接触，培养一些可以让自己放松的兴趣爱好。可是没有什么兴趣爱好能让这位工作狂警官放松，唯一能让他放松的事情就只有工作。柯林斯医生当然也指出了特雷西工作过量的事实，不过一天不把这个案子解决,他就一天开心不起来。

特雷西决定先研究一下福克斯从后湾打电话来时报告的内容。

福克斯去向两家杂志社打听有关法林顿的线索,结果全无进展。不仅没见到法林顿本人,就连曾写过法林顿相关报道的两名专栏作家也都不知去向,这点实在可疑。而且,据说其中一位还跑来了墓碑村。

特雷西还想再去讯问一次威廉和南贺。南贺就算了,威廉至少跟法林顿见过面,再试一试,说不定能问出什么来。尽管现在已是深夜,特雷西还是叫罗贝斯去威廉家一趟。

是有心电感应吧?就在特雷西想这些事的时候,罗贝斯打电话来了。可是听着电话的特雷西,脸上的表情变得更忧郁了。

电话那边的罗贝斯唉声叹气地说:"长官,不只死人,连活人也开始逃跑了。威廉的太太海伦跟我说,傍晚时,威廉没交代一声就出去了,到现在都还没回来……啊,还有他的那个广告商朋友吉姆·菲尔德,也不在。我看大家就是讨厌我,趁我来之前全跑光了……"

"好像是这样呢,罗贝斯,我们大理石镇警署不知什么时候加盟了'全美丑小鸭协会'。放心回来吧!惹人嫌的不只你一个,我和福克斯也好不到哪里去。"

特雷西放下听筒,他好久没觉得自己的下属这么可爱了。吃瘪的不是只有自己。等他们俩回来,一定要好好请他们吃比萨、喝咖啡。正当特雷西想着这些不着边际的事时,另一位下属——卡拉汉小队长开门进来了。

"啊!长官,你在啊?你还好吧?"

卡拉汉用一贯的爽朗语气跟特雷西说话,但特雷西立刻板起脸,斜眼看着他。桌上摆着那份大理石镇的当地报纸,大字号标题印着"特雷西警官挖坟掘墓"。会有如此耸人听闻的标题是因为自己确实失态了，特雷西不想辩解，但这篇报道里还披露了许多与侦查相关的重要情报和线索，这就全都要怪卡拉汉这个得意忘形的大嘴巴了。只有卡拉汉，特雷西不想请他吃比萨。别说吃比萨了，他作为警察犯下如此大错，应该被免职才对。

特雷西抓起桌上的报纸递到卡拉汉面前，正要开口数落，没想到下属抢先开了口。

"对、对，我正要说这个呢，长官。"他还不客气地把报纸接了过去。

特雷西没反应过来，当场愣住。卡拉汉不理会上司的窘态，继续说道："刚刚您出去时，墓园的员工艾汀小姐打电话过来！她说她知道法林顿本尊是谁了，所以我就去了一趟——"

特雷西立刻有所防备地问："等一下，你该不会要说，那个本尊也逃跑了吧？"

"这个……该怎么说才好呢……"卡拉汉闪烁其词。

"我再问你，那个本尊什么的，到底是活人还是死人？"

又不是《二十道门》电视抢答节目，卡拉汉心想，他认为还是尽早让特雷西面对现实比较好。

"对不起，"我干吗道歉呀，卡拉汉一边这么想，一边说道，"又是个死人。艾汀小姐说，法林顿其实是前些日子意外死亡的不动产商人弗兰克·奥布莱恩。"

特雷西双手掩面，用近乎呻吟的声音说道："哦！死人这么喜欢我们大理石镇警署吗，还会自报姓名？那个艾汀小姐这么说有什么根据吗？"

卡拉汉一边偷瞄特雷西的表情，一边照着艾汀小姐在电话中说的，在报纸上刊登的奥布莱恩的照片上画上眼镜和胡子，再翻出法林顿的肖像，一起拿给特雷西看。

看过之后，特雷西也不得不点头承认。

"嗯，真的很像……"

特雷西想起从哈斯博士那里听来的关于巴里科恩家族的秘密。外界猜测，约翰·巴里科恩把商业伙伴换成南贺平次一事让奥布莱恩十分苦恼，导致他自杀。而约翰的妹妹杰西卡嫁给了奥布莱恩的儿子，同时她也是巴里科恩家的继承人之一。

特雷西问道："那你去奥布莱恩家看了吗？"

卡拉汉早就等着特雷西问他这个问题了。"嗯！我去了。哈斯博士不是在侦查会议上说了一堆吗？所以我马上就去了奥布莱恩家。"

"结果如何？"

"没问出什么。杰西卡歇斯底里地大叫大嚷，而她那个懦弱的丈夫甚至不敢吭一声。不过他说，直到教堂举行弥撒之前，他父亲的遗体都好好地躺在棺材里。"

"那之后呢？"

"因为盖上了棺材盖，抬去埋了，所以棺里的事他就不清楚了。"

"是吗？那么，明天免不了又要去挖一次坟了……"

特雷西烦恼了起来。一定又会被报纸乱写：《警官未吸取教训，再度挖坟掘墓》。他叹了一口气，说道："妈的！真不敢相信，要找的死人多得数不清。还是先找活人好了。你调查过杰西卡和弗雷德的不在场证明吗？"

"嗯，这一点我也想到了。不过约翰被杀的那天晚上，他们俩都在朋友家喝酒、打桥牌，一直待到天亮。这我也向他们的朋友求证过了，这个不在场证明应该是真的。"

特雷西没办法，只好再度绕回到死了的奥布莱恩身上。

"奥布莱恩意外身亡是什么时候发生的事？"

"我记得是在万圣节第二天，也就是十一月一日。那天晚上他连人带车从春田瀑布附近的断崖摔了下去，次日早上才被人发现。"

"这样啊……好，我去交通组问一下详细的情况。"

说完特雷西便去交通组询问，恰好值班的就是那天处理事故现场的警员。他一面喝着淡而无味的咖啡，一面回答特雷西的问题。

"啊！那次意外情况很严重，尸体都摔烂了。春田瀑布那边你也知道吧？人称'死亡弯道'，有一首很老的畅销单曲还以此当歌名呢！"

"不熟悉路况的外地人常在那附近出事吧？"

"没错，外地人。但本地人对那儿可是一清二楚。所以呀，大家才说做不动产生意的奥布莱恩会死在那里，不是因为意外，而是自杀。知道那里危险的人一定可以安全通过的。前几天，在同样的地方，有一个外地人出事……"

特雷西不想听外地人的事，面露不耐烦。但值班警员没理他，径自说了下去。

"是后湾来的都市人，开着一辆亮晶晶的保时捷，但也成了一堆废铁。他人呢，是头部受到重创，意识不清。他身上没带驾照，因此无从得知他的身份。好在今天傍晚他终于醒过来了，神气兮兮地说他是在影视类杂志上撰写文章的名人——"

特雷西吓了一跳，趋身向前，问："那家伙说他叫什么？"

"我记得他自称影评人帕切科·亨特……这名字我可没听说过。"

3

"真的,再差一点,我就从寡妇露台掉下来,变成寡妇了。"

柴郡一边嘟囔着,一边当着格林的面扯下内裤,把治跌打损伤的镇静剂喷在屁股上。格林拿起读到一半放在床上的博尔赫斯的《小径分岔的花园》遮住眼睛,抗议道:"喂!你有没有羞耻心啊?还有,所谓的寡妇,指的是死了丈夫的女人哦!"

"呼——好冷!"

柴郡光着屁股缩成一团,丝毫不以为意地说道:"哦,是这样啊?所以如果我死了,变成寡妇的人就是格林你了。"她还是不懂这个词的含意,"喂!格林,你是不是很担心我呀?如果我死了,你会很难过吧?"

格林把书本从脸上移开,冷冷地说道:"我才不担心呢!你的大屁股卡在南栋的屋檐上,发出了那么大的动静。五角大楼的人听见,肯定以为是外星人攻进来了吧?"

就在一个小时前,柴郡从南栋屋檐掉了下来,巨大的声响响彻整栋巴里科恩宅邸,引发一阵骚动。还好,她的屁股陷进了屋檐上一处腐烂的地方,没受重伤,只是闪到了腰。如果她的体重再轻些,就不是陷到屋檐里,而是直接从屋檐滑落,摔在地上,当场一命呜呼了吧?柴郡第一次对自己的体重充满感激。

立刻被诺曼救起来的柴郡还跟匆匆赶来的伊莎贝拉大吵了一架,她当着众人的面说再也受不了母亲了,然后就躲进了格林的房间。

"你心眼很坏!"柴郡绷着脸说道,"救我的诺曼比你要亲切多了。"

"结果那家伙并不是杰森,对吧?"

柴郡尴尬地回答道："嗯，是呀，他的肚子上没有胎记。被他救了以后，我心一横，直接跟他坦白，他就给我看了。"柴郡的声音小到快要听不见，"还有啊，我仔细想了一下，那天晚上诺曼和我一直待在莫妮卡奶奶的房间里。我完全把这件事给忘了，谁叫诺曼那个大块头只会杵在那里，话都不讲，简直就像个隐形的幽灵。就连约翰打电话过来的时候他也动都没动一下……"

格林讶异地把书丢到一旁。

"约翰有打电话过去？你之前怎么没说过？"

柴郡愣住了。"因为没人问过我呀！"

"他是什么时候打去的？都说了些什么？"

"嗯，那时我在看有怪物的科幻电影，大约是十点半吧！他打来问我妈妈在不在。"

"他为什么要问这个？"

"我怎么知道呀？晚餐后约翰把我叫去，要我整晚待在妈妈身边，还给我零花钱呢！"

"那你是怎么回答他的？"

"我说在呀。我说谎是我不对，可要我把揣进口袋里的十美元再掏出来，我可不干。"

"你妈妈当时其实是和威廉在一起的，对吧？"

"那时我并不知道她在威廉那儿，她只对我说要去殡仪馆的资料室找睡前看的书，就出去了。那时是大概九点吧？虽然我知道她说要去找书是骗人的……"

"她只说了这些吗？"

柴郡不想再被责备了，点头如捣蒜。格林听了这番话，脑海中响起"咔"的一声，一小块拼图碎片又拼了上去。可是这片拼图只占据其中一个小角,还是看不出整幅画的全貌。格林努力想集中思绪,这时柴郡说话了。

"不说这个了,你听听我的推理嘛!我呀,无论如何是不会放弃'面具人就是杰森'这个想法的。所以,明天,我要再溜去诺曼的房间里探个究竟。"

"又要去?为什么?"

"那是杰森和詹姆斯这对双胞胎兄弟小时候住的房间,诺曼说他们的东西都还留在里面。所以如果去查一下杰森留在那儿的物品,说不定就可以找到和万圣节杀人魔有关的线索了。"

格林愣愣地说:"你省省吧!这次换西栋的屋檐要被撞穿了。"

柴郡噘起嘴。"你如果怕我掉下去,明天就乖乖跟我一起去调查呀!"接着,她的表情转为娇媚,"喂,你真的很担心我吧?我知道!"

话刚说完,柴郡便迅速脱去毛衣,穿着胸罩和内裤钻进被窝里,躺在格林身边。

"呼——冷死了,冷死了!那个喷雾搞得我屁股发凉呢!谁来给我一点温暖呀?"

虽然柴郡说得很含蓄,但她的意图再明显不过。格林心想:不妙。他曾经希望和柴郡发生关系,但想不到在自己死后,这种机会才找上门。格林觉得自己真可悲,像那种倒霉的男人,好不容易要和女孩子上床时就想拉肚子什么的,一定会发生一些不凑巧的事。我就是这类情况的终极加强版吧?格林暗想。

柴郡背对着格林,说道:"我知道的,昨天飙车发生意外时你也一心牵挂我,还紧紧地搂着我……"

妈的!真会装!格林在心中咒骂道。对付女人还真是大意不得。柴郡全心沉醉在自己编织的浪漫故事中，继续说道："那时虽然你的脸冷冰冰的，不过我还是感觉到了你心里的那份热情……"

心里怎么想的姑且不谈，脸会冷冰冰的是因为我已经死了啊！

格林偷偷往床边挪了挪，但柴郡不放过他，把脚伸向格林的下身蹭。

"喂！你打算穿着衣服睡觉吗？"

"嗯，天气很冷，我还在感冒。"

"啊？这样呀！那我给你温暖好了。"

"不用了，算了。我正在看书呢。这本书很有趣哟！书名叫《小径分岔的花园》。"

"是一本怎样的书？"

"是中国的古典小说，同时有多条支线在发展，情节宛如线上游戏。书中详述了所有可能性，时间的衍生、分歧、收敛与并行，可以说是一本讨论时间的无限延续的超侦探小说……"

"唉！听起来好无聊哦！这世上不会有什么小说比只穿胸罩和内裤的女孩更吸引人吧？"

柴郡还是背对着格林，但格林知道她把胸罩的挂钩解开了。格林更加奋力地往床边挪。

"你怕了？"

柴郡语气里的挑逗意味越发明显了，虽说格林并不讨厌她，但那件事，打死都不能做。格林就像脸上长满青春痘的处男般，有气无力地说道："不，不是怕，只是……"

柴郡继续积极游说："不要担心啦！我会教你的……啊！我懂了，你是怕我怀孕，对不对？"

开什么玩笑！格林心想。虽说柴郡把自己说得好像很厉害的样子，不过格林知道，她也没什么经验。而连柴郡都故意装出一副很老练的样子，可见在她眼中，自己有多么无助，格林无奈地想。

见格林沉默不语，柴郡决定稍微改变战略。

"有小宝宝也很不错呀！你和巴里科恩家的每个人都有怪癖，好像都喜欢谈论生死。那你就试着用这个角度去想好了，小宝宝不就等于永恒的生命吗？"

"为什么？"只要能将谈话的时间拖长，格林什么话题都可以聊。

柴郡突然转过身来面对格林，脸上闪耀着光辉，说道："换句话说，一个人如果死掉的话，就算是结束了，可是如果他有小孩的话，他的一部分就留在小孩体内……嗯，好像是叫基因吧？像五官轮廓、音乐天分啦，这些都会传给小孩，再传给小孩的小孩，一直传承下去。所以只要这个人的后代不断，他的某一部分就会永远存在。史迈利爷爷不是说过同样的话吗？"

的确，柴郡的这番话很有说服力，足以让人改变消极阴沉的生死观。然而，对如今已经死亡、没了生殖细胞的格林而言，就算把性爱的目的说得再怎么伟大，他还是做不来。

"你说的我都清楚，可就是不行，我做不到。"

柴郡在毛毯下面动了动，接着把内裤拉了出来，往远处一丢。内裤恰好挂在正在播放 MTV 的电视机上。那台电视出故障了，只有图像，没有声音。

此时柴郡的语气已变成半威胁式的了。

"你想让淑女丢脸吗？你就这么讨厌我？"

格林惊慌失措地说："不是，我不是讨厌你。"

"那是为什么？你头脑好，所以请你解释清楚，让我明白。"

"其实，我是死——"怎么也说不出口，"是死亡世界的探究者。我的精神已经不堪重负，所以那种事……我是有心无力。"

"无！力！！"柴郡就像第一次知道月亮里没有兔子的小孩一样惊讶地叫道。

格林继续瞎掰。"我很小的时候家人就都死了，让我不得不去思考人终究会死的问题。不知不觉中，就沉迷在死亡的世界里了……"

格林已做好了柴郡会哈哈大笑的准备。柴郡讨厌这类严肃话题，总是大笑带过。但这一次，出乎格林的意料，正盯着自己看的柴郡的眼里闪着泪光，没有大笑声，取而代之的是用力吸鼻子的声音。

"原来是这么回事。长这么大，你一定吃了很多苦……没关系，在你抚平创伤之前我会忍耐的，我会为你保留这美丽的身体。从今往后，我会尽量关心你，说些让你开心的话。"

柴郡出人意料的反应让格林慌张不已。"让我开心的话，是什么？"

"这个嘛，当然是证明死亡不存在的话喽！是我从勃艮第的外婆那里听来的。人在濒死的瞬间，会以超快的速度把过去的一生重新经历一遍。"

格林死时确实经历过这种事，所以他点了点头，哈斯博士说这种现象叫"记忆屏障"。

"如果真有这种事的话，那在再次经历的人生里肯定也有临终的瞬间吧？然后，在那个临终的瞬间，一生又重演了一遍；而就在快演完的时候，之前的一生又要重演。如此不断地反复再反复，于是，人只是濒临死亡，却永远都死不了。"

格林忍不住笑了，这是一种无限回推的悖论。不过，柴郡的这番话，对现在的格林而言，要比任何一位伟大哲学家提出的生死观更能让他心灵平静。如果不是因为自己已经死了，他还真想抱着柴郡，钻进如俄罗斯套娃般环环相套的回圈式逻辑里，格林如此想着。可是这是无法实现的，他受不了柴郡害怕自己，他不能失去柴郡。现在，他必须说些什么来掩饰，让谈话继续下去。

"这个说法很有趣嘛，柴郡。有一个说法跟这个很相似，就是阿基里斯追龟悖论……喂，柴郡，你在听吗？"

柴郡还真是随遇而安，确定两人的冒险大行动无法成形后，她立刻进入了梦乡，发出均匀的呼吸声。

这时，盖着内裤的电视突然又有了声音。"与其生锈，不如燃烧"，男子寂寞的歌声在格林的耳畔响起。

第二十六章　阁楼房间里的往事

蛆虫将如同悔恨一般啃噬你的皮肤。

——波德莱尔（Baudelaire）

《死后的悔恨》(The Remorse of the Dead)

1

黑暗中，死者始终是醒着的。

躺在黑夜里，他心里想的是：这真是个绝佳的藏身之所。活着的时候怎么就没想到可以藏在这种地方呢？也对，严格说来，这算是个意外的场所，所以活着的人才会找不到他吧？

死人的心情，活人是无法体会的。

有好几次，活人从他身边经过，或是来到他附近，但他们大概做梦都想不到他会躲在这种地方。

然而，他并没有玩捉迷藏时的紧张亢奋。他那已死的肉体不但早就不会分泌肾上腺素，更是无时无刻不在朝着腐败迈进。

可越是如此，死人的心里越是放不下未完成的事。那是他生前的心愿，就算如今人已经死了，这些牵挂还是笼罩着他的魂魄——就像是某种使命。

使命？魂魄？

他自问，想了片刻后，不禁在心里苦笑。

明明已经死了，却还被生前的使命感所驱使。尽管肉体正逐渐毁灭，不可思议的是，这种意识却依旧存在。意识？应该叫作脱离了肉体的魂魄吧？难道生命真的可以脱离肉体而存在，而就是这个操控着已经成为活尸的自己？

不过，他强烈感觉到，这魂魄终有一天也会和肉体一样消失殆尽。他凭直觉认为这只不过是上天一时兴起的恶作剧，是死囚意外得到的缓刑。

一直躲下去也不是办法，死者重新思索着。

待会儿从这里出去，把该做的事做完后，找个真正可以安息的地方，静待肉体和灵魂消失的时刻。因为死人复活的蠢事不会一直持续下去的……

2

"如果那个叫法林顿的家伙真的存在的话，就算是尸体，我也要见上一面。"帕切科·亨特从床上坐起，开口说道。他语带嘲讽、中气十足，不过头上的绷带被从窗户射进来的晨光一照，还是挺吓人的。

等护士收拾好吊瓶的器具后，特雷西问道："所以你是说，根本就没有休伯特·法林顿这个人？"

"没错！"亨特愤恨地说，"这全是威廉·巴里科恩和吉姆·菲尔德搞的鬼。我和他们大学时代同是话剧社的，所以我很清楚这种下流的伎俩。"

"下流的伎俩？"特雷西身旁的福克斯问道。年轻刑警因为睡眠不足，看起来比躺在床上的病人还惨。

"对，这是之前就出现过的著名手法。其实在好莱坞的全盛时期就有这种事发生过。在那浮华的世界里，有个狡猾的广告商，为了让客户——过气的制片或导演——再次受到外界的瞩目，想出了一种高明的宣传手法。他策划在报纸的影剧版刊登这么一篇报道：东岸知名制作人休伯特·法林顿先生上周打了通长途电话给新锐导演威廉某氏，光电话费就花了四百九十二美元，似乎有巨作正在洽谈中。

"当然，法林顿先生是不存在的，是捏造出来的人物。广告商经常在影剧版上放这种假消息，努力帮不卖座的导演做宣传。可是只要是聪明人，一看就知道……"

"是吗？我好像也听说过。"特雷西说。

"是呀，那时是娱乐类报纸《好莱坞报道》的撰稿人吉姆·汉纳根发现了这场骗局。于是，他在自己的专栏里写道：'知名制作人休伯特·法林顿先生昨天夜里因心脏病发逝世……在此谨祝他一路好走，荣归极乐。'好莱坞最具传奇性的笑话莫过于此。"

特雷西重重地叹了口气。

"按这个故事分配角色的话，你就是那个聪明的记者，吉姆·菲尔德是狡猾的广告商，而威廉·巴里科恩就是不卖座的导演。这么说来，你也知道与这边渊源颇深的另一位登场人物南贺平次喽？"

亨特喜形于色地挑了挑眉，但也许是拉到了伤口，他的脸立刻又皱成一团。

"那还用说，我当然知道那个炒地皮的流氓。这真是个大笑话，一开始就是因为那家伙，才会有今天这些事。威廉·巴里科恩就是从这里下手，逮住机会翻身的。反正呀，除了他在美国越战时期拍的那部卖座电影《灰熊和西贡摇滚》外，就没人记得他的存在了。那家伙本身并没有什么才能，你知道那部畅销电影我出了多少点子吗？威廉因为害怕我的才能，把我从制作名单里删除了……"

特雷西想办法将话题拉回来。

"所以，南贺和他们是什么关系？"

"嗯，南贺呀，就是个乡巴佬，趁着日元强势时随意挥霍，把美国土地像苹果派似的切成一块一块的，用些卑鄙的手段收购美国的地产。做起买卖来他可是不管不顾，一个劲儿猛冲，不过在艺术方面他就是一窍不通了。那个家伙，说是用南克·费尔奇这个笔名写了一本畅销书，但这也是假的，那本书其实是一位没什么名气的美国恐怖小说家代笔的。"

"恐怖小说家代笔……"特雷西觉得很不可思议。

"就是爱慕虚荣嘛！暴发户都会有的自卑。"

"所以吉姆·菲尔德和威廉·巴里科恩就从这一点下手？"

"你挺灵的嘛！他们两个人想在百老汇制作一部仿巴斯比·伯克利①风的摇滚歌舞剧，正在找赞助商。就在这个时候，南贺送上门来了。吉姆成了介绍人，开始和南贺交涉，但南贺是个生意人，疑心病很重，迟迟不肯点头。于是这两个人决定反向操作，利用他这种商人的特质……"

"向南贺施压吗？"

"正是。他们俩收买了《脚灯日报》的二流记者琼·惠曼，让她捏造一篇关于法林顿的假报道，然后让南贺看到，装作正在评估应该选择哪个赞助商的样子。这招正好刺激到了南贺的商人

---

①巴斯比·伯克利（Busby Berkeley，1895–1976），是美国好莱坞歌舞剧时代的编舞大师。

本性，那家伙虽然不懂艺术，但碰到这种有利可图的事，他是无法忍受被人抢先一步的。"

"而你就想让这出戏落幕？"

"没错，大学的时候我们就讨论过这种吹牛皮式的好莱坞方式，所以一下子就猜到了。经过种种调查，我得知他们正准备和南贺签约，于是我想，就让我来终结这场闹剧吧！我就写了一篇法林顿的讣告，顺便让他的葬礼在好友威廉家开的殡仪馆里举办。而且，我暗中让曾在宴会场合见过几面的南贺知道此事，还灌输他出席葬礼就有机会在影视圈露脸的观念。威廉他们可吓坏了，因为法林顿竟莫名其妙地'被人杀了'，并且南贺和我还告诉他们，我们要出席葬礼……"

"而你为了出席这场假葬礼，特地大老远地跑来墓碑村，不料发生了意外？"

"嗯，我想着顺道来观光的，所以葬礼之前就到了。谁知去看瀑布的途中从那该死的弯道摔了下去……"

特雷西冷冷地说道："喜欢让戏落幕的你，自己也鞠躬下台了。"

福克斯挠着头插嘴道："法林顿的葬礼是出烂戏，我现在知道了。不过有人看到了法林顿的尸体也是事实，你说那会是谁呢？"

亨特第一次露出不知所措的表情。

"我怎么知道？反正法林顿这个人不存在，我可以和威廉对质。那家伙呢？"

"跑了。"特雷西气呼呼地说，"我们警署的警员好像在活人死人里都没人缘，除了你这种动不了的以外，找谁谁就跑。"

亨特耸了耸肩："他是个没有担当的男人，为了这出假戏，他可是煞费苦心。如今行不通了,他就撒手不管逃跑了。我想他现在应该正在佛罗里达的酒吧里,一边喝酒,一边想着怎么安排一场脱衣舞秀来捞钱吧。"

亨特言尽于此,特雷西和福克斯站起身来。要回去时,福克斯说道:"对了,《幕后》的编辑在催稿了……不过你两只手都骨折了,恐怕是无法工作了吧?"

特雷西接着讲下去:"威廉找到新项目的话,说不定你也可以去应征脱衣舞秀的闭幕演员哦!"

3

早上,格林和柴郡看着诺曼随莫妮卡外出散步后,潜进了他的阁楼房间。

房间内十分狭窄,连着陡梯的出入口就占了整个地板的约六分之一。圆形窗户下放着一张铁床,除此之外还有小衣橱、煤油炉、床边的一张小桌子和椅子。没有电视,小桌上放着一台年代久远的手提式收音机。果然是记忆一片空白的男人的房间,真是煞风景,同样也空荡荡的。

不过,柴郡心里早就有了目标。她听玛莎说,杰森小时候的旧东西都收在木箱里,放在架子上。柴郡望了望房间入口处正上方的架子,只看到一台盖着防尘罩、罩子上面积着灰尘的打字机,其余就看不到什么了。柴郡站上椅子再往架子上看,结果看到打字机旁边有一块没有灰尘的正方形痕迹。可见木箱之前一直搁在这儿。

幸亏房间很小,他们很快就找到了木箱,它被塞在床下。柴郡像找到猎物的猎犬一样,趴在地上把箱子拉了出来。是一只可以放入一台录像机的扁箱子。

"嘿嘿嘿，分宝藏喽！"柴郡兴奋地说道，打开木箱的盖子。

这的确是只藏宝箱，它曾是一个孩子的无价之宝，不过一朝长大成人后，就被收在衣橱深处，成了不值钱的破铜烂铁。这个箱子里就收藏了各种这类的宝物，像是缺少扳机的柯尔特左轮手枪，伤痕累累的史波尼克号和电星号[①]的塑料模型，没有鞋带、上面写着名字缩写"J.B."的旱冰鞋，各种证书、奖状，一沓风景明信片，一张有皱痕的巨人队威利·梅斯的签名照，生锈了的童子军军刀，披头士的EP《*Twist and Shout*》[②]——柴郡把它放进怀里，占为己有——画有红萝卜和辣椒、像玩具似的圆筒形罐子，以及边缘已经烧焦了的绘有和平标志的臂章……

柴郡一直在旧物堆里挖宝，感到疲惫的她从箱子里拿出一只画有辣椒的罐子当凳子，"嘿咻"一声坐了上去。格林见状正想出声制止，却听柴郡压低声音叫嚷道："有了，有了，终于找到宝物了，这上面写得满满的都是呢！"

柴郡递过来一个有点脏的文件套，里面装的是打字机打出来的原稿。稿纸用带子整齐地绑好，第一页上面写着：

一九六九年十月／心理治疗用札记／杰森·巴里科恩

看来他们找对方向了。从越南回来的杰森一直受精神状况所扰，大概是为了自我治疗才写了这些东西吧？这份文件是在

[①]史波尼克号是苏联成功发射的第一枚人造卫星。电星号是美国AT&T公司所研发的第一颗商用通信微卫星。
[②]一九六三年，披头士翻唱了《*Twist and Shout*》这首歌，收录在首张专辑《*Please Please Me*》中。一九六四年这首歌在美国以单曲形式发行，同时在英国以EP形式发行。同年，披头士在加拿大发行第二张专辑，以这首歌作为同名主打歌。

二十年前的十月写的，那时这一带刚好发生了可怕的万圣节杀人事件。

格林翻了翻稿纸，发现最后几页里夹了几张照片。

第一张有年头了，照片里有两个小孩，害羞地笑着，肩并着肩。两人手中都拿着玩具左轮手枪，穿着五分裤，一副牛仔模样。他们身后是高大的糖枫树和墓碑的一角。"哇！好像！这两个人简直就是一个模子刻出来的。"站在后方越过格林肩头偷看的柴郡说道。翻到背面，上面有钢笔写的标注，字迹已经褪色。

一九五六年／十月三十一日／杰森和詹姆斯
无敌的独行侠／六岁／于墓地

下一张照片里的人一下子长大了许多，看起来有十七八岁。是一名身穿天主教祭服的青年和一名中年神职人员的合照，两人背后是哥特式教堂的尖塔，像在不可一世地俯视着他们。

"这位是年轻时的马里亚诺神父吧？"格林低语道。

"对哦！既然是和神父在一起，那这个应该是杰森吧？你有没有发现他不像小时候那么像詹姆斯了？是衣着的关系吗，还是因为性格不同？他的面孔看起来比詹姆斯柔和多了。"

最后一张是已经泛黄的报纸上的照片，场景是在帐篷里，浑身上下绑满绷带的男人并列横躺在床上，还能看到外侧这位戴着钢盔的男子手臂上缠着红十字臂章。而杰森神父靠在床边，弯着腰，似乎正对床上的男人施行某种仪式。照片下方的报道部分被剪掉了，只留下一行图片解说。

在前线看望临终的英勇士兵，为他们施行敷油圣礼的巴里科恩神父。

格林将照片和原稿收回到文件套里,说道:"看样子,柴郡心上人的秘密就在这里面呢!"

"喂,你快念来听听呀!"柴郡的眼神充满期待。

不料,这时突然传来一个声音。"柴郡!柴郡,你在哪儿?是妈妈不好!我想和你一起吃顿早餐啊……"

楼梯下方传来伊莎贝拉的声音。格林和柴郡急忙把木箱放回原处,紧紧抱着杰森的原稿,从阁楼走了出来。

4

"没错,根本就没有法林顿这个人,威廉拜托我帮他办个假葬礼时,我也很困扰。"詹姆斯神经质地扶了扶眼镜,说道。

从帕切科·亨特住的医院出来后,特雷西和福克斯立刻折回微笑墓园,对詹姆斯进行侦讯——令人惊讶的是,他竟然没有逃跑。特雷西点了点头,示意他继续说下去。

"威廉跟我说这件事关系到他的一生,请我务必帮忙。他还说,在刚当上经理就摆架子的约翰面前办场假葬礼,瞒着他,让他难堪,这不是件很有趣的事吗?说来丢脸,这个诱惑对我来说还真是难以抗拒。

"话虽如此,我还是想尽可能不要涉入太深。所以我只是为他们提供情报,默许他们的行动而已。南贺对威廉和吉姆还是不信任,他表示要亲眼看到知名制片人法林顿的尸体,才考虑是否成为他们的赞助商。因此,他们无论如何都得准备一具尸体,办一场葬礼。然而,眼看着葬礼的日子越来越近了,却找不到年龄相近、正好适用的尸体。当时我提议使用已经送回来的不动产商人奥布莱恩的尸体,被逼急了的他们马上就同意了。"

"尸体是什么时候被偷走的?"特雷西问。

"喂,可不是我偷的哦!我只是制造机会给他们而已。做完弥撒准备下葬前,通常都会把棺木送到地下室的防腐处理室帮往生者补妆,威廉就是在那时候把尸体偷走的。"

"帮死人补妆?真是多此一举。我记得史迈利也是在做完弥撒、送往防腐处理室的过程中失踪的。也只有那个时候,棺材会离开我们的视线。"

"喂!我爸失踪又关我什么事了?那件事我是真的不知情。昨天我也跟你说过了,补完妆后棺盖就盖上了,然后我稍稍离开了一下,大概就是那个时候吧,我老爸不见了。"

特雷西的脸上满是怀疑,不过他暂且避开这件事,回到原来的话题。

"先不说史迈利,还是来说奥布莱恩,这件事你真的没参与吗?"

特雷西严厉的语气让詹姆斯有些慌乱。

"也、也不是完全没有参与啦……因为像约翰这种见过奥布莱恩的人也会来参加法林顿的葬礼嘛,所以我就帮尸体小小地变装了一下。加了副眼镜,贴上了胡子,我发誓我做的就只有这些了。之后就任由威廉他们自己去搞,只要事后再将尸体送回到墓园就好了。当然,是没有死亡诊断书这种东西的。原本我们约定好,在法林顿葬礼的早上,威廉要把法林顿的灵柩搬去丝克伍路的家,也就是威廉和伊莎贝拉幽会偷情的地方。却因为那个烦人的小妞造成的恐怖混乱,没能办成。"

特雷西一脸不悦地说:"我现在觉得对待殡葬业者也该像对

待特种行业从业者一样，动不动就没收他们的执照，勒令他们停业。那么，奥布莱恩怨恨约翰的事是真的吗？"

"嗯。奥布莱恩是我老爸多年的合作伙伴，结果约翰一脚把他踢开，换成了南贺。"

"因为继唐老鸭之后，全世界最吃香的就是日本人了。"特雷西的语气不像是在开玩笑。

"听说为奥布莱恩守灵那晚，他那帮爱尔兰亲戚大闹特闹，吵得屋顶都要掀了，他们还唱了《约翰·巴里科恩非死不可》这首颇有讽刺意味的民谣呢。话说回来，在约翰被杀那晚的餐桌上也曾谈到这件事，约翰还和杰西卡起了争执。"

"你好像提过，在为奥布莱恩做防腐处理时，尸体曾睁开过眼睛？"

"是哈斯博士告诉你的吧？嗯，没错，是有那么回事。我当时以为是死后尸体僵硬造成的，现在不得不改变这个想法了。"

"那奥布莱恩是真的活过来了？"

詹姆斯吞了口口水，缓缓地点头。这时，刚才跑出去接警署来电的福克斯回来了，他附在特雷西耳边小声说道："在办公室保险箱上采集到的指纹经电脑比对的结果出来了，和之前发生交通事故时记录下来的指纹一致，是弗兰克·奥布莱恩的……"

特雷西感觉胃壁上的细胞又死了一堆，体温也好像猛然上升了一两度。不行了，又不舒服了……

然而，詹姆斯接下来说的话更是揪紧了特雷西的神经。

"对了，警官，今天早上，我发现了一样很奇怪的东西。那东西就放在我的防腐处理室的办公桌上，不知道是不是恶作剧……"

詹姆斯拿出一张纸。特雷西摊开来看，准备承受胃绞痛。上面有打印的字，内容是：

詹姆斯，第三名死者就是你。

5

格林利用柴郡去吃早餐的空当阅读杰森留下的原稿。

稿纸共有二十多页，当中零零散散地记载着让他神经衰弱、心灵苦恼的记忆片段。这些似乎是遵从医生建议而写下的，不过因为他自身的精神状况时好时坏，所以文章很多地方显得杂乱无章，前后不连贯。格林仔细阅读，从中选出了他认为较为重要的三篇。

十月一日

我遵照德克森医生的建议，开始写这本札记。

这也可以说是我探索自己心灵的旅程吧！不过这不是对神的告解。我的心生病了，失去了信仰，不再是称职的神职人员，所以我尽量不在字里行间加入宗教性注解。我只是想发掘出压抑在内心深处、一直困扰着我的根源——我只是想要找出事实真相。

想要探究我内心的阴暗面，第一步要从去年那些残酷的体验开始。

从一九六八年夏天开始，半年期间我所经历的种种，改变了我的一生。

春节攻势①后，我以随军神父的身份到了越南。以深入

---
①春节攻势是指一九六八年越战期间，北越发动了一次大规模的地面行动，是美军主动撤离越南的转折点。

前线为己任的我，在酷热难耐、脏乱不堪的帐篷中为许多可怜的士兵涂抹圣油，守护着他们咽下最后一口气。每天每天，我见证那么多人死去，不知不觉中，我倾听的对象不再是在世的人，而是将死的人——他们只是活着的尸体。充斥我脑海的不是对生命的期望，而是对死亡的想法。说来真是窝囊！可是，这对我这种信仰薄弱的人来说是很难抵抗的。因为我每天都不得不和"死亡"相处，要比与神相处的时间多得多。

然而，我必须要说，能够在一旁执行临终仪式已经算很好的了。

一旦战况激烈，就谈不上什么临终仪式了，只期望能为死者进行最实际的处理。换言之，为了让战死的士兵被送回家乡时看起来不要"太糟糕"，军队里非常需要整理遗体的遗体化妆师。

这时，碰巧詹姆斯来到我服务的前线战区，他是以军用遗体化妆师的身份被派来这儿的。这对我来说实在不是什么值得庆贺的事。詹姆斯以遗体化妆师人手不足为由，把我推荐给了军方。我原本就是因为讨厌那种工作才做神职人员的，不过迫于父亲的命令，我还是取得了遗体化妆师执照。詹姆斯为什么要指名讨厌帮遗体化妆的我来帮忙呢？他真正的用意我并不清楚，或许是因为过去发生的某件事让他怀恨在心，想要借机报复吧？不过在这里我不想多谈。总之，当时的情况是，除了拿枪以外，被命令做什么就得做什么。于是，我开始每天和詹姆斯一起面对悲惨的死亡。

我们家是开殡仪馆的，所以虽然我讨厌处理遗体的工作，但很熟练。只不过，战场上的遗体处理完全不是同一回事。

先说遗体的受损状况,那程度根本无法与正常死亡相比。在家里,遗体就安详地躺在柔软的床上,我们小心仔细地清洗遗体,心爱的家人会在一旁看着——这些在战场上可就是天方夜谭了。曾经拥有思想、懂得爱、叱咤风云的人物,一下子就成了散落在战场上的肮脏尸块。而且这种转变都发生在一瞬间,没有丝毫踌躇和停顿的空隙。

我们就像在拼图似的拼凑尸块。搜寻队有个戏称,叫"狗牌",意思是认皮肤上的刺青、找盲肠手术留下的伤疤、核对衣服上的洗涤标签来确认死者身份……然后用尽一切办法让尸体呈现出人的样子,再放入铝制的棺材里,送回在故乡焦急等待的亲人身边。日复一日,我们做着同样的工作。

最惨的还不止于此。随着军队攻防策略的变化,前线阵地也会不断转移,有时我们不得不紧急撤离,只好将死尸草草掩埋,将他们丢下。几个月后重新夺回那块地方,再把坟墓挖开,把尸体取出来,正式入殓。

我们要挖开钉有识别牌的木头十字架,取出用覆满白色霉菌的帐篷布包裹着的尸体,放在解剖台上,将帐篷割开。里面的状况可说是凄惨无比。尸体被虫吃得乱七八糟,没了眼球的眼窝空洞洞地望向这边。我见过最惨的情况是有上万只蛆正在啃噬尸体,浓烈的恶臭也让人无法忍受。我那时才知道,原来臭味和有形的物体一样,也是有厚度的。从尸体身上冒出的腐臭味就像一面墙,碾碎了我的鼻子。虫很多、臭气很重的时候,我们会喷洒加有薄荷或香料的氯化苯溶液,不过对可怕的恶臭而言也只是杯水车薪。

越南的恶劣气候助长了腐败,我们目击了太多不该存在于这世上——不,是不能存在于这世上的惨状。

就像坏掉了的比萨,变成那种黏糊糊的东西。遗体快速腐烂,所有柔软的部分会不断融化,各种颜色混在一起——肺是墨绿色的,胃和肠子是土黄色的,肝脏是暗红色的,肌肉是鲜红色的,还有银灰色的筋腱。这些全部混合成泥状,还有骨头从里面露出来……

不过,看多了残忍的惨状,感官就会麻痹,我甚至觉得这种可怕的东西是一种美。我就像被杰克逊·波罗库[①]的动态画作所迷惑的学生,一直盯着看。

如果真是神创造了这个世界,那么这一幕就不会存在。这不该是会思考、懂得爱、向神祈祷的人类该有的样子。一年前和长官约好"圣诞节要回国"的可爱青年不应该变成这个样子。打死我都不相信,那腐败的肉汁是因为认同约伯所说的"神只不过是把他赐予的东西再要回去"才消融的。

于是,我有了这样的想法:如果连这种事都会发生,那么神根本就不存在!

强烈的"死亡思想"占据我的整个脑袋,取代了神的位置……

十月十六日

今天我想写写安妮塔·摩根的事,但我不想写得太细。总之,安妮塔发现詹姆斯是性无能,离开了他,转而投向我的怀抱——我终究还是得面对这极度令人不快的事实。

当安妮塔一脸鄙夷地说出那件事的时候,我对她的爱也逐渐消失了。当然,这不单单因为我无法认同安妮塔只重视

[①] 杰克逊·波罗库(Jackson Pollock, 1912–1956),美国抽象派画家,擅长"滴彩"(Dripping)手法,是动态绘画(Action painting)的创始人。

性爱的放荡思想——是的，詹姆斯的缺陷，我要负很大的责任，是这份罪恶感让我对安妮塔失去了兴趣。

和安妮塔分手的第二天，我决心抛下一切，到越南去。

十月三十一日

万圣节，凯尔特人的除夕，相传这一天，邪恶的力量将攀升至最高点，女巫和恶灵会到村子里作怪。化了妆的小孩手里提着南瓜灯，挨家挨户地拜访，喊着："不给糖就捣蛋！"

然而，十三年前的万圣节，我们兄弟三个（约翰、詹姆斯和我）都没有化妆。因为家里开殡仪馆的小孩也化妆的话，肯定会成为同学们嘲笑的对象。

今天，无论如何我一定要将那件事写下来。我必须将过去犯下的、埋在我内心深处的罪恶记载下来。

十三年前的万圣节当天，墓碑村的孩子们都兴奋不已。山野马戏团两天前来到了镇上，对没有什么休闲娱乐活动的乡下小孩而言，他们魅力无穷。再加上适逢万圣节庆典，村里热闹极了。

可是，我们几个无法过万圣节的巴里科恩家的小孩，就只能靠玩模仿西部电影的游戏来打发时间。我们三个人在通向墓地山丘的南边坡道旁玩耍。我扮独行侠，詹姆斯扮坏印第安人，我挥舞着从殡仪馆资料室拿来的父亲的海狸刀，得意扬扬。然后詹姆斯投降，我和约翰就把他绑在糖枫树上。

当时的我肯定是中邪了，又或许是被不能参与万圣节活动的不满冲昏了头。看着动弹不得的詹姆斯，我竟然起了残虐之心。我将他的裤子和内裤一同扒下，去厨房拿来一些卤肉汁，涂在了他的那个部位。詹姆斯又哭又叫，年纪较长的约翰厌倦了这幼稚的游戏，早早回家去了，只留下我和绑在树上的詹姆斯。天色渐暗，家教严的小孩都回家去了，这时，"那家伙"出现了。

"那家伙"从墓地上方的茂密灌木丛中现身，慢慢朝我们靠近。

然后，"那家伙"向无法动弹的詹姆斯展开了攻击。

凄惨的哀号声响彻墓地，可我就好像被绑住了似的，只是愣在原地，什么也没做。詹姆斯的惨叫声应该也传到家里去了，但因为那天是万圣节，家人可能以为是谁家的小孩子在恶作剧，没有一个人出来看。

詹姆斯受了无法弥补的伤。这件事情以后，詹姆斯就躲着我，不，是躲着众人，像个活死人。这就是埋藏在我内心最最最深处的罪。现在，我无论如何都必须去面对——让詹姆斯变成活死人的人，是我。

而此时，我自己也成了被罪恶感和死亡念头缠身的活死人。我忍受不了这种痛苦了，真希望死了算了。死后接受末日审判，再度承受受死的耻辱——如果这样做可以赎罪的话……

我就相信神的存在……

读完后，格林觉得脑海中的拼图又拼上了一小块。

第二十七章 取错灵柩的事故

> 令笨手笨脚的乡下殡葬官万万没有想到的是，因为自己的一时疏忽，竟让地下停尸间遭此劫难。
>
> ——洛夫克拉夫特（Howard Phillips Lovecraft）
>
> 《墓穴之下》(In the Vault)

1

柯林斯医生偏执地掸去躺椅上并不存在的灰尘，脑子里一直想着刚离开的病人。这是他第四次来诊所看病了，而且昨天和今天连续两天都来，这实在令人担心。看病次数越发频繁，代表着病人的病情在恶化。再回想他今天说的话，确实……

想到这里，柯林斯医生又想起另一个让他担心的病人。

那个病人——特雷西警官，也是昨天和今天连续两天都打电话来预约。看样子，今天中午以前还要再受一次罪了。电话那头的特雷西嚷嚷着："一个死人不见了，然后一个死人出现了。两个活人又失踪了，在这之前还有父子两人的尸体一起不见的……医生，今天早上我太太问我说，死人陆续复活了，调查杀人案还有意义吗？我真的不行了，这应该叫作……认同危机吧？"柯林斯停下掸灰尘的手，看了看手表。差不多要到特雷西预约的时间了。

还没叫号，特雷西就进来了。他瞪大眼睛，手不停地挥舞着。看到他这副样子的柯林斯医生有点害怕，他的这位病人明显处于亢奋状态，这是不好的迹象。

特雷西一进门就逼向柯林斯医生。柯林斯忍不住向后退，跌进躺椅里——变成医生坐在了躺椅上。特雷西盯着他的脸说道："刚刚那家伙……"

"啊？"

"刚刚从这里走出去的病人，我出电梯的时候看见他从这里走出去，我还刻意避开他，又确认了一次，果然是……"

特雷西直截了当地说出了那个人的名字，可是柯林斯医生还在装傻，顾左右而言他。"这个嘛……你说呢？干吗问我这种问题？我没有义务回答……"

特雷西逼近一步，这让柯林斯医生整个上半身往后倒。"别装蒜，我都看见了。他来这里干吗？他有什么困扰？他说他犯了什么罪？"柯林斯身为医生的职业道德终于抬头了，他奋力回击。

"我都说我没有义务回答你了。我是医生！是不可以和别人讨论病人的隐私的。"

特雷西的执着并没有因此而动摇。

"你是医生，但我是警官，我必须执行我的任务。只要他有可能和杀人事件扯上关系，我就要问。"

柯林斯医生双手撑在躺椅上，勉强维持上半身坐起的姿势。他固执地摇了摇头，特雷西见状马上改成请求的语气。

"唉，拜托啦，你的立场我很清楚。可我也是病人啊！我的脑袋好像又有点怪怪的了。你当医生的，不是肩负着医好病人的崇高使命吗？对我来说，最好的治疗就是让这起疯狂的杀人事件落幕。所以拜托你啦，告诉我吧……"

"不行！"柯林斯冷漠地说。

特雷西虽然精神上有点问题，但好歹也是位专业警官。向口风很紧的家伙逼问口供，这种事他经历过数不清多少次了。突然间，他一把揪住柯林斯的领口，将他整个人压在躺椅上，附在他的耳边说道："医生，你还有勇气离第三次婚吗？"

"啊？"柯林斯医生张大了嘴巴。

"我听说你因为付赡养费穷得都快没裤子穿了。你还记得月桂树大街的蜜蜜吧？"

柯林斯医生吓得身体僵硬。

"前些日子，我们警方执行取缔行动时逮捕了蜜蜜，她得意扬扬地告诉我们，她是怎么在这张躺椅上付你诊疗费的——听说是用很特别的方式哦！如果这话传到你老婆的耳朵里……"

"你这是在威胁我吗？"

特雷西想破案的热情已不是一般程度。

"威胁也好，抢劫也罢，只要能把这个杀人案给破了，要我杀人都行！"

柯林斯医生叹了口气。这次再离婚，赡养费可能到下个世纪都付不完。

"知道了。这些话你不可以告诉别人哦！的确，你说的那个男人是我的病人，他来过我的诊所四次，第一次是在三个月前。"

"万圣节前后吗？"

"我记得是在万圣节后，接着是这个月月初——二号。然后就是昨天和今天，突然来得很频繁。"

"他在烦恼什么？"

"这个嘛，疗程才刚开始，病人还没完全卸下心防……"柯林斯还在做最后的挣扎。

"你的经验不是很丰富吗？"特雷西的语气强硬了起来，"你不是四十五分钟就要收费八十美元吗？就算疗程只进行了一小段，你也可以嗅出一些端倪吧。如果不行的话，你八十美元的诊疗费也未免收得太不合理了。"

自尊心受到刺激的柯林斯医生发火了。

"那家伙可不是一般病人，自己有怎样的精神困扰他都不讲清楚。虽然他来这里是为了告诉我他的烦恼和痛苦，但只要我一逼近问题的核心，他就巧妙地避开。虽说患有精神疾病的人大多心思缜密，但他特别难缠。不过，像我这种经验丰富的专家，就算只是无关紧要的闲聊，也还是可以将对方的心理窥知一二的。"

"我倒想听听看。"特雷西探出身子。

"嗯……他因为他的兄弟而怀有强烈的自卑感。他母亲好像一直偏爱他兄弟，他的心病就是由此而来的吧。还有，虽然我不确定这是否也是诱因之一，不过他在性方面也有自卑感……"

"性方面的自卑感？"

"嗯，他告诉我说他性无能，和活死人没什么两样。"

"活死人……你认为他是用什么方法来发泄这种自卑感的呢？"

"这我就不知道了。他总是说些每个人的心里都有'死的冲动'这类无稽的话。不过依我看，他不是那种凶残的男人。反正问题一定与他的过去有关。有时他会给点暗示，但真正做了什么却不明讲，他好像一直把这些压抑在内心深处。不过，只要再多花点时间，我一定可以问出来的……"

"我可没有时间。"

特雷西说完这句话后,迅速往门口移动。被撇下的柯林斯医生愣住了,过了半天才开口问道:"啊,你这就要走啦?"

特雷西转过身来,显得有点不耐烦。"你还有什么话要说?"

柯林斯倒在躺椅上,双手交握于胸前,然后热泪盈眶地说:"呃,你可不可以听我讲讲我太太对我说了什么过分的话,还有这对我的性生活造成了怎样的影响……"

2

"我正考虑把这儿的工作辞了,到别的地方去。"沃特斯在格林和柴郡面前啪啪地翻着殡葬业专属杂志《殡葬之友》,如此说道。

格林和柴郡读完了阁楼里的札记后,就来到地下防腐处理室的遗体保存区找詹姆斯。不过这儿并没有詹姆斯的身影,只有沃特斯独自坐在遮住一整面墙的遗体保存柜前。

"大家现在都害怕这座墓园,员工都走了好几个了。"

沃特斯说着话,伸手握住背后遗体保存柜的门把手。遗体保存柜就像放大版的银行保险箱,遗体放置在长条形抽屉里。柜子经过特殊设计,可以维持在一定的温度,让遗体得以冷却、保存。不过,沃特斯从抽屉里拿出来的不是尸体,而是冰到透心凉的美味白酒。他冲格林和柴郡晃了晃手里的酒瓶,继续说道:"《殡葬之友》的招聘栏上写着,孟菲斯市一家以速食店方式经营的殡仪馆在征人呢!应该还不错吧?"

格林皱起眉。

"不用下车,隔着一块玻璃看遗体的殡仪馆?这个就别考虑了吧,会像汽车旅馆的前台一样,超无聊的。而且……"

"而且?"

"听说他们会在十字架上装饰蓝色的灯泡,一年到头都像在过圣诞节似的闪呀闪的。"

"啊……"沃特斯的脸色暗了下来,"那我还是回去当摇滚乐队的化妆师好了……"

"已经有计划了吗?"

"死之华乐团里有我认识的人……"

"跟死之华乐团到处去旅行也很好玩啊!"

沃特斯耸了耸肩,喝了口酒,落寞地说:"你们呢?"

柴郡把玩着酒杯,想了半天才喃喃道:"我和格林想到温暖的南方去,忘掉一切,好好地玩,等这件事情告一段落……"

沃特斯压低声音说道:"你们是不是在学侦探破案?"

两人点了点头。

"我还以为在这种死人陆续复活的时候,已经没有人会去杀人,也没有人会去调查命案了呢!不过你们还是小心为妙,我很替你们担心。"

听到这些话,格林心想:在外人看来,他和柴郡的行动的确是疯狂且诡异的。

另外,柴郡则一脸诚恳地握着沃特斯的双手。

"要和你分开了,我真的好难过啊!每次电视上播德古拉的片子时,我一看到吸血伯爵从棺材里爬出来,就一定会想到你。"

沃特斯是个多愁善感的同性恋。

"我也是!和你交换内裤的事我不会忘记的。"他拿起手帕拭了拭眼角,"不过,上星期借你的耳环还是要还给我的啊!"

正当柴郡和沃特斯啰唆话别时,诺曼出现了。他站在三人面前,一脸做错了事的表情。

"詹姆斯在哪儿？"他问。

沃特斯凑到格林耳边偷偷说道："你看，大概是太多人离职，人手不够吧，连诺曼都被叫来殡仪馆帮忙了。"

格林回道："其实我们也在找詹姆斯……"话刚讲完，詹姆斯本人就出现了。

詹姆斯环视众人，趾高气扬地说："干吗？都这么忙了，你们四个还凑在一起，是想玩大富翁游戏吗？"

詹姆斯的严厉态度让诺曼更畏缩了，不过他还是鼓起勇气把话说了出来。"没、没有，詹姆斯先生，'睡莲室'的告别式要开始了，但棺材还没有送到，客人们正在大发雷霆。还有，火葬部主任说她那边的棺材也还没到。"

听到这些话，詹姆斯怒气更甚。

"你真是笨！到底是怎么联络的？遗体早就处理好了，是早班的人经手的。你看，两具遗体不是都在电梯口呢吗？"

众人一同看向詹姆斯手指的方向，果然，装有脚轮的棺架停放在电梯前，两具棺木就放在上面。

詹姆斯立刻发号施令。"弗朗西斯和沃特斯帮忙把灵柩送上去，我还得再去给一具遗体做防腐处理。"

格林不熟悉棺木的搬运流程，有点搞不清楚状况。"可是，哪个要送去哪里啊……"

詹姆斯不习惯指使他人做事，显得很不耐烦，他怒喝道："诺曼，你昨天写的卡片还在吧？教格林怎么看那个卡片，动作快！别慢吞吞的！"

诺曼连忙从房间角落的档案箱里抽出两张卡片，和格林他们一起走向棺材停放的地方。

"嗯……这个桃花心木的两截式棺材送到'睡莲室'，柚木材质的送到火葬场。"

格林和沃特斯各自接过卡片。格林往"睡莲室",沃特斯往火葬场,分头行动。趁詹姆斯的怒火尚未完全爆发,两人已迅速将棺材推进了电梯间。电梯门关上后都还可以听到詹姆斯在外头对诺曼骂道:"真是的,为什么只有你这个笨蛋可用呢?"

另一边,单独留在遗体保存区的柴郡,怕詹姆斯看到沃特斯留下的酒瓶和酒杯,便急忙把它们藏进底层角落的冰柜里。不过,她急于藏东西,没往里面看,因此完全没注意到柜子里多了一具尸体——殡仪馆里没人知道这里摆着一具尸体。

3

"在十字路口咖啡馆现场发现的头盖骨、左右两根前腕骨,以及与其相连的手骨,据推算年龄在六十至六十五岁之间。这要比约翰的年龄大许多,牙齿的比对结果也不一样。看来那的确不是约翰的骨头。"说完这些后,福克斯一脸迷惘,就此陷入了沉默。

从诊所回到警署后,等待特雷西的就是上述新情报。在特雷西身旁听到这些的哈斯博士喃喃自语道:"哦,不是约翰的骨头……"向特雷西使了个眼色。特雷西无奈,只好问福克斯:"还有什么要报告的吗?"

"还有就是今天早上发现的那份写着詹姆斯是第三名死者的恐吓信。刚把信转到鉴识科那边,那边的人说了很奇怪的话。"

"什么?"

"他们说是用同一台打字机打的……"

"你说什么呢,给约翰的恐吓信是用打字机打的,给詹姆斯那份则是文字处理机做的,这连门外汉都看得出来。"

"不,不是,他们说的是约翰收到的恐吓信和史迈利的遗书,是用同一部打字机打的。"

"史迈利……"特雷西无言。

"嗯。之前史迈利服毒自杀时进行过验尸和侦讯,看过那封遗书的鉴识人员说,他很确定那是用史迈利房里的那部世纪牌旧式打字机打的,好像每个H中间的横杠都没有。结果,因为其他案件送来的约翰的恐吓信上又出现了同样特征的H,把他吓了一跳。"

特雷西看向哈斯博士,问:"你怎么看?"

哈斯博士露出了然于胸的表情。"果然和我想的一样。家里人可以自由进出史迈利的房间,使用他的打字机。不过,如果这两封信都是史迈利亲手打的,那就有趣了。我现在认为约翰就是史迈利,他们俩在某一时刻对调了身份。"

随你胡说吧!特雷西在心里嘲笑道。现在的他已经不指望这个只会说好听话的玄学博士了。更何况,他手上还握有博士不知道的消息。

特雷西故意打断哈斯博士的话。

"博士,你的高论我们待会儿再听,先说说我这边发现的一些有趣的事吧!"

说完,特雷西拿出两张照片,一张是万圣节遇害的高中女生失踪前拍的,另一张则像是局部放大图。

"第一张照片拍到了女高中生背后的砖楼废墟,一楼的窗户上是不是映出了什么东西?没有拍到的东西映射在了玻璃上!你看,把这部分放大就能看得很清楚了,映在上面的是停在拖车对面的汽车的侧边车身,车身上好像有图案。博士对这个图案应该很熟悉吧？"

哈斯博士把照片凑到眼前，然后马上抬起头来，字斟句酌地说道："嗯，轮廓不是很清楚，不过仔细看的话……嗯，是有几分像微笑墓园的标志——棺材加上微笑……"

特雷西耸了耸肩。

"对这张照片进行的电脑分析比较慢，我也是刚刚才拿到这张放大图。话说回来，最近怪事接二连三地发生，我都把最初找博士的目的忘了。其实，那天夜里我是为了请教这个案子才去墓园的。此外，我无意间听到另一则相关消息。"

"什么消息？"

"关于女高中生失踪那晚的万圣节装扮，虽然照片里看不清楚面具的样子，不过听说她扮的是恐怖片里戴着曲棍球防护面罩的杀人魔！"

4

詹姆斯站在解剖台前，正忙着处理躺在上面的遗体，一旁的柴郡则思索着该用什么战术向他进攻。

柴郡和格林来到殡仪馆的地下室，就是为了试探詹姆斯。读完阁楼房间里的札记后，柴郡突然闪过一个念头——二十年前在山里发现的腐烂尸体其实不是杰森，而是詹姆斯。然后写下恐怖故事、患有精神疾病的杰森变身成他的孪生兄弟詹姆斯。二十年后，他内心的"死亡冲动"又被唤醒了——柴郡做出了以上这番推理。

于是她向格林提议，以心理战试探詹姆斯。适当地施加压力，说不定能从詹姆斯口中套出什么，证实她所提出的"詹姆斯即杰森"的假设。

然而,可靠的格林被派去搬棺材了。柴郡不知自己一个人能否完成这项艰巨的调查任务,心中忐忑不安。她再次看向詹姆斯,后者已经完成将棉花球塞入遗体双颊和眼皮的程序,开始里里外外地调整眼睛闭合的状况。遗体化妆指导书上有写:"要让上眼睑盖住眼球的三分之二。"这是一项十分精细的作业,柴郡认为现在正是时候。趁詹姆斯面对货真价实的尸体时念出札记上记载的、在越南处理尸体时的悲惨经历,给他的心灵一记痛击。柴郡闭起眼睛回想刚背下的札记内容,清了清喉咙后背诵出声。

"尸、尸体真美……"

詹姆斯停下正在工作的手,缓缓转头看柴郡。"你在说什么呀?"

"尸体真美。"柴郡又说了一次。

詹姆斯看着柴郡,露出"这小妞有病吗"的表情,随即移开视线,继续工作——专心为遗体涂上预防干燥的凡士林。柴郡并没有因为被漠视而退缩,她继续引述稍长一点的句子。

"我甚至觉得这种可怕的东西是一种美。我就像是被杰克逊……呃……那个……"札记上写的画家的名字想不起来了,柴郡急了,"啊,杰克逊……迈克尔·杰克逊的动作给迷惑了的学生,一直盯着看……"

詹姆斯当作没听到。柴郡觉得自己背得乱七八糟,于是干脆从口袋里拿出小抄照着读。

"那个,约伯曾说:'神只不过是把他赐予的东西再要回去……'"她自己也不知道自己在讲什么。

詹姆斯保持着背对柴郡的姿势,说道:"我现在只想把遗体的颜色要回来。喂,去帮我拿染色剂,好像放在那个架子的右边。"

"啊？嗯……请问要'桃娘之颊'还是'青春之花'？"

"'青春之花'。"

柴郡被反将了一军。不过，她又燃起不挠不屈的斗志，继续奋战。递上染色剂后，她又开始照着小抄念。

"那个……神根本就不存在……强烈的'死亡思想'占据我的整个脑袋，取代了神的位置……"

终于，詹姆斯的忍耐到达极限，他从遗体上方抬起头来，瞪着柴郡说道："喂，你开始兼职卖《圣经》了吗？净说些莫名其妙的话，不想帮忙的话就赶快出去。对了，我顺便问一下，你妈打算一辈子赖在巴里科恩家不走吗？约翰都失踪了，她迟早要搬出去。"

此话一出，柴郡被激怒了。怒发冲冠、七窍冒烟的柴郡说："什么嘛，你心眼真坏！约翰就是个惹人厌的家伙，你跟他半斤八两。就是这样你才会没有女人缘，安妮塔·摩根才会把你给甩了……"

柴郡的大脑已一片混乱，别说进行细腻的心理战了，连曾怀疑眼前的男人是杰森的事都忘光了。

"我不知道万圣节那天发生了什么，不过你的个性……"

口不择言的柴郡这才猛然发现詹姆斯的表情不对，立刻闭上了嘴巴。对方不再像刚才那样把柴郡当笨蛋，而是一脸严肃地看着她，然后慢条斯理地说道："你知道以前的事？"

柴郡心想糟了，可是她已经没有退路了。想放弃的她决定豁出去，把话挑明。

"对！我们做了一番调查，我怀疑你就是杰森。"

是不想让自己的心思被别人看穿吗？始终面无表情的詹姆斯眯起眼睛看着柴郡，接着，一抹浅笑在他的脸上慢慢荡开。

"这样呀，业余侦探正在到处找线索啊。我是杰森？你是在开玩笑吧？"

"怎么样，我说得对不对？你回答呀！"

柴郡压住发抖的膝盖，努力鼓起勇气。看到柴郡的反应，詹姆斯更是从容不迫地说道："没问题，不管我是杰森还是谁，都会告诉你的！不过，我现在正忙着处理这具遗体，得等我忙完再说。你看，遗体下巴上的胡楂还看得见呢！我得把它刮干净才行……"

詹姆斯的手上不知何时多了一把明晃晃的剃刀。

5

格林穿着拘谨又别扭的黑色礼服，恭恭敬敬地跪坐在送进"睡莲室"的棺木旁。

接下来，棺木的盖子将被打开，告别式也将正式开始。格林看了一眼刚刚诺曼交给他的卡片，上面写着死者的姓名、身高、体重和指定的棺木类型等。姓名栏上写的是查尔斯·苏格拉底·斯图尔特·古特·皇家……什么什么……三世，名字还真是长到不行。一定是将城堡卖给东洋富商，举家搬到这里的英国落魄贵族。格林抬起头来环顾参礼者，室内充斥法国作曲家福雷所做的动人的《安魂弥撒曲》，墙上的一朵朵睡莲营造出舒适微醺的氛围。放眼望去，果然都是衣着讲究、仪态优雅的上流人士。

格林望着那些似乎等得很心焦的参礼者，突然想：为什么美国这个国家要搞什么遗体化妆呢？

美国人之所以要那么细心地帮死者化妆，不可能只是顾及远道而来的宾客吧？说穿了，其实他们是害怕死亡的污秽，想将它掩藏起来。不过也有可能正好相反,这么做是为死者着想,希望他一路好走。或许其中还隐含坚信肉体终将复活的基督教教义也说不定。可以把任何东西包装、变成商品的美国商业,想必也摸透了美国人的心理,主宰着一切。

格林觉得不寒而栗,自己已死的事曝光的话,周遭的人是绝对不会放过这么好的机会的。不管自己愿不愿意,都会被化上滑稽的死人妆,塞进棺材里,做成美丽的展示品陈列在店里。

站在参礼者最前排的那位戴黑色面纱的老妇人说话了,打断了格林的思绪。

"你这是什么样子呀?你真的是员工吗?戴这么奇怪的墨镜,头上还包着奇怪的头巾。成何体统!你打算什么时候打开棺盖啊?大家都等在这儿了,快点开始吧!"

格林急急忙忙将棺盖推了上去。棺木中的遗体呈现在众人眼前时通常会响起一片赞叹声,这次也不例外。不过不知为何,今天的声音听起来不像是感叹,反而像在宣泄不满。格林连忙往棺材里面瞧去——也难怪他们会有如此激烈的反应了。棺盖的右侧是用铰链固定住的,应该自左边开启,所以遗体的头部理所当然是面向左边的,否则参加葬礼的人就看不到遗体的脸了。然而,现在遗体完全歪向另一边,不仅如此,遗体的头部还被蒙住了,所以从参礼者的角度看,只能看见埋在枕头里、顶着白发的头顶。看来早班化妆师应该是刚被录用的新手吧。

老妇人撩开面纱,露出大鼻头,出声抗议。格林慌了,试图用手把遗体的脸转过来。

这样一来就可以挽回墓园的声誉了吧?看到只有微笑墓园才做得出的完美遗体,参礼者的抗议会马上变成赞美吧⋯⋯

可是,格林的如意算盘完全打错了。

当遗体的头转向参礼者这边时，室内不满的喧闹声确实平息了。可是接下来的瞬间，骚动却演变成震惊和愤怒的可怕旋涡。

面向众人的遗体有垂耳长鼻，松弛的长舌头垂在咧开的大嘴外——这不是贵族老绅士，而是百分之一百的狗，大型阿富汗猎犬的尸骸。

众人乱成一团之际，戴面纱的老妇人遵循维多利亚时代的礼节，缓缓向地板倒去。

6

"这是我们墓园开业以来出过的最大的丑！"

詹姆斯在刚刚成为自己地盘的经理办公室里处理这起事件。他坐在大理石书桌的后方，整个人靠在椅背上，一边把玩着参照微笑墓园标志做成的棺材镇纸，拿它当议事槌，一边斜眼看着面前的三个男人。沃特斯窥探着新老板的脸色，率先争辩道："可是就算再怎么忙，也不能够让不熟悉流程的诺曼来当接待人员嘛！"

有沃特斯壮胆的诺曼开始道出事情的原委。

"那个，我在写棺材申请卡——"

詹姆斯立刻纠正他。

"不是棺材，要说灵柩。遣词用字不注意的话，是无法成为入殓师的。"

墓园自有一套婉转的说法：葬礼称为后事，尸体叫作往生者。

受詹姆斯呵斥而缩成一团的诺曼继续解释："是、是，我在写那个灵柩申请书的时候搞错了。一位是什么什么三世，另一位则是 A. 猎犬（hound），后面那位一定是送去火葬了……"

在新英格兰这片土地上，罕见地以天主教徒居多，因此微笑墓园的葬礼有百分之九十九采用土葬，唯一使用火葬炉的场合就是专为宠物举行的动物葬礼，诺曼把两者搞混了。

格林站出来为意志消沉的诺曼说话："可是詹姆斯，我想诺曼会搞错也不是没有理由的。A．猎犬是 Arthur Hound 先生，而那个什么什么三世，则是名字比人还气派，附有血统证明书的狗大爷，这没人会知道吧。"

詹姆斯眯起无框眼镜后面那双有点肿的眼睛，说道："喂，朋克小子，别说得那么理直气壮。不管怎么样，为了避免混淆，卡片都用颜色做了区分，注意事项也都写在上头了，没有核对清楚就是你们的不对！"

詹姆斯说得确实也有道理。送去火葬炉的卡片上有代表火焰的红色边线，右下方还用小字注明"请再次确认灵柩内部"。送往其他太平间的卡片则是不同颜色的边线，比如"黄金寝宫"是黄色，"睡莲室"是绿色，"守护天使花园"是蓝色，每间房都不一样，一目了然。结果，诺曼在把家属送来的委托书誊写到申请卡上时弄混了，而新来的遗体化妆师也照单全收，然后格林和沃特斯也没有做最后的确认——重重失误造成了今天这场乌龙。已经知道是怎么回事的詹姆斯看着沃特斯，问道："那现在猎犬先生怎么样了？"

沃特斯没料到矛头突然指向自己，慌慌张张地说："啊，是，那个……我去晚了一步……"

"什么！已经送进火葬炉了？"

"是呀！无情的饲主没来参加火葬，结果就没人确认。不过经理，我立刻让他们撤出来了，火炉也还没烧旺，所以尸体现在是半熟状态……"

最后这句话又犯了大忌,詹姆斯咚的一声把镇纸放在办公桌上,给出判决:"把诺曼调离殡仪馆,回去挖墓。沃特斯扣周薪百分之五十。弗朗西斯记严重警告。"

沃特斯仰天长叹道:"那我决定去孟菲斯市了。"

诺曼似乎很自责,低着头不发一语。

格林怔怔地想着柴郡到哪里去了,同时他也发觉,脑海中的拼图碎片又在那里兜来兜去了。

第二十八章　坟墓不可亵渎

>……这两个人经常乘着麦克法兰的马车,前往偏远的乡下,专门挑那些荒废的坟墓下手。
>
>——R.L. 史蒂文森 (Robert Louis Stevenson)
>
>《盗尸人》(*The Body Snatcher*)

1

"这里的火葬炉是网架式的,灵柩就放在火架上用重油炉烧,因为架子和下面的托盘间有空气进入,所以可以很快燃烧。而且历任经理都很注重环境问题,还用灯油让烟尘燃烧,完全氧化后连煤灰都不会产生……"

闲得发慌的火葬部主任克鲁斯站在用遮板封起来的火葬炉前,不放过这个可以自我吹嘘的机会,喋喋不休地说个不停。他对面的特雷西不但没有露出不耐烦的样子,还站在那里洗耳恭听。

烦恼的警官之所以又跑来调查是有原因的。他正在求证自己对此棘手案件的见解是否正确。为了证实自己的看法是对的,特雷西现在独自一人在微笑墓园查案。这是一次哈斯博士和他的部下们都不知道的单独行动,到了这个地步,他已经不需要什么协助了。不，其实是他再也无法忍受被愚蠢的伙伴扯后腿了。特雷西决定不让任何人打扰他的求证计划。关于火葬炉的讲解课程确实不错，但差不多也该言归正传了吧？

特雷西拿出掉在"黄金寝宫"的三张火葬申请书。

"关于这个，我想请问一下……"

克鲁斯接过来大略看了一下，立刻回答道："这是火葬的申请书嘛！本来收在墓园办公室的档案夹里，是约翰经理调出来的。"

"你知道这件事？"

"嗯，因为他问了我很多这方面的问题！经理怀疑有人偷偷使用火葬炉，这三份火葬申请不知道是由谁来执行的。"

"不知道由谁执行……除了你之外，还有人会操控火葬炉吗？"

克鲁斯边笑边说："如果不在意火候的话，管炉火的工作其实没那么复杂。不用说，詹姆斯先生和威廉先生是一定会的，至于殡仪馆的其他员工，只要看过一次就都可以照着做呀！"

"我在殡仪馆内做了番调查，没有一个符合这三张申请书上的内容。"

克鲁斯不知该怎么回答。

"这怎么说呢……午夜十二点以后这里一个人也没有，也许有人伪造了申请书，随意使用了锅炉也不一定……"

"使用火葬炉一定要申请书吗？"

"是呀！使用火葬炉，柜台那边是要登记的，这是为了核对燃料费，约翰经理盯这个盯得很严。所以如果没有申请书就使用的话，恐怕会更早被发现吧。"

"约翰是什么时候调查这个的？"

"嗯，我记得是在一个月以前。"

"之后这种伪造的申请书就出现了？"

"对呀！经理刚说过要多注意，没想到前些日子就出事了。"

"是什么时候的申请书？"

"呃，是十一月一日那天的。"

"哦，是万圣节第二天呀！"特雷西满意地点了点头。

调查完火葬炉这边的情况后，特雷西接着去找负责车辆的萨姆·尼尔逊。

令他惊讶的是，约翰又抢先了，这里也调查过了。不过特雷西不以为意，他一心只想求证自己的想法，这是他来这儿的唯一目的。

"我想要灵车的出车记录，要三个月之内的。从今天开始算起，就是十月三十一日之后的记录。"

特雷西接过尼尔逊拿来的派车单，当场仔细核对了起来，掌握到可以证实自己推论的重要事实后，他的脸上再度浮现出满意的笑容。

特雷西的状况超好，昨天中午以前觉得自己像活死人的郁闷心情已一扫而空，他亢奋得像一路领先的马拉松选手，到处去调查。问完负责派车的人后，他又抓住沃特斯问话，然后又跑进"升天室"里。殡仪馆的各个角落都可以看到特雷西查案的身影。

最后，特雷西还进行了一项不能让任何人看见的搜查行动。那是一次见不得光的违法搜查——他非法入侵大理石镇的某户人家，寻找目标证物。虽然这会儿他胃不痛，精神状况也不错，但或许是潜藏在体内的那份偏执驱使他做出这样的行为。总之，就如同他在柯林斯医生面前所讲的：只要能破案，不管是抢劫还是杀人，我都干！他发挥了为求破案不择手段的办案精神。

2

逐渐西沉的夕阳开始为复活的死者们染上层层色彩，死者轮廓上的阴影跟着加深了，那令人生厌的姿态显得更加醒目。

此刻，格林伫立在墓园附属教堂的西侧正门前，抬头仰望建筑物入口上方被夕阳染了色的半圆形浮雕。教堂的正门之所以朝西，是因为坐向相反的内部祭坛要朝着太阳升起的方向，也就是东方。不过也因为这个缘故，才能让恐怖的浮雕处于夕阳的照射下，呈现出想要的戏剧效果。

浮雕的主题跟大部分天主教教堂相似，是以最后的审判为中心。耶稣悬在空中，用格外壮硕的四肢警示种种可怕的刑罚，一旁的圣母以悲悯的表情俯视地面。地上，复活的死者从棺木中爬起，仰望天空。有人得到天使的救赎，也有人被恶魔操控的怪兽拉回地狱。

这当中让格林觉得有趣的是骷髅们的模样，它们都一脸茫然地看着棺木中苏醒的死者。骷髅，也就是死神，之前不断夺走人的生命，然而在末日到来的时候，死人却一一复活了。换言之，它们之前做的努力全都白费了。

白费了，格林在心中苦笑，他想起不久前沃特斯说过的话。他说死人都活过来了，没有人想去杀人或调查命案了。的确如此，侦查工作变得不再有意义。可是，对杀人犯而言又何尝不是如此呢？杀了人的凶手说不定也和浮雕上的骷髅一样，觉得自己白费力气。在死人会复活的世界里杀人，还有什么意义？

格林再次觉得自己的行为很虚无。

人都已经死了，就算逮到杀死自己的凶手也来不及了。光这样就已经够惨的了，没想到还有更进一步的——杀人这件事都失去了意义。

可是——

这时,格林的思绪被打断了,柴郡正朝他走来。她刚刚钻进教堂旁的灌木丛里,鬼鬼祟祟地不知在干吗,但现在,她手里竟抱着一只又丑又肥的猫。

"要是你以为这是约翰心爱的索瑞,那可就错了。"

"哪儿来的猫?"

"这只肥猫,你看,是十字路口咖啡馆的那只哟!啊,等一下!"

猫咪不爱待在柴郡的怀里,纵身一跳,又逃进了茂密的灌木丛中。格林见状说道:"虽然你的绰号叫柴郡,但你好像没猫咪缘嘛!倒是中年大叔很喜欢你,这样也不错啦!"

柴郡露出嫌弃的表情。

"唉,真想不到我会在两天内看到两位中年大叔的肥肚子。"

她所指的当然是诺曼和詹姆斯。詹姆斯为遗体刮完胡楂后,就老老实实地掀起衣服让柴郡检查,证明自己肚脐旁没有杰森那样的胎记。于是,柴郡的推理——詹姆斯即杰森——再度崩溃。

"谁叫你就会捕风捉影的。喂!而且詹姆斯还是没说出过去的事吧?"

柴郡十分懊悔地说:"真可惜,枉费我用了那么高明的心理战术,他的嘴还是紧得跟蚌壳似的。"

格林心想:高不高明也只是你说的。不过这种话他可不敢说出口。柴郡随即打起精神,继续说道:"不过这次我想得准没错!詹姆斯是杰森的想法就不要再追究了,我想,心理有病的杰森的确在二十年前就死了,可他并没有彻底死掉。在这个死人会复活的荒唐世界里,他也醒了过来,而且又开始杀女孩,还杀了他所憎恨的约翰……"

说到这里,为求效果,柴郡还以夸张的姿势指了指教堂的门。

"最后,复活的杀人魔跑到这里,藏了起来。"

格林再度仰望教堂。这栋气势不输欧洲知名教堂的哥特式教堂,在墓园建成之前就存在了,莫妮卡看它又破又旧,便要史迈利捐了一大笔钱重建。听说装有杰森遗体的灵柩就摆在里面。尖塔仿如要贯穿夜幕,小巧飞檐则如怪鸟展翅——格林一边欣赏眼前的建筑,一边忍不住讥讽道:"哪有人在死了二十年后还复活的……"

柴郡听了反驳道:"那你有其他的解释吗?不要净挑人家的毛病,你也说说你的看法呀!"

"嗯,我还不是很明白,但我认为这件事是和遗产继承有关的连续杀人案。首先是史迈利被杀,然后是约翰被杀。约翰不是还收到一封写着'第二名死者就是你'的恐吓信吗?"

格林此番推理的起点当然是茶会被下毒一事,不过对待这件事他一向谨慎,不随便提及。瞧柴郡的表情就知道,她压根儿没从这个角度想过。

"哦!遗产继承、恐吓信,是有这么回事。你说的恐吓信,就是放在经理办公室桌上的那封吧?"格林吃了一惊,不假思索地抓住柴郡的手臂,"喂!你见过那东西?怎么没告诉我?"

"痛!又没人来问我。"于是,柴郡讲述了一遍奥布莱恩下葬前那晚,她在经理办公室里看了那封恐吓信的经过。

格林听了之后陷入沉思。被冷落的柴郡觉得自己好像变成了隐形人,难掩焦躁地说:"喂,如果你认为这起事件和遗产有关,那就更应该弄清楚杰森的事才对。"

"为什么?"

"因为杰森是史迈利爷爷的儿子,对吧?试想,如果是复活了的杰森想要抢夺遗产呢?我记得很清楚……"

"什么?"

"他们兄弟俩曾因为宣布遗嘱修改的事起了口角,之后莫妮卡奶奶还问杰森的那份要怎么办。也许她当时并不是在胡言乱语,而是知道杰森已经复活了。而且……"

柴郡的灰色脑细胞做出半年一次的大贡献。

"而且,对,没错,也许史迈利爷爷也知道杰森复活的事。于是他听从莫妮卡的请求,修改了遗嘱,也留了一份给杰森。为此烦恼不已的约翰……呃……后面的事乱七八糟的,我就不清楚啦!总而言之一句话,只要进去搜一下棺材,确认杰森有没有复活,就真相大白了。"

柴郡固执起来简直无人能及。格林还想仔细拼凑一下自己脑中的拼图,却在柴郡的催促下,硬着头皮走进教堂。

教堂里一个人也没有。到哪儿都喜欢乱搞的柴郡开心得像个小孩,马上朝圣水盘走去,热切地往里头瞧。

格林则走进了阴森、没有半点人气的中殿。两旁是一根根细石柱,笔直向上,如同壮硕的树木支撑起圆形的屋顶。在这一带走动,感觉就好像迷失在被蛇发魔女凝视后变成石头的橡树或榉树树林里。如此一来,透过彩绘玻璃射进来的光,就好像从树叶缝隙间漏下来的阳光。早晨日照充足时倒还好,但现在是日落时分,昏暗的光线只会让人更觉得石森林之阴暗。

格林突然有种想要逃出去的冲动。小时候玩昏了头,过了晚餐时间独自一人被留在公园的那种不安再度袭上心头。他发觉唤醒这份不安的东西就藏身在教堂的某处。

过了讲道坛,看向祭坛方向,就能看到杰森的墓了。明明不是基督教徒却在教堂里举办婚礼的日本人大概不晓得，其实教堂本身就是一座大坟墓。古老教堂的地下墓室或祭坛后方，一向安放着神职人员或教会捐助者的遗体。

杰森身穿祭服的雕像安安稳稳地横卧在大理石石棺上——这就是杰森的墓。这种墓通常只用于德高望重的圣人，但巴里科恩家族对教会的巨额捐款，自然让他们能够得到特殊对待。日落时分，教堂里光线昏暗，杰森的雕像十指紧扣，像在祈祷永恒的到来。格林一边看着雕像一边想：杰森到底是获得了宽恕，获得了永恒的生命，还是再次承受死亡的耻辱，坠入地狱了呢？

这时，格林脑海中的拼图又咔的一声，拼上了一小块。

另一边，面对石棺的柴郡突然觉得一阵新的不安涌上心头。她想起小时候读过的《格林童话》里有一篇叫《棺木中的女王和哨兵》的故事。

故事是这样的：

一个国家里诞生了一位被恶魔附身的公主，她全身漆黑，叫声像野兽一样。这个公主刚过了十二岁生日，就命人在教堂的祭坛后方修建自己的坟墓，然后睡在棺材里。每天晚上她都会命六名哨兵帮她看守坟墓，次日早上打开教堂的门一看，哨兵们总是浑身是血地倒在地上……

柴郡一直记得书中对每天晚上公主从棺材里爬出来杀人的可怕画面的描写，但她想不起来这故事是否有个美满的结局了。

现在，在柴郡眼前就有一具不折不扣的教堂棺木，也许这棺木里就藏着和黑暗公主一样可怕的东西。一想到这里，柴郡的膝盖就抖个不停。

"柴郡，我想问你一件事。"

格林出其不意的声音让柴郡惊得跳了起来。

"干吗啦!你不要吓我!"

格林的表情很认真。

"我一直在想整件事的经过。好像只差一步就可以看出整个拼图的全貌,只是有几个碎片凑不起来。柴郡,还有没有像刚才那样的情况,还有没有什么事你没跟我说?"

柴郡不满地说:"什么事说了,什么事没说,你不问我我怎么知道呀?"

"那比如茶会那天。我再问你一次,你真的喝了那杯牛奶吗?"

柴郡愣了一下,然后结结巴巴地说:"那……那个,嗯……"接着她叹了口气,坦白招认道,"我没喝。大家都嘲笑我,要我减肥,我才装出一副喝下去了的样子。其实我顺着窗户倒到外面去了……"

格林仰天长叹。

"原来如此。是这样啊……"

柴郡知道,格林这么沮丧,自己要负很大的责任。于是她立刻出招,想办法转移格林的注意力,把这场尴尬掩饰过去。

"喂!格林,废话少说,还是赶快打开棺材来看看吧!如此一来就真相大白了。"

柴郡似乎把刚才的恐惧全都忘光了,她跨过祭坛后方的栅栏,跳到石棺旁,作势要去掀石棺的盖子。格林连忙出声阻止她。

"喂!住手,不要乱来。"

"放心,包在我身上。"

柴郡蹲好马步,使出吃奶的力气把棺盖往上抬,可是盖子上有沉重的雕像,很难搬动。

"都跟你说不要这样了。"

格林终于忍不住，也跟着跨越栅栏，打算把柴郡拉回来。只是，他一只脚刚跨过栅栏，就定住不动了。因为他看到棺盖突然起来了——似乎不是被柴郡抬起来的，比较像里面有一股力量在往上推。

然而，正闭着眼睛努力的柴郡没有察觉，她认定是靠自己的力量搬动了棺盖。

"你看、你看，只要柴郡小姐出马，这根本不算……"

柴郡睁开了眼睛，看到眼前一幕的她发出动物喘息般的声音，接着反射性地跳开来。格林则依旧维持跨坐在栏杆上的姿势，茫然地呆立在原地。

棺盖继续慢慢向上，昏暗中隐约可以看见有像手一样的东西从里面把棺盖往上举。紧接着，这只手突然以惊人的力道将棺盖推开。连着雕像的棺盖从石棺上方掉落下来，瘫在一旁的柴郡正好抱住棺盖，整个人倒在地上。里面的人从石棺中跳出，气势惊人地扑向格林。教堂里一片昏暗，无法确认这人是谁。跨在栅栏上无法转身的格林闪躲不及，被撞倒在地。当他好不容易爬起来的时候，只听到圣桌右侧的彩绘玻璃轰然破碎，声音响彻整间教堂。从石棺中蹦出的身影仿佛被吸进了窗外的黑夜里，就此消失了。

格林爬起身来，跨过栅栏，先跑向柴郡。

"没事吧，柴郡？"

柴郡依旧抱着重重的棺盖躺在地上，嘴唇直哆嗦。蓬乱的头发搭配周围景象，让她就像漫画里被吓到毛发倒竖的角色。格林把棺盖推开，扶她站起来。幸好只是膝盖破了皮，没有什么大碍。等心情稍稍平复后，柴郡开口问道："刚、刚才那个……你看到是谁了吗？"

"没有,黑漆漆的,看不清楚。"

两人面面相觑。就在这个时候,通往中殿的门开了,有人走了进来。

"喂!你们两个在这里做什么呢?"

说话人是马里亚诺神父。看到神父走近顿感心安的柴郡带着鼻音哭诉道:"神父,不好了,杀人魔杰森从那口棺材中爬起来了……"

"杰森?醒了?"

不明就里的马里亚诺神父呆呆地站在石棺前。于是,格林和柴郡把从怀疑杰森复活,到进来教堂查看的经过从头说了一遍。听完后,神父立即否定了他们的推论。

"你们在说什么蠢话呀?什么杰森醒了,根本就不可能有这样的事。"

"可、可是,刚刚我看到他从石棺里跳出来,逃走了。"柴郡非常坚持,"二十年前他被葬在这里,如今他复活了……"

稍微定下心神后,马里亚诺神父用平静的语气说道:"那个人不是杰森,不,应该说就算这世上所有的死人都复活了,杰森也不可能醒来,从这里逃出去的。"

"为什么?"格林问。

马里亚诺神父指着没有盖子的空棺说道:"因为杰森在这里面。"

格林和柴郡讶异地朝石棺里窥探,黑暗中隐约可见棺木里有一只白色的陶罐。马里亚诺神父在他们俩身后低语道:"杰森就在这里面,他已经化为美丽的灰烬了。"

3

福克斯踏入了"升天室",他有点不知所措,上司打电话叫他过来,但他来了之后却没看到人。他又走进殡葬室,里面还是一个人影都没有,只有案发后就一直摆在那里的空棺材。

福克斯心里有点发毛。不光是因为很明显的诡谲氛围,还有特雷西今天早上的言行举止,也让人感到有些害怕。他那位患有精神疾病的上司从中午过后就突然变了个人,不但心情超好,还瞒着哈斯博士和下属,独自展开行动。特雷西不在的时间,被撇下的下属纷纷议论说长官该不会想不开,跑去自杀了吧?然而就在傍晚时分,特雷西突然来电,命福克斯到墓园来。福克斯犹豫了一下,但因为有事要向特雷西报告,他只好硬着头皮朝墓园进发了。

结果一来就是现在这种情况。福克斯心中惴惴不安。电话那头的特雷西,态度倒是异常开朗。福克斯想起之前有一位邮差,同样是用如此兴高采烈的语气打电话给警察,挂上电话后他就用霰弹枪射杀了自己的妻子。

就在这时,突然响起的声音打断了福克斯的思绪,吓了一跳的他东张西望,随即找到了声音的来源。眼前那口棺材的盖子被稍稍推开了。

福克斯感到腹部一阵翻搅,肾上腺素一下子蹿遍全身。真碰到紧急情况他也喊不出来,唯一能做的就是吞口水,以及按住胸前枪套里的枪。不过福克斯不愧是贪生怕死的代表,他一边拔枪一边慢慢往后退,准备随时逃跑。

就在福克斯的后脚跟碰到门槛之际,棺材的盖子砰的一声打开了。福克斯看到躺在里面的人,忍不住叫道:"哇,长官,你不要吓我！"

福克斯刚刚松了口气，接下来的瞬间他的不安就比之前更胜数倍。在棺材里坐起上半身的特雷西面带笑容，手上握着不该出现在这种地方的卷尺，卷尺的一端垂落至他的膝盖。

特雷西挂着诡异的笑容说："哎呀福克斯老弟，你怎么这么慢？心情好不好呀？"

"啊？"被问候的福克斯吓了一跳，不知该怎么回答。

"我问你的心情好不好！"

不妙，这种时候还是顺着对方的话说比较好，福克斯心想。

"呃，嗯……还不错。好得很。"

特雷西满意地点了点头。"是吗？那太好了。"他边说边从棺材里爬出来。接着走到福克斯身边，亲密地搭着他的肩膀说："今天呢，是大快人心的破案日，所以我才把你叫来。这对日后的工作有帮助，等一下你就好好看看专业警官是怎么破案的吧！"

福克斯愣头愣脑地盯着上司看，特雷西依旧兴高采烈地说个不停。

"不过我还想再找一个观众。对了、对了，就找那个满口玄学的大博士吧——喂，你干吗？感动得说不出话来啦？我们现在就去找哈斯博士……然后，精彩大结局就要开演了。"

4

黑暗中，死者感到焦躁不安，他发现自己不能再躲下去了。

而且他非常愤慨，因为他的裤子湿透了。有人往他藏身的地方放了一只酒瓶和还剩半杯的酒杯，虽然他是死人，身体不会觉得冷，但他的心理感受还和活着的时候没两样——他觉得自己受到了严重的羞辱。这个世界果然是活人的天下，死人只能唯命是从，任凭活人摆布……

不过也不能总让活人这么为所欲为，他觉得该是自己采取行动的时候了。

死之前就一直抱持着的想法再度抬头，也可以说那是一种使命。

反正如果这件事不解决，他是无法安心腐朽，无法得到真正的安息的。

死人决定采取行动了，就在今夜。而他锁定的目标，毫无疑问，就是莫妮卡·巴里科恩。

5

柴郡缓缓地走在从教堂通往巴里科恩大宅的路上，心情很不安。听完马里亚诺神父的讲述，格林就丢下还无法动弹的柴郡，一个人先回巴里科恩宅邸去了。格林还说："我好像要看到事件的全貌了。"但对柴郡而言，什么是什么她还是完全搞不清楚。柴郡决定不再去想无情的格林，她一边走，一边把马里亚诺神父说过的话回想了一遍。

杰森果然是不存在的。据马里亚诺神父所言，二十年前在山里发现杰森时，他的尸体已经烂得一塌糊涂，所以史迈利爷爷只好违背天主教徒的习俗，将他火葬。也是从那个时候开始，心灵受到重创的莫妮卡变得不太正常。她到现在仍然坚信杰森没被火化，尸体还完好地躺在教堂的石棺里，有时甚至妄想杰森还活在这世上。

柴郡当着神父的面，把杰森和詹姆斯两人互换身份的假设讲了一遍，不过立刻就被推翻了。二十年前找到腐烂尸体的时候，和牙医的治疗记录做过比对，所以可以确定那具尸体就是杰森。柴郡听后真是大失所望。不过也不是完全没有收获，至少她从马里亚诺神父口中证实了阁楼房间里那本札记上记载的，三十三年前万圣节当天发生的事是真的。神父吞吞吐吐地说出杰森和詹姆斯这对双胞胎兄弟小时候遭遇的不幸事件，格林和柴郡听得很尴尬。尤其是柴郡，对于这种事，她实在不知该作何反应。不过她很确定那是一场悲剧。柴郡在心里盘算着，再去试探一下詹姆斯好了。

突然，路旁的灌木丛里有声音响起。

柴郡整颗心被揪起，连忙往旁边跳开。她完全忘了那个来历不明的家伙——从棺木里跳出来的人如果不是杰森，那到底会是谁呢？柴郡挺直了身子，盯着灌木丛看。

从棺木里跑出来的死人也许还在附近徘徊……

草丛里发出沙沙的声音，突然，她看到了两颗金色的珠子，接着一个黑影跳了出来。柴郡忍不住大声尖叫，不过对方并没有攻击柴郡的意思，只是"喵"了一声，拔腿跑开了。

"什么嘛！是刚刚那只肥猫。真是的，吓了我一跳……"

柴郡松了口气，抚着胸口，这时有人拍了拍她的肩膀。

柴郡缓缓地转过头去。

站在那儿的，是一个死人。

第二十九章　特雷西警官的圆满结局

人生落幕。闹剧终了。
The games are done, the crowns all won.

——泽莫纳克斯（Demonax）

辞世遗言

1

"啊，哈斯博士，我们正在找你。"特雷西依然心情很好。他和福克斯终于在莫妮卡的房间堵到了哈斯博士。面对两人出其不意的造访，哈斯博士感到讶异，他说道："哦！是你们两位。你们找我？真是不好意思，我正想向莫妮卡打听史迈利那台打字机的事，想看看自己的推理对不对……"

哈斯博士用下巴指了指后面的房间。房间里，莫妮卡照旧躺在床上，诺曼乖乖地坐在床前的椅子上。特雷西用劝阻曾获冠军的高龄跑者不要向现役选手挑战百米赛跑的语气对哈斯博士说道："我很期待能听听博士的高见，不过这次您恐怕是白费力气，因为这件事已经不需要再继续调查下去了……"

"什么？白费力气？"

"对，真相已经水落石出了。我知道凶手是谁了。凶手就是……"特雷西故意停顿了一下，以制造效果，"詹姆斯·巴里科恩。"

哈斯博士大吃一惊，问道："喂！这是真的吗？说这话要有根据！"

"当然。我连证据都有了，博士的录像带也帮了大忙。詹姆斯就是凶手，也就是'面具人'。詹姆斯杀害了约翰，还有，这三个月失踪的三名女性和前几天在万圣节遇害的高中女生，也都是他下的毒手。"特雷西兴奋地越说越大声，哈斯博士连忙制止他。

"喂，莫妮卡会听到的，你小声点！"

特雷西的态度转为傲慢。"你担心她会受不了打击吗？打击这东西我可是受够了，反正她早晚都会知道自己儿子干的好事，只是迟早的问题。对了，詹姆斯人现在在哪里？"

"詹姆斯？应该在殡仪馆的经理办公室里办公吧？"

特雷西满意地点了点头。"很好。那么，我们就像侦探小说中的名侦探那样，当着嫌疑人的面，来个精彩的大结局吧！"

2

从教堂返回巴里科恩家的格林已经掌握了某样东西，刚好可以放进他独立完成的拼图里。然后他走去厨房找玛莎，向她确认拼图的某部分是否正确。

玛莎的回答让格林很满意。为了进一步确认，他又打了通长途电话，电话那头传来的回答也正好如他所推断。

进行到这儿，格林已经大概掌握拼图的全貌了。只是还有一部分无法得到证实，也没有证据，甚至他连揭发凶手是好还是不好都不知道。想了半天后,他决定去找哈斯博士谈谈。

然而,明明就近在咫尺的两人却上演了一出擦身而过的戏码。格林去找哈斯博士的时候,博士正好和特雷西他们一同走出大宅,步下通往殡仪馆的坡道。

如果这时格林看到了哈斯博士,也许结局就会稍有不同了。不过,格林察觉到这点时,一切都结束了一段时间了。

3

"那个……长官,我有话想跟你说……"福克斯战战兢兢地开口。

特雷西觉得很不耐烦。他们现在正站在殡仪馆经理办公室的门口,精彩的破案大结局眼看就要上演了,绝对不能让人来搅局——这么想的特雷西瞪着福克斯,大声呵斥道:"喂,吵死了!要说等捉到詹姆斯再说。真是的,遇到紧要关头你就婆婆妈妈的!"

福克斯不服气地想要回嘴,特雷西当作没看见,径自敲了办公室的门。

没人回应。特雷西不以为意地推开房门。门一开,刺骨的冷风便迎面袭来。房间里的窗户没关,风就是从那儿灌进来的。特雷西顿时心想糟了,难不成詹姆斯已经逃跑了?

不会吧?又来这套……不过看来是他多虑了。一行人走进办公室一看,詹姆斯就好端端地坐在大理石书桌后。

詹姆斯的脸上挂着看似无所谓,甚至可以说略带嘲讽的表情,默默地注视着三人。房间里充斥着尴尬的沉默——接下来,该怎么做呢?特雷西思量着。即使是老探员特雷西也没遇过如此戏剧化的情况。这种时候,以打招呼来开场也很奇怪,还是单刀直入吧。特雷西清了清喉咙,说道:"巴里科恩先生,我们想请你到署里走一趟协助调查。嗯,当然是关于约翰·巴里科恩被杀一案。"

詹姆斯脸上依旧挂着无所谓的笑容,依旧沉默不语。特雷西把这看作是对自己的挑衅。

"哦?这么快就行使缄默权啦?没关系。这样也省得我宣读米兰达条款了。虽说我大可申请了逮捕令再来,但我可是个急性子啊。嗯,这么办好了,我现在就把这次案件的真相说清楚,我会说得你哑口无言,让你乖乖地跟我们回警局。"

詹姆斯还是不吭声。特雷西在心里咒骂道:你也就只有现在这个时候嚣张了……

特雷西没再理会詹姆斯,转而冲哈斯博士说道:"博士,我想先说明一下那天晚上我会来拜访巴里科恩家的理由。诚如您所知道的,那晚我不是因为约翰·巴里科恩的命案被找来的。我是想请教博士与少女连续失踪案有关的事,才自己跑来的。"

特雷西从怀里拿出那张女高中生失踪前所拍摄的照片。

"这张照片有拍到废墟里的窗户,窗户上映出了没有入镜的车影。我注意到了这一点,而且我还发现那辆车的车身上印有你们墓园的标志。于是我大概推测出墓园的灵车和女子失踪案绝对脱不了关系,可我还没来得及把这项发现告诉博士,就遇到了混乱的场面,一时分身乏术……"

特雷西想到这几天受到的种种屈辱和打击,不禁恨恨地咬紧牙关。

"如果我不去相信什么死人陆续复活的鬼话,一直循着这条线去查就好了。可是,那个时候,我压根儿没把少女连续失踪案和约翰被杀的事联系在一起。不过,自从我知道法林顿这个人不存在,还有你告诉我是你帮忙把奥布莱恩的尸体装进那口棺材以后,我就觉得你有嫌疑了。而且,我还碰巧获得了一项与你有关的有趣情报。詹姆斯先生,你在性方面好像有点困扰哦?"

特雷西偷偷观察这番话造成的效果,但詹姆斯完全没有反应。

算了,无所谓,特雷西故作大方。这个情报的出处——诊所的事,就先不要说出来好了。况且,曝光那件事,对特雷西自己也没什么好处。

"于是,我试图把少女连续失踪案和此案合在一起思考。回到原点思考关于失踪案件的谜团。

"首先就是为什么这四名女性会消失得无影无踪呢?有可能是被凶手用车带走了,但在封锁范围内没拦到车上载着女人的车。尤其事发前几天的万圣节,凑巧发生了一起银行抢劫案,时间上差不多就在女高中生失踪之后,那时,一一三号公路的周边道路全都拉起了紧急封锁线,警方逐一盘查过往车辆。这番部署却还没抓到载有女高中生的车,这是为什么呢?因为凶手使用的车遇到临检时会被放行,它就像幽灵一样,在封锁线内畅行无阻。"

"说的是我们的灵车吗?"哈斯博士说。

特雷西得意地点点头,只要比这位博士早一步破案,署长以后在自己面前就抬不起头来了。

"没错,就是灵车。那天确实有一辆灵车行驶在一一三号公路往微笑墓园方向,也确实在查哨岗被拦了下来。我今天中午去问了那位临检的警察。唉,由于灵车给人不吉利的印象,一般人都会敬而远之。那名警察虽然不愿意,却还是照例检查了一下,他还勇敢地打开棺木看了看。里面装着一位老太太的遗体,他有点害怕，只看了一眼就把盖子阖上了。詹姆斯先生，您大概是用了氯仿之类的麻醉剂让被害人睡着了吧？然后，接下来呢？是用你引以为傲的化妆术把女高中生变成了老太太？还是说老太太的遗体是真的，一直放在你的爱车的棺木里，而女高中生就藏在那具遗体的下方？"

面对如此直接的指控，詹姆斯依旧不为所动。特雷西越来越烦躁了。

"OK，没关系。用的是哪种方法，只要一查就知道了。反正你就是这么让被害人隐形的。我查证过了，调查了你们墓园的派车单，四名女性失踪的那几天都有灵车出门，而且都是你独自一人。虽然你在派车单的随同人员里写了沃特斯的名字，但我问过他，他说他不记得那几天有和你一同开车出去。就你一个人开灵车，没有助手，你到底是怎么把遗体放进棺材里的呢？

"还有呀，那几天的葬礼和死者我也做了一番调查。你告知派车管理员要开灵车前往的那些地方，根本就没有人去世，也没有举行葬礼的记录。万圣节那天也是如此，当天大理石镇一带有两位死者，一位是在银行被攻击的二十八岁男性职员，一位是在薛克街的十字路口遭遇车祸的四十二岁清洁工。死亡记录里没有符合警察临检时看到的老太太。"

特雷西已经不管詹姆斯的反应了，只是一个劲儿地说个不停，不让对方有还击的机会。

"说到隐形，这起案件中还有一个不可思议的地方，就是没有发现任何女性的遗体。除了在诺克斯山里找到一截凶手留下的女高中生的左手臂之外，其他就完全没有了。

"针对这点，我比照灵车的情况来思考，觉得应该有什么盲点才对。曾有侦探小说作家写过把尸体藏在尸体堆里——"

"是《旧约圣经》里大卫的诡计吧。"哈斯博士及时纠正道。

"无所谓啦！反正，就如同灵车是临检时的盲点一般，把墓园作为藏尸的地点是再好不过的了，而且最好是附设有火葬场的墓园。"

"不至于吧，这也未免太……"哈斯博士念念有词。

"你们想想，约翰遇害的现场附近为什么会有三张狗的火葬申请书呢？那三张申请书我看过了，上面记载的狗狗的身份是捏造的，但申请使用火葬炉的日期却出奇地凑巧。经过我的调查，那三张申请书的日期都是在少女失踪案发生的两至三天后，而且有一张的日期甚至是万圣节次日。我知道要填写申请书才可以使用火葬炉。你们不觉得这很耐人寻味吗？有人在少女失踪案后偷偷地使用了火葬炉……如果我没记错，詹姆斯先生和威廉先生好像都知道火葬炉该如何使用呢！"

哈斯博士替一直沉默不语的詹姆斯发问："约翰拿火葬申请书是为了什么？"

"八成是为了核查火葬炉的燃料费什么的，却偶然发现了伪造的申请书吧？不过，我想他一定也在追查墓园内的杀人魔，因为我知道约翰除了询问负责火葬的人外，还询问了负责派车的人。他在死之前做了跟我一样的调查，还抓住了凶手的把柄，通知了凶手。喂！博士，约翰被杀的那天晚上，他在晚餐时好像对詹姆斯说了什么吧？"

"嗯，没错。约翰当时宣布要解雇詹姆斯。'理由就不用我告诉你了吧？'他是这么说的。还要他当天夜里就收拾好行李……"

"这样一来整个状况就清楚了。詹姆斯先生，约翰知道你就是驾着灵车，诱拐女性的杀人魔。他怕伤及墓园名声，所以没有公开举报，只是要求你离开墓园。

"然而你却因此怀恨在心。不过你杀害约翰的动机应该不只这个吧？不仅为了灭口，还为了夺取墓园，说不定图谋遗产也是原因之一。杀了约翰，你可以得到种种好处。第二天早上就要被赶出墓园了，于是当天晚上你下定决心，杀死约翰。这起事件的关键——"

这时福克斯扯了扯特雷西的袖子，小声说道："那个……警官，不好意思打断你的话……"

完全处于自我陶醉状态的特雷西用力甩开他的手。"喂，让你等下再说你听不懂吗？我正要讲到精彩的地方！"特雷西清了清喉咙，继续往下说。

"我这个笨部下失礼了，让我们言归正传吧！这起事件的关键，还是在凶手如何潜入密室作案这点。"我还真像个名侦探呢，特雷西心想，"虽然你已下定决心要在当天夜里杀了约翰，但对你来说，要在密室的状况下接近被害人的确是个难题。约翰在晚餐时宣布他一整晚都会在西侧工作，然而走廊上通往西侧的入口二十四小时都有大厅接待员守在那儿。另外，像'升天室''黄金寝宫'，还有西侧通往外面的便门，也全都从里面反锁了。经理办公室也是如此。这样一来，凶手是怎么接近被害人的呢？关于这一点，我必须要好好感谢哈斯博士才行。"

特雷西故作从容地向老博士鞠了个躬。

"哈斯博士事先装好的监控器搞得我们很混乱，不过最后还是派上了用场。总之，十点四十分后，杀人魔'面具人'突然现身了，在房间完全密闭的情况下他是怎么进去的呢？关于这一点，把录像带从头到尾看一遍就可得知。他就躲在十点零六分左右被搬进去的棺材里，这是唯一的可能，你们应该也想不出其他的方法吧？于是我不得不怀疑，那个在法林顿棺材上动手脚的人。"

这时福克斯又跳出来打岔。

"可是，警官，事发后我确认过躺在棺材里的奥布莱恩，怎么看他都不像詹姆斯先生。那具尸体是一位上了年纪的老人。我还碰了一下，是冷的，里面躺着的确确实实是一具尸体。"

特雷西哼的冷笑一声，道："这我知道。把棺材搬进去的艾汀小姐也说她摸过遗体，做了确认。是的，没错，那具棺材里的确装的是奥布莱恩的遗体，不过只有一部分而已。"

"一部分？"福克斯瞪大眼睛。

"没错，一部分。准确来说只有奥布莱恩的头、左右手臂和手掌的部分。詹姆斯打算躲进棺材里混入西侧，但他觉得要伪装一下，因为如果目的没达成，艾汀小姐打开棺盖，撞个正着，不就完蛋了？"

这用词惹得福克斯不合时宜地吃吃窃笑，马上被特雷西瞪了一眼，福克斯随即闭上了嘴巴。

"我想凶手是想利用威廉捏造的假葬礼。碰巧地点就在'升天室'，也有人帮忙备妥了用来掩护的尸体。对了，博士你说过，搬进'升天室'的棺木是 L 号的，对吧？"

"嗯，我看到的是这样的……"

特雷西像魔术师般装腔作势地从口袋里掏出卷尺。

"我量了一下，那口棺材确实很大。然后我查了奥布莱恩的身高，他才五英尺十英寸，把他装在那口棺材里，大概会多出一英尺的空间。詹姆斯先生，你的身高和奥布莱恩差不多一样吧？"

还是没有回应。这对手真是顽强啊！特雷西叹息——不过，我还有一张王牌。

"你躺进棺材里,把奥布莱恩的头放在自己头部上方的多余空间。奥布莱恩死于交通事故,全身多处骨折,断得一块一块的,你正好利用这个来做掩护。躲在棺材里的你只让奥布莱恩的头和双臂露在外面,自己的身体则从头到脚用简易寿衣盖住。"

"什么?用那个?"博士很惊讶。

特雷西笑着点点头。

"没错。这就是东岸第一遗体化妆师的招数。哎呀!如果不是遇到东岸第一的探员,这种巧妙的手法是很难被识破的。"

没有人附和"东岸第一探员"这一句话,这让特雷西有些尴尬。不过他继续说道:"因为有了那件简易寿衣——衬衫、领带和外套缝成一体,就是个做样子的魔术道具——艾汀小姐和福克斯都上当了。凶手把它披在身上,盖住全身,露出奥布莱恩的头和手,伪装成尸体,巧妙地混进了'升天室'——"

"等一下,"哈斯博士插嘴,"你说的这个高明伎俩,我有一点无法理解——"

老博士的发问立刻被反驳了回去。

"博士,少安毋躁,我的说明就快结束了,等一会儿我会让您发问的。虽然您只是业余人士,但怎么说也是被誉为名侦探的人,请您顾全一下解析案情时该有的规则好吗?"

已经没什么能阻挡特雷西如怒涛般的气势了。

"接下来,被送进'升天室'的凶手从棺材里跑出来伺机下手。这时是十点三十分过后,伊莎贝拉拿着那把海狸刀过来。虽然从录像带无法确认,但我想凶手多半在这时从'升天室'的门缝里看到了她,并利用了这个机会,他开始行动。那场诡异的你进我出的捉迷藏进行到最后时,据录像带显示是十点五十五分,当时约翰和'面具人'都进了'黄金寝宫',接着事情就发生了。早一步进入殡葬室的'面具人'没有用自己的凶器,而是从史迈利的棺材里拿出海狸刀,刺死了之后进来的约翰。他还破坏了约翰的怀表,把时间调回到伊莎贝拉到达现场的时刻。也就是说,他打算把杀人之罪嫁祸给她。"

哈斯博士一脸困惑地说:"在短短五秒钟里?"

特雷西一时被问住了,但他还是不肯示弱。

"没错,那台高级的Sunny是这么显示的。况且现在这年头,如果使用原子弹的话,不用五秒钟就可以让一个海上小岛从地球上消失。要在五秒钟内做完这些事也是有可能的。"

哈斯博士的表情说明他无法接受这种牵强的解释,但特雷西不予理会,继续说道:"反正'面具人'就这样杀死了约翰。他还潜入经理办公室东翻西找,大概是想寻找不利于自己的证据吧?比方说狗的火葬申请书什么的,不过他应该没找到。然后,为了误导警方,他偷走了保险箱里的钱,又拿出预先藏在连帽罩衫口袋里的奥布莱恩的手,按上指纹,把假指纹留在现场——"

博士再度开口:"所以说他又不想嫁祸给伊莎贝拉了?"

"只是在这里这样!"特雷西一脸不耐烦,"凶手呢,情急之下难免会做出互相矛盾的事,反正他只要能干扰警方办案就行了。不过,就算他不做这些事,光是死人复活的乱象也够我们手忙脚乱的了。

"总之,之后尸体被伊莎贝拉提早发现了,我们一群人抵达西侧通往户外的便门门口时是十一点刚过。从录像带上来看,我们在后门边的吵闹声吓到了'面具人',他立刻逃进了'升天室'。之后有好一会儿他都躲在棺材里一声不响。当时我的部下福克斯往棺材里看了一下,不过他只看到表面,没有仔细检查,就被詹姆斯利用奥布莱恩尸体布下的障眼法给骗过去了。

"好了，这场闹剧差不多该结束了。福克斯一出去，'面具人'就设法逃离现场。如果把奥布莱恩的头和手留下，诡计就穿帮了，所以他抱着它们，从'升天室'的窗户逃脱。因为如今到处都有死人复活的事发生，所以只要现场的尸体不见了，就可以让人以为是奥布莱恩（那时是法林顿）的遗体复活了，跑了出去。而且，你原本担心知道法林顿的葬礼是场骗局的威廉会怀疑到你头上，如今大可把事情全部推给奥布莱恩。'我为奥布莱恩进行防腐处理时，沃特斯亲眼看到他醒过来了，我想这多半是真的。'这样解释，威廉也不得不接受吧？奥布莱恩和约翰之间的私仇也正好可以拿来做文章。一旦情况对自己不利，只要说出经理办公室里有奥布莱恩的指纹，警方就会将可怜的不动产商人锁定为嫌疑人了。詹姆斯先生，我不得不怀疑你早料到法林顿不存在的事会穿帮，所以才会留下最后绝招，就是把嫌疑推给'复活的奥布莱恩'！"

"如果死人复活的乱象没有发生，就想不出这种作案手法吧？"哈斯博士加上注解。

特雷西点了点头，脸上的表情似乎在说：这个博士，总算说了句正经话。

"'面具人'原本已从窗户逃了出去，却发现现场起了争执，于是他又从大厅那边绕了进来，半路换装成身着白袍的詹姆斯，一脸无辜地出现在'黄金寝宫'。"

"那奥布莱恩的头和手呢？"福克斯问。

"问得好，福克斯老弟！这也算是他运气好，塞对了地方。事情是这样的，他在众人面前现身时，套上白色长袍把作案时穿的衣服遮住了，面罩可以塞在内衣底下。可是奥布莱恩的头和手太大了，藏不了，因此，詹姆斯先生，你在从大厅绕回来之前，将它们藏在了某个地方。那就是大门旁停车场里那辆灵车的棺材里。"

"后来约翰还开着那辆车……"福克斯目瞪口呆地说道。

"没错，福克斯，你很讶异他会藏在那儿吧。自己杀害的人竟然将犯罪的证据载到了其他地方。"

"之后十字路口咖啡馆发生重大车祸，棺材就在我眼前从灵车后方被抛了出去，一头插进店里，奥布莱恩的头和手掉了出来……"

"没错，依我判断，现场找到的那些被烧得焦黑的骨头，就是詹姆斯犯案时用的奥布莱恩的部分遗体。这个可以马上进行确认。奥布莱恩没有复活，这起案子不是死人做的，而是活人的阴谋诡计。"

特雷西冗长的解说终于落幕，他等待着观众们的热烈掌声。可是，现场的气氛却意外的冷清，他告发的罪犯也没有吓得跪地求饶。特雷西感到有些沮丧，这时哈斯博士像要落井下石似的提出质疑。

"警官，关于你的说明，我有些不太理解的地方。首先，恐吓信的事你怎么解释？"

"恐吓信？"特雷西一时不知如何是好，"嗯，大概是约翰很早以前就抓住了詹姆斯的把柄，让他离开墓园吧？詹姆斯可能是为了报复，而发出了恐吓信。史迈利正好刚死不久，他便撂下狠话，说第二个死的就是你。第三封恐吓信则是詹姆斯为了洗脱自己的嫌疑，在迫不得已的情况下自己写给自己的假信。"

"哦，是这样啊……那刚才提到的史迈利的失踪呢？"

"史迈利的事我也还搞不太清楚……也许他真的醒了过来，

从头到尾目击了詹姆斯犯案的经过。然后，身为一族之长的他决定把罪扛下来，远走他乡。大概是这么回事吧。"

"被杀死的约翰不当场告发后来出现在现场的詹姆斯，这又该怎么解释？"

"这个嘛……就如同约翰自己说的，他是被人从背后刺死的，因此没看到凶手。就算看到，因为凶手是以'面具人'的样子出现，他也不会知道那就是詹姆斯。"没耐性的特雷西语气变得很不耐烦。

"是这样吗……约翰明知詹姆斯最可能杀他，却什么都不说，这实在……"

哈斯博士和特雷西把一直保持沉默的詹姆斯晾在一旁，情况变成好像是他们两个在单挑。

"不然这样想，你觉得怎样？这个之前也讨论过，会不会约翰有理由必须包庇詹姆斯不可？没错，肯定是这样。或许和二十年前的那件事有关。那个应该也是詹姆斯做的吧？我们不是正要彻底展开调查吗？"

然而，哈斯博士并没有放缓攻势。

"'面具人'特意将经理办公室里的指纹擦得一干二净又是怎么回事？"

特雷西也不认输。

"啊哈！博士又陷在约翰就是史迈利，两人互换身份的假设里了。你认为经理办公室里的不管是约翰还是史迈利，都有必要隐瞒自己的身份，所以才把指纹擦掉。你又想太多了，这一定是詹姆斯做的。他是为了凸显刻意按下的奥布莱恩的指纹，才把其余的指纹都擦掉了吧！虽然这个主意很笨，不过事实就是如此。"

"还有很多地方说不通啊！最明显的就是进入密室的方法。

虽然你一直嚷着密室、密室，但我不认为凶手会在困难度如此大的情况下使用这种伎俩，冒这种风险。毕竟这种入侵方法太不切实际了。"

"怎、怎么说？"特雷西生气了。

"艾汀小姐不是说她没有收到詹姆斯的指示，而是因为想展现'女性的独立自主'才自发地把棺材推进去的吗？躲在棺材里的凶手如果真想潜入呈封闭状态的犯罪现场，不会依靠这种不一定会发生的偶然吧。"

特雷西退缩了。

"那、那是因为……对了，艾汀虽然这么说，但其实她是共犯。她和詹姆斯串通好了，她在说谎。她知道棺材里有玄机，故意推进去的。"

"如果是这样，就又有矛盾了。你刚刚不是说詹姆斯是用奥布莱恩的头来做掩护吗？这么做的目的不是为了让艾汀不小心打开棺盖时看不出里面有人吗？如果艾汀真和他串通好了，他就不需要做这种二流魔术师的伪装啦！"

到这里，特雷西的信心已开始动摇，说话也变得吞吞吐吐。终于，他动了肝火，拿哈斯博士出气。

"我又不是凶手，这种小细节我怎么会知道？警察只了解案情的概要不就行了吗？之后让整天无事可做的FBI心理分析师在做研究时顺便调查就好啦！反正……"

这时特雷西想起自己手上还握有关键证据，立刻振作起来，从怀里取出证据，拿给到目前为止一直对两人的对话和争吵无动于衷，置身事外的詹姆斯看。

"不好意思，这张照片是我去你家叨扰时拍下的，本来打算过几天拿到搜查令时再去拜访一次的。照片里的东西，你应该也知道，就是监控器拍到的面罩……"

　　特雷西的话悬在半空中。证据都摆在眼前了，为什么詹姆斯还是一副无所谓的态度？在他身旁的福克斯不知何时站了起来，表情诡异地看着这边。在特雷西开口前，福克斯说话了："不好意思，长官您和博士忙着争论的时候，我一直觉得怪怪的……不是，我指的是这位詹姆斯先生……然后我靠近一看，发现他已经死了。他的后脑勺上有个很大的伤口……"

第三十章 死者有话说

死无对证。

——成语

1

"我早就想说了,可长官一直让我闭嘴,才会延误报告的……"

寻找哈斯博士的格林来到经理办公室时,福克斯正要开始解释。听了这话的特雷西筋疲力尽地瘫在沙发里,跟坐在桌子后面的死人没两样。不安的福克斯一边偷瞄上司的反应,一边报告。

"就在警官叫我来这儿之前,我们刚逮捕了万圣节女高中生命案的凶手。凶手是我们警署的警员古德曼——就是去年刚从新泽西州搬来,被录用的近视眼古德曼啊!据说古德曼在越南受到了相当大的精神创伤,患有杀戮妄想症。也不知道除了越南的事以外是否还有其他原因……进我们署之前,他也住过一段时间院,不过他隐瞒得很好。我大概说说破案的经过。他的车被街上的小混混偷了,不巧那帮混混在艾摩斯街发生了车祸,车子的后备厢开了,用塑料垫包住的女高中生尸体从里面掉了出来。万圣节当天古德曼没有值班,他在开车经过案发现场时看见了被害的女高中生，乘机把她掳走了。呃，虽然事后警方立刻拉起了封锁线，但不管怎么说他也是同事嘛！就打声招呼：'嘿！怎么样？''累死人了，下班后来喝一杯吧。'就让他过去了。如长官刚才所言，他可以说是搜查的盲点……"

特雷西对福克斯的话全无反应，依旧瘫在沙发里。

"于是，我们去古德曼家搜查，在后院挖到了之前失踪的三个人的尸体。唉！现在署里已经吵得天翻地覆，署长都快疯了。啊！对了，署长还交代我说，如果碰到长官，要我问问你柯林斯医生的电话……"

特雷西宛如要复活的死人，身体抽搐着站起来，接着他破口大骂："柯林斯医生已经打算当我的专属医生了，妈的！凶手竟然是警察？这种鬼话你也信？那、那个火葬申请书怎么解释？派车单呢？詹姆斯开着灵车载着没有登记下葬的老太太的遗体在街上四处逛又是怎么回事？还有，那个证据呢？詹姆斯家里的面罩又作何解释？"

福克斯不知该怎么回答。"火葬申请书和派车单的事我不知道，不过，那个女高中生装扮成面罩杀人魔的事倒是弄清楚了。照片上看不出来，她那天戴的其实只是用纸箱糊成的面具，那个面具和尸体一起掉了出来。而我们在詹姆斯家里发现的应该是如假包换的面罩吧？"

特雷西再也说不出话来了，再度瘫进沙发。然后，也许是想将这一切交代清楚吧？桌子后面的尸体动了起来。

死了的詹姆斯像触电似的身体抽动了两三下，然后他睁开双眼，一脸错愕地看着挤在房里的众人。

目睹这一切的特雷西反而因为自己一点都不吃惊而感到惊讶。已经习惯死人复活了，感觉都麻木了。人类不断适应一切，存活了几千年，现在连死人频繁复活的世界也开始适应了。

"呃，我怎么了？我死了吗？"死人开口，说出每个死人都会说的经典台词。

哈斯博士熟练地测了测他的脉搏，查了查瞳孔对光的反应，然后恳切又细心地说明他死到了什么程度。耐着性子等待死者理解、接受，心情平复下来后，哈斯博士问道："是谁干的？"

詹姆斯充满恨意地说："不知道。我坐在椅子上，窗户突然打开，有人跳了进来，从后面敲了一下我的头。速度太快了，我没来得及看清楚是谁。"

"你觉得会是谁杀了你？"

"这个嘛，我不知道。怎么会发生这种事，我也……"这时他似乎突然想到了什么，"对了，你们干吗都挤在这个房间里？"

陷在沙发里的特雷西有气无力地说："我们正在揭露你杀死约翰并杀害多名少女的事实，证据都有了。你没听到吗……"

特雷西为这番话感到丢脸，语尾有些颤抖。

詹姆斯毫不留情地回道："对不起，我刚才死了，完全没听到，不好意思，可否请你从头再讲一次？"

特雷西像个任性的孩子般摇头拒绝。哈斯博士和福克斯面面相觑，看来是无法指望特雷西了，哈斯博士只好把刚才那番话重说了一遍。

全讲了一遍之后，换死者对特雷西的说法提出反驳了，这是特雷西最害怕也是最讨厌的事。

还是逃不过死人的羞辱啊……

特雷西没办法像约伯那样把这当成神对自己的试炼。然而，无情的詹姆斯还是开口了。

"什么密室，真是无聊！又不是侦探小说。那天晚上'升天室'的窗户并没有上锁。那几天——"

"等一下,"特雷西着急了,"你说'升天室'的窗户没锁,这么说你果然在现场?先不管女高中生事件,约翰的死肯定和你脱不了关系!"

"我想请你等一下。我照顺序一个一个说。"詹姆斯抢辩道,实在搞不清眼下谁才是侦探,"总之,那天六点左右,我为了准备第二天法林顿的葬礼进入了'升天室'。为了通风,我把窗户打开了,一不留神就忘了再锁上。每日员工进行门窗检查是在五点左右,我是在那之后打开窗户的,因此当晚那间屋子并非处于密闭状态,是你硬要往那个方向想。"

特雷西挤出最后一丝力气捍卫自己的论点。

"可是,发现了约翰的尸体后,福克斯马上去检查了'升天室',窗户的确是锁着的。这点你要如何解释?是你干的吧?那时你其实还在西侧吧?那为什么要堵住自己的退路呢?"

"我怎么知道?又不是我干的。说到这个,我从那个房间逃出来的时候,还因为窗户是锁上的而大吃一惊呢!"

"那扇窗户是约翰锁上的。"

格林突然插话进来,引来特雷西和詹姆斯讶异的目光。格林连忙接着说道:"啊,这件事我待会儿再解释,你们接着说。"

詹姆斯耸耸肩膀继续往下说:"既然弗朗西斯都这么说了,那可能就是吧。我并不知道约翰的具体行动,但傍晚时把'升天室'的窗户打开是个偶然,我没想到之后会派上那样的用场。晚餐后,约翰说会一整晚都待在经理办公室,我又想到'升天室'的窗户没有锁,心想:好极了!那天晚餐前约翰就开口要我离开墓园了,所以,为了当晚的某个目的,我在约翰的酒里下了安眠药。"

"你说的那个目的——"

特雷西的问题被哈斯博士的声音盖过去了。

"那个掺有安眠药的酒,一半被冒失鬼哈定喝了,所以他才会在回程的车子里呼呼大睡?"

"是的,哈定突然把酒抢去喝的时候我很着急,不过因为药量足够,我估计喝了一半的约翰也会昏睡过去。

"然后,因为大厅有庞西亚守着,所以十点前,我从殡仪馆的后门绕到西侧,从窗户进入'升天室'。接着我就躲在殡葬室的长椅后方,等待机会下手。令我惊讶的是,艾汀小姐竟然把棺材推进了'升天室'。这实在出乎我的意料。虽然遗体处理室的布告栏上写着将遗体搬入,但我并没指示她这么做,她这根本就是多此一举。"

"把棺材搬进去是多此一举……"特雷西的推论在轰隆隆地瓦解。

"是啊!"詹姆斯僵硬地耸了耸肩,"不过我立刻想到可以利用这个突发情况,毕竟现在是死人复活的怪异现象频频发生的时候。于是我把奥布莱恩的手偷偷藏到了罩衫的口袋里……"

"棺材里果然只装着头和手而已?"

"嗯,你问我的时候,我说是威廉将奥布莱恩的尸体从棺材里偷走是骗你的,其实是我做的,而且只拿了头和手。只要有这两样东西,之后就可以像你说的那样,用简易寿衣和填充物制造完美的'法林顿遗体'了。骗南贺那种人足够了。至于奥布莱恩的遗体,我留在原本的棺材里送了回去。我怕参加葬礼的人在抬棺材的时候因为重量太轻而觉得不对劲,另外因为威廉不知道这件事,所以当约翰被杀,威廉怀疑到我头上时,我跟他说大概是奥布莱恩复活了,逃了出去。他完全相信了,还很害怕呢!

"总之,我来到西侧走廊,正犹豫着该不该进入办公室。这时,我听到有人走动的声音,所以才在'黄金寝宫'和'升天室'之间转来转去。虽然不是故意为之,但当时我和约翰两人似乎玩起了捉迷藏,而且我完全不知道这一切都被监控摄像头拍下来了。追逐之间我心想,无论如何都要达到目的,于是,我进入了经理办公室。"

特雷西从沙发里探出身子,问道:"你说的目的,就是把约翰杀死吧?"

詹姆斯不悦地说:"我?杀约翰?开什么玩笑!我不想杀他。约翰虽然惹人讨厌,但我还不想成为杀人犯。我的目的是——索瑞!"

"索瑞?"在场众人异口同声地说。

"没错,就是索瑞,约翰心爱的波斯猫。我一定要把它抓来,撕碎、用火烧,让它化成灰。我克制不了这股冲动。可是约翰总是将那只猫装在篮子里带进带出,从不离身,连躲在旅馆里时也一样。我一直在找机会下手,但……然后,那天晚上,我终于忍不住了,下定决心要把猫抢过来。但我实在讨厌争执,所以才想到在约翰的酒里下药。另外为了避免被人认出来,经过再三考虑,我戴上面罩潜入了办公室……"

"等一下,你的目标不是约翰,而是索瑞?"特雷西的声音听起来像要哭了。

詹姆斯露出"你不是之前问过了吗"的表情瞥了特雷西一眼,说道:"我就是讨厌猫,不行吗?我有段时间不在家,都不知道约翰什么时候变得这么爱猫了。这对我来说是不可饶恕的,我受不了猫——绝不!"

詹姆斯的语气中带着难以理解的偏执感。畏于他的气势,特雷西识趣地闭上嘴巴，死者激动地继续往下说："我进了办公室，没看到吃了安眠药后应该躺在那里呼呼大睡的约翰，我觉得很奇怪，但目标就在眼前，我也管不了那么多了。我给索瑞闻了氯仿，把它塞进连帽罩衫的口袋里，接着从保险箱里取出现金。这是我故布疑阵，想着当约翰回来时，会以为是小偷把猫给怎么了。约翰之前调查火葬申请书和派车单时知道我曾开着灵车在街上捉野猫的事，他来质问过我，我矢口否认，但爱猫成痴的约翰还是认定我是变态，说要把我赶出墓园……"

听了詹姆斯的话，特雷西想起之前有个老妇人来署里报案说她养的猫失踪了，当时同事威尔逊还以为又是一宗人口失踪案呢。的确，这几个月，大理石镇上经常发生猫咪失踪事件。

"我们都快忙死了，你还干这种事来捣乱……"特雷西仰头望着天花板咒骂。

"保险箱上的奥布莱恩的指纹也是你留下的？"这次轮到哈斯博士发问。

"没错，那也是我一时兴起。我想着，如果在保险箱上留下一个指纹，进入调查阶段时应该可以混淆视听！于是我用死人的手指头沾了沾自己脸上的油，然后往保险箱上按了一下……"

"是嘛……原来如此，死人不会出汗也不会分泌油脂，就算奥布莱恩真的复活了，可以四处走动，也不会留下那么清楚的指纹。你这样做，反而让我们怀疑这背后有活人在搞鬼。"

詹姆斯也深表赞同地点了点头，

"博士，亏我成天都在处理遗体，竟然把这重要的事给忘了。当时我一心只想隐瞒做过的事——算了，总之，我抓到猫之后就回了'升天室'，待在法林顿的棺材里躲过了福克斯刑警的搜查。后来，我将奥布莱恩的头、手和猫，用简易寿衣包着揽在腋下，逃了出去。那时我还在想是不是刑警把窗户锁上了呢！然后就如你刚才所说，我把那包东西暂时塞进灵车的棺材里了，放好后我又回到西侧，看到众人已吵成一团，我也很惊讶！而且，约翰竟然开着那辆藏了我许多秘密的灵车逃了出去。"

福克斯的口气也变得不耐烦起来。

"那么，在十字路口咖啡馆的火灾现场，挨着比尔老爹的那只被火烧死的猫，其实不是他养的猫，而是从棺材里飞出去的索瑞喽？"

"哼，活该，最好每只猫都被烧成灰！"

"为什么你这么恨猫啊？"哈斯博士问出了在场的每个人都想知道的问题。

詹姆斯踌躇了一下，还是开口了。

"这件事我原本不想讲的，不过既然我人已经死了，一切也都无所谓了。弗朗西斯好像也在积极调查我的过去，柴郡跟我说了，她还把存在阁楼房间的杰森留下的札记念给我听呢！也罢，弗朗西斯，关于我们兄弟六岁那年的万圣节发生的事，杰森是怎么写的，你就说给众人听听吧！"

格林遵照詹姆斯的指示，讲述了杰森札记里记载的万圣节事件，讲到最后，他问詹姆斯："从灌木丛里跑出去那段也要说吗？"

詹姆斯恨恨地答道："那一段还是让我来说吧，那个东西……是山猫。是从来镇上表演的山野马戏团里逃出来的，在墓园里迷了路。"他的声音逐渐有些颤抖，"它狠狠地咬着我被杰森涂上肉汁的重要部位……给咬断了……"

在场众人都是男性，此时每个人都发出同情的呻吟。

"从那天起，我就变成了一具活尸。缺乏那方面能力的我等于不配做个男人，甚至不配当个人。我无法生儿育女，而所谓'活着'的定义，也包括拥有让生命繁衍下去的生殖能力。如果我死了，我的血脉就断了，那我和活尸有什么不同？这件事真正成为我心里的沉重负担是在青春期之后。我那时的女友安妮塔·摩根一得知我的缺陷就立刻离我而去，投向了杰森的怀抱。偏偏我的悲剧正是杰森造成的，不过，我并没有恨他。杰森对我的事也很自责，他从事神职，后来还患上了精神病。

"我拼命压抑心中对杰森的恨意，不知不觉中，开始沉迷于凝视'死亡'。'生'那种吵吵嚷嚷的生殖过程，以及不断重复的增殖都是丑陋的。相比之下，能维持自然界平衡状态的'死'更能令我的心灵平静。因此我选择从事遗体化妆工作，并去了越南……

"可是，压抑在心中的情绪却在不断地膨胀，慢慢爆发，寻找宣泄的出口。我不光想凝视死亡，更想积极地追求死亡。是猫害我变成这样的，我要把它们赶尽杀绝。这种杀猫的冲动从我在西岸时就已无法克制了，回来后还是一样。可我死都不愿让别人知道这屈辱的秘密。我仔细拟定伪装计划，开着灵车捕猫。谁知上个星期，约翰竟然买了一只猫回家，他也该为我的悲剧负些责任呢。这实在不可原谅，我决定无论如何都要把约翰的爱猫抢过来……

"不过我发誓我没有杀约翰。我的报复对象是猫。再说，现在死人都——复活了，杀人不是件很愚蠢的事吗？我也许会杀让我成为笑柄的猫，但杀人，是绝对不可能的……"

詹姆斯说完，双手遮脸，趴在桌上，这个动作让他后脑勺上裂开的伤口清晰可见。人生阅历较少的福克斯表面上对他寄予同情，但其实心里觉得这是个麻烦的神经病。特雷西的反应就不同了，这位内心也充满苦恼的疲惫警官明显被感动了。特雷西走到詹姆斯身旁，手搭在他的肩膀上说："原来是这样，你真够辛苦的了，我也是一堆苦无处诉，那种心情我很了解——看在我们都在柯林斯医生那儿看病的份儿上，下次让我请你喝一杯，我们好好聊聊吧。"

詹姆斯惊讶地抬起头来，眼里透着感动的光芒。然而这时，得意忘了形的特雷西不小心说了错话。

"烦恼的事我也有，只要是人，就得背负着烦恼活下去。所以啊，你也要坦然接受自己的痛苦，更积极地活下去才是！没错，要抬头挺胸地活着——啊，不对，不好意思，你已经死了……"

詹姆斯顿时又趴在了桌子上，绝望地拼命摇头，特雷西和福克斯只得努力安慰。

这是一起普通的杀人案件，只要叫法医来验尸就解决了，但现在情况有些棘手，他们必须先说服不肯配合的被害人，想办法将他送往医学中心。

特雷西和福克斯努力将詹姆斯推进医学中心派来的车子里。这期间，格林和哈斯博士继续着只有他们听得懂的对话。

詹姆斯的述说补足了格林脑中拼图的残缺部分，又将一些多余的部分排除，拼图终于大功告成了。他将拼图展示给哈斯博士看，并和他仔细推敲。其中两三个模糊不清的地方在博士的帮助下变得清晰了。老博士虽然不敢相信已经死亡的业余侦探真的把拼图完成了，却也提不出什么异议来。讨论结束后，他的脸上浮现出不安的神色。"原来如此，如果这就是事情的真相，那莫妮卡就有危险了，我们现在得赶去巴里科恩宅邸……"

2

死者低头看着脚边。诺曼倒下了,他是被打昏的。

死者并不想杀死诺曼,只是不希望他来打扰而已。就让他在地板上稍稍休息一会儿吧!

死者讶异于自己的腕力竟如此之强,活着的时候他大概是打不过诺曼的吧?他现在的力气不是由肌肉生成的,而是肉体死后依然存续的灵魂超能力让他的手脚动起来。

死者再次看向刚刚挥向诺曼的拳头,指关节都裂开了,可他一点也不觉得痛。

死者跨过诺曼,抬头看向眼前的楼梯,目标是二楼莫妮卡的房间。趁现在其他人都不在,机不可失。

死者展开了行动。

3

格林走上坡道,眺望巴里科恩宅邸,浮在黑夜中的巨大轮廓唤起了他的记忆。这栋建筑物以前好像曾在哪里看到过,格林心想,是恐怖老电影里的吗?还是和母亲一起经营汽车旅馆的那个神经病男人的家?还是封面已经残破不堪的查理·亚当斯的绘本书里出现过的房子?或许就像史迈利爷爷说的,这种似曾相识的感觉只是一百年前某位早夭的少年的记忆片段?

巴里科恩宅邸完全不为所动,不解风情地矗立在那里。独特的寡妇露台和仿佛能刺破夜幕的横梁默默地守护着在下方墓地长眠的死者的过往,以及活着的人们的当下。不过,现如今,格林对这栋大宅子有了新的记忆。接下来他将在这栋大宅里揭露这几天发生的曲折离奇的事件的真相，也将在这里把错综复杂的生死之谜弄清楚。

巴里科恩宅邸的大门前站了四个人——除了格林和哈斯博士之外，特雷西和福克斯也跟来了。因为还没找到可以印证说法的物证，所以格林还未对他们说出真相。不过眼下莫妮卡处境危险，因此他要求两名探员随行。

格林刚把手放在大门的把手上，门就从里面打开了，出现的是伊莎贝拉苍白的面孔。

"诺曼昏倒了！我刚回到家，就看见诺曼倒在地上，楼上半个人也没有，我正要到殡仪馆去找人……"

一行人和伊莎贝拉一起进入屋内，走向倒在地上的诺曼。众人把他扶到沙发上，哈斯博士帮忙检查伤势。

"肿了个包，应该没什么大碍。让他躺一会儿吧，很快就会醒过来的。"

接着，哈斯博士向格林使了个眼色。是不好的预感——死者终于开始行动了。哈斯博士神情紧张地说道："去找莫妮卡！"

一行人跑上二楼，冲到莫妮卡的房门口。格林敲了敲门，里面传来爽朗的应答声："门没有锁，请进！"格林打开房门，只见坐在轮椅上的莫妮卡笑容可掬地迎接他们——她的身旁站着一个死人。

"约翰……"跟在众人后面进来的伊莎贝拉呻吟般地说道。

莫妮卡的脸上依旧挂着笑容，她环视众人后说道："现在约翰要带我去一个很棒的地方！"

"不，莫妮卡，你别跟约翰去，约翰会把你——"格林的话被死人打断了。

"吵死了，弗朗西斯！"约翰的声音异常沙哑，"你们不知道！别捣乱。"

约翰的脸有些扭曲，大概是在车祸时被火烧伤了吧！脸一半苍白一半呈紫红色，头上当然已没有头发了，眼镜也掉了，凸出的眼球就像是坏掉的鸡蛋，浑浊又干燥。

格林摆出防御的姿势说道："约翰，你是想去火葬炉吧？"

"火葬？"对这两个字很敏感的莫妮卡看着约翰。

"我想去哪儿就去哪儿。这是我的使命，反正我一定要带着莫妮卡……"

约翰一只手扶起莫妮卡，另一只手推开窗户。

"住手！"

在格林要跨步向前的时候，右侧的衣帽间突然打开，从里面冲出一道人影——是另一名死者。那人扑向约翰，试图让约翰放开莫妮卡。伊莎贝拉发出凄厉的叫声，一行人冲入卧室。

一切在一瞬间就结束了。约翰被突然出现的死者用力一撞，重心不稳，一个踉跄一头撞上了没完全推开的窗户。一阵玻璃碎裂的声音伴随着凄厉的尖叫声之后，一切戛然而止，约翰也不动了。他背朝众人，身上还插着海狸刀，脑袋卡在窗棂上，样子就像吊在绞刑台上的犯人，窗棂上尖细的玻璃片刺穿了他的头颅。莫妮卡茫然地站在原地，待事情平息后，她迈开脚步，慢慢走向救了自己的死者，开口说道："史迈利，你突然冲出来跟儿子打架，这样不好哦！"

听了莫妮卡的话，史迈利顺从地点点头，温柔地扶她坐回到轮椅上。然后转头冲着衣帽间说："柴郡，可以了，你也出来吧！"

拨开衣帽间里塞得满满当当的衣服，柴郡出现了。她跑到格林身边说道："我在从教堂回去的路上被史迈利爷爷叫住了。躲在教堂石棺里的人其实是史迈利爷爷。"

史迈利接着往下说："是呀，死人要藏起来，我想墓地是最好的选择。我一直在杰森的棺材里躲着。约翰大概也是躲在这类地方吧？墓园里的某处，坟墓里或停尸间，一定是这种适合死人的地方。"

"喂！这到底是怎么回事？拜托有谁可以解释一下吗？"特雷西语带哽咽地恳求道。苦恼的警官靠着福克斯的身体勉强站立着，他的脸色比死人还差，正用熟练的姿势按着翻腾的胃部。史迈利完全不理会特雷西，转身面向格林说："我听柴郡说，你已经知道真相了？"

格林默默地点了点头。

"所以你带警察来，是想在这里揭发一切吗？"

"不，不是的。我是想，如果我的判断是正确的，那莫妮卡就有危险了，所以才到这里来。还有，史迈利爷爷，有件事我想先跟你说。"

"什么事？"

"刚才詹姆斯被杀了，被人从后面敲了脑袋。"

史迈利挑起一边眉毛。"真的吗？"

"嗯。在此之前，我还不确定是否该说出真相，但事到如今，似乎非全盘托出不可了。"

史迈利垂下肩膀，一阵沉默后，他终于抬起头来，说道："是呀！也许一切都该结束了。其实我也是为了这个才来的。这种愚蠢的纠纷太多了，既然活着的人想知道真相，就随你高兴好了。对死了的我们来说，这些都已经无关紧要了……"

是呀，也许对死了的我们而言，这些都已经没有关系了，格林在心中低语道。不过，正因为如此，才更该把事情说清楚。

第三十一章　格林有话说

好了，葬礼结束了，该有的礼数也都照做了，差不多可以坐下来聊天了——每个人的心里这么想着。

——阿加莎·克里斯蒂（Agatha Christie）

《葬礼之后》(After the Funeral)

"其实……我也是具活尸，我老早就死掉了。一切得从这里开始说起。"

格林如此说完后，扫视一遍屋内。坐在沙发上的柴郡和伊莎贝拉手捂着嘴，虽然她们没叫出声，不过圆睁的双眼看起来就像在尖叫似的。房间角落，被夺去主角身份的特雷西和福克斯靠在墙上，都对这话起了反应，整个人弹了起来。不过特雷西马上又用手按着胃，无力地靠回到墙上。在他们身旁，是恢复意识后上楼来的诺曼，面无表情的他在听到格林的话后依旧面不改色。早就知道这件事的人只有站在格林身旁的哈斯博士，他不像其他人那样一脸惊诧，而是同情地看着格林。床那头，史迈利也望向格林，同情他和自己一样是具活尸。史迈利旁边，糊里糊涂的莫妮卡表情暧昧地坐在轮椅上。她的对面是另一具活尸——头还插在窗框上，像吊在绞刑台上的叛徒，屁股朝向这边。

史迈利的出现让格林终于下定决心说出了真相。他开门见山地向众人坦白了自己已死之事:"我已死的事,哈斯博士也知道。我没有心跳,血液也不再流动。现在我的血管里已没有血液,而是防腐剂和染料合成的'青春之花',是哈斯博士帮我做的防腐处理。"

哈斯博士用眼神询问格林,在格林颔首同意后,他开口对格林的话加以补充。

"没错,格林的确已经死亡,这是经我诊断,并进行脑电波检测后的结论。临床来看,他已经彻彻底底地死了。"

对格林而言,说这些教他情何以堪?但如今已经没有退路,他不得不把真相全盘托出。要说出真相,就无法回避自己死亡的事实。

反正自己的肉体就要腐烂了——想到这点,格林觉得稍微释怀了,也因此,他决定坦承自己已死的事实。

"我会卷入这起案子,其实也是因为我已经死了。这件事发生在史迈利爷爷办的那场茶会上……"

格林开始叙述那场茶会和接下来自己被毒死的经过,以及就这些事和哈斯博士争论的种种。

"一开始我以为这是一起和遗产继承有关的谋杀。先是史迈利爷爷被人下毒,我遭受池鱼之殃。茶会下毒事件后,史迈利爷爷也毒发身亡,接下来,收到'SECOND DEATH'恐吓信的继承人约翰也死了。这怎么看都像是某人为了夺取遗产而犯下的连续杀人案吧。

"不过,暂且不提这个,先讲讲我是怎么死的。茶会上的茶点我只吃了一样,就是史迈利爷爷给我的巧克力。一开始我以为是那个巧克力被下了毒,不过凶手用了什么伎俩,让想谋害的对象吃下特定的几个加了砒霜的巧克力的,我就不清楚了。我完全没了主意,还曾怀疑是叫我吃巧克力的史迈利爷爷想让我和他共赴黄泉呢!"

史迈利皱起眉头,好像在说,这怎么可能?"呃,我的确是自杀身亡的,但我可没想过要把你牵扯进来啊。"

"啊,原来如此!我相信你。不管怎样,我才吃了两颗就吃到了有毒的,实在太巧了,若是计划好的犯罪未免太粗糙,可能性不大。于是后来我试着朝红茶的方向去想,这也是我和哈斯博士讨论出来的结果。我们想到凶手可能是在砂糖里混入了砒霜,不过,当时除了我之外,在饮料中加糖的人还有柴郡、约翰和莫妮卡三人,他们都没有中毒的迹象。我真是百思不得其解啊,第二天我又去现场调查,但餐具都洗过了,我实在不知道该查什么,要怎么查?就只能在厨房里转来转去。

"然而一切都太巧了,就在取错灵柩事件发生后……"

"取错灵柩事件?"特雷西问道。

于是格林道出了今天中午发生的阿富汗猎犬和"猎犬"先生,两具棺材被送错地方的事。

"虽然事情发生后,大家都说这是多起人为疏失、环环相扣才造成的失误,但事实并非如此。造成错误的直接原因是'猎犬'先生的资料被填在了送往火葬炉的卡片上,而狗的资料被填在送往'睡莲室'的卡片上。为了加以区分,要送往火葬炉的卡片有红色边线,而送往'睡莲室'的卡片边线是绿色的。当时被派去充当入殓师的诺曼把死者家属的委托书誊写到卡片上时,弄混了人和狗的名字。这事害得我被詹姆斯臭骂了一顿,不过事后我突然想到了另一种可能,也就是,诺曼会不会分不清红线和绿线,拿了就写呢?"

"你是先天性红绿色盲吗?"哈斯博士问诺曼。诺曼还不知道问题的严重性，战战兢兢地点了点头。

"是吗？原来诺曼是色盲啊……然后我又想起之前也曾发生过拿错东西的事。今天早上，我和柴郡为了一探杰森的过去，去了诺曼的阁楼房间，找他之前留下的东西。当时我们在房间里看到了一只像是玩具的罐子，柴郡你还用它当板凳来着，对吧？"

格林尽可能让语气温柔，这是他第一次以死人的身份跟柴郡讲话。被格林点名，柴郡的身体瞬间僵硬。她露出又像哭又像笑的表情回答道："嗯，我记得，是画着辣椒图案的罐子。"

"看到那个罐子的时候我就想到，之前在厨房里也曾见过类似的罐子，是玛莎用来装面粉的，形状一样，应该是一对。只不过玛莎装面粉的罐子上画的是青豌豆。我先假设诺曼是色盲，然后再把这些事拼凑在一起，就想到这会不会又是拿错了？"

柴郡边回想边说："我也看到了厨房里的那只画着青豌豆的罐子。青豌豆是绿色的，辣椒是红色的，不过因为画得不好，二者形状很像，没有颜色区分的话，会拿错也不一定……啊对了，茶会的那天早上……"

"没错，茶会的那天早上，厨房里乱成一团。做蛋糕的面粉用完了，玛莎就叫诺曼去储藏室把画有青豌豆的罐子拿来，那个罐子里装的是面粉，是当时回故乡奔丧的罗库存起来备用的。不过诺曼拿来了错的罐子。'哎呀！你在干吗？我说的是青豌豆罐头吧？真是越帮越忙。再去拿！'那时玛莎生气的咆哮声连在客厅都听得到。接着厨房里又传出东西掉落的巨大声响。好了，诺曼，你可不可以跟我们说说当时到底发生了什么？"

诺曼好像比刚才更害怕了。他感觉到自己的失误似乎铸成了大错，讲话开始结巴起来。

"那、那个时候，我从储藏室里拿来的罐子是错的。我在储藏室里看到了一个罐子，虽然放的地方和玛莎说的相差十万八千里，不过，看了看上面的图案，我想应该就是玛莎说的青豌豆罐子。拿去厨房的途中我还打开盖子来看了看，里面装的是像面粉那样的白色粉末。于、于是，我就把它放在了厨房的架子上，没想到手一滑，罐子掉到下层的架子上了。由于盖子没盖紧，里面的粉末撒了一些出来……混进了原本放在下层的砂糖罐里面。不过玛莎没注意到，我也就没吭声，我可不想挨骂。谁知道，玛莎就瞥了一眼罐子上的图案，就知道弄错了，都没看里面装了什么，就立刻叫我去换。我、我松了口气，马上再去储藏室里拿另一个青豌豆的罐子给她——也就是那个画着辣椒的罐子，我拿到阁楼的房间里，放进杰森的玩具箱。后来的事，我也忘了……"

格林接着说了下去。

"后来砂糖罐被玛莎不小心打碎了，装在里面的东西也就无从查起。不过，我在放砂糖罐的架子缝隙间发现了一些不太像砂糖的白色粉末，并取出少量。在巧克力这条线中一筹莫展的我想到有可能凶手是在砂糖罐里下了毒，便朝着这个方向去查。询问过玛莎厨房里发生的事后，我就推测这些粉末可能是从诺曼拿来的辣椒罐中撒出来的。

"如此一来，那个辣椒罐里装着的白色粉末就是问题所在了。果不其然，那是用来灭鼠的砒霜。我打了一通国际电话到意大利，询问应该知道这两个罐子到底怎么回事的罗库。得知是小气的罗库把灭鼠剂也像面粉那样装进了罐子保存，放的是画着辣椒的罐子，以备不时之需。会有什么'不时之需'我也不知道啦！他说灭鼠剂是从史迈利爷爷准备自杀的袋子里拿的，差不多拿了一半出来移到了罐子里。罗库坚称两个罐子放在储藏室里完全不同的地方，应该不会搞错才对，但电话这头的人就是因为这两个

'应该不会搞错'的罐子才死掉的,想不到吧!"

格林的嘲讽并没有收到很好的效果。特雷西非但没有笑,反而一脸困惑地提出质疑:"砂糖罐里为何混入了砒霜,我已经理解了。可如果真是这样,就怪了,你刚刚不是说,在饮料中加糖的除了你之外,还有三个人吗?"

"对,我的确这么说过。在还不知道砂糖罐里有砒霜,只是假设砂糖有可能被人下毒的时候,想到这个事实我就马上推翻了自己的假设。四个人加了糖,却只有我死了,这要怎么解释?事件发生后我问过柴郡,她坚称自己喝了加了糖的牛奶,而约翰和莫妮卡在我毒发身亡时都还健健康康的。"

"格林,对不起,"柴郡像要哭出来似的说道,"我不知道你已经死了,不知道你这么烦恼,还一直耍性子,说谎骗你……"

"没关系的,柴郡。也怪我问的方式不好,业余侦探果然还是不行啊!总之,因为某件事,"格林故意避开不提,"柴郡其实从窗户把牛奶给倒掉了,一滴也没喝。只是她坚称自己喝了加了糖的牛奶。柴郡没喝所以没事,这是理所当然的。那当着众人的面把饮料喝下肚的约翰和莫妮卡又是怎么回事呢?

"关于这个,我有个奇怪的想法。我中毒死亡了,但后来又醒了过来,用化妆和防腐处理的方式想隐瞒自己是个死人的事实,而身边的人也确实被我的伪装给骗了,把我当成活人看待。换言之,我的的确确在那场茶会上中毒身亡了,但周遭的朋友却完全没有察觉到这件事。那么,是不是同样的情况也有可能发生在约翰和莫妮卡的身上?"

"他们也都死而复生了?"特雷西讶异地反问格林,不过话题的主角莫妮卡本人从刚才起就一副什么都没听到似的样子,只是微笑着,"我想到两种可能,一是他们在茶会上中毒身亡,或者，会不会他们在茶会之前就已经死掉了，所以喝下了毒也没事？肉体已经死了，所以没有痛觉，对毒物也不会有反应，对安眠药也是。之后詹姆斯为了捉索瑞，往约翰的红酒里下了安眠药，误喝了红酒的哈定律师睡着了，约翰却还能四处走动，原因就是他当时已经死了。"

"约翰不是被刺死的吗？"

"嗯，这个我等下会说明。先回到刚刚的话题，罐子事件让我搞清楚了自己的死纯粹是个意外，于是我对整件事的看法也就必须完全改观。也就是说，为了谋夺遗产而连续杀人这种事，打从一开始就不存在。其实我和哈斯博士讨论过史迈利爷爷中毒身亡是否是他杀的问题，但完全说不通。哈斯博士曾说过，如果我不是被人故意害死的，那史迈利爷爷就是自杀。而最终我的死的确只是个意外，所以那个谋杀我和史迈利爷爷的虚构人物也就不存在了。巴里科恩家族成员的犯罪指数一下子变为零。"

"可是约翰确实是被杀掉的！"特雷西还是执拗地紧咬着不放。

"是的，那么约翰的情况要怎么解释呢？从砂糖罐里混入了砒霜这件事来看，我怀疑约翰在茶会时就已经死掉了。我决定带着这一观点，重新审视约翰的一举一动和整起事件。

"产生这种想法的那一刻，可以证明约翰已死的种种迹象就一一浮现了。那次茶会之后，约翰总是尽量避免与他人接触。史迈利爷爷都快断气了，他还窝在大理石镇的旅馆里。伊莎贝拉，你最后一次和约翰亲密接触是什么时候的事？"

伊莎贝拉被这突如其来的问题问得手足无措，结巴了起来。于是柴郡代替语无伦次的母亲回答道："那次我引发棺材冲进餐厅事件时，约翰被撞到了下巴，妈妈不是在他的伤口上夸张地亲了一下吗？"

"啊,啊啊,对哦……"

"亲到的感觉如何?像不像亲到死人的感觉?"格林问了一个令人毛骨悚然的问题。

"啊?呃、嗯……不会啊,就很平常吧……"对伊莎贝拉而言,这个问题是前所未闻的吧。

"那么,那时可能就是约翰还活着的最后时间点了。之后约翰就开始避免跟人接触。我也是死人,约翰的心态我非常了解。因为体温变低了,所以不想被人碰触;因为害怕身体内部腐烂,所以不吃东西。说到腐烂,即使什么都不做,身体也是会逐渐腐坏的,想必约翰也对自己的身体做了防腐处理吧。詹姆斯曾发现地下室里的防腐剂被偷了一些,还询问过我,那时我还以为自己做防腐处理的事败露了,还慌张不已。后来才想到约翰应该也在偷偷地做防腐处理,所以偷了防腐剂,保存自己的肉体。"

"可如果单凭行为举止就判断他是死人,实在没有说服力啊。"特雷西反驳道。

"还有一个显而易见的证据——啊不,眼睛还是看不到的。我们不是一直想不通,为什么办公室里没有指纹吗,包括约翰的都被擦掉了。但如果从约翰是死人的角度去想,答案就呼之欲出了。因为是死人,所以根本就不会留下指纹。等于约翰的办公室一直维持着刚打扫过的干净状态,后来他又无法在任何物品上留下指纹。喂!博士,无法留下指纹就可以证明他是死人了吧?"

"嗯,活人的皮肤纹路隆线中会不断分泌微量汗液,手指头若碰触到手掌、脚掌以外有皮脂腺的部分,也会粘到油脂,当这些汗液或油脂留在物品表面时,就会形成指纹。但如果细胞已经死亡的话——"

"这些我都知道。"特雷西不太高兴地插嘴道,"所以,为了在办公室留下奥布莱恩的指纹,詹姆斯还拿尸体的手指去沾自己脸上的油脂吗?"

"不,就像刚才所说的,他这样做反而令人起疑。死后数日,连防腐处理都做过的尸体,就算醒过来了,有可能留下那么明显的指纹吗?"

"可是人刚死的时候还是会分泌汗液的,对吧?"

"那倒是。虽然个体已是临床死亡状态,但汗腺细胞还能存活一段时间,死后的十几个小时之内,皮肤还是会出汗。"

特雷西一副"你又知道了"的表情,但格林并没有因此而退缩,继续说了下去。

"这反而成了我们了解约翰身体状况的绝佳方式。约翰不是有一只怀表吗,他把那只怀表怎么了?"

特雷西依旧一脸狐疑地说:"那只坏了的怀表吗?约翰逃走前把它从西装背心里取出来,放在'黄金寝宫'的小桌子上了,现在还在警署保管着。"

"没错。约翰是亲手把那只怀表放在小桌子上的,可是那上头却没有他的指纹,这你要做何解释?还在怀疑'面具人'的时候我们就问过哈斯博士怀表上的指纹情况,哈斯博士的回答是没有指纹。从监控器拍到的约翰的动向来推测,他被害的时间应该是接近十一点的时候,那么他放怀表的时候才刚死不到一个小时,照理说汗腺还在工作,怀表上应该留下了指纹才对。而事实上那上面完全没有指纹,这也就意味着他已经死亡超过十个小时了,身体不再排汗,皮肤变干了。我觉得是这样的。"

"所以你是想说约翰早就死了,那晚的刺杀事件是场骗局喽?"

"等一下,在这之前,我想再探究一下约翰的心态。这次的事件和一般的谋杀案的不同之处，就在于存在死人复活。因为死人复活了，导致案情变得复杂。若是普通的谋杀案，只要钻研一下凶手的心理，就大致能找到破案的线索了。可是这次的事件中，被害者是早就死去但又活过来了的人，所以我们必须掌握这类人的心理，才能搞明白真相。我遵照哈斯博士的指示，试着推敲死者的心理——因为我也是个死人嘛！站在这个立场去思考，我就发现了一个很奇怪的地方，那就是遗嘱。"

"遗嘱？你刚刚不是说这起谋杀案和遗产继承无关吗？"

"现在我所说的不是史迈利爷爷的遗嘱，而是约翰的遗嘱。是他事发当晚叫哈定过来仓促订立的。那份遗嘱实在匪夷所思。"

"约翰的遗嘱……怎么了？"

"那份遗嘱的内容是，他要把全部财产留给伊莎贝拉，并承认她腹中的胎儿是自己的骨肉。这不是很奇怪吗？如果想把财产留给自己的孩子，和伊莎贝拉结婚就可以了啊。约翰是单身，也没有小孩，只要两人结婚，就算没立遗嘱，他因意外身亡后，财产也会顺理成章地由他们继承，不是吗？"

"是因为收到了那封恐吓信，约翰在担心害怕吧？"

"如果是这样就更奇怪了。立遗嘱是很费事的，有这个精力和时间，为什么不选择马上结婚呢？为什么选择立遗嘱呢？结婚表明对未来有所期待，而立遗嘱则是预测到自己即将死亡——约翰选择了后者。这不就是因为他知道自己没有未来吗？换言之，因为约翰在那个时间点就已经死了，所以他才会做这样的选择。

"为了进一步推敲约翰的心理，我们可以先看看他的生死观。约翰在那场墓园改造计划的晚餐会上曾经说过，死人是失败者，在世上享受财富的活人才是胜利者。次日茶会上众人谈论生死观，聊到'死亡艺术'这个话题时，他又说他不认为对财富执着是受到了魔鬼的诱惑,'如果是我的话,就算死了,还是想要拥有财富。'他是这么说的。"

哈斯博士补充道:"他在引述杰克·伦敦的《约翰·巴里科恩》时还说,他很能体会即将死亡的人想到无法永远拥有土地时的那种悲哀。"

"嗯,了解了约翰的这种生死观之后,我们就可以看出整起事件的端倪。如同我刚才说的,茶会时约翰已经死了,那么,是什么驱使死而复活的他做那些事呢?"

"即使死了也想要拥有财富?"特雷西说道。

"没错。这是约翰人生观的一部分,不管生还是死都不会改变。可是,他已经充分认识到活着的人是胜利者,死掉的人是失败者。已经死亡的他无法自由地享用财富,不过是一个日渐腐朽的失败者罢了。"

"那他应该不会太执着于财富了?"

"不,尽管如此他依然很执着。而且,对他而言还有一个方法,也是唯一可行的方法。"

"唯一的方法?"

"是的。就算约翰腐烂消失,这世上还有一个他的继承人——伊莎贝拉肚子里的孩子。基因遗传是一种生命的延续,从这个角度来看,就算约翰这个人从世上消失了,他的生命还是可以借由他的孩子延续下去。于是他心生一计——"

特雷西急躁地插嘴道:"因此他故意往自己的背上捅一刀,大费周章地演一出戏?干吗做这种蠢事啊?就算是个死人,可他醒过来了,可以自由表达自己的意愿,为什么不直接说:'我死了,我希望由伊莎贝拉继承我的全部遗产。'不就好了?"

"如果他这样做,活人就会很困扰。你们不知道身为死人,思维方式会发生怎样微妙的变化。而且事情远没有那么简单，首先，约翰死亡时，他还是身无分文的。"

"身无分文？"

"是的，约翰经营医院失败，负债累累。他待在大理石镇的大宅里，是在等着继承史迈利爷爷的遗产。如果约翰是在茶会上，或是更早之前就死亡了，那么那时的他不仅一贫如洗，还背负着巨大的债务，什么都无法留给孩子。所以约翰不能让别人知道自己已死的事实。他决定在史迈利爷爷去世之前，假装自己还活着，以便继承财产。在此期间他又立下遗嘱，布好局把财产留给孩子。"

"那为什么不早点立那份遗嘱呢？"伊莎贝拉头一次开口。

"因为史迈利爷爷一直在暗示有可能更改遗嘱，只要他一天没断气，约翰就一天无法确定自己是否能真的继承到那些遗产。"

说这番话时格林一直看向史迈利。一家之主依旧一声不吭，用眼神示意格林往下说。

"刚刚警官提到约翰大可以直接表达自己的意愿，但我认为他之所以铤而走险，正是因为那是死者的意愿……是这样的吧？虽然会有人质疑复活的死人在法律上的行为能力，但若财产原本就属于他，大家也无从反对吧。可是，如果是死掉的人说要继承别人的财产，活着的人就不会答应了。"

"那他立完遗嘱之后就可以安安稳稳地宣告自己已死的事实了啊。就算不演那场戏，不逃走，也可以呀！"特雷西还是不肯善罢甘休。

格林夸张地叹了口气。

"那样行不通啊。约翰那么大费周章，就是因为如果照正常程序宣告死亡，就免不了要经历一番医学检查，这样一来，他真正的死亡时间就瞒不住了。茶会是在刺杀事件发生的三天前举办的，他若真是在那时死亡的，后来立下的遗嘱可能失效不说，最重要的是那样一来他就是早在史迈利爷爷自杀前就死掉了，不就不具备继承遗产的法律条件了？因此，约翰不得不在史迈利爷爷死后，且立好遗嘱之后，上演一出被杀的戏，以此向众人宣告死亡时间。而且必须在尸体被发现后逃走，免于曝光真正的死亡时间。"

"哎呀，我头晕了，这家伙怎么有这么多问题啊？我就算投胎三次，大概也只是烦恼胃病的事吧？那么，你所谓的伪造的'死亡时间'，就是坏了的怀表上显示的十点三十五分喽？"

"没错，其他人没有必要在时间上耍花样，那只能是约翰的杰作。他的计划大概是第二天早上尸体被员工发现，留下的怀表就可以用来证明自己的死亡时间。然后他可能会逃到某个地方，等着肉体腐烂吧。恰好有一辆灵车车钥匙没拔，我想也是他为了逃亡预先准备好的。"

"可是，尽管如此，背上插一刀，装作他杀的手法并不妥当啊！用其他的方法不是更好吗？最重要的是，如此一来伊莎贝拉不就有嫌疑了吗？"

"嗯，一开始约翰或许也没考虑要演一场他杀的戏。只是立了遗嘱之后，事情的发展出乎意料，他不得不马上安排这出被杀戏码。"

特雷西也重重地叹了一口气。"又发生了什么吗？"

"你还记不记得伊莎贝拉和海伦揪在一起打架，醒来的约翰插手劝架的事？"

"感觉像是和哥伦布发现新大陆一样老掉牙的事了。"

"那时约翰一口咬定说是威廉下的毒手，但因为海伦提出了威廉的不在场证明，说他们俩当时在一起，约翰才不得已把话吞了回去。还有，大家因为怀表上的时间和伊莎贝拉持刀进入的时间而吵成一团时，我们才得知其实约翰是指定威廉去送海狸刀的。"

"你是说，约翰想设局陷害的人是威廉？"

"没错。约翰在西侧设了陷阱，想引威廉入局。"

"西侧的陷阱？"特雷西完全不知所云。

"那可是警官最爱的密室呢。约翰知道庞西亚一直待在前台，而且通往办公室和走廊靠里的两间太平间都从里面上了锁。换句话说，西侧与外界完全隔绝了，整个西侧是一个封闭的密室。在无法从外面进入的状态下，只有威廉手拿凶器过去了，当然凶器上会沾有他的指纹。第二天早上，插着那把凶器的尸体被人发现，又发现了一只打碎的怀表，时间刚好停在他拿着凶器进入的那一刻，那么就算是罗马教皇，也一定会把威廉移送法办吧！"

"所以，最后'升天室'的窗户被锁起来，也是约翰干的？"

"是的。约翰并不知道'面具人'詹姆斯的行动，也不清楚监控器在拍摄。他为了顺利完成自己的计划，在室内巡视了一遍，发现窗户没锁，就把它锁上了。詹姆斯大概也搞不懂为什么那扇窗户会锁着吧？"

"为什么要设局害威廉呢？"

"当然是因为希望他因杀人罪被捕呀！反正都死了，约翰决定拖威廉下水。

"约翰早就怀疑伊莎贝拉和威廉的关系了，伊莎贝拉在认识约翰之前曾和威廉交往过，从我们局外人的眼光来看，也会觉得伊莎贝拉和威廉凑一对比和约翰更合适。我相信约翰和伊莎贝拉热恋时也很在意这件事，结果哈定律师的一句话又刺激到了他。"

"哈定律师的一句话？"

"我从哈斯博士那里借来了哈定律师做证时的录音带，反复听了好几次。其中有一段，哈定说当他提到大理石镇巴洛斯百货公司星期五发生劳资纠纷，导致员工罢工，让万圣节的业绩挂零时，约翰的表情怪怪的。哈定专业又准确地描述了当晚的经过，实在帮了大忙。哈定说他曾不解地询问约翰怎么了，约翰的回答是万圣节让他想起了一件不愉快的往事。其实那时约翰就决定要设计陷害威廉了……"

"怎么说？那段证词我也听过，没发现什么异样之处啊。我一点也没感觉出来。"

"只怪之前的万圣节命案以及'杰森就是詹姆斯'的说法吸引了众人的注意力，其实万圣节那天还发生了一件值得注意的事。那天史迈利爷爷要宣布修改后的遗嘱，我们巴里科恩一族在殡仪馆的资料室集合，等待哈定律师到来。当时有两个人迟到了，就是伊莎贝拉和威廉，他们俩说是去大理石镇买史迈利爷爷爱吃的巧克力去了，伊莎贝拉还抱怨说巴洛斯的超市里人挤人，累死了……"

伊莎贝拉看着窗边那不雅的约翰的屁股，喃喃自语道："原来那时候偷情的事就被他发现了啊。"

"那天你们带来的巧克力，并不是当天买的吧？"格林问。

"嗯，是以前帮史迈利买的时候多买的。一旦开始地下情，人就会变得贪得无厌，所有可以利用的机会都不想放过。那天我没去巴洛斯，而是和威廉到别的地方去了，巧克力算是制造不在场证明的工具。"

原本望着母亲的柴郡别过头去，喷了一声。格林会意，把话题拉回到事件中心。

"约翰听了哈定说的那些话后大受打击。自己费尽心思,为伊莎贝拉和孩子打点财产,结果将要继承遗产的伊莎贝拉却想和威廉结婚。他心里肯定不是滋味。而且,一旦他们俩结婚,他的孩子会怎样呢?于是,他想了个一石二鸟的方法。既然已经死了,就让自己看起来像是被谋杀的,再把杀人的罪行嫁祸给威廉好了——"

特雷西着急地打断了格林的话。

"等一下,他假装被谋杀——不,应该说那天晚上就算他只是躺在那儿被人发现,警方都一定会怀疑到遗产的唯一继承人伊莎贝拉身上吧?因为他是在立了遗嘱之后马上死掉的,即便让威廉穿上满是血渍的衣服,与他偷情的伊莎贝拉也很有可能会被怀疑成共犯。"

"是的,但这一点约翰也想到了。也许他刚开始的计划是让自己的死看起来像自杀,不过就算如此,伊莎贝拉还是有嫌疑。因此约翰决定建一道防护墙,他决定自己来帮伊莎贝拉制造不在场证明。"

"不在场证明?"特雷西以前很不喜欢门外汉使用这个字眼,但现在角色对换,他自己反而成了门外汉,只会一再重复对方说过的话。

"没错。那天晚餐结束时,约翰宣布他会一直待在办公室里,同时命令伊莎贝拉待在宅子里。根据后来我的了解,晚餐后他还收买了柴郡,让她整晚监视伊莎贝拉。约翰要为自己的死布局,他不想让伊莎贝拉出现在现场附近。他还在十点半左右打电话到巴里科恩宅邸,问柴郡她母亲在不在。没想到柴郡因为不想把已到手的钱吐出来,撒谎说伊莎贝拉在。而这个母亲比女儿更无可救药,约翰为了替她制造不在场证明煞费苦心,万万没想到她为了和威廉见面，竟然偷偷从宅邸跑了出去。"

"那一切真的就像海伦说的那样？"特雷西转向伊莎贝拉问道。

"是的，我那时去和威廉见面了。结果，十点半左右约翰打内线电话来找威廉，要他把资料室里的海狸刀拿去'黄金寝宫'。我当时觉得有些不妥，约翰已经在怀疑我和威廉有私情了。我猜想，约翰是不是想和威廉摊牌，假借拿刀的名义要他过去。最近他一直躲着我，我想，与其让威廉过去，不如我自己去来得妥当。我还可以借机和他谈谈，问问他心里在想些什么。于是我决定替威廉拿刀过去，当然，约翰不知道我是从威廉那儿过去的，也不知道我会去'黄金寝宫'。把刀放进棺材后，我原本打算敲敲办公室的门的，可是心里有些害怕，到跟前了却提不起勇气来，就回去了。到了十一点左右，我心里还是无法释怀，就决定再去找一趟约翰，没想到发现了他的尸体……"

特雷西皱起眉头，说道："约翰简直就是被恶魔附身的倒霉蛋啊。为了不让心爱的女人被怀疑，他费尽了心思，谁知道那女人从局外一头栽进嫌疑圈，卷进命运的齿轮……"他稍微振作了一下，又说，"可是，你发现约翰的时候他为什么不对你说清楚，并设法让你撇清嫌疑呢？"

"大概他并不知道发现尸体的人是我吧！我当时没有发出尖叫，而且他是脸朝下趴着的。我马上去找了庞西亚，和他一起回到现场。"

"还有一个疑点。当时是我确定约翰已经死亡的，我先摸了摸他的颈动脉，没有脉搏了。可是我感觉他的脖子还有余温，所以判断他是刚死不久，也没觉得哪儿不对劲。但如果照你说的，他已经死亡超过两天以上了，尸体应该会彻底没有温度才对啊。"

格林回答道："我想这大概是因为使用了暖手袋吧！"

"暖手袋？"

"嗯。在史迈利爷爷的葬礼上，南贺不是随名片一起发了很多日本制的暖手袋吗？我也收到了一个，如获至宝啊！当不得不与人握手的时候，自己没有体温的事真是藏也藏不住。不过用了它之后，手就可以有温度了。我想，约翰为避免尸体被提早发现，大概也预先在脖子和心脏部位敷上了暖手袋吧。"

"他竟然想到了这一步……"

"总之对约翰而言，最烦恼的就是暴露了自己的真正死亡时间。于是他必须事前细心准备，再来就是让他人对自己的死印象深刻，最后是在尚未接受详细调查之前逃之夭夭——这三个步骤就是他的主要计划。接下来我要问的是，警官，你有确认约翰的瞳孔对光有无反应吗？"

特雷西"啊"了一声，说："不，我没有，当时没带小手电筒。"

"如果你当时查了的话，约翰的计划大概就泡汤了吧。不论脸色和体温如何伪装，瞳孔是怎么也装不来的。"

格林说着把太阳镜摘了下来，在场众人看到后同时发出惊呼。

"人死后角膜会变干燥，只要过一天就会像这样变得浑浊。所以我一直戴着太阳镜来掩饰。约翰也是，从柴郡闯下棺材冲进餐厅的闹剧后，他就总是戴着史迈利的有色眼镜。这也实在太巧了，那是因为他死了，那副眼镜正好可以用来遮掩变浑浊的眼睛。如果当时你查看了他的瞳孔，大概当场就会发现吧！"

被人当面指出职责上的失误，特雷西心里很不是滋味，于是他话锋一转，化守为攻。

"你果然很了解死人的用心良苦哪！往后我办案的时候也先

以死人的心态来推敲案情好了。不过，当时那个死人的种种用心，应该还有另一个死人从头到尾看在眼里吧？"他转向史迈利，说道，"我记得当时你一直在场，全部经过你应该都看到了吧？"

史迈利没有理会特雷西的挑衅，他沉着地回答道："啊！我是看到了，但也没看到全部。我在棺材里醒来，看见一个戴着面罩的可疑男子在殡仪馆里走来走去，我还看到约翰先把刀柄倒插在'黄金寝宫'里安乐椅的镂空椅背中间，再千辛万苦地让刀子刺入自己的后背，然后把怀表弄坏。

"我做完防腐处理后没多久就醒来了。啊，不过我是在自己认为最好的时间点自愿去死的，又这样厚着脸皮醒过来实在丢脸，于是我强迫自己放弃从棺材里爬出去的难得机会，还是像死了一样继续躺着。原本我打算就这样不动声色地让人抬去埋了的，这样一来还可以享受大家为我举办的葬礼，实在是难得的经历啊！然而那天晚上我却目睹了那样的事，我不清楚发生了什么、为什么会那样，因此我决定再观察一阵子。谁知事情越闹越大，不论真相如何，巴里科恩家族的成员都会被牵扯进来，我不能眼睁睁地看着事情这样发展下去，左思右想后，我决定把所有的罪承担下来。趁着现在死人复活事件频发，如果我从现场逃走了，应该就会被警方当成嫌疑犯吧。于是，我在葬礼举行前、棺材被抬到地下防腐处理室的时候，从棺材里逃了出去。现在我只想问一件事，那天晚上跟在约翰后头的那个戴着面罩的男人是谁？"

特雷西警官像在述说陈年旧事似的，再一次说明詹姆斯在这起事件中扮演的角色，以及他死时的种种。说完后特雷西问史迈利："所以你不知道约翰是个死人，也不知道他的计划喽？"

"我不知道他想要嫁祸给威廉。我想过他为什么这么做，但细节仍旧不清楚。不过……"

史迈利说不太清楚了，格林接着说了下去："不过，你知道约翰比你先死，那场茶会之后你们应该聊了些什么吧——"

脑子还一片混乱的特雷西连忙打断格林："喂，你们在说什么呢？我都还搞不清楚，照顺序一个一个好好说，要让活着的人也听得懂呀！"

听特雷西这么一说，格林看向史迈利，好像在征询他的意见。两人不发一语，四目相对了良久，终于，史迈利开口了。

"没关系，弗朗西斯，倘若你知道约翰的真正死因，就对大家说吧！我做好准备了。"

特雷西的表情像吃了一记闷棍。"哦！我都忘了。约翰为什么死了？是怎么死的？不是他演的戏，而是真正的死因——我最想知道的不就是这个嘛！"

格林还是看着史迈利，说道："在说这件事之前，要先把杀死约翰的凶手指名道姓地说出来。"

史迈利闭上眼睛，点了点头。

格林的视线从史迈利身上移到了莫妮卡身上。莫妮卡的脸上依旧挂着诡谲的笑，她对周遭的对话充耳不闻，一味沉浸在外人无法窥知的自我世界里。这时，格林把她从自我的世界拉出来。他像在对重听的老太太讲话似的，吐字清晰、一字一句地说道："莫妮卡，刚刚……詹姆斯死啦！他终于被杀死了。"

"啊，是吗？"

莫妮卡的反应就好像听到蓝松鸦是卵生的一般，不以为意地点了点头。

格林继续往下说："约翰也死了，威廉不知去向，我和哈斯博士商量之后决定了詹姆斯的葬礼方式。"

莫妮卡挺直了身子，一言不发地等格林说下去。

"我们决定将詹姆斯火葬。"

莫妮卡脸上的笑容消失了。"不可以……"

格林十分坚持。"这事已经决定了。将詹姆斯火葬，把他的肉体烧成灰烬。"

"不行、不行，这怎么可以……"莫妮卡的声调一下子提高了八度，"我不允许，我不允许将詹姆斯火葬！这样他就醒不过来了……"

格林不理会莫妮卡的激烈反应，逼近她身旁，继续说道："就用火葬，把詹姆斯的身体烧成灰！"

突然，莫妮卡发出像动物般粗重的喘息声站了起来，旋即从轮椅下方拿出一个黑色的东西，举起手就要朝格林的头挥下去。屋里的每个人都倒抽一口气，但就在千钧一发的瞬间，史迈利从后方抓住了莫妮卡的手腕，她手一滑，那黑色的物体就隆隆地滚到了地板上。

地板上的黑色物体是一个六角棺材形状的镇纸，表面雕有微笑墓园的微笑标志，里面刻着"memento mori"。另外，大理石表面沾满了红黑色的污渍。格林看着镇纸说："这就是经理办公室里那块不见了的镇纸。那上面沾的血污中，旧的是约翰的，新的是詹姆斯的——是莫妮卡杀了他们。"

第三十二章　活尸之死

　　……直到你归了土。因为你是从土而出的。你本是尘土，仍要归于尘土。

　　(……till thou return unto the ground; for out of it wast thou taken: for dust thou art, and unto dust shalt thou return.)

——《创世记》
第三章十九节

　　"在死人纷纷复活的怪异世界里，为什么还有人浪费精力去杀人呢？我们要先思考这一点。"

　　格林说完后环顾屋内众人。经史迈利劝阻，莫妮卡现在老老实实地坐在轮椅上了。她对面依旧吊着可怜的死人，头还不雅地挂在窗棂形成的绞刑台上。

　　不过，留下来的这些活人，或许现在的处境比死了的人更惨。夜已深，令人震惊的事却接踵而来，他们疲惫不堪，精力不济。格林看在眼里，有了新的观点——活着就等于逐步迈向死亡。从这个角度来看，也许屋子里的每个人都可以称作"活死人"……

　　活死人们不回坟墓去，是因为对这个世界还有依恋。没弄清楚事件的真相为何，他们是无法安心长眠的。

格林接着说了下去。

"要了解事件的真相，就必须以完全不同于寻常谋杀案的逻辑来思考。若是普通的谋杀案，不论动机为何，通常都会有一个目的，就是要让被害者无法再表达意愿或有所行动。可是，现在的世界变成什么样子了？死人一个个复活了，可以活动、可以思考、可以讲话，在这种情况下，还会有人单纯为了置某人于死地而杀人吗？"

"沃特斯说过，死人陆续复活了，还有必要去调查命案吗？"柴郡说。

哈斯博士也表示同意。"詹姆斯也说过，死人都醒过来了，所以没人会去做杀人这种蠢事了。"

格林冲发话的两个人点了点头，然后接着说："是的，听了沃特斯的话后，我也是以这个论点来进行思考的。后来我去了教堂一趟，看到半圆形浮雕上的'最后审判'，再次想起了这件事。我特别注意到那件雕刻作品里死神的表情——看到死者在审判日复活的死神，惋惜地张大了嘴。死神心有不甘也是情有可原的，因为自己所做的一切全部白费了。

"对于凶手来说，如今发生的异象也是类似的。把人杀死了，可被杀的人还是会醒过来，像活人一样活动。杀人变得毫无意义，是白费力气。而且还有一个现实问题，那就是醒过来的死人可能会告发杀害了自己的凶手，这不是很冒险吗？

"如果在这种情况下还有凶手敢杀人的话，那么他的动机一定有某种逻辑。我们要先思考这一点。"

"莫妮卡有她自己的逻辑？"柴郡问道。

"是的，只有莫妮卡有这种逻辑。她心爱的儿子杰森死于非命,被送去火葬,自那以后,她的精神状态就陷入疯狂。然而,如同某位伟大的作家所言,所谓的疯子并不是失去理智的人,而是失去一切、只剩理智的人。疯子有疯子的逻辑,他们的思考方式不像正常人那样掺杂着情感、不安与怀疑,他们有自己的一套单纯又固执的思维逻辑。并且,他们会照着自己的逻辑行动。"

"那莫妮卡的逻辑是什么?"

"最后的审判。就是《圣经》上写到的世界末日。世界末日来临之际,神会和再度降临人世的耶稣基督一起进行最后的审判。到那时,不光活着的人,死去的人也会复活,一起接受神的审判。死去的人之中,无罪的可以获得永恒的生命,而那些到最后依然执迷不悟、不虔敬的,会再次受到死亡的羞辱——这就是'第二死亡',也就是灵魂的死亡。

"莫妮卡原本就是一个固执而狂热的宗教迷,由于儿子杰森去世,她对基督教中的'肉体会伴随灵魂苏醒'的复活说法更加深信不疑。所以,她一心等待着最后审判那天的到来,因为在末日审判那天,她心爱的儿子会醒来,而且她的罪行会被完全赦免,获得永恒的生命。"

"她的罪行?"柴郡问道。

针对柴郡的问题,史迈利代格林回答道:"莫妮卡本来是一个道德感很强的女性,因此,萝拉因为我和她有染而自杀身亡的事一直让她觉得很内疚。各位,我真的是很不应该……"

格林再次掌握话题的主导权。

"在讨论是否将约翰火葬的时候,莫妮卡也表明她坚信会有最后的审判,次日的茶会上她又再度提起。而且,仔细想想她当时说的话就会发现,莫妮卡已经把现如今死人频频复活的现象看作是末日审判来临的前兆了。"

哈斯博士插嘴道："那时我们大家谈论生死观的时候，我对现在死人复活的现象做了一番分析，之后莫妮卡就说：'死人复活是很平常的事，《圣经》上就写了"末日降临之际，一切死者皆当复活"。'此外，有一次在电视上看到原教旨主义派的人把现今的状况解释为末日审判时，莫妮卡就不停地点头，十分赞同……"

"没错，对坚信有末日审判的莫妮卡来说，死人复活的世界是稀松平常的。在我们看来这种情况诡谲异常、令人害怕，但在她看来却是理所当然的。因此，她才会拿起镇纸朝着约翰和詹姆斯的头敲下去。

"她这么做的出发点和我们所说的'杀人'完全不同。对莫妮卡来说，这么做不是杀人，是为了接受神的审判而预先做的准备工作。"

"什么啊？你说得太抽象了，我完全听不懂。"特雷西不耐烦地说。

"那我们再回到比较现实层面的吧。莫妮卡会拿镇纸打约翰的头，是因为约翰在发表墓园改造计划的晚餐会上说要将史迈利爷爷火葬。对于坚信末日审判之时死者会苏醒、肉体会复活的莫妮卡而言，火葬是绝不允许的。当时她还引述《旧约》的《但以理书》，一再重复肉体复活的话。她说：'没有了身体，人要怎么复活？'换言之，若把史迈利的尸体烧成灰烬，对她而言就等于挚爱的丈夫再无复活的机会。而且好不容易等到末日审判即将降临，死者陆续复活，她更不可能在此时把史迈利的尸体烧成灰烬。

"因此，莫妮卡极力阻止，她自愿挺身而出，制裁不虔敬的约翰。晚餐结束后，当天夜里，先回去休息的莫妮卡从窗户出去，潜入殡仪馆那边的办公室，用镇纸砸开了约翰的后脑勺。"

特雷西插嘴道："等一下，你怎么知道约翰是在那晚被杀的？还说莫妮卡从窗户跑出去？她怎么做得到，这也太扯了吧？我无法接受。"

"莫妮卡腿脚不好，无法行走。但她确实'走'到了户外，再到殡仪馆去，原因我刚才讲过，就是因为她已经死了。"

"啥？"特雷西再次按住自己的胃，脸色转为苍白。

哈斯博士代替格林进行补充说明。

"一般而言，死人的肌肉不像活人那样，需要血液循环和新陈代谢。硬要说的话，靠的是灵魂所拥有的超自然力量。所以，在世时身体机能已经损坏的莫妮卡，死亡后反倒可能马上活动自如。"

特雷西还是无法认同，自顾自地嘟囔着。格林不理他，继续说道："这个部分待会儿再解释，现在我们来谈动机。我认为莫妮卡用镇纸敲约翰头部的时候，绝对不是像常理认知的是想杀了约翰。她是要让约翰变成死人，让神来审判他的罪。也就是说，如果提倡火葬的约翰得到神的赦免，他就可以复活，获得永恒的生命，和活人一样自由活动。相反地，如果神不赦免他的罪，他就会像《圣经》上写的一样，遭受'第二死亡'——受尽灵魂死亡的屈辱……"

哈斯博士一边回忆一边说道："在那场谈论生死观的茶会上，也就是约翰死亡的隔天早上，看到约翰的莫妮卡心情十分愉快，还一直对他说：'看到你我真是开心，我知道你的本性，知道你是个善良的好孩子。'那是因为她看到约翰死而复活了，认为约翰经过神的审判后得到赦免，获得永恒的生命了。"

特雷西忍不住又插话，不过这一次他问到了重点。

"你说了好几次'第二死亡',这难道是约翰收到的那封恐吓信上的……"

格林点了点头。"刚才我也说过,一开始我以为这是一起争夺遗产的连环谋杀案。史迈利死了,接着轮到约翰被杀。换言之,我把恐吓信上的'JOHN……SECOND DEATH'理解为:'约翰,继史迈利之后,接下来要死的人是你!'但根据后来了解到的事实,我对这种解释产生了疑问。柴郡,请你告诉大家你是何时看到那封恐吓信的。"

突然被点到名的柴郡慌张地说:"你们都没人问我,所以我不是故意不说的哦!我看到那封恐吓信的时候,呃……当时我去办公室,想把被约翰没收的旱冰鞋拿回来,是史迈利爷爷演临终闹剧的那天晚上。"

"也就是在史迈利爷爷还没死的时候。约翰那时就收到了恐吓信,凶手在史迈利还没死时就预告约翰将是下一个要杀害的目标,这未免太性急了,实在不合常理。

"了解到这一情况后,我不禁想到另一种可能,或许那封恐吓信上写的'第二',并不是指史迈利第一、约翰第二的杀人顺序。

"另外还有一点,就是'约翰'这个名字。看到这个任谁都会认为是约翰·巴里科恩的约翰,但我意识到不可如此妄下断言。

"在完全不相干的场合,我获得了意外的启发。因调查需要,我曾去厨房问玛莎:'约翰来过这里吗?'结果玛莎啰里吧唆地回答说:'不管是约翰·巴里科恩、施洗者约翰还是已经死透了的约翰·肯尼迪,都没来过这里!'玛莎一口气讲了三个约翰,当时我也没特别注意,不过脑海里留下了印象。后来再思索恐吓信上的文字,结合莫妮卡的奇怪动机,我又猛然想起玛莎的话。

"我突然想到,会不会恐吓信上的约翰指的不是约翰·巴里科恩，而是《圣经》里的约翰呢？若不是当时我的脑海中一直在想莫妮卡的《圣经》逻辑，实在是很难把这一切联系在一起啊！"

哈斯博士又补充说明道："在当下这个怪异的世界中，什么人最有可能犯下不合常理的罪行呢？格林从这个角度出发来思考。如果不是以这种方式，大概不可能弄清整起事件的来龙去脉吧？"

格林点头说道："关于恐吓信，最后我是借助哈斯博士的学识来加以确认的。在《圣经》中，除了施洗者约翰之外，还出现过很多个约翰。大家应该也知道《圣经》里有一系列所谓的《约翰书》吧。

"说回这起事件，我发现整起事件中常常出现《圣经》，什么死人复活，或是最后的审判，莫妮卡的逻辑——只有在现如今这种奇怪的世界才适用的杀人逻辑，还有像是约翰和莫妮卡关于火葬的争论、电视上新教派创始人阐述的教义、茶会上对生死观的讨论，以及史迈利爷爷的葬礼上，马里亚诺神父诵读的那段《约翰福音》，在我的脑海中留下了奇妙的印象……所有这些都把死人复活看作是理所当然的事，也都提到审判当天，复活的死人中会有一部分将因为品行不端而受到再次死亡的屈辱，也就是第二次死亡。"

"所以说，'第二次死亡'难道是引自《圣经》？"特雷西问道。

哈斯博士代格林回答："是的。如果那封信上的'约翰'指的是《圣经》里的约翰，那么接在后面的数字也很明白易懂了。我们原本把它错认为日期和时间，事实上那些数字指的是《圣经》里的章节。在格林的提醒下，我仔细查阅了《圣经》，推敲后发现了许多吻合之处。

"'11：24'指的是《圣经·约翰福音》中的第十一章二十四节，这是葬礼弥撒中经常诵读的章节。内容是住在伯大尼的马大在弟弟拉撒路死后对耶稣说：'我知道在末日降临的时候，他必复活。'之后还描述了已经死亡、尸体腐朽的弟弟从坟墓里醒来的情景。莫妮卡坚信死人会复活，这大概是她想要让约翰看到复活信仰的实证吧！

"还有'2：11'，这指的是《圣经·约翰启示录》中的第二章十一节。众所周知，这段讲的是世道险恶和末日将临时的情景，必临的、属于神的辉煌胜利和救世主降临，以及关于最后审判的种种。第二章十一节里写道：'圣灵向众教会所说的话，凡有耳的，就应当听！得胜的，必不受第二次死的害。'"

格林再度开口："那封恐吓信上写的'SECOND DEATH'指的并非连续谋杀中的第二次，更不是说杀死史迈利后再干掉第二个目标约翰，它的意思是人会有'第二次死亡'。具体来说，肉体死亡是第一次死，末日审判之际，复活的死人受审后灵魂的灭绝是第二次死。的确，约翰是在末日苏醒的，而且看起来似乎获得了永生。不过莫妮卡心里还是很怀疑，她不相信约翰。因此，她用史迈利爷爷放在隔壁房间里的打字机打了封恐吓信，偷偷放在办公室的桌子上。她是想告诉约翰，就算死后复活了，一旦品行不端，还是会有第二次死亡，也就是灵魂死亡，肉体随之灰飞烟灭。"

"感谢您为我们布道，洗涤我们的心灵！"特雷西讽刺地说，"与其赖在朋克乐团，你不如到教会的唱诗班展现美妙歌喉还比较适合呢！"

"教会征选的日期如果敲定了，麻烦你通知我一声。"格林面不改色地回敬道。

特雷西耸耸肩,说:"照你这么说,詹姆斯收到的'第三个死人'的恐吓信,难不成是他自己的杰作?"

"确实如此。大概是因为法林顿的事眼看就要东窗事发,所以他利用已经出现的恐吓信,趁机为自己拉起一道防线吧!可詹姆斯聪明反被聪明误。"

"那詹姆斯为什么会被杀呢?"

格林正要回答,哈斯博士及时制止并开口说道:"这点特雷西警官应该也知道吧?就是因为你傍晚来这儿时,大声嚷嚷着詹姆斯是杀害多名女性的杀人犯,莫妮卡听到之后,认为詹姆斯也应该受审判。我不知道她是攀着雨天的排水管往下爬,还是顺着楼梯跑下来的,反正她想办法抢先了我们一步到达办公室,敲下了法官的审判槌。因为在她看来,受神审判比受警察审判更重要。"

特雷西最受不了别人指责他的不是,心浮气躁的他立刻展开反击。

"这说不过去嘛!我虽完全在状况外,可是对于无法接受的部分,我是不会随便认可的。你们从刚才起就一直在讲莫妮卡的逻辑,也就是神的逻辑,可是在这个什么逻辑下就非得杀人不可吗?《圣经》里提到的末日审判也会审判活着的人吧?"

莫妮卡还处于自我封闭状态,大家都在讨论她,她却漠不关心。看着毫无反应的莫妮卡,格林强忍脾气说道:"因为,他们非死不可!"

"为什么?"

"我问你,所谓的罪,是什么?看着迎面而来的路人,你能够立即判断他是否有罪吗?有罪的人不会在胸前挂个牌子,人活着,是无法从外表判断他有罪还是无罪的。可是死人就不同了,在审判日那天复活的死人,如果无罪就可以获得永恒的生命,一直活下去。如果有罪就会再死一次,这种方法是不是简单明快?莫妮卡必须把他们全部变成死人才行,因为对她而言,死掉又复活的人若一直活下去,就是无罪的人,如果腐朽消失的话,他就有罪。"

特雷西挠着头说:"很难想象这种事就发生在我所居住的世界,我都想参加教会唱诗班的面试了。"至此,他的态度已或多或少变得比较和顺了,"莫妮卡的奇怪逻辑——不,应该说是信仰的真理,我算是了解了。可是你们是不是也该告诉我约翰真正的死亡时间了?"

"这要追溯到那一晚的灵车飙车事件,当时我在事故现场附近的灌木丛里捡到了约翰掉落的假发。假发内侧沾有血渍,不过是干了的旧血渍,很明显不是车祸发生时沾到的。当下我就知道约翰可能事发之前头部就受伤了。后来,当我照着刚才说的线索推测约翰在茶会或更早之前就已经死亡的时候,又想到了那顶假发。如此一来我就知道了约翰真正的死亡时间。

"事实上,我也在那场意外中受了重伤。但因为已经是死人了,所以没感觉到痛,只是我的头骨裂了。怕周围的人知道,我就用印花大手帕将头包成海盗的样子,把伤口遮起来。"

这次格林没有把头巾取下来,没有像刚刚摘太阳眼镜那样做出让活人们惊讶的举动——自己已经死了的事实再没什么好炫耀的。

"我在想,约翰会不会也做了同样的事。我们同样是死人,彼此心灵相通。所以约翰戴假发难道也是为了掩饰头部的致命伤口?服药的副作用导致他的头发都掉光了,这么一来头部的伤口一定很明显吧。你们看,他现在就像挂在墙上的驯鹿头,可以看得很清楚。"

约翰的头还插在窗棂上，屁股朝着屋里的一行人，秃了的后脑勺上那个像火山口一样的伤口清晰可见。

"约翰死于头部重创，于是他借戴假发掩盖。那么这是何时发生的事呢？约翰戴着假发出现在我们面前，是从举办茶会的那天早上开始的，当然是在他喝下加有砒霜的红茶之前，所以大概是在茶会的前一天出了什么事吧？前一天晚上是发布墓园改造计划的晚餐会，当晚还发生了棺材冲进餐厅事件，当时棺材撞到了约翰的下巴，现场乱成一团。伊莎贝拉替约翰处理下巴的伤口时还附赠了一个吻，如果那时约翰就已经死了，那么帮他处理伤口的伊莎贝拉无论如何都会察觉到的吧？因此，约翰的死亡时间应该是在晚餐会后到隔天早上茶会之前的这段时间，也就是他说要在办公室里熬夜加班的那段时间……"

棺材事件的始作俑者——柴郡，担心地问："戴史迈利爷爷的眼镜应该不在约翰的计划之内吧？"

"嗯，因为棺材事件是一个意外。不过那副眼镜后来恰好发挥了作用，被他用来遮掩浑浊的瞳孔。茶会那天早上，约翰脸色苍白，戴着假发，穿着史迈利爷爷的衣服现身。我们大家都以为他宿醉了，但其实那苍白的脸色是他已死的证明。当时约翰说特意换衣服是因为打翻了酒，但我猜想真正的原因一定是他头部的伤口流出来的血沾到衣服上了。他前一天戴的眼镜无意中和假发、衣服凑在一起，再加上他和史迈利爷爷容貌有些相似，导致我们全都以为约翰要装扮成史迈利。"

"我们这里也有位'奇谈博士'，煞费苦心地硬要把史迈利和约翰扯在一起，说他们互相对调身份！"特雷西趁机讽刺了哈斯博士，为刚才的事报仇。

"不过，关于眼镜，还有一个很有趣的地方。我刚才也说过，照推测，约翰遇害的时间应该是晚餐会后，到第二天早上茶会之前，他一直待在办公室里的期间。而这段时间里是有一个人暗地里和约翰见面，且怀有强烈的杀人动机的。"

"你不是说是莫妮卡干的吗？"特雷西小声嘟囔。

"办茶会的那天早上，玛莎让我去叫莫妮卡，刚打开房门，马里亚诺神父就出来了。他说莫妮卡在晚餐时和约翰吵完火葬的事后心脏不舒服，于是他陪同莫妮卡一起离席。有点担心的他就在隔壁房间的长椅上睡到天亮。也就是说，他监视了莫妮卡一整晚，并没有看到莫妮卡离开。可是她的的确确外出了，还和约翰见了面。

"次日早上莫妮卡神采奕奕地走了出来，不过一听到马里亚诺神父提到约翰，她就立刻绷起了脸，开始抱怨——明明没有实力，只会一味地模仿史迈利。坐他父亲的椅子、戴他父亲的眼镜、把他父亲讲过的话再讲一遍，狐假虎威而已。

"约翰的眼镜被冲进来的棺材弄坏，只得拿父亲的眼镜来戴，这是在莫妮卡他们走后才发生的。一整晚被神父监视，应该没下过床的莫妮卡为什么会知道这件事呢？"

屋子里一片寂静，是坟场里的那种死寂。房间里的活人和死人都没有出声，每个人的心都像活死人似的悬在半空，只是看着彼此疲惫的脸。只有不明所以的莫妮卡因为房里如此意想不到的热闹景象而笑着。格林看着史迈利，说道："我想说的就是这些。那场茶会过后，只有约翰一个人留了下来，那时你们聊了些什么？你现在回到这儿来，是不是因为你和约翰聊过，很清楚他的意图？"

史迈利一脸严肃，随即缓缓地点了点头。

"是的，那场茶会后，我知道了约翰被杀的事。前一天夜里莫妮卡突然去找他，在办公室里用重物敲击他的头部，杀死了他。凶器当然就是掉在那儿、写有'memento mori'的镇纸。死了的约翰当天夜里就醒了过来，知道发生了可怕的事。他是医生，可以准确地掌握自己的身体状况，他知道自己变成活尸了，这对他而言是个极大的打击。不论是谁都没有遇到过这样的打击吧！他说他的第一个念头就是设法隐瞒自己已死的事实，在这一点上弗朗西斯和我也是如此，这大概是活死人的共同心态吧？因为死人要承受被周围的人忌讳和厌恶，忍受活人所无法想象的孤独。

"他下一步考虑的就是如何得到财产。这点刚才弗朗西斯在推理时说过了。一个人生前的执念，多半会成为死而复活后的行为准则，这也可以说成是死人的逻辑。约翰执着于财富，弗朗西斯热衷于解谜，莫妮卡笃信末日审判的到来，而我现在还在为巴里科恩家族的未来烦恼——虽然我已经死了。

"那时候的我其实还在犹豫是否该将遗产留给约翰，因为威廉来找我打小报告，说约翰负债以及侵吞墓园公款。出于这个原因，我曾暗示要修改遗嘱。死时依旧负债累累的约翰为此很是焦急，他认定如果不能留下遗产给伊莎贝拉，人生就没有意义。而只要可以得到遗产，就算自己已死的事实暴露也在所不惜。因此，他对我说要去告发莫妮卡杀人的罪行。

"这对我来说是很严重的事。和约翰聊完，我立刻叫来诺曼和莫妮卡，问他们晚餐会后发生了什么。痴呆情况已急速恶化的莫妮卡说话毫无章法，不得要领，于是我转而问诺曼，这才知道那天夜里，莫妮卡因为心肌梗死之类的原因死掉了……"

"她果真是在那天夜里死掉的？"格林看着诺曼，要他回答。

诺曼慢吞吞地点了点头，开口说道："是的……莫妮卡夫人是在那天夜里去世的。当时她一直在痛苦地挣扎,然后突然安静了下来,我觉得奇怪便上前查看,发现她没了呼吸,心跳也停止了……我、我十分震惊、难过,整个人瘫在原地,好久没动。过了好一会儿,我突然想起马里亚诺神父就在隔壁房间睡觉,准备去告诉他,没想到突然听到了声音……"

一向喜怒不形于色的诺曼此时表情僵硬。

"我回过头去,看到莫妮卡夫人站在地上。她本来应该是无法行走的,却若无其事地快速向我走来。我吓了一跳,问她:'莫妮卡夫人,您可以走路啦?您不是死了吗,怎么又可以动了?'莫妮卡夫人一副理所当然的样子回答我说:'啊,这是当然呀!我是死了,不过神赦免了我的罪,我又复活了。'我听莫妮卡夫人讲过太多《圣经》里的故事,很清楚她在说什么。而且我很高兴,认为这是神创造的奇迹。可就在我欣喜万分的时候,莫妮卡夫人说她想出去,有要事必须出去一趟。我当时很为难,也很焦急,如果莫妮卡夫人变成活尸的事被巴里科恩家的人知道了,像约翰那些讨厌她的人一定会想办法对付她吧。那可就麻烦大了。要是莫妮卡夫人不在了,就没人保护我了,到那时我大概会被赶出去吧!为了我自己,也为了把素昧平生的我当作儿子一样疼爱、对我照顾有加的莫妮卡夫人,我决定不让其他人知道这件事。于是我张开双臂挡在门口,对她说:'不行,您不可以从这儿走出去。'"

"可莫妮卡还是出去了?"

诺曼点点头。

"莫妮卡夫人无论如何都要出去,她十分坚持,说是有事,非出去不可。看到我一直守在门口,她便快速地转过身,把窗户打开,钻了出去。然后她就像顽皮的小孩那样,沿着排水管爬到了楼下，消失在黑暗中……她的动作像猴子一样敏捷利落，速度快得难以置信。我一时呆在原地，还以为自己是在做梦。本来我想马上去追她的，但又怕惊动马里亚诺神父。就在我磨磨蹭蹭、犹豫不决的时候，只见莫妮卡夫人又顺着窗户爬回到房间里了。她满足地笑着，手上握着棺材形的镇纸，镇纸上沾满血迹！我吓得要死，更加打定主意不能告诉任何人——要不是老爷来问我，我……"

"原来是这样。"格林低语，"事发当晚我从大宅往殡仪馆跑的时候也发现行进速度比活着的时候要快。那时我就想过，生前行动不便的莫妮卡也有可能因为成了活尸而变得行动自如，动作敏捷。"

莫妮卡还是一副听不懂大家都在说什么的样子，但她似乎知道自己是话题的主角，看看诺曼，又看看格林，开心地笑着。史迈利痛苦地看了莫妮卡一眼，接着说道："我从诺曼口中得知当天夜里发生的事之后，就决定隐瞒这一切，并命令诺曼别说出去。他本来也打算这么做，于是很顺利，他还一直陪在莫妮卡身边照顾她，并尽力不让别人发现她是活尸。我不想让原本就在这个家里不好过的莫妮卡再受更多的苦了，于是我又去找约翰谈。考虑到约翰已死的事总有一天会曝光，我便提议直接把遗产过继给伊莎贝拉和她肚子里的孩子，可没想到那家伙死都死了却还那么爱慕虚荣，他说如果遗产不经由他的手交给妻子就没有意义了。他真是深爱着伊莎贝拉，把希望都寄托在那孩子身上呢！因此我不得已答应了他，决定不更改遗嘱。

"这么一来，我、约翰和莫妮卡便处于互相制约的局面。约翰立刻付诸行动，马上为自己进行防腐处理，并让我说服莫妮卡也接受防腐处理。先让他们的肉体不要那么快腐败，然后就等着我咽气。

"这很让我痛苦,肉体即将腐烂的死人竟然等在前面。我自导自演过很多次临终戏码,但始终没死成,真是讽刺啊。和约翰约好的第二天夜里我终于受不了了,下定了决心。我不要被某人杀死,也不要因事故而死,我讨厌自己的死操控在别人手里,我要主宰自己的死亡,我要坚守这个信念。'圣人不是为了能够活着而活着,而是为了必须活着而活着',这句名言不断在我的脑海中响起,如今我已经没有必须活下去的理由了。此外,不管过程如何,经由约翰得到遗产的人是我的孙子啊。我的死,是对富饶来世的一种承诺,也是巴里科恩家族永远繁荣昌盛的保证不是吗?

"到了这一步,我决定吞砒霜结束自己的生命。

"然而,命运对我的捉弄并没有就此停止。费尽千辛万苦才死了的我,又在棺材中轻而易举地复活了。就像刚刚所说的,醒过来的我原本打算强忍着不动,继续装死,老老实实地让人抬去埋了。但我却目睹了约翰的怪异举动,并意外看到'面具人'的猖狂行径,这让我突然间担心了起来。我不容许家族里出现阴谋和算计,于是我从棺材里跑了出去,躲在教堂里杰森的石棺中观察,同时想起了其他令我担心的事。

"莫妮卡是其一,诺曼片刻不离地陪在她身边,倒是能避免有人接近她。用餐时他们也是单独吃,诺曼很努力地不让别人发现她已死的事实。而且原本莫妮卡就是个被子女抛弃,和其他人没什么交情的老太太,是的,她本来就像个活死人,所以一直没人发现异样。可是终有一天她的肉体会腐烂,到那时她变丑变烂的样子就会呈现在活人眼前,我无法忍受这样的情况发生。

"其二是逃出去的约翰。活尸的执念会随着时间的流逝而变得越来越强烈,我担心约翰铤而走险,挟持莫妮卡。为了不让自己真正的死因和真正的死亡时间暴露，他可能会封住莫妮卡的嘴。我很担心发生这样的事。

"于是，趁着今天傍晚杰森的石棺被弗朗西斯和柴郡打开的机会，我决定来这里看看。果不其然，出现了这样的局面。真不知要说幸运还是不幸呢……"

史迈利的话暂时告一段落，特雷西发出悲鸣。

"这算怎么回事啊？怎么会有如此离谱的事！活着的一群人和死了的一群人乱七八糟地纠缠在一起，而且凶手、被害人、目击者，甚至连侦探都是死人……我现在觉得自己活着是件很悲惨的事。"

"是的，约翰精心策划的谋杀剧，生与死的欲念纠缠，可以说是一出'活尸之死'的大戏了……"格林说道。

伊莎贝拉一直泪眼汪汪地想着那位挂在窗棂绞刑台上的可怜爱人，突然间，她注意到那不雅地翘起的屁股动了一下。

"约翰又醒过来了……"

史迈利顺着伊莎贝拉的视线望去，看到约翰正在蠕动。

"呵，活尸苏醒的时间到了，又要回到这残酷又充满痛苦的人世间了吗？"

哈斯博士也凝视着约翰，说道："我们大家都一样，生与死是一体的两面，思考诞生即思考死亡，思考死亡即思考诞生。这样来看，我们不也都是活尸吗？苏醒过来的死者就像十四、十五世纪的必衰生死雕像一样，是为让我们引以为戒而存在的。不管多么执着于生或这世上的一切，人终究还是会有腐朽的一天。现在不是中古世纪，而是二十世纪末的'memento mori'啊！我们每一个人不过是得到缓刑的死囚罢了。"

史迈利转向格林，说道："弗朗西斯，最可怜的就是你了，我一直没机会照顾你，好不容易团圆了，却搞成这样。你这奇妙的短暂人生根本就是为了'领悟死亡的真谛'而存在的。"

"如果有下辈子的话，我去参加唱诗班的面试好了。"

史迈利因为格林的俏皮话松了一口气，重新展露笑容。这时，身后的约翰动作更激烈了。史迈利看在眼里，更坚定了决心。

"好了，差不多是时候了，我确实是因为必须活着而活着。此时此刻，我的死亡，活尸的死亡，由我主宰。"

史迈利突然一脚踢翻床边已熄灭的火炉，加油孔的盖子掉下来，散发出刺鼻臭味的灯油瞬间流到了史迈利和莫妮卡的脚下，慢慢向床那边扩散。房间里一时混乱，史迈利抱着莫妮卡的肩膀，像在循循善诱似的对她低声说："莫妮卡，你最喜欢的《圣经》里不是说过吗？上面明确记载着神是用泥土创造人类的。你能懂吧？肉体，原本就是一抔尘土啊！"

莫妮卡的脸上依旧挂着幸福的笑容，她怜爱地望着自己的丈夫。

"所以呀，我们回归原形吧！我曾在英国教会读到一本祈祷书，上面有这么一段话。准备好了吗？听好哦。我们的形骸委身于这片土地，尘归尘，土归土，我打从心里相信永恒生命终将复活……"

然后，史迈利点燃火柴，真正的葬礼开始了。

尾声　灵车前往何方？

与其生锈,不如燃烧。

——尼尔·扬(Neil Young)
Hey Hey, My My (Into the Black)

粉红色的灵车飞速地朝南驶去。

这里是新英格兰的一处偏远乡村。此时是下雪的季节,短短几天时间,糖枫树叶子就全都掉落了。今年的第一场雪比往年来得要早,树枝上已覆盖上一层薄薄的白衣。一直到来年春天,大地都将是一片死寂。

死亡的季节。就算在这种地面结成硬块的讨厌季节,掘墓工还是得工作……

——三号公路上飘起雪花,粉红色灵车像要逃离这些死亡的季节即将来临的征兆一般,拼了命地在夜里往前跑。若有人此时看到这辆车,或许会觉得它是和这死亡的季节最相称的景物——灵车的引擎盖被压扁了,挡风玻璃碎了,没有保险杠,勉强捆了根铁管代替。车身上的"性爱和死亡亲如兄弟"上,有一道像被恶魔抓出来的划痕。

灵车上的男女也和这个死亡的季节很相称。两个人都穿着如丧服般的黑衣,脸色如死人般苍白、疲惫。开车的女子无奈地对抗着从破了的挡风玻璃吹进来的冷风,不停地冲邻座上精疲力竭的男子喊话。

"喂,格林,还好吗?撑下去呀!"

史迈利刚一放火自焚,格林就从那栋房子里跑出去,坐上了粉红色的灵车。他受够了这一切，一心只想逃离。灵车出发前，柴郡钻了进来。身后是像火炬般熊熊燃烧、火光照亮了墓地的巴里科恩宅邸。两人慢慢将墓园抛在身后。

"喂，格林，打起精神来。我们去温暖的地方，我们去南方，去新奥尔良，一起去跳牛仔舞。去加勒比海的小岛度假也很不错哦！在那里输些血，之后你就又可以快乐地活下去了。喂，格林，你可千万别死……"

车子开出去没多久，格林就突然间感觉到意识模糊，于是换柴郡开车。自打变成活尸之后，他对自己的身体就没有什么真实的感觉，不过此时此刻，他的的确确地意识到了身体的存在，但这意识就像电影中的淡出（fade out），轮廓含糊不清，性质暧昧不明。

格林直觉觉得这次是真的要死了。

是啊！这是真正的落幕了。就像故事终有结局一般，人的生命也一定会有终结的时候。

可是，这个故事也未免过于激烈了吧！死亡，死后复活，还有眼下真正的死亡，全都不遵从生命的法则——对格林而言，一切都发生得那么突然。

这个脱离常理的复活故事到底有什么意义呢？剧本是谁写的？策划这一切的难道是神吗？

不，不对，格林暗自思索，神是不存在的。死人复活这种事，也不是什么人的意思，只是一种现象罢了。不只死人复活，人类普通的生死也没有什么完美的理由、没有什么意义，其中不包含谁的意志。

这个奇妙的故事并没有按照神的安排发展。简单说来，"我"才是编剧。虽然一直到死而复活前，我的人生都不是由我做主的，我只是在世界的撞球台上被拨弄的一粒球。但是死后又醒来的短短几天就不同了。为了找寻事件的真相，我在这个世界里打入了一根小小的楔子。如果我没做这件事，世界也许会变得和现在不一样吧——没错，这次是我主导了这个世界的剧本。

是吧？所以，我的复活绝对不是因为神这种甚至不知是否存在的东西一时兴起决定的，我是自己醒过来的。而且，正因为要为这个世界撰写剧本，要为自己画下句点，所以我理所当然地要迎来灵魂消亡的这一刻……

故事要结束了……

格林的灵魂拼命想抓住思绪，柴郡再次喊道："我们去一个不会下酸雨的好地方，两个人快快乐乐地生活吧。喂，格林，你讲话呀！"

格林从座位上略略挺起身子，睁开浑浊的眼睛，他知道自己必须说些什么。

"我刚刚在想史迈利爷爷说的话。他说：我这短暂又奇妙的一生，简直就是为了体悟死亡的真谛而生……"

"你又说这种不吉利的话啦。没用的啦！你就长了一张无时无刻不在笑的怪面孔，所以即使说这些话，也吓唬不了我柴郡小姐的。"

"哎呀，你先听我说完。柴郡，我并不觉得这是奇妙又短暂的一生。"

"为什么呢？"

"人类害怕死亡，追求永生，因此思索出种种哲学、宗教理论，并探究永恒的生命。可是柴郡，这世界上原本就有一种不死的东西,你知道吗?"

"我怎么会知道!"

"那就是细菌。"

"细菌?你在说什么?"

柴郡以为格林的魂魄即将消逝,开始出现意识不清的状态了,不禁哭了出来。格林不管她,继续说:"只要细菌不被彻底消灭,它就可以反复分裂,不断地增殖出一模一样的东西来。也就是说,它永远都不会死。对细菌来说,'死'这个概念是毫无意义的。"

"说完不吉利的话,又要说些高深莫测的话了?"

"拜托你听我说完嘛。但生物无法满足细菌的身份,想让自己随着环境的变化而变化,想变成更高等的生物,于是,它们发现了一种非常了不起的方法。"

"是什么?"这个话题引起了柴郡的一些兴趣。

"那就是性交。生物找到了一种个体之间交换遗传因子的方法。借此方法,它们得以进化再进化,进而演变为会思考永恒生命这种艰深问题的人类。不过它们也付出了极大的代价。"

"又来了,越说我越不明白了。极大的代价是什么?"

"死亡。"

"死亡?"这个近来不断出现的晦气词。

"是的,死亡。生物分为雄与雌,它们选择了用性交来繁衍后代的方式,也就失去了像细菌那样靠分裂增殖而得到的不死生命。性交的代价就是死亡。这辆愚蠢的灵车车身上不也写着吗?'性爱和死亡亲如兄弟'。"

"你想说什么啊,格林?用我听得懂的方式说啦,这对我来说太难了。"

"啊！我想说的是，能遇见你真是太好了。"

柴郡惊讶地看向格林。

"人的确失去了永恒的生命，却换来了每个人的差异性。我们不再像细菌那样，每个个体都完全一样，而是有了雌雄之分、男女之别。我是我，柴郡是柴郡，是完全不同的个体。而且，如此迥异的我们相遇、相爱，结合在一起，这些收获绝对可以与不死相匹敌，它们的意义等同于永恒。你懂吗？"

柴郡眉头紧蹙，低语道："我稍稍懂了。我爱你，你爱我，是和不死一样棒的事。"

"对呀，柴郡。史迈利爷爷说我短暂的一生是为了体悟死亡的真谛而存在的，但事实并非如此。因为我爱着你那像猫咪一样的有趣脸庞，爱着你那像玩具箱一般充满快乐的心——因为与你相遇，我这奇妙又短暂一生拥有了与永恒等价的意义。"

格林说完这句，就又精疲力竭地靠在椅背上。意识渐渐离他远去，车载电台里，孤独的摇滚歌手嘶吼着"与其生锈，不如燃烧"。

柴郡惊慌地抓住格林的肩膀，拼命摇动他发硬的身躯喊道："不行！格林，你不可以死，你不是说过，死亡根本不算什么吗？在最后一刻你又会重新活过来，所以我要你永远永远一直活下去。格林！"

此时的格林正再次经历"屏障记忆"。

和父母一起去动物园，看到骆驼围栏上的广告牌……祖母手腕上的吊瓶针……阁楼房间里，放在玩具箱里的披头士的唱片……在阴暗走廊下徘徊的"面具人"……映在灵车引擎盖上的火光……躺在棺材中微笑着的史迈利……静悄悄通过金黄色糖枫树隧道的送葬队伍……从树枝间露出来，像猫咪般的柴郡的笑脸……呈现腐败惨状的"必衰生死像"……像火炬般燃烧的巴里科恩宅邸……新英格兰美丽的秋天……

接着,粉红色的灵车飞速地向前驶去。

目标是北方。

           淡出(fade out)

Original Japanese title: IKERU SHIKABANE NO SHI
© Masaya Yamaguchi 1989
Original Japanese edition published by Tokyo Sogensha Co., Ltd.
Simplified Chinese translation rights arranged with Kobunsha Co., Ltd.
through The English Agency (Japan) Ltd. and Eric Yang Agency.
Simplified Chinese edition copyright: 2020 New Star Press Co., Ltd.
All Rights Reserved.
著作版权合同登记号：01-2017-8717

图书在版编目（CIP）数据

生尸之死／（日）山口雅也著；警部殿译．——北京：新星出版社，2020.2
ISBN 978-7-5133-3888-2

Ⅰ.①生… Ⅱ.①山… ②警… Ⅲ.①长篇小说-日本-现代 Ⅳ.①I313.45

中国版本图书馆CIP数据核字（2019）第271519号

午夜文库
谢刚 主持

生尸之死

［日］山口雅也 著；警部殿 译

责任编辑：	王　欢
特约编辑：	赵笑笑
责任校对：	刘　义
责任印制：	李珊珊
装帧设计：	冷暖儿

出版发行：新星出版社
出 版 人：马汝军
社　　址：北京市西城区车公庄大街丙3号楼　　100044
网　　址：www.newstarpress.com
电　　话：010-88310888
传　　真：010-65270449
法律顾问：北京市岳成律师事务所

读者服务：010-88310811　　service@newstarpress.com
邮购地址：北京市西城区车公庄大街丙3号楼　　100044

印　　刷：北京美图印务有限公司
开　　本：910mm×1230mm　1/32
印　　张：15.375
字　　数：260千字
版　　次：2020年2月第一版　2020年2月第一次印刷
书　　号：ISBN 978-7-5133-3888-2
定　　价：65.00元

版权专有，侵权必究；如有质量问题，请与印刷厂联系调换。